DALKEY ARCHIVE

The Bird's Nest

Shirley Jackson

鳥の巣

シャーリイ・ジャクスン

北川依子 訳

国書刊行会

スタンリー・エドガー・ハイマンに

目次

THE BIRD'S NEST
by
Shirley Jackson
1954

鳥の巣

エリザベス、エルスペス、ベッツィにベス、
みんなで出かけた鳥の巣探し。
見つけた巣には卵が五つ、
ひとつずつとって、残りは四つ。*

＊エリザベスという名前にたくさんの愛称があることを題材にしたなぞなぞ歌。本書に登場する、ベス、ベッツィ、ベティ、リジー、リズベスは、すべてエリザベスの愛称である。

一　エリザベス

博物館は厖大な知識の宝庫として知られていたものの、その土台がかしぎはじめていた。建物は見た目にも不安なほど西へ傾きだした。維持費の調達に奔走してきた地元のご婦人方は、不名誉きわまりないと憤慨し、互いを責めるようになった。いっぽう博物館スタッフは、この異変をたいそうおもしろがった。床の明らかな傾斜によって、きわめて直接的な影響を受けた職種もあったのだ。じっさい恐竜の担当者は、威風堂々たる巨骨が胎児を思わせる角度に傾いたとユーモアたっぷりに話したし、古銭研究家は展示貨幣が滑ってぶつかりあうのを見て、これぞ古典的並列なりと、うんざりするほど得々と語ったという。剝製の鳥の担当者や天文学者は、いずれにせよ地上の均衡とはほぼ無縁な場で生きているので、建物の傾斜にはべつだん影響されない――かしいだ床を歩けばおのずと生じる体のひずみを補正するため、片勾配のカーブにでも連れて行かれないかぎり――と断言した。そもそも鳥の専門家は飛翔に、天文学者は天体の淡々とした旋回にこころ奪われていたので、どちらも歩行には馴染みがなかったのだ。碩学の考古学教授は、かしいだ廊下をうわの空で歩きながら、なにか期待でもするふうに歪んだ建物の基礎を眺めていたそうだ。建設業者と建築家、そしてつむじを曲げた町のご婦人方は、第一に役立たずの建材を、第二に古代展示物の法外な重さを、しきりに非難した。地元の新聞には、博物館当局を批判する社説が掲載された。それによれば、隕石や鉱物の収蔵品に加え、町はずれで発掘された、ふたつの大砲を含む独立戦争時代の兵器一式を、すべて建物の西側に配置したのがいけなかったという。もし有名人の署名や時代ごとの地域の伝統衣装を西側に展示していたならば、おそらく建物が傾くことはなかったし、少なくとも出資者たちが生きているうちはぶじであっただろう——社説はまじめくさってそう指摘した。地方新聞などという永続性のないものは、事務職員のいる三階以外では読まれなかったから、博物館の展示物の配置が社説に左右されることはなかった。しかし、三階の職員たちは毎日欠かさず新聞の漫画を読み、職場がいつか彼らもろとも崩壊するのではあるまいかと、つねに第一面を注視していた。三階の住人は瞑想癖があったし、読んだ内容はたいがい鵜呑みにするのだ。むろんこれについては一階や二階の教養ある住人たちも大差はない。不滅の過去の遺物に囲まれつつも、崩壊をめぐる皮肉な冗談をいいあっていたのだから。

エリザベス・リッチモンドの職場は、三階の事務室の片隅にあった。それは博物館のなかでいわばもっとも表面に近い領域で、広い外界との交流が自由におこなわれ、学者の縮こまった魂の隠れ家にはいかにも不向きな場所だった。彼女は毎日、最上階の西端の隅っこにあるこの机に着席し、押し花や中国から持ち帰った水夫の長持ちといった、さまざまな寄贈を申し出る手紙に対して、返事を書くのだ。床の傾斜が原因で、エリザベスの精神の均衡が崩れたという証拠はない。また、エリザベスのせいで建物の土台がかしいだと証明するのも不可能だろう。しかし、両者のひずみがほぼ同時に始まったことは否めない。

古生物学者にいたるまで、博物館に携わる誰もが直感的に考えたのは、別の敷地に新たな建物を作るよりは、むしろ修理し、とり繕い、建てなおすという方法だった。大工の意見によると、建物を修理するには、屋根から地下室まで貫通する穴をあける必要がある。そこで三階のエリザベスのいる片隅が、穴の開口部に選ばれたのだ。穴は二階では古代の石棺を貫き、一階ではそこそこ理にかなったことに〈入室禁止〉と書かれた小さなドアの裏を通っていた。エリザベスの事務室には隠し事の余地などなかったから、ある月曜の朝に彼女が出勤すると、机のちょうど左、タイプを打つとき左肘のすぐ先にある壁がとっ払われ、壁の奥の奥まで骨組みがむき出しになっているのに気づいた。その朝、彼女は一番乗りだった。部屋の入口近くにあるコート掛けにコートと帽子を几帳面に掛け、部屋を横切って穴を覗きこんでみる。一瞬、めまいの感覚とともに、博物館がその上に建っているはずの太古の砂めがけてこのまま身を投げたいという、ほとんど抗いがたい衝動を感じた。はるか下のほうからは、一階のガイドたちの声がかすかにこだまして響いてくる。その日は一般公開日で、どうやらガイドたちは爪の手入れをしているようだ。それより少し大きな音量で二階から聞こえてくるのは、空気の様子がどうもおかしいと墓の外で文句をいう考古学者の声だろうか。エリザベスは穴を見下ろしながら、頭が痛くてため息をついた。ほとんどいつだって頭痛に悩まされているのだ。そして、マッチで作った摩天楼の模型を寄贈したいという手紙をじっくり読むため、机に戻った。四番目の壁がないせいでおぼろげに感じていた休暇気分は、机の上の三通目の手紙を開封したときには、ほぼ完全に消えていた。エリザベスは手紙を読み、立ち上がって建物の空洞をまた見下ろし、ふたたび戻ってきて腰掛け、そして思った──頭が痛い。
手紙にはこう書かれていた。「しんあいなるリジー　おまえのまぼろしのらくえんはえいきゅうにきえた　リジーわたしにきをつけろ　わたしにきをつけてわるいことはなにもするな　おまえはにげられない　こうかいするぞ　わたしをごまかせるとおもうな　すべておみとおしだ──きたないかんがえリジーきたないリジー」

エリザベス・リッチモンドは二十三歳だった。友はなく、親もなく、仲間もなく、自分の旅立つ日までの時間をできるかぎり苦痛なく過ごすことをのぞけば、将来の計画もとくになかった。四年前に母親を亡くしてからというもの、エリザベスが親しく話をした相手はなく、同居している叔母は、毎週きちんと給料の一部を渡し、夕食時にすばやく食卓につきさえすれば、姪にはなにも求めていなかった。二年間、毎日博物館に通ったけれど、職場にはなんの変化も起きなかった。彼女の存在のきわだった痕跡といえば、「代理署名、ER」と書かれた手紙と、E・リッチモンドが保証した展示品の長い長いリストのみ。五、六人が同室で、さらに五、六人が三階の別の部屋で勤めており、全員がエリザベスを知っていたし、もちろん朝会えば「おはよう」と声をかけ、とびきりうららかな春の日には「元気?」と訊ねたりもする。博愛精神や極度の親切心から彼女と親しくなろうとしたものもいたが、当人はそれに気づかず、まるで無反応だった。とことんつまらない人間だったので、ニックネームすらつけてもらえない。不愉快な過去の遺物や薄汚れたがらくた、宇宙の空隙に日々こころを奪われた同僚たちが、なんとか個性やアイデンティティを保ったのに対し、エリザベスは名無しのままだった。最初に来たときにそう紹介されたという、それだけの理由で、

「エリザベス」もしくは「ミス・リッチモンド」と呼ばれていた。かりに彼女が建物の穴に落下したとしても、それで周囲が困るのは、博物館にある「ミス・エリザベス・リッチモンド、匿名の寄贈による展示品、価格未定」と書かれたせっかくの札が無駄になることとくらいだろう。

彼女がこの仕事を選んだのは、学問に対する情熱からでも、いつか自分で公的機関を運営したいからでもなかった。叔母の友人がくれた情報をもとに、いつもどおりこれといった目標もなく調べてみたところ、博物館に空きポストがあった。しかも、エリザベスはもう自立できる年なんだし仕事を見つけたほうがいい、ぜひやってみなさいと、叔母がそうとう熱心に勧めたのだ。(たとえば「博物館で働いている姪のエリザベス」といったふうに)具体的な位置づけができれば、今のようにただ存在するだけで自分についてなんの説明もできない状態よりは、エリザベスという人間を特定しやすくなるのではないか。叔母としてはひそかにそう感じていたものの、そんな不安感はあえて口にしなかった。こうしてたまたま職が決まり、彼女は漫然と博物館に通いはじめたわけだが、三階の事務職にはきらりと光る個性など求められていなかったから、職場では受け入れられた。また、いろいろ欠点はあるにせよ、字がきれいで、そこそこの速度でタイプが打てたし、理解できる内容であれば与えられた仕事はなんでもこなした。彼女が誇らしく思う長所があるとすれば、それは身の回りのものがすべてこぎれいに整理され、目の届く定位置におかれているということだ。机の上は整然と片づき、手紙はきっちり直角におかれていた。毎朝、かならず同じバスに乗り、指定された時刻に到着し、コートと帽子は所定の場所に掛ける。いつだって、叔母が事務員にふさわしいと考えていた小さな白襟つきの濃色のワンピースで出勤し、時間がくれば帰宅した。

エリザベスの部屋の片側に巨大な穴をあければ彼女の健康に障るなどと、わざわざ考えるものは博物館にはいなかった。誰ひとりとして、計算尺を片手にこう思案したりはしなかった――「いや、待てよ。建物を貫くこの穴は、ミス・リッチモンドの左肘の近くを通ることになる。壁が一枚なくなったら、ミス・リッチモンドは困るだろうか？」

月曜のもうすぐ正午というときに、エリザベスは例の手紙を引き出しからとりだして、ハンドバッグに入れた。お昼を食べながら、もう一度読むつもりだったのだ。午前中、この手紙がどうしても気になって仕方がなかった。個人的な手紙であることがどういうわけかとても心地よかったし、これまでにない経験だった。ドラッグストアでサンドイッチを食べながら、手紙を読みなおし、筆跡や紙や言葉遣いをじっくり吟味してみた。いちばんわくわくしたのは、なにかなじみ深いものに触れている感じがしたことだろう。誰かがこの手紙を思いつき、ペンと紙をとってこれを書き、博物館のエリザベス宛の封筒に入れているところは想像すらできなかったから、不安は覚えなかった。これは思い描くことのできない見知らぬ誰かによる、親密な行為なのだ。エリザベスはドラッグストアに腰掛けながら、指でその下手な字に触れて、微笑んだ。手紙をどうするかは、もうこころに決めていた。家に持ち帰って、クローゼットのいちばん上の棚にある箱に、もう一通の手紙と一緒にしまうのだ。

博物館のスタッフは、自分たちも金槌を使ったり、採寸したり、継ぎ当てたりにかなりの時間を費やしているものの、開館時間中に大工やレンガ職人が作業をするのは望ましくないというのが、おおかたの意見だった。だからエリザベスがいつもどおり四時に帰宅するとき、ちょうど大工たちがやってきた。博物館スタッフにとってはまったくどうでもよいことだし、大工にとってもほぼ無意味だったが、エリザベスは玄関ホールで彼らとすれ違いぎわに、にっこりして「こんにちは」といった。それから通りに出て、まだ頭痛がしていたので眩しい太陽に目をしばたたき、普段と同じバスに乗り、窓から外を眺め、いつものバス停で下車し、叔母の家まで半ブロック歩いた。鍵を開け、玄関のテーブルに叔母からの伝言がないか目をやり、さらに叔母が帰っているか確かめるため居間を覗きこみ、二階の自分の部屋へ上がって、クローゼットに注意深く帽子とコートを掛け、ちゃんとした靴を脱いで実用的なスリッパに履きかえ、クローゼットの上の棚に手が届くよう椅子を運んできて、ヴァレンタインの赤い紙箱をとりだした。十二歳の誕生日にもらったこのチョコレートの箱を彼女はそっとベッドにおき、椅子を元の位置に戻して、ベッドに腰掛けた。箱を開けるまえに、あの新しいほうの手紙をハンドバッグからとりだしてもう一度読み、畳みなおしてまた封筒に入れた。封筒にはじつに汚い字で、ミス・エリザベス・リッチモンド、オーウェンズタウン博物館と書かれている。つぎに彼女は箱を開けて、もう一通の手紙をとりだした。こちらはそうとう古いものだ。エリザベスの母による七年前の手紙で、こう書かれていた。「ロビン、もう手紙は書かないで、昨日あたしのベッツィがこっそり手紙を読んでいるところを見つけたの、いたずらでほんとに悪賢いんだから！　もし書けたらまた手紙を書くけど、できれば土曜に会いましょう。とり急ぎ、L」

エリザベスは母の死後まもなく、おそらく宛名も書かれず投函されることもなかったこの手紙が、母の机に入っているのを見つけた。これまでは一通だけクローゼットの棚に隠していたのだが、今日は両方の手紙をもう一度じっくり読みなおしたあとで、二通ともヴァレンタインの箱に入れ、椅子をとってきて、箱をまたクローゼットの棚にしまい、椅子を戻し、洗面所へ向かった。石鹸で手を洗っていると、叔母が階段の下からこういった。「エリザベス？　もう帰ってるの？」

「いるわよ」エリザベスは答えた。

「夕食にココアはほしいかい？　寒くなってきたね」

「わかった。すぐに下りるわ」

彼女はゆっくり階段を下りて、叔母の頬にキスした。いつも帰宅したときにする習慣だったが、今日はまだ顔を合わせていなかったのだ。それから、キッチンに入った。

「さて」モーゲン叔母はきっぱりといった。彼女は食卓にどっかり腰を下ろし、テーブルの上で手を組んで、骨付き肉とパンとバターを決然と無視した。「いいかい」エリザベスは慌てて着席し、自分も手を組んで期待するふうもなく叔母を見た。姪が手を組み合わせた瞬間、モーゲン叔母は「主よ、この食事を祝福したまえ。我らの命を主に捧げます」といってさっさとアーメンを唱えたかと思うと、もう手をふりほどいて骨付き肉にとりかかっていた。「楽しい一日だったかい」

「いつもと同じよ」エリザベスが答えた。モーゲン叔母にとって、種類がなんであれ、またいかなる状況にあっても、食べ物はなにより重要だった。だから会話のために旺盛な食欲が衰えることはめったにない。モーゲン叔母がそのために視線を皿から逸らすような話題は、あったとしてもせいぜいひとつかふたつ。エリザベスがなにかいったのに驚いて、食べ物があるうちに叔母がフォークをおいたことは、これまで一度もなかった。夕食はモーゲン叔母の食欲を満たすようみごとに計算されたメニューではあったが、彼女は公平だった。骨付き肉も、焼いたジャガイモも、スライスしたパンも、ピクルスも、モーゲン叔母が欲するのとまったく同じ量だけエリザベスの皿にもよそわれた。同様に、会話も偏りのないよう完璧に二分されていた。

「叔母さんは、楽しい一日だったの?」エリザベスは訊ねた。

「いや、あんまり」モーゲン叔母はそういって、「雨が降ったからね」と説明した。

モーゲン叔母は誰からも〈男っぽい〉と呼ばれるタイプの女性だったが、もしほんとうに男であれば、かなり冴えない印象を与えたにちがいない。中肉中背、貧弱な顎、落ち着かない目つき、ぎこちない仕種。だが、さいわい男ではなく女に生まれたので、思春期から必然的に(姉が美人だったものだから、きっと運命のいたずらを嘆いたり、激しく罵倒したりしたことだろう)みなが口を揃えて〈男っぽい〉と呼ぶような、だみ声のぶっきらぼうな女として振る舞うようになった。無遠慮な態度に大きな声。飲み食いを愛し、男好きだと公言した。きまじめな姪に対しては、叔父のように豪快に接した。露骨な事実を好み、野球にもそうとう詳しかったため、数少ない友人のあいだでは颯爽たる人物と見なされていた。この年になると、たとえば二十歳のころなどと比べれば、こういうタイプの女性でいつづけることはさほど苦痛ではないものだ。それに若い頃はきれいだった女たちがいまや色あせてしょぼくれてしまい、モーゲンが話すと頬を赤らめたりするのを見るにつけ、多少の自己満足も感じられるようになった。姉の死後、姪を引きとったことについては、まったく後悔していなかった。というのも、エリザベスは器量が悪かっただけでなく、もの静かで控えめな質《たち》で、叔母の話を遮るようなこともなかったからだ。そもそもふたりの会話が交わされるのは、夕食が終わってから寝室に戻るまでの時間にかぎられていた。朝はたいていエリザベスの出勤前に、モーゲン叔母が姪の体の具合についてあれこれ訊ね、ときにはオーバーシューズを履くよう勧めたりした。夕食前の平和な一時間、叔母はいつもキッチンで料理をしながらひとりシェリーを飲んでおり、エリザベスはこの日もそうだったように自分の部屋で過ごすので、会話の機会はない。夕食を配膳したあとは、叔母は食べ物に気をとられ、話をする余裕などなかった。しかし夕食が終わると、叔母はブランデーを一杯か二杯、ときには数杯飲む習慣があって、キッチンの肘掛け椅子にゆったりと座り、目の前のテーブルにはコーヒーとブランデーと煙草がおかれる。そしてエリザベスが冷めていくココアを手に逡巡するなか、モーゲン叔母はここぞとばかり長広舌をふるうのだった。「おまえがコーヒーを飲めればね」今夜もこんな調子で口火が切られた。「私のブランデーをちょっとあげてもいいんだけど」

「飲みたくないわ」エリザベスが答えた。「気持ちが悪くなるんだもの」

「ココアと一緒に飲むからだよ」モーゲン叔母はそういって、ぶるっと身を震わせた。「ココアねえ。ココアなんて、子猫や洟たれ小僧の飲む、しみったれた飲み物さ。シェイクスピアはココアを飲んだのかい？」

「知らないわ」とエリザベス。

「おまえはそういうことは知ってなくちゃ、なんてったって博物館で働いてるんだから。私は別だよ、こうして一日じゅうわが家にでんと座って、自分の収入で生きてるんだし」彼女は笑みを浮かべ、エリザベスに向かってかしこまったお辞儀をした。「おまえの母さんの収入というべきだったね。まったくの偶然で私のものになったんだ。すばらしい忍耐と優れた知性が報われたってわけさ」モーゲン叔母は嬉々として話を続けた。「私のほうが長生きしたおかげで手に入れた。考えてもごらん、もし私が姉さんを殺してたら」そういいながら、彼女は煙草でエリザベスのほうを指した。「私は捕まってただろう。もしもだよ、姉さんを殺してたら、捕まって、金も手に入らなかった。もちろん、それも考えなかったわけじゃないさ。だけど、そうすれば捕まってた。結局私は殺して逃げきれるほど賢くはないんだよ、おまえさん」

モーゲン叔母は夕食後、よくエリザベスを「おまえさん」と呼んだ。ふたりきりになるとしょっちゅう母の話をするので、最初はちゃんと耳を傾けていたエリザベスも、もういいだろうと思い、まるで叔母のブランデーを大量に飲んだかのように、なにも耳に入らない食後の静かな放心状態にすっと入っていった。叔母の声が延々続くなか、エリザベスはただぼんやりと眺めるのだった。食器棚のうえの銀器や鏡に映る、光の移ろいを。薄暗いなか叔母がブランデーグラスをさっと持ち上げる動作を。壁紙に無数に描かれている、バラで縁取られた門の模様を。

「――彼が最初に出会ったのは、私だったんだ」とモーゲン叔母は語っていた。「でも、つぎは当然おまえの母さんに会って、一度会えばもちろん彼女が気に入って、そうなると、もう私にできることなんてありゃしない。だけど二代目エリザベスにいっとくけど、私は得意に思うよ、ほんとうだとも。私の知性と強さのおかげで、彼はついに悟ったんだ、空っぽの美しさを選ぶなんて大まちがいだったってことをね。空っぽさ」モーゲン叔母はこの言葉がいたく気に入ったようだ。もっとも、ほぼ毎晩同じ言葉を使うのだが。「私は気づいてたよ。最後のほうは、彼はこの私にどんどん頼ってきた。金についても私の助言を求めたし、悩みだって相談してきた。ほかにも男がいるってことは私も知ってた。だけど、もちろん姉さんを選んだのは彼なんだから。でも、いわせてもらえば、あのころの姉さんはもうたいしたことなかったね。そうだろ、首まで泥に浸かって追い詰められてた。さてと」モーゲン叔母は椅子にもたれて深く息を吸い、なかば閉じた目でブランデーのボトルを眺めた。「おまえさん、皿を重ねておいてくれるかい？　叔母さんは早めに寝ることにするから」

「洗っておくわ。マーティン夫人が明日掃除にきたとき、汚れたお皿を見たらかんかんになるもの」

「困った老いぼれだ」モーゲン叔母は曖昧にそうつぶやいた。「おまえはいい子だね。浮ついたところもないし」

エリザベスは皿をシンクへ運び、蛇口をひねった。その日はずっと頭痛が治まらず、いよいよ背中が耐えがたいほど凝ってきたので――伸びをしたり、猫のように戸口に背中を擦りつけたら、楽になる気がした――モーゲン叔母が〈偏頭痛〉と呼び、自分は〈悪い〉時期と呼んでいるあの発作がまた起こりそうだと悟って、彼女はちょっとした動作にもなるべく時間をかけてゆっくり慎重に動いた。〈悪い〉感じがするときには、とにかく体を動かしたほうがいい。この発作の記憶は幼少時からあるのだが、モーゲン叔母の意見では、母が亡くなるまではただのかんしゃくの発作だったそうで、エリザベスの偏頭痛は〈ある種の反応〉なのではないかと、叔母はわかったふうにいった。いずれにせよ、最近この〈悪い〉時期がますます頻繁に訪れるようになり、ほんの二週間前にも仕事を四日休んだことを思い出して、彼女は痛みでぼんやりした頭で考えた。「こんなに病欠ばかりしてたら、クビになってしまうわ」

ゆっくりと皿を洗って拭き、注意深く棚にしまい、フライパンをごしごし擦り、シンクを磨いてテーブルもきれいにしたころには、背中の痛みはかなりひどくなっていた。もはや兆しとはいえない本格的な痛さだったから、彼女はモーゲン叔母が夕刊のクロスワードを解いている居間の入口まで行って、アスピリンがほしいと頼んだ。

「また偏頭痛かい?」モーゲン叔母は顔を上げてこちらを見た。「おまえさん、いますぐハロルド・ライアンとこで診てもらったほうがいいよ」

「いつものことだもの」とエリザベス。「ライアン先生に診てもらっても無駄よ」

「背中にあてる湯たんぽをとってきてあげよう」モーゲン叔母は鉛筆をおいて愛想よくそういった。

「それから、あの青い小さな錠剤もね。あれを飲めばすぐに眠れるよ」

「ちゃんと眠れてるわ」エリザベスは答えた。すでにめまいがしてきて、ドアの枠に手を伸ばした。

「かわいそうに。おまえに必要なのは睡眠だよ」

「え、どうして？」

「毎晩、毎晩、寝返りを打ってぶつぶついってるのが聞こえるよ」モーゲン叔母はそういうと、片方の腕でエリザベスを抱いた。「ほら、おいで」

叔母はエリザベスの着替えを手伝った。この背中の痛みはいつも急に激痛が始まり、なんの前触れもなく突如治るのだが、すでにそうとうひどくて動くのもつらい状態だったのだ。

「かわいそうに」モーゲン叔母はそうくり返しながら、エリザベスの服を脱がせた。「おまえが生まれるまえに、姉さんの服を何度も脱がせてあげたよ」モーゲン叔母はくすくす笑った。「姉さんたら、あんまり動きがぎこちなくて、横向きにさせたらひとりで寝返りが打てなかったんだ。ほら、脱げた。つぎはナイトガウンを着るよ。あの最後の数ヶ月だけだったね、誰かが手伝うのを姉さんが許したのは。つまり誰か女性がってことだよ。それに、あのときでさえ、私にしか手伝わせなかった。人と接するのはいつも苦手だったから。おまえの体は母親似じゃないね。父親に似てるよ。さ、そっちの腕をお出し。姉さんはきれいだった。だけど首まで泥に浸かって追い詰められてたから。さて、湯たんぽとあのよく効く睡眠薬をとってこないと」

「叔母さん、あたし、もう瞼がふさがりそう」

「今夜は一晩じゅう寝返りを打ったりはさせないよ」

モーゲン叔母はそっと静かに歩こうとしたけれど、サイドテーブルにつまずいた。ようやく灯りを消して立ち去ったので、エリザベスは暗闇にひとり残され、目を閉じた。叔母が扉を少しだけ開けていったものだから――夜にエリザベスが自分を必要とするかもしれないと気遣ったわけではなく、きちんと閉めそこねただけだ――その隙間から一筋の光がもれていた。叔母が居間からキッチンへ軽やかに移動し、冷蔵庫をばたんと閉める音が階下から聞こえてきた。自分はとても健康で、大多数より長生きしたのだと自慢するかのように、鼻歌を歌っている。

嫌なばあさん。エリザベスはそう思い、それからはっとした。モーゲン叔母はあんなに親切だったのに。「嫌なばあさん」彼女は自分がじっさい声に出してそういったのに気づいた。聞こえたらどうなるだろう。エリザベスはそう思い、くすっと笑った。「嫌なばあさん」今度はほんとうに大きな声でいった。

「おまえさん、呼んだかい?」

「ううん、大丈夫よ、叔母さん」

そっとベッドに横たわり、暗闇のなかで背中の痛みと頭痛が和らいでいくのを感じながら、エリザベスはひとり歌った――歌詞はなく、ほとんど聞こえないくらい小さな声で。わらべ歌や古い流行歌の旋律、ずっと昔に聴いたきれぎれの調べ。そうして歌いながら眠りに落ちた。遅ればせながらモーゲン叔母が廊下をやってきて、ドアの隙間からまじめな顔で中を窺ったのも知らなかった。「大丈夫かい、おまえさん」と彼女がささやいたのも知らなかった。

モーゲン叔母は夜はぐっすりと眠り、寝覚めはたいがい不機嫌だった。だから朝起きて叔母がつむじを曲げていても、べつに驚くべきことではなかった。エリザベスはいつもながら一度目が覚めたらもう眠れないとわかっているが、およそ十分くらいじっとしたまま、そっと体の具合を探っていた。まだ背中の痛みはあるけれど、一晩休んでずいぶんましになったから、きっと大丈夫、今日は起きて仕事に行ける、そう決心した。どこか頭の後ろのほうでまだ頭痛がとくとく脈打っていて、(自分では気づいていなかったものの)すっかり癖になっている仕種をくり返した。首の後ろを手で激しく擦るのだ。まるでそうすれば神経を宥めて痛みを麻痺させられるかのように。ついやってしまう神経質な仕種のうちのひとつで、これによって頭痛が治るわけではまったくない。普段どおりこざっぱりした身なりで一階に下り、キッチンに入ると、まだバスローブを着たモーゲン叔母がむっつりと食卓に座ってコーヒーを飲んでいた。エリザベスは「おはよう」と声をかけ、ミルクをとりに冷蔵庫へ向かった。叔母の正面に腰を下ろし、「叔母さん、おはよう」とくり返しても、まだ返事がない。顔を上げると、モーゲン叔母が怒った顔でこちらを見ているのに気づいた。いつものぼんやりした早朝の顔とは、まるで違っている。「頭痛はよくなったわ」エリザベスはおずおずといった。

「そうかい」とモーゲン叔母は答えた。そして不吉な様子でコーヒーカップの縁を指で叩き、容赦ない皮肉をいうため口をへの字にして目を細めた。「けっこうなことだね」重々しい口調だった。

「そこまで具合がよくなってベッドから出られるなんて」

「仕事に行こうと思って、あたし――」

「いまの体調の話じゃないよ」叔母は続けた。「具合がよくなったって私がいったのは、夜中の一時頃のことだよ」ここで彼女は煙草に火をつけたが、怒りのせいではっきりわかるほど手が震えている。「おまえが外出しようって決めたときさ」

「でも、叔母さん、あたし、どこにも行ってないわ。一晩じゅう寝ていたもの」

「自分の家でなにが起きてるか、私が気づかないと本気で思ってるのかい」モーゲン叔母はいった。「え、大きな赤ちゃんのおまえが仮病を使い、騙された私が同情して湯たんぽや薬を与えたり、具合を見にいったり、寝かしつけたり、できるかぎり親切にして、そのあげく笑いものにされて、それで黙っているとでも？」モーゲン叔母は耐えがたいほど声をはりあげた。「おまえがやっていることを私が知らないなんて、本気で思ってるのかい？」

エリザベスは言葉を失い、目を見張った。とっさに子供っぽい保身術が蘇ってきて、下を向いてミルクのグラスを見つめ、指をねじり、唇を震わせて、じっと黙っていた。

「それで？」モーゲン叔母はふんぞりかえった。「それで？」

「わからない」エリザベスは答えた。

「なにがわからないんだい」一瞬柔らかくなったその声が、また大きくなった。「いったいなにがわからないんだい、このうすのろが」

「叔母さんがなにをいってるのか、わからない」

「この家で起こってることだよ、おまえの行動だ。なにをしているのやら、叔母の私ですら知らないが、とにかく真夜中におまえのやってる汚らわしい、いやらしいことだ。卑怯な泥棒みたいに靴をもって階段を下りて、こそこそ抜けだすなんて――」

「そんなこと、してないわ」

「したさ。嘘をつくなんて許さないよ」モーゲン叔母は立ち上がって、ものすごい剣幕でテーブルごしに身を乗りだした。「今日、この家を出るまえに、なにもかも白状しないと承知しないよ。それにどうせなら、早いほうがいい」

「してないわ」

「そんなことをいっても無駄だよ。さあ、どこへ行った？」

「どこへも行ってないわ」

「歩いて行ったのかい？　それとも誰かが迎えにきたのかい」

「なにもしてません」

「誰なんだ？　誰がおまえを待ってた？」

「誰もいなかったし、なにもしてません」

「どこの男だ」モーゲン叔母がバシンとテーブルを叩いたので、エリザベスのグラスが揺れてミルクがこぼれた。ミルクはテーブルの端まで流れてポトポトと床に落ちたが、エリザベスは恐ろしくて縮みあがってしまい、布巾をとって拭くこともできなかった。身動きもせず座っているのがやっとで、モーゲン叔母の目を避け、両手をテーブルの下でよじっていた。「誰なんだ」叔母は詰問した。

「誰でもありません」

モーゲン叔母は口を開け、息を呑みこむと、両手でテーブルの端をつかんだ。目を固く閉じ、口をきっと結び、見るからに気持ちを鎮めようとしながら立ち上がった。

しばらくすると彼女はまた目を開けて座りなおし、静かにいった。「エリザベス、おまえを怖がらせるつもりはなかったんだ。かんしゃくを起こしてすまなかったね。どなりつけたりしたら、逆効果だ。説明させておくれ」

「わかったわ」エリザベスはいった。ちらっとミルクに目をやると、まだ床に滴っている。

「わかるだろう」モーゲン叔母はいい聞かせるようにいった。「おまえのただひとりの後見人として、たいへんな責任を感じているんだよ。考えてみれば」といいながら、彼女は親しげに笑ってみせた。「認めたくはないけど、私だっておまえの年齢だったことがあるのさ。だから、自分が監視されてると感じるのがどれほどつらいものか、覚えてるよ。おまえの年頃には、独立して自由だと感じるし、自分の行動をいちいち誰かに説明する必要なんかないと思うかもしれない。だけど、おまえさん、これはわかっておくれ。私が相手なら、遠慮せずなんでも好きなことをしてもいいんだから。私はお目付役じゃないし、男を見ると気を失うような気難しいオールドミスでもない。いつものいかれた叔母さんで、そりゃオールドミスかもしれないけど、もうたいがいのことでは失神したりしないから」ここでモーゲン叔母は少しとまどい、それから、どうやら脱線しつつあった思考の流れをいったん止めたのだろう、確固たる口調で話を続けた。「つまり私がいいたいのはだね、こっそり家を出入りしたり、恥ずかしい秘密を知られるなんてびくびくする必要はないってことだよ。もし会いたい男がいて、なんらかの理由で私がそれを気にすると思うのなら、こそこそ立ちまわって隠し事をして私を怒らせるよりは、いっそ男に会ってるという理由で私を怒らせたほうが賢いと思わないかい。男と会うことについちゃ、私はなにもできやしないけど、隠し事なんかしたら、いいかい、黙っちゃいないよ。どうだい、こうして考えてみると、洗いざらい話しちまったほうがいいとは思わないかい？」モーゲン叔母はここで息を切らし、言葉を止めた。

「そうかもしれないわ」とエリザベス。

「それじゃ、おまえさん」モーゲン叔母はやさしく促した。「叔母さんにぜんぶ話しておしまい。なにもしないから心配はいらないよ。おまえにはやりたいことをする権利があるわけだし、それに、いっただろう、私はいつだって好き勝手にしてきたから、叱ったりはしないよ。おまえくらいの娘がどんなふうに感じるものか、ちゃんと覚えてるから」

「でも、してないの。つまり、なにもしてないのよ」

「なにもしてないんだとすれば」モーゲン叔母は理にかなったことをいった。「なおさら私に話さない理由はないだろう？」そして笑ってこう続けた。「ほんとうになにかしたってんなら、そりゃ、怖がらなきゃいけないだろうけど」

「だけど、あの、なにもしてないの」

「じゃあ、いったいなにをしてたっていうんだい」モーゲン叔母は訊ねた。「なんにもしてないっていうんなら、真夜中のあんな時間に、ほかにすることがあるとでもいうのかい？」彼女はもう一度笑い、困惑して首を振った。「それにしても、なんておかしなもの言いだ。もっと素直な表現はできないものかね」

「無理でしょう」とエリザベスはこころの中で思い、そしてこういった。「つまり、なにもしてないのよ」

「なんてこった。なんてこった、まったくなんてこった。また同じことをくり返すのはご免だよ。おまえのお上品な脳みそに通じるような言葉はないのかね」叔母は慎重に言葉を選んだ。「私が訊きたいのは、こういうことだよ。つまり、昨夜一時に、誰と、なにが、起こったのかってことさ」

「なにも」エリザベスは手をよじりながら答えた。

「なにもなかったってことは、私ももう確信してるよ」とモーゲン叔母は意気込んでいった。「その若者がそれ以上のことを期待していたのかと思うと、驚きだね。世の中にはいろんな人間がいるもんだ。だけど、いったいどうやって知り合うんだろう」彼女はつぶやくようにそういうと、今度はエリザベスに向かって訊ねた。「じゃあ、その楽観的な若者はいったい何者なんだい」

「誰でもないわ」とエリザベス。

「ああ、もう！　これじゃ、石から血を、海水から金を、雪から火をとりだすみたいなもんだ。おまえから話を聞きだすのはもうお手上げだよ。さすが姉さんの娘だ。首まで泥に浸かってるってわけだ」モーゲン叔母は意外にも機嫌よく笑った。「おまえが寒い夜に男に会うため出かけたなんて考えるのはやめたよ」まだ笑いながら、彼女は続けた。「私の推測ではこうだね。おまえも姉さんの娘だから、手紙を出しに行ったことをわざわざ秘密にして、誰かがとんでもない誤解をすればいいと思ってるんだろう。それとも、先週落とした五セント硬貨を探しにでも行ったのかい。もしほんとうに男がいたのだとすれば」そういって彼女はあざけるようにエリザベスを指さした。「気の毒なおまえの父親の財産を賭けたっていいが、その男を騙すのは無理だね。おまえさんは姉さんそっくりのずるい嘘つきだ。ふたりとも、私の裏をかこうったって、そうはいかないよ」

「でも、してないのよ」エリザベスは途方に暮れていった。

「もちろんしてないだろうよ、かわいそうに」モーゲン叔母は立ち上がり、キッチンから出ていった。エリザベスはようやく布巾をとって、こぼれたミルクを拭くことができた。

博物館のエリザベスの部屋ではいまだに穴がぽっかり口をあけ、一日じゅう彼女の左肘のすぐ先にあった。午前中に届いた郵便物には、昆虫室の展示物の全リストを博物館に求める手紙、ナヴァホ族の比類なき打ち出し銀細工セットについて最終決定を求める手紙に加えて、もう一通、エリザベス宛のこんな手紙がまじっていた。「はっはっは　きたないきたないリジーについてはなにもかもしっている　にげられるとおもうな　どこまでもついていく　わたしがだれかはおしえない　はっはっは」

その午後、ハンドバッグに手紙を入れて帰途についたエリザベスは、バス停から叔母の家へ向かいながら路上ではたと立ち止まった。誰かがあたしに手紙を書いているんだ。彼女ははっきりとそう思った。

今度の手紙も十二歳の誕生日にもらったチョコレートの箱にしまい、ほかの二通をふたたび読みかえした。〈おまえはにげられない……〉〈彼女はあたしのすべて……〉〈にげられるとおもうな……〉

「それで?」夕食後にモーゲン叔母がいった。「降参する気になったかい?」

「あたし、なにもしてないわ」

「おまえはなにもしてないんだね。よろしい」モーゲン叔母はエリザベスを冷たく見すえた。「またいんちきな背中の痛みの発作かい」

「ええ。というか、ほんとうに背中が痛いの。頭も痛いし」

「今夜はこれ以上同情してもらえるなんて思うんじゃないよ」モーゲン叔母は重々しい口調で告げ

た。「こんなこと、いつまでも通用しないから」

「それで、今朝はどうだい、おまえの気の毒な頭は?」朝食の席でモーゲン叔母が訊ねた。

「ありがとう、少しよくなったわ」とエリザベスは答え、それから叔母の顔を見た。「ごめんなさい」彼女は思わず口にした。

「楽しかったかい? 哀れな若造はまだ希望を捨ててないんだね?」

「わからない」

「わからないだって?」モーゲン叔母は皮肉たっぷりにいった。「まったく、エリザベス、おまえの母さんですら――」

「なにもしてないの」

「してないんだね」モーゲン叔母はふたたびコーヒーを飲みはじめた。そして最後に「気分はどうだい」としぶしぶ訊ねた。

「あいかわらずだわ。背中は痛むし、頭痛もするし」

「医者に診てもらわなくちゃ」モーゲン叔母はいきなり立ち上がり、食卓をバシンと叩いた。「ほんとうに、おまえさんはぜったい医者に診てもらわなくちゃだめだ!」

「……わたしにはなんでもできる　おまえはなんにもできない　おまえがきらいだ　きたないリジー　わたしをしったことをくやむだろう　なぜならもうふたりともしっている　おまえはきたないきたないきたない……」

エリザベスはベッドに座って手紙を数えていた。誰かがあたしにたくさん手紙をくれた。彼女は愛しげにそう思った。たくさんの手紙。五通もある。すべて赤いヴァレンタインの箱に保管して、最近は午後に仕事から帰るたびに新たな手紙をそこに加え、何通あるか数えてみるのだった。その手触りが重要だった。ついに誰かがあたしを見つけてくれた、近くて大切な人、いつでもあたしを見張っていたいと思っている人。あたしに手紙を書いてくれる人。エリザベスはそっと紙に触れながらそう思った。階段の踊り場の時計が五時を打ったので、しぶしぶ手紙を集め、きちんと畳んでそれぞれの封筒に戻した。モーゲン叔母には手紙を見られたくなかった。大事に箱へしまい、クローゼットの棚におくときに使った椅子も、元の位置に戻した。と、そのとき大きな音をたててドアが開き、モーゲン叔母が入ってきた。「エリザベス、おまえさん、いったいどうしたの」

「どうもしないけど」とエリザベスは答えた。

モーゲン叔母は青ざめた顔をして、ドアノブを握りしめていた。「ずっと呼んでたんだよ。ノックもしたし、名前も呼んだし、外に出て探しまわったり、呼びつづけてたのに、返事もしなかった」彼女はドアノブを握りしめたまましばらく黙りこんだ。「ずっと呼んでたんだよ」と彼女はまたいった。

「ずっとここにいたわよ。夕食に下りる準備をしてたの」

「私はてっきりまた――」モーゲン叔母ははたと口をつぐんだ。エリザベスが心配そうに彼女を見ると、叔母はベッド脇のテーブルを見つめている。その視線の先には、モーゲン叔母のブランデーボトルが一本、おかれていた。「どうしてあれをあたしの部屋においたの?」エリザベスは訊ねた。

モーゲン叔母はドアノブから手を放し、エリザベスに近づいた。「なんてこったい。プンプンにおうじゃないか」

「そんなことないわ」エリザベスは後ずさった。モーゲン叔母のわけのわからぬ言動が怖かった。

「叔母さん、夕食にしましょう」

「なんて娘だ」モーゲン叔母はブランデーボトルを手にとり、光にかざすと、「夕食ね」といって短く笑った。

「ね、叔母さん、一階に下りましょうよ」

「私は自分の部屋へ行かせてもらうよ」ボトルを片手にエリザベスをじっと見ながら、彼女はドアのほうへ後ずさっていき、またドアノブに手をかけた。「私の見るところ、おまえは酔っぱらってる」そして、ドアをバタンと閉めて姿を消した。

すっかり当惑して、エリザベスはベッドに腰掛けた。気の毒な叔母さん、あたし大事なブランデーを飲んだのね、と思った。ベッド脇に目をやり、時計の針が十二時十五分を指しているのにぼんやり気づいた。

「……すべてしっているぞ　すべてしっているぞ　すべてしっているぞ　きたないきたないリジーきたないきたないリジー　すべてしっているぞ……」

翌日、エリザベスは新しい手紙をぶじハンドバッグにしまって帰途についた。博物館のカタログ校正の仕事があったため、職場を出たのは四時十五分、すでに職人たちが建物の隠れた構造体の修理を始めた時刻だった。それゆえ、いつものバスに乗り遅れた。ようやくキッチンに辿りついたとき、モーゲン叔母は座ってブランデーを飲んでおり、エリザベスは叔母が夕食をすませていないことを見てとった。つぎに顔を上げると、叔母の厳しいまなざしがそこにあった。なにもいえないいま、エリザベスはそのとき急に自分が手に持っているると気づいたチョコレートの箱を、宥めるようにただ差しだした。

アロウ夫妻は自分たちを気さくで家庭的な人間だと考えていた。周りにいる知人たちはみな、インディアンの仮面を集めたり、夜に集まって戯曲を読んだり、サックバット*で互いの伴奏をしたりする人種だった。アロウ夫妻は客にシェリーを出し、ブリッジを楽しみ、一緒に講演会に出かけるし、ラジオだって聴いた。ひとりで映画館に行くというモーゲン叔母の習慣をアロウ夫人はいつも行きすぎだと嘆き、エリザベスは過剰な自由を与えられていると夫婦とも感じていた。じっさいエリザベスが博物館で働きはじめたときには、アロウ夫人はモーゲン叔母にこんなことまでいったのだ。「モーゲン、あなた、あの娘を自由にさせすぎよ」自分がどう感じているか、彼女は隠そうとしなかった。「エリザベスみたいな娘はもっと監視が必要なのよ、ちょっと違うでしょ、ほかの……そこいらの……とにかく、あなたもよくわかっているとおり、エリザベスは監視が必要。あの娘が普通じゃないって意味じゃないのよ」ここでアロウ夫人はいったん言葉を止め、エリザベスが普通じゃないなどというつもりはまるでなかったことを示すため、天を仰いで無邪気そうに両手を広げてみせると、「そういう意味じゃなくてね」と熱心に話を続けた。「つまり、わたしがいいたい

*トロンボーンに似た中世の管楽器。

のは、エリザベスはとびきり敏感な娘だから、毎日ひとりで長時間自由にさせるなら、かならずちゃんとした育ちのいい人たちと過ごすように、しっかり見張っておくのが賢明だし、それが思慮分別ってものだと思うわ。もちろん」彼女は安心させるように頷きながら、こう締めくくった。「博物館では、ボランティアで働いている人がほとんどなんでしょう？　立派なことだと思うわ」

アロウ氏は成長過程でのある決定的な時期に、姿勢をよくするため歌のレッスンを受けたことがあり、ほんの少しでも勧められると、いまだに歌いたがる癖があった。彼は〈ふさわしい馬を与えよ〉とか〈マンダレイへの道〉といった歌をよく客に披露した。アロウ夫人は簡単な部分だけときどきハミングで加わりながら、激しくペダルを踏んでピアノの伴奏をするのだ。モーゲン叔母はしつこく玄関ベルを押しつつエリザベスにいった。「頼むから、ヴァージルに歌ってくれなんていうんじゃないよ」

「わかったわ」エリザベスは答えた。

「ルース」ドアが開くと、モーゲン叔母がいった。「また会えてうれしいよ」

「まあ、まあ、お元気？」とアロウ夫人がいい、彼女の後ろからアロウ氏が満面の笑みを浮かべて声をかけた。「いらっしゃい。エリザベスもようこそ。元気かい？」

アロウ夫妻はインディアンの仮面は集めていなかったし、贔屓にするインテリアデザイナーもいないので、しかたなく普通の絵を掛けていた。エリザベスはアロウ家のことを考えるといつも、田園風の庭や落ち着いたなだらかな丘陵や夕日を描いた、その色鮮やかな複製画が頭に浮かんだ。また、夫妻は玄関にある傘立てのことを冗談めかして話し、アロウ氏は少しすまなさそうに、結局濡れた傘はここにおくのがいちばんだからと弁解していた。玄関のクローゼットにコートをきちんと掛けてもらうと、エリザベスは居間の大きな椅子に腰掛け、行儀よく膝の上で手を組んだ。モーゲン叔母がもうひとつの大きな椅子にのびのびと座り、アロウ夫妻が神経質そうにソファーに腰を下ろしたとき、エリザベスはほっとひと息ついた。

部屋全体があのなだらかな丘陵や夕日にどこか似通っていた。エリザベスの座った椅子は深く柔らかで、むらのあるオレンジの布張りだった。足下のカーペットは緑と茶の幾何学的な花柄のそこかしこに、深紅の鍵形模様があしらわれている。部屋の印象を決定づけ、そしてなぜかアロウ夫妻の印象をも強めているように思えたのは四方を囲む壁紙で、よく見ると青と緑の四角が交互に描かれ、ところどころ変則的な黒い色調がまじっている。アロウ家の暮らしには調和もなく、ユーモアもなく、ただひたすら妥協が支配していた。だが、それでいて、これらすべてがまちがいなくアロウ夫妻に属するのだと思うと安心できた。揺るぎない安定感は、しばらくするとさほど悪くない気がしてきたし、なんといっても手堅い強さがあった。モーゲン叔母ですら、アロウ家の居間のこの現実性を否定することはできなかっただろう。輪廻についての講演で夫妻に出会ったとき、日曜の午後ふたり連れ立って穏やかに公園へ向かう姿を見かけたとき、あるいは、いつも誘ってくる変わり者の友人宅で夕食をよばれたとき、アロウ夫妻が醸し出し、周囲にも伝染させているのは、あの色あせない壁紙と実用的なカーペットの空気、すなわち、通常は我慢ならないと思われがちな、鉄壁の凡庸さそのものだった。

エリザベスの座っている場所からは、グランドピアノのつやつやした表面に自分の姿が映っているのが見えた。蠟製の果物を入れたカットグラスの鉢に自分の顔が反射してきらめき、手を動かすと、大理石のマントルピースにおかれた金メッキの鏡や、ランプシェードのガラスビーズや、アロウ氏のカフスボタンや、砂糖をまぶしたアーモンドが盛られた彩色瓶などがピカピカと光った。アロウ氏はみなに出すためシェリーをとりに行き、夫人はチョコレートを勧めた。もしよければ緊張をほぐすため一曲歌おうか、とアロウ氏がいった。エリザベスは痩せたんじゃないの、とアロウ夫人が訊ね、田園風の庭にバラやシャクヤクが咲き乱れる絵の入った額のガラスが、まばゆく輝いていた。エリザベスは異変に気づいた——あの頭痛が始まったのだ。彼女は首の後ろを椅子に擦りつけて、居心地悪そうに体を動かした。頭痛はどういうわけか後頭部で始まって、ぶきみな感触で背中を這い下りていく。まるで生き物が頭から逃げ出して首の細い通路を抜け、脊椎に添って滑り下り、背中を征服し、両肩を占拠し、最後は腰のくびれの辺りにぬくぬくと居座るかのように思えた。いったんそうなると、背中を伸ばしたり擦ったり丸めたりしたところで、その生き物を追い払うことはできないのだ。首の後ろを擦るのは、もっぱらこの生きた痛みの道筋を断つための仕種だった。しっかり擦れば、痛みの虫が諦めて踵《きびす》を返し、頭に留まってくれるとでもいうように。「——美術館では？」とアロウ夫人が訊ねた。

「え、なんですか？」エリザベスは訊きかえした。

「大丈夫？」アロウ夫人はエリザベスの顔を覗きこんだ。「具合が悪いの？」

「頭が痛いんです」エリザベスはいった。

「またかい？」モーゲン叔母が訊ねた。

「すぐ治るから」エリザベスはじっと座ったまま答えた。アスピリンを持ってきてあげよう、頭痛がよくなるまでは歌はやめておいたほうがよさそうだね、とアロウ氏が声をかけた。人間の高音域の声は繊細な脳膜には刺激が強すぎるんだ、むろん頭痛のときに歌を聴くと気持ちが休まるという人も多いがね。彼は笑顔でモーゲン叔母にそう話した。アロウ夫人は、アスピリンよりも効きめのいい頭痛薬があるから、よければエリザベスにとってきてあげるわ、いつもわたしは二錠飲むけれど、最初は一錠にしておいたほうがよさそうね、といった。頭痛の発作がこんなに頻繁に起こるならエリザベスは目の検査をしたほうがいい、とモーゲン叔母が忠言し、眼鏡を作るまえは頭痛に悩まされていたもんだよ、とアロウ氏が応じた。よかったら頭痛薬をとってくるわよ、とアロウ夫人に訊かれて、エリザベスは、ありがとう、だいぶよくなったので大丈夫です、と嘘をついた。みなが自分をじろじろ見るので、彼女はアロウ氏が注いでくれたシェリーのグラスを手にとり、かすかな苦みが嫌だと思いながらお上品にすすった。頭がぐらぐらして気持ちが悪かった。

「――エドマンドの繁殖がね――」とアロウ夫人はモーゲン叔母に話していた。「もちろん気の長い話だけど、ヴァージルとわたしはやってみる価値はあると思うのよ」

「この手のことはやたらと手間がかかるのでね」とアロウ氏。

「思い出すね、十六歳くらいのときに――」とモーゲン叔母。

「エリザベス、あなた、ほんとうに大丈夫なのね？」とアロウ夫人。

みなが振り返って彼女を見た。エリザベスはシェリーをすすりながら、「もう平気です、ほんとうに」と返事した。

「どうも様子がよくないわね」アロウ夫人は心配そうに頭を振りながら、モーゲン叔母にいった。

「具合が悪そうよ」

「やつれてる」とアロウ氏がいい添えた。

「まえは馬みたいに丈夫だったんだけどね」モーゲン叔母は体の向きを変えてエリザベスをじっと

眺めた。「最近、この頭痛やら背中の痛みやらが起こって、よく眠れてないから」

「痛みがひどくなっているのね」さらにひどい事態が起こりえるかのように、ためらいがちにアロウ夫人がいった。「それに、働きすぎかもしれないわ」

「若い娘たちはほんとうに」アロウ氏が重々しくいった。

「エリザベスはいくつだったかしら。女の子がひとりきりで時間を過ごしすぎると……」アロウ夫人は気遣わしげな身振りをして、視線を落とした。

「大丈夫です」エリザベスは居心地悪そうに答えた。

「思いすごしだよ」アロウ氏は妻とよく似た身振りをして「考えすぎさ」とつけ加えた。

「ライアン先生に診てもらうべきか迷っててね」とモーゲン叔母。「眠れないっていうから……」

「最初の症状が出たときに診てもらったほうがいいわ」アロウ夫人は断固たる口調で応じた。「あとからなにが起こるかわかったもんじゃない」

「検診だと思えばいいさ」アロウ氏もきっぱりといった。

「そうだね」モーゲン叔母はため息をつき、アロウ夫妻に向かって微笑んだ。「たいへんな責任だよ、姉の子供をひきとって。もちろん母親役を務められてたわけじゃないけど」

「これ以上ないほど良心的だったわよ」アロウ夫人はすぐさま力をこめてそう断言した。「モーゲン、だめよ、自分を責めたりしちゃ、ぜったいにだめ。ほんとうによくやったわよ。ねえ、ヴァージル」

「よくやったよ」アロウ氏も慌てて加勢した。「いつもそう思ってたよ」

「いつだって、自分の子供だと思おうとしてたんだよ」モーゲン叔母はそういうと、部屋の反対側にいるエリザベスにさっと笑顔を見せた。その言葉は真実すぎて哀れにすら聞こえた。エリザベスは笑みを返すと、椅子に首を擦りつけた。

「――エドマンドが」とアロウ氏が話していた。

「だけど、どういうこと？　母親は茶色なのかい」モーゲン叔母が訊ねた。

「あんず色よ」アロウ夫人が咎めるように正した。

「そんなこんなで町の外まではるばる行かなきゃならなかったんだ」アロウ氏が説明した。「ぴったり合う色の組み合わせにしたかったんだよ。だが、もちろん」と彼は悲しそうに続けた。「結局は出かけても無駄だったが」

「まったくがっかりだね」とモーゲン叔母。

「だから、もう黒いのにするしかなかったのよ」アロウ夫人は肩をすくめ、どうしようもなかったことを示した。

アロウ氏は妻の肩に触れた。「もう過ぎたことさ。ちょっと音楽でもどうかね？　エリザベスの頭痛はどうだい？」

「もう平気です」とエリザベス。

「それじゃあ」といって、アロウ氏は素早くピアノへ向かった。「ルース、伴奏してくれるかい？」夫人が立ち上がってピアノのほうへ行くと、アロウ氏はモーゲン叔母を見た。「どの曲がいい？マンダレイかな」

「すてきだね」モーゲン叔母は椅子に深く座りなおし、シェリーのデカンターに遠慮なく手を伸ばした。「マンダレイは最高だよ」

エリザベスはふと目を開けた。〈マンダレイへの道〉の導入部のピアノの音が聴こえず、その場は静まりかえっていたからだ。やがてアロウ氏が「いやはや、ほんとうに」とつぶやいた。彼はピアノの上の楽譜を閉じ、エリザベスにこういった。「すまないね。頭痛は大丈夫かって、たしかに訊いたんだが。ほんとうに」最後のほうは妻に向かって話していた。

「ちゃんと訊いたわよね、エリザベス」アロウ夫人がいった。「無理やり聴かせようなんて、誰も思っていないのよ」

「すみません、どういうことだか」エリザベスは当惑して訊ねた。「あたし、ぜひアロウさんの歌が聴きたいんですけど」

「もし冗談のつもりだったんなら、ものすごく悪趣味な冗談だよ」とモーゲン叔母。

「なんのことだか、わからないわ」

「とにかく、もう忘れたからいいよ」アロウ氏が場を丸くおさめようとした。「じゃ、始めようか」

エリザベスはふたたび歌が始まるのを待った。が、またもや部屋は静まりかえり、目を開けてみると、みなが自分を凝視していた。「**エリザベス**」モーゲン叔母が息を詰まらせ、椅子から腰を浮かせてそういった。「**エリザベス**」

「モーゲン、気にしないで、ほんとうに」アロウ夫人はピアノ椅子から立ち上がった。手は震え、唇は固く結ばれている。「もちろん、驚いたけど」

アロウ氏は、エリザベスのほうは見ずに、楽譜を閉じ、ピアノの裏側にあるほかの楽譜の上に注意深く重ねた。そして、しばらく間をおいてから部屋を見まわし、力ない笑みを浮かべた。「せっかくの楽しい夕べを、こんなことで台無しにしちゃいけないな。モーゲン、シェリーはどうだい?」

「生まれてこのかた、こんなに恥ずかしかったことはないよ」モーゲン叔母はいった。「まったくどういうことなんだか。ほんとうにすまなかったね、ヴァージル。ほんとうにすまなかった。いまいえるのは――」

「気にしないで」アロウ夫人はそういって、モーゲン叔母の腕にやさしく手をかけた。「もう忘れましょう」

「エリザベス?」モーゲン叔母が訊ねた。

「え、なに?」とエリザベス。

「――具合はどうなの?」

「え、なに?」とエリザベス。

「横になるとかしたほうがいい」とアロウ氏。

「思いもよらなかったわ――」とアロウ夫人。

「私が数えたかぎりでは、シェリーを八杯は飲んだね」モーゲン叔母は厳めしくそういった。「家のベッドで横になってなきゃいけないところだ。これまで酒を飲んだところなんて見たこともなかったんだよ」

「だけど、ただの甘口のシェリーで――」

「――医者に診てもらいなさいよ」アロウ夫人が分別顔でいった。「用心するにこしたことはないわ」

「エリザベス」モーゲン叔母は鋭く告げた。「トランプをおいて、コートを着なさい。おいとまするよ」

「もう帰るの？」アロウ夫人が訊ねた。「帰らなくてもいい気もするけれど」

モーゲン叔母は笑った。「ブリッジで三回も勝負すれば、私も限界だよ。それにエリザベスは早起きしないといけないから」

「来てくれてうれしかったわ」とアロウ夫人。

「また近いうちに来ておくれ」とアロウ氏。

「ほんとうに楽しかったよ」とモーゲン叔母。

「楽しかった、ありがとう」とエリザベス。

「会えてよかったわ、エリザベス。それから、モーゲン、あの科学の講演会のこと、考えてみて。みんな一緒に行ってもいいんじゃないかしら――」

「ほんとうに、ありがとう」とモーゲン叔母。

扉が閉まり、涼しい夜の空気のなか歩道を歩きはじめると、モーゲン叔母はエリザベスの腕をつかんでいった。「おまえさん、ぎょっとしたよ。気分が悪いのかい」

「頭が痛いの」

「あれだけシェリーを飲めば、そりゃ痛いだろう」モーゲン叔母は街灯の下で足を止め、エリザベスの顎に手をかけてこちらを向かせた。「シェリーで酔ってるわけじゃないね」叔母は不思議そうにいった。「見た目も普通だし、話し方も普通だし、歩き方も普通なんだが――やっぱりどこかおかしい」そして、切羽つまった様子で訊ねた。「エリザベス、いったいどうしちまったんだい」

「頭痛よ」エリザベスは答えた。

「話してくれればいいのに」モーゲン叔母はそういうと、エリザベスと腕を組み、歩きだした。

「めちゃくちゃ心配してたんだよ、ブリッジをしているあいだずっと――」

「ブリッジってなんのこと?」エリザベスはそういった。


「さてと、モーゲン」ライアン医師が口をきった。後ろにもたれかかると、その巨体の下で椅子がきしんだ。あたしが生まれてからずっと同じだわ、とエリザベスは思った。こんなにはっきり意識したのははじめてだったけれど、診察室を出てからライアン医師について思い出すのは、いつだって椅子のきしむあの音だった。「さてと、モーゲン」ライアン医師は体の正面で指先を合わせ、眉を吊りあげ、からかうようにモーゲン叔母を見た。「昔から小さなことで興奮する質だったが」

「ふん。私もあの頃のことは覚えてるよ、ハロルド・ライアン」モーゲン叔母が応じた。

ふたりは顔を見合わせ、目尻に皺をよせ、そろって豪快に笑った。「まったく失礼な女だな」ライアン医師がそういい、ふたりはまた笑った。

エリザベスは診察室を見まわした。母親と来たこともあるし、モーゲン叔母と来たこともある。記憶のなかで、ライアン医師はいつでもこの診察室にいたし、ほかの住まいがあるという話は聞いたことがなかった。母親が亡くなったとき、彼はモーゲン叔母の家にいて、叔母の肩に腕をまわし、大声でつまらない話をしていた。夜に往診に来たことも一度あった。エリザベスのベッドのわきに快活に現れ、「大騒ぎしなさんな、ただの麻疹だよ」と冷静に告げた――熱に浮かされ、火照った幻影が押し寄せていたあの枕元で。あのときを別にすれば、ライアン医師はきっと彼女が生まれてからずっとこの診察室に座り、椅子に寄りかかってはそれをきしませていたのだ。彼の背後にはガラス戸のついた本棚があって、エリザベスはずらりと並んだ本の題名をひとつも知らなかったが、二番目の棚の端から三冊目の革の背表紙が破けているのは、なぜかよく知っていた。ライアン先生は振り向いてあそこから本をとりだして読むこともあるのかしら、と彼女は思った。医師と叔母が笑っているあいだ、エリザベスは窓にかかったグレーのカーテンや本、机の上のインク壺や、ずっと昔、彼の指がもっと器用に動いたころに作った小さな模型の舟を眺めていた。

「だけど、ハロルド、本気でぎょっとしたんだよ」とモーゲン叔母。「気の毒なヴァージルがちょうど歌いだそうと口を開けたときに、エリザベスがその猥褻な言葉を叫んだもんだから――いやもう、ほんとうに」彼女は唇を動かしてみせた。笑いをこらえているのは傍目にも明らかだった。「だってね」と彼女は弱りきったようにいった。「私だって同じ気持ちだったんだ、ヴァージルが――」叔母は両手で顔を覆い、体が前後に揺れはじめた。「あんたもあそこにいたなら……マンダレイだよ……」

ライアン医師は手で両目を覆い、「マンダレイか」と同意してみせた。そして、「おれもヴァージルがマンダレイを歌うのを聴いたことがあるから」とつけ加えた。

「してません」エリザベスがいった。「つまり、なにもいってないんです」

モーゲン叔母とライアン医師は、同時に振り向いて、ふたりしてまじめな顔でしげしげと彼女を眺めた。

「そうなんだ。この娘はほんとうに覚えてないんだと思うよ」モーゲン叔母はいった。

ライアン医師は頷いた。「もちろん身体面では」といって彼は肩をすくめた。「わかっていることを検証するしか方法はないわけだよ。おれは彼女が疲れすぎてるとか、神経質だとか、その種の戯言《たわごと》はいえるが、あんたはまたすぐ戻ってきて、あんたもおれも不可能だとわかってるはずのことが起こったっていうかもしれない。そうなれば、また振り出しに戻るしかない。おれの意見では、いますべきなのはこういうことだ」ライアン医師は急に決意を固めたらしく、手を伸ばして処方箋の束をとった。「古くからの友人で、ライトって名前なんだが。ヴィクター・ライトだ。モーゲン、あんたもわかるだろうし、おれだって承知の上だが、エリザベスと長いつき合いのおれが、この娘を精神分析医のところへ送りたいなんて、普通なら思うはずがないんだよ。あんな奴らがなにをいいだすやら、わかったもんじゃない。だがな、エリザベス、今回はすぐにでもライトのところに駆けこんで、診てもらったほうがいい。変わった奴でね」ライアン医師はモーゲン叔母にいった。「昔からこの種のことに興味をもっとるんだ」それから、安心しろといった身振りをしてみせた。「モーゲン、長椅子に座らせたり、その種のことはさせんよ」

「あんたはまったく困った男だよ」モーゲン叔母は愛想よく応じた。

ライアン医師は顔を上げてにっと笑い、「そうだろう?」とまんざらでもないふうだ。

「もしどこか悪いなら、その医者が見つけてくれるのかい」モーゲン叔母は訊ねた。

「エリザベスはどこも悪くはないさ。なにか心配事でもあるんだろう。たぶん彼氏かな。ボーイフレンドについて、訊いてみたことはあるのかい」

モーゲン叔母は首を振った。「ぜんぜん話してくれないもんだから」

「それなら」といってライアン医師は立ち上がった。「聞きだせる人間がいるとしたら、それはライトだな」

モーゲン叔母は立ち上がってエリザベスのほうを向き、それから甲高い叫び声をあげた。「ハロルド・ライアン! それはやめろって、もう二十五年もいいつづけてるだろ」

「つねるには、いまだにあんたが町でいちばんだ」そういって、ライアン医師はエリザベスに片目をつぶってみせた。

二　ライト医師

私は自分が正直な男だと信じている。なにもないのに名前ばかりつけたがり、存在しない病気の治療法を並べたて、恥の意識から患者の目を直視できないような、最近の生ぬるい医者どもとは違う。そう、私は自分が正直な男だと信じているし、そんな人間はもうあまり多くはないのだ。自分の名前のネオン看板を出したり、待合室でビンゴゲームを催すことはさすがにないにせよ、それに近いことならやってのけるような開業したての見かけ倒しの若造どもを、私はひときわ嫌悪している。おもにそれが理由で、ミス・Rの症例をきちんとまとめて記録しておこうと考えたわけだ。ひょっとすると若い医者たちがこの記録を読んで、なにかを学ぶかもしれないし、学ばないかもしれない。医者がのめりこむことのできる患者について、亡き妻とよく冗談をいったものだ。それですら、夢やらフロイトやらに夢中の昨今の精神分析医にかかれば、曲解される恐れもあるのだろうが。なかには私が育てて世に出した医者もいる。ミス・Rの特異な症例を、ひとりの正直な男がとりあげて解決し、誰もが読める形でこうして文書化したというのは、喜ばしいかぎりである。少なくとも私自身にとっては喜ばしいことだ。医学的な見解についての弁明や謝罪はまったく不要だが、私の文体についてはおそらく至らぬ点もあるだろう。この記述を始めるにあたって、四十年以上いいつづけてきたことをくり返したい。すなわち、正直な医者は正直な人間であり、請求書の送付以前に患者の幸福を考えるということだ。私の患者の大半は死んでしまったから仕事は先細りだ（これもお気に入りの冗談なのだが、これからの道のりをともにする読者には、この種の冗談に慣れてもらわねばならない。私はおかしな人間だから笑いがないとやっていけない）。患者も私と一緒に年をとるわけで、医者である私のほうが長生きするのだから、数が減るのは当然である。

サッカレーがどこかで書いていたが（つい昨日か一昨日、その一節を見つけた、たしか『ヘンリー・エズモンド』だったはずだ）、男の情熱のなかでもっとも強烈なのは虚栄心だという。ここ二十年で二十回以上は読んだ箇所だ。あえていわせてもらえば、よい作家というのは、よい医者と同じである。正直で、慎み深く、誇りをもった男で、一時的な流行や道楽には見向きもしない。いつだって手に入る素材でできるかぎりのことをするし、結局のところ、人間というものを扱うのだから。この地道な忍耐と堅実さに異議を唱えるものなどいるだろうか。それでいて、サッカレーと同じく、私には自尊心もちょっとした情熱もあり、自分を〈作者〉だと考えることは、そのなかでも重要な位置を占めている。

とはいうものの、はじめて気の毒なミス・Rに会ったとき、あまり冗談をいう気分にはなれなかった。ライアンが彼女のために予約を入れてきたのだが、むっつりした娘に思えたからだろう、正直なところ最初はあまり乗り気ではなかったのだ。〈性格判断〉や〈運勢占い〉の好きな若い女性なら、彼女をはずかしがりのタイプと見なしたことだろう。彼女を見たときまず頭に浮かんだのは、特色がない、という言葉だった。茶色の髪を後ろにひっつめにして、丈夫な櫛かリボンかなにかで留めている。目は茶色で、腰掛けたとき、ほっそりした優雅な手は落ち着いており、神経過敏な女性たちがよくするように、手袋やハンドバッグをそわそわ触ったりはしなかった。全体として、もし悲しくもすたれてしまった言葉を使ってよいのなら、ミス・Rは淑女であるという印象を受けた。ワンピースは彼女の年齢と立場にふさわしいものだった。濃色で仕立てもよく、しゃれたデザインではまったくなくて、私自身は好ましく思ったと記憶しているが、少し堅苦しい感じすらした。声は低くて抑揚がない。教養はあるように思えた。こころから笑った顔は思い出せないが、親しくなるとよく微笑を浮かべていた。

ミス・Rの症状――めまいの発作、ときおり起こる無意(1)、一時的な記憶の喪失、パニック、仕事に支障をきたす不安や虚弱、落ち着きの欠如、不眠――はすべて、極度の神経過敏、おそらくはヒステリーの徴候であり、あの愛すべき悪漢ライアンが忠実に報告してくれたものである。彼女の状態がもはや無視できないほどひどくなったので、家族がライアンのもとに連れて行ったのだ。たいていの場合と同様、この家族も――今回は、中年の叔母ひとりしかいないようだが――患者の神経過敏の明らかな徴候をあえて放置し、もはや看過できないほど進行するまで、あれやこれやで寛容に見逃してきた。私の知っている家族などは、愛する息子が父親の金庫から数千ドルを奪って逃亡したときになってはじめて、彼が子供のころから夢遊病だったと告白したものだ！　いずれにせよ、

(1) さっさと読み進みたい素人読者のために説明すると、無意とは望む行動を妨げる、意志の抑制である。ミス・Rの場合、この症状は、まるで音節の発音を阻止されているかのように聞こえる、その話し方におもに表れていた。［原注］

ミス・Rがお決まりの治療（神経に効く気つけ薬、安定剤、午後の休養）では治らないものだから、途方に暮れたライアンは、私が深遠なこころの問題に興味をもっているることを知っているので（何度もくり返すが、私はいわゆる精神分析医ではなく、ただの正直な普通の開業医にすぎず、精神の病は身体の病と同じく道理にかなったものなのだから、悪意ある精神分析はミス・Rのような慎み深い謙虚な娘の思考とは無縁だと信じてやまないのだが）、連絡をしてきて予約の手配をしたのだった。

看護婦のミス・ハートリーが患者の名前、住所、年齢といった不可欠な情報を書き留め、それを記したカードが机の上におかれたとき、ミス・R[2]が入ってきた。

彼女は私に向かって少しおどおどと笑いかけ、腰を下ろした。私の診察室は、臆病な患者をできるかぎり安心させるように設えられている――クロムやエナメル好きの内科医には、不必要な配慮に思えるだろうが。壁面の本棚には深い色合いの本が並べられ（奥様、お咎めを受けるまえに、学生時代の本だと認めておきましょう）、窓には分厚いカーテンが掛かり（お嬢さん、カーテンには葉巻の煙と灰がたっぷり染みこみ、それゆえ蛾がよりつきません）、深々とした椅子と枕つきのソファーがあって（男性読者よ、いつでも都合のいいときに、でっぷりしたその尻を一時間ばかり居心地よく沈めて、うまいワインと若い娘の忌み嫌う葉巻でも楽しんでくれたまえ）――こうしたものすべてのおかげで、ミス・Rは多少気持ちが落ち着いたらしく、愚鈍といえなくもない様子で辺りを見まわしていたが、少なくともヒステリックな怯えの徴候はすぐには示さなかった。念のため指摘しておくと、ライアンの奴が紹介した患者には、そういう反応も珍しくなかったのだ。育ちのよい女性は静かに座るものだと幼少から教えこまれてきたのだろう、ミス・Rはほっそりした手を膝の上に揃え、私の片側をじっと見つめ、神経質そうに唇を濡らし、机の隅に向かって無意味に微笑みながら、口を開き、ふたたび口を閉じた。「さて」と私は快活に切りだした。それによって、私が彼女の存在に気づいており、面談はいわば自然に始まっていて、叔母さんが金を払った私の貴重な時間をどう過ごすかは彼女の一存にかかっている、と伝えたのだ。「さて、ミス・R、なににお困りですか」

ひょっとすると話してくれるのではないかと、なかば期待していた。驚くべきことだが、私の机の隅を見つめているような無口な女性が、ほとんど促されてもいないのに、奇想天外な話をみずからしてくれることが、ときにはあるのだ。だが、彼女はただ目を落として灰皿台の足の部分を見つめ、「なにも」と返事した。

「おそらく問題はなにもないんでしょう」私は同意した。「しかし、ライアン先生は、あなたと私が少し話をすべきだとお考えのようで、たぶん――」

「あなたのお時間を無駄にするだけです」彼女はいった。

「そうかもしれませんな」私は話を遮られるのが嫌いだ。しかし、自分は健康だと彼女が信じきっているふうなので、興味をひかれた。白状すると、彼女にまた会うことはきっとないだろうと、このときは思っていたのだ。「ライアン先生によると」彼のくれた覚え書きを参照しながら、私は続けた。「睡眠障害があるようですな」

「ありません」彼女は答えた。「ちゃんと眠れています。叔母が先生に眠れないと伝えたんですけど、眠れています」

（2）当然ながら、守秘の観点から、この若い女性をフルネームで呼ぶことは控える。V・W〔原注〕

「なるほど」私は無意味なメモをとりながら、慎重にいった。「それで、頭痛は？」

「ええ」彼女は両手をかすかに動かした。私は彼女が話を続けるものと思って、そのまま待ち、それから返事を期待するかのように目を上げた。彼女は机におかれたカレンダーを、まるではじめて見るもののように、うっとりと見つめていた。

「それで、頭痛は？」私は少し鋭い口調でくり返した。

彼女ははじめて私の顔をまっすぐ見た。うすぼんやりと無関心な様子で、片手をもう一方の手のなかでひっくり返しながら。「それで、頭痛は？」私はいった。それを聞いて思い出したかのように、彼女は片手を首の後ろにあてて、目を閉じた。「それで、頭痛は？」私がまた問いかけると、彼女は目を見開き、はじめて気づいたようにこちらを見て、大きな声でいった。「怖いわ」

「怖いですって？」

「頭痛はしません。気分がいいんです」

「だけど怖いんですね」自分がペーパーナイフをそわそわいじりはじめていたのに気づいて、私はきっぱりとそれを机の上に戻し、両手をきちんと揃えた。

ミス・Rは行儀よく膝の上で手を組み、カーテンの隅に向かってうっすらと微笑んだ。

「それでは、ミス・R」振り返って一緒にカーテンを見てみたいという強い欲望を覚え、そのことに自分でも驚きながら私は続けた。「たぶん、もう……」

「どうもありがとうございました、ライト先生」彼女は立ち上がった。「きっと、すごくよくなったと思います。また来るべきでしょうか」

「ぜひ来てください」彼女がドアのほうへ歩きだしたので、私も立ち上がって机の向こう側へ出ていった。「たぶんミス・ハートリーが明後日の予約をとってくれますよ」「さようなら」彼女はいった。ドアが閉まると、私はふたたび腰を下ろし、この目でしかとカーテンを眺めてから考えた。もしミス・Rが病について私に語ってくれるとしたなら、それは自発的にではないだろうし、もしかしたら意識のない状態で、ということになるかもしれない——この段階で早くもそう察知したのだ。

そういうわけで、これがミス・Rと私の最初の初対面であった（読者が息を呑んで読むのをやめ、立派な医者の記録に文法のまちがいを見つけて嘲りの声を上げるまえに、威厳をもっていわせていただきたい。「最初の初対面」という類語反復は故意に用いたのであり、冗談に近いといってもよい。まもなく読者も狼狽しつつ理解するだろうが、この非凡な娘との出会いは一度では終わらなかったのだ）。正直にいえば、このとき私の頭にあったのは、彼女がひとりでは解決できない問題に悩み苦しんでいる、という見立てだった。私は性急に判断を下すような人間ではないし、ミス・Rの病に都合のいい名前をつけて片づけることなど、あの段階ですら、とてもできなかったのだ。

私は昔から催眠術を得意としてきた。催眠療法はすばらしい持続的効果をもたらし、ミス・Rのようなケースにはおおいに有効だし、患者を鎮静させ元気づけるのに役立つ。長年の実践と的確な結果判断のおかげでそれがわかっていたので、患者のためを思って巧みに用いさえすれば、催眠術は医者にとって計りしれない価値をもつ手段であると、私は確信していた——患者の側では、無理もない話だが、近年のひどい精神科医どもに身を任せることに不安を感じているのだから。私はすでに決断していた。なんとかミス・Rを誘導して彼女の抱える困難を打ち明けさせ、我々がそれを軽減できるようにするには、催眠術は最善の——じつのところおそらく唯一の——方法なのだ。ぜひとも催眠術を試そう、私はそうこころに決めた。

二度目に彼女が診察に来たとき、我々はまたもやカーテンや灰皿やカレンダーをじっくり観察することになり、私はしばらくのあいだ、ライアンのやつ、いったい彼女になにをしたんだろう、と考えていた。怖いというあの発言にすぐさま戻るのはためらわれたので、以前と同じ話題から出発した。今回も彼女はぐっすり眠れるし頭痛もないと主張した。彼女の言葉のみから判断すれば、そもそも無理に医者に行かされること自体、こっけいでばかげた強要だと考えているように受けとれた。しかし、私をまっすぐ見たとき、その瞳にはものいわぬ動物の嘆願が浮かんでいた（私は動物好きな人間だし、こうした比喩を用いることでミス・Rを貶めたりはしていない。じっさい、二度目の面談時のミス・Rと比べれば、ずっと知的で意識も明瞭な犬を、これまでたくさん見てきた）。自分の理解をこえる傷を受け、助けを求める、すがるような眼差しだった。

「私が怖いかい」ついに私はやさしく訊ねた。

彼女は首を横に振った。

「ライアン先生が怖いかい」

またしても、いいえ。

「病気について私に話すことは？」

彼女は首を縦に振った。まだカーペットの端を見つめていたが、こちらの質問に対する返答だと確信できたので、私は勢いづいて問いかけを続けた。「話すのは苦手かい？」

ふたたび、はい。

「それじゃあ、催眠術にかけるのを許してくれるかい？」

目を大きく見開いてこちらを見つめながら、彼女はまず激しく首を横に振ったが、治療法より目の前の医者のほうが怖かったのだろう、少し間をおいて、今度は頷いた。

こうしてミス・Rとライト医師との二度目の貴重な面談は終わった。だが、私は進歩があったと感じていた。患者の信頼を勝ちえたとはとてもいえないものの、少なくともこちらの質問に対する返答を引きだすことができたのだ。ライアンに同じことができたとはいわせない。

彼女が帰るとき、それでは次回は催眠療法を試してみましょう、とさりげなく伝えた。それゆえ、つぎの予約の日、彼女がいつもより重い足どりで部屋に入り、こそこそしてカーテンさえ直視できず、かわりに自分のつま先を見つめているのに気づいても――長年、辛抱を重ねて苦い経験をしてきたおかげで――さほど驚きはしなかった。私がこんにちはと挨拶する暇もなく、彼女は戸口からさっそく話しかけてきた。「ライト先生、あたし、行かないと。ここにはいられません」

「どうしていられないの？」

「なぜなら」

「なぜなら？」

「約束があるからです」

「もちろん、私との約束はあるね」

「いいえ、別の人とです。仕事に戻らないと」彼女は思いつきでそういい足した。

我々の一日おきの面談は、ミス・Rが四時に仕事を終えるので、いつも四時半からと決まっていた。今日は職場に戻ってやるべき仕事があるという可能性もゼロではなかったが、私は打ち解けた調子でこういってみた。「ミス・R、それはほんとうかな？」

嘘をつくのには慣れていなかったのだろう。彼女は正直に顔を赤らめた。「いいえ」といって、彼女はハンドバッグを別の手に持ちかえた。「じつは叔母が催眠術に反対なんです」

「ほんとうに？　聞いておられなかったとは、驚きだ。きっとライアン先生が――」

「あたしも叔母と同意見です。催眠療法に反対なんです」

ミス・Rには非常にかぎられた経験しかなく、また、おそらく何事に関してもはっきりした意見など持ったことがないだろう。そう考えれば、彼女のこの発言を、無理もない反応として受け入れることもできた（催眠術の名のもとで一般大衆に対しておこなわれている、いかさまやペテンの劣悪さを考えれば、世間の無知な人びとがいまだに医者を尊敬しているという事実に、驚きを禁じえないときがある）。しかし、私はそのとき彼女を見て気づいてしまったのだ。まるで話している内容と伝えたい内容は違うのだといわんばかりに、彼女の目が私に嘆願していることに。

「そうだとしても、前回合意したとおりの治療を続けるつもりだよ」私はきっぱりとそう告げた。

「どうやって？　あたしが嫌だといっても？」彼女は驚いて訊ねた。

こういいながらその顔に表れた懇願の表情を見て、私は確固たる口調で続けた。「きみの意志に反する治療をしようとか、それが可能だとか思うのは、ばかげている。おまけに、そんなことは望んでもいないよ。だけど、前回からの会話を続けることには、反対しないだろう？　とても楽しかったからね」

私がいまにも飛びかかって無理やり恐ろしい治療を始めるのではないか――そう怯えているかのように、彼女は用心深くいつもの椅子へと移動した。最終的に彼女が静かに椅子に座り、普段どおり無害な物体の上に視線を落としたときには、心底ほっとしたものだ。

どうやって始めるべきかは、問題ではなかった。いったん治療に同意したのだから、もう説得はいらないとわかっていた。必要とされていたのは、彼女がじっさいに望むもの（これについては、彼女が治療を、しかもこちらが提案したとおりの治療を望んでいるのだと、私はすでに確信していた）をいわば偽装して差しだし、彼女自身の無意識の助けを借りつつ非合理な反対を回避できるようにするため、なんらかの方法を見つけだし、それを抵抗感なく示すことだった。いずれにせよ、ミス・Rの精神的資源は（控えめにいっても）まったく活用されていない状態だったので、明らかに表面上の反応である治療拒否については、機械的に遠回しに対処すればそれで十分なのだ。私は机を見下ろして感じよく笑い、少なくとも話はさせてもらえるだろうね、といった。彼女はちらっとこちらを見て、すぐに目を逸らしたが、私がわざわざ言葉を強調してなにを伝えようとしたかを、感じとったようだ。つまり、私が苛立ち、失望しているということを。

「ごめんなさい」と彼女は答えた。こんなに自発的な言葉を彼女の口から聞ければ、努力が報われるというものだ。一歩前進できたことを示しているのだから。「せっかく催眠療法を提案してくださったのに」

私は気前のいい申し出を却下された紳士にふさわしく（ステイン侯爵*、ヴィクター・ライト！）、慇懃にお辞儀をして、さりげなく言葉を続けながら笑いをかみ殺した。「おそらくまたの機会に。お互いをもっとよく知るようになれば、きみも私を信頼してくれるだろうから」

「信頼しています」ミス・Rは床に向かってあやふやにそういった。

体調の話になると口を閉ざしてしまうので、私はミス・Rの家族や仕事に話題を向けようとした

＊サッカレー作『虚栄の市』の登場人物。

のだが、なかば予想していたとおり、家庭生活についても、勤めている博物館についても、同じくらい話が弾まないことがわかった。じっさい、この娘は場所も時間もほとんど自覚しておらず、急に訊ねられたら自分の名前すら思い出せないのではないか。絶望してそう確信しかけたときすらあった。スペイン異端審問*の審問官でも誇りに思うほどの厳しい追及のすえ、彼女がいま博物館で下っ端の事務仕事をしていることを知った。タイプ打ち（正しい文字を見つけるという、想像力も創意工夫もいらない形式的な作業を、ミス・Rはすばらしくこなしたものと思われる）、日常的な郵便物の処理（確かめたが、これも独創性などまるで要求されない）、それから事務的なリスト作成で、これについては名前と数字を写す能力があればそれで十分だろう。

こうした仕事が彼女の体調不良のひどいしわ寄せを受けたというわけだ。彼女はこの収入で生計を立てていたから（とはいえ、まだ会ったことのない彼女の叔母がいくら非情な人間だったとしても、収入がなくなったからといって気の毒なミス・Rを飢えさせるとは思えない、というのも私の質問に対する彼女のさまざまな返答から判断するかぎり、叔母は現在でもなお相当な額に上る財産を有しているらしい）、仕事がなくなれば彼女に残されたこのちっぽけな独立までも失ってしまうことになり、その結果――いまと大差はないにしても――状況はさらに悪化したことだろう。叔母が仕事を探してきて、就職するよう彼女を説得し、続けなさいと励ましたという。叔母には失礼だが、ミス・Rが毎日規則正しく出かけてくれれば、彼女も多少ほっとしたのだろうと、私は思った。こちらがあれこれ探りを入れると、ミス・Rはいまもまだ頭が痛いと認め、さらには、結局ほぼ恒常的に頭痛に悩まされ、同じくらい頻繁に背中も痛むのだと打ちあけた。ミス・Rが完全に無気力であるという見方を、私はまもなく疑いだした。なぜなら、いつもどおり机の隅を見つめているのだとばかり思っていたら、私が時計をちらっと見たのに気づいて、彼女はすぐさま立ち上がり、叔母が家で待っているからといって立ち去ろうとしたのだ。時計を見たのは次の予約があったからで、まだ二時間ほど先だから大丈夫だと説明したものの、留まるよう説得することはできなかった。だが、今日はなんらかの進歩があったという、きわめて強い印象を私は抱いていた。

「ライト先生」思いがけないことに、彼女はドアへ進む途中で立ち止まり、後ろを向いたままこう告げた。「こんなことをしてもお時間の無駄だと思います。あたし、どこも悪くはないんです」

私は安心させるようににっこりした——相手は背中を向けていたので無意味だったが。「自分の診断ができるのであれば、医者に会いにくる必要なんてないんだ。それに」医者に会いにきたのではなく、来るようにいわれただけだ、と彼女が反論するまえに、私は言葉を続けた。「催眠療法を一、二度おこなえば、ほんとうにどこも悪くないのか、すぐにわかるよ」

「さようなら」といって、ミス・Rは立ち去った。

せっかちな読者にこれ以上細かい説明をする必要はなかろう（あなたは気の長い読者だろうか？それならば、あなたと私はともに、時間がのうのうと流れる悠長な時代の遺物として、とり残された人間というわけだ。昔の読者は、作者が我々を楽しませるため惜しまぬ努力をしているときにそわそわしたりはしなかったし、何段落にもわたる豊かで読みがいのある瞑想を求め、革製のずっしりした本を愛したものだ。あなたも私も忘れられた存在なのだ。人目を忍んでアヘンを吸う人間や、隠れて金を数える人間のように、ひっそりと物思いにふけるしかない）——そういうわけで、催眠

＊裁判の厳格さと刑の残酷さで知られる。

療法を受け入れるよう私がどうやってミス・Rを説得していったのか、わざわざ細々と説明をして、これ以上読者を悩ませる必要もなかろう。最終的に彼女は短い実験に同意してくれた。だが、自分が説き伏せられて参加するのは、治療に役立つ実直な試みというよりは、なにか罪深い営みであるかのように受けとめていたようだ。というのも、〈ばつの悪い〉質問への答を要求しないこと、そして催眠状態でいる時間は一分程度にすることを、彼女は条件として主張したのである。なるほど、公然と不埒なことをするには、一分では足りないわけで、私は苦笑せずにはいられなかった。(読者よ、むろんこころの中で思っただけだ、私はけだものではない!)これらすべての規定に私は喜んで同意した。たとえ短い実験であっても、ミス・Rの恐怖心を確実に和らげるだろうし、うまくいけば神経の病を鎮める一助になるかもしれないと考えていたのだ。以前から予測していたとおり、彼女はいったん腹をくくると、前向きで協力的な患者だったから、軽い催眠状態に入るのに、ほとんど時間はかからなかった。

彼女は小さな足台に快適に足をのせて、両手も顔も緊張の解けた様子で、落ち着いて静かに呼吸していた。知的で感じのいい端正な姿を見て、私はうれしい驚きを覚えた。神経からくる抑制は、頭痛や不眠を引き起こしただけでなく、おそらく彼女の人格全体に臆病で愚鈍な空気を纏わせているのだろう。病がもたらした仮面を剝いでしまえば、ミス・Rはひょっとすると陽気で愉快な人間なのではないか。当時はそんなふうにさえ思ったことを覚えている。はじめてきれいだと感じたその顔に浮かぶ、くつろいだ表情に感嘆しながら、私は静かに訊ねた。「あなたの名前はなんですか」

「エリザベス・R」ためらいのない返答だった。

「どこに住んでいますか」

彼女は自分の住む町と通りを告げた。

「私は誰ですか」

「ライト先生」

「私が怖いですか、ミス・R」

「もちろん怖くありません」少し笑みを浮かべている。

催眠術のおかげでミス・Rの顔から心配そうな皺が消え、固く結ばれていた口元は緩み、声も消極的ではなくなった。それと同時に、内に閉ざされていた情報もいわば開栓状態となり、私の質問にもためらわず快く答えるようになったのは、なによりもありがたかった。なにしろそれ以前に聞くことができたのは、とまどいながらたどたどしく口にされたごく短い返答のみだったから。そして私は予見した。これまでもそう信じていたとおり、抑圧を逃れたミス・R自身の精神の貴重な援助があれば、我々は恐ろしい目に遭うこともなく、いとも簡単に彼女を神経の病から解放し、誰にも負けないほど健康な状態にしてやれるだろう、と。

この最初の実験で、私はミス・Rを幸せな眠りから覚醒させたくはなかった。しかし催眠状態はせいぜい一、二分間に留めるという約束を覚えていたので、今夜は夢も見ずぐっすり眠れて翌朝は爽やかに目覚めるだろうという確信を彼女の心にしっかり植えつけて〈後催眠暗示《こうさいみん》〉と呼ばれる方法で、圧倒的な影響力をもつ)、私は彼女を目覚めさせた（いったん彼女の不眠を制御できれば、頭や背中の痛みをやっつける力も湧いてくるかもしれないし、こうした痛みはたんに疲労によるものだと、私はなかば信じていたのだ)。とたんに彼女は不機嫌で無口でけっして私を直視しないおなじみのミス・Rに戻り、即座にこう訊ねた。「あたし、なんていいましたか？」

私は黙って机越しにノートを渡した。彼女は急いでそれに目を通し、びっくり仰天してこういった。「これだけですか?」

「一語一句書き留めたよ」私は偽りなくそう答えた。つけ加えるまでもないことだが、夜に夢も見ず眠れるという暗示を吹きこんだ私自身の言葉については、むろん記録に残していない。

「先生が怖くないかと、なぜ訊いたのですか」

「当然ながら医者の第一の義務は、患者との信頼関係の構築だからね」私は調子よくそういった。彼女を支配下においたとき――その状況を本人は鮮明に思い浮かべていたにちがいない――私が並外れた自制心を示したことに対し、なお驚きを隠せない様子で、彼女はまもなく立ち上がって帰っていった。

あの当時、私が考えていた治療というのは、どんなに無学な素人でもわかるくらい単純なものだった。専門用語を使わずに説明すると、私が意図していたのは以下のようなことだ。催眠状態のミス・Rは覚醒しているときよりはるかに自由な言動をすると思われる。どのような精神的緊張が原因で、彼女はあえてみずからの殻に閉じこもり怯えているのか、催眠療法という手段を用いて、その原因をつきとめ除去しようという狙いだった。記憶からは消えてしまったある時点で、ミス・Rは本来そうであったはずの自分を見捨て、見せかけの愚鈍な自分に無理になりきり、そうして何年も生きてきたにちがいない。現状およびその治療法を(もし読者がこんな下品な比喩を許してくれるのであれば)水道本管の閉塞に喩えることもできよう。おそらくなにか事件なりトラウマになるような出来事なりがあり、それは彼女の精神にとっては消化不可能なものだったのだろう、吸収して管を通過させることができなかったため、ミス・Rはなんらかの方法で精神の下水管(なんてことだ、自分が使った比喩から抜けだせなくなってしまった！）を塞き止めてしまったのだ。この閉塞のせいで、ミス・Rのじっさいの人格の流れはほぼ完全に止まり、その結果、我々の知っているあの淀んだ人間が存在するというわけである。私の直面した課題は、具体的にいえば、管の中に潜りこんでいって障害物をつきとめ、それをきれいにとり除くことだった。私のように狭い空間を恐れる人間にとっては不快きわまりない喩えなのだが、障害物の除去を成し遂げる唯一の方法は、（おわかりのとおり催眠術を用いて）みずから管の中に潜っていき、ついに閉塞が見つかれば、常識と慧眼からなるあらゆる道具を駆使してそれを攻撃するというものだ。やれやれ、これでようやく件の比喩から抜けだせる。しかし、正直なところ、ここまで粘り強くこの表現を探求したことを、サッカレーならきっと誇らしく思うだろう。ミス・Rの困難についての自分の診断と、それを軽減するために私自身が直面する問題とを、こんなに鮮やかに表現してくれる比喩は、残念ながらほかにはないのだから。それでは想像していただきたい。善良なるライト医師が男らしく決然と下水管に潜っていくところを（そして愉快なことに、気の毒なミス・Rの精神を下水と呼ぶことで、私は近頃の精神分析医たち、あらゆる人の精神を汚水溜めと見なし、すべての心はどす黒いと考えているあの配管工どもに、あやしく似てきてはいないだろうか！）。ああ、ミス・エリザベス・Rよ、あなたはなんという道に医者を導いたのだ！

ここでひとつ（これからはもっとまじめな話だ）、今後の記録の明晰さのために、はっきりさせておこう。私は長年の習慣で――これは治療のため催眠術を専門的に用いる人の多くが実践している方法のはずだが――覚醒時の人格と催眠状態の人格を数字で区別することにしている。したがって、私が最初に出会った覚醒時のミス・Rは自動的にR1とする。ただし、1がつくからといって、

R1がミス・Rの健康な姿だとか、本来的な存在だと考えているわけでは、かならずしもない。R1とは、私の記憶と記録に最初に登場したミス・Rなのだ。つぎに、すでに私の遭遇した軽い催眠状態のミス・RはR2としよう。もちろん記録においては、R1とR2のどちらが答えたのか記すことによって、覚醒時の発言や返答と催眠時のそれとを、簡単に区別できる。すでに私の頭のなかでは、R2の答のほうが、いや、それだけではなく人格全体としてもR2のほうが、断然好ましく思えていた。

じっさい、二日後にミス・Rが診察室に現れたとき、その振舞いにかすかにR2を見てとれるように感じた。おそらく足どりはいつもより軽かったし、こちらをまっすぐ見ることはなかったとはいえ、私の挨拶に応えて、いつものむっつりした「こんにちは」ではなく、話そうという姿勢を見せたのだ。「すでに気分がいいんです」と彼女はいった。そして一瞬顔がぱっと明るくなった気がした。

どんな医者でもそうだったろうが、私はすっかり元気づいてこう答えた。「それはすばらしい。よく眠れたかな?」

「はい、ぐっすり」

「しかし、だからといって――」

「だから催眠療法はもう受けません」

たんに一時的に気分がいいだけで、私の援助がなければすぐにまた調子を崩し、せっかくそこから多少引き上げてやった深みにふたたび落ちるかもしれない――辛辣にそういってやりたくてたまらなかったが、私はただ穏やかにこう告げた。「適切な知識がなければ、きみのような症例の治療は不可能だし、はっきりした診断を下すことすらできない。私が必要とする情報を、きみが自分から話してくれるとは思えないな。催眠状態になれば、自由にほんとうのことを話してくれるだろうが」このとき、〈ばつの悪い〉質問に関する例の制約を覚えていたなら、これほど直截な表現は選ばなかっただろう。いずれにせよ彼女は不機嫌そうに椅子に身を沈め、返事をしなかった。きつい言葉遣いをすぐに後悔して、私はしばらく黙っていた。しまったという気持ちが表れ、自分に対する苛立ちを彼女にぶつけているように聞こえると困るからだ。少しのあいだ、ふたりとも無言で座っていた。それから私は深いため息をついて、ひとり微笑み、率直にこういった。「普段は患者に腹を立てたりはしないんだよ。ミス・R、たぶんきみは私をいい方向に変えてくれるかもしれないね」

私はそうとは気づかず、うまいやり方を探り当てたようだ。ミス・Rはこちらを見て、笑いだしそうになった。「もう怒らせたりしません」と彼女は約束した。

「いやいや、きっとまた怒らせるよ。患者を人間としてではなく問題として捉えがちな厳めしい男には、いい薬かもしれない。今後も私がきみを算数の問題のように――」（もしくは下水の問題といってもよい。おっと、またもやこの比喩だ！）「――見なしていると思ったら、私の気性に訴えかけて、すぐさま阻止してくれたまえ。いつだって怒る準備はできているからね」

治療が終わればそうなるはずの人間に、ミス・Rがすでになっているかのごとく、我々は親しげに見つめ合った。私が腹を立てたのち不器用に謝ったこの短時間のうちに、ふたりの距離はぐんと接近したと確信している。とにかく、彼女の嫌がる治療の話を必要にかられて再度もちだしたとき、ミス・Rは先ほどのようににべもなく拒絶はしなかった。最終的に、もう一度催眠療法を試みることに彼女が同意したといえば、それで十分だろう。「でも、ばつの悪い質問はやめてくださいね」こう主張することを恥じつつ、それでも主張せずにはいられない様子で、彼女は頬を赤らめていった。まるで痛くないよう歯を抜いてくれと何度も何度も歯医者に念を押す患者のように。ミス・Rの繊細な感性にとっては、どんなことならばつが悪く思えるのか、この時点では見当もつかなかったので、私は歯医者と同じく、しかたなくただ同意した。そして、できるかぎりこの義務を果たそうとひそかにこころに誓った。だが、いっぽうでミス・Rの考えるばつの悪い質問というのは、私が考えているものとはまるで異なるという気はしていた。この種のケースで〈ばつが悪い〉といえば、下水管の閉塞地点に向かうような質問であろうと、私自身は確信していたのだが、ミス・Rの考えている〈ばつが悪い〉は、いかにもうぶな若い娘が考えそうな内容だったのではないか。すなわち、私の前で話すのが恥ずかしいようなこと、気の毒な娘が秘密にしていることで、それはかならずしも——というより、じっさいほぼ確実に——私が探し求めている秘密ではない。私は広いこころでもって、ラブレターだとか、その種のものを思い描き、ミス・Rの乙女心にみだりに介入したりせず、いまはそっとしておくべきだと決めた。

ミス・Rが静かに催眠状態に入ったとき、私は先日話をしたあの感じのいい娘に早く再会したくてたまらず、魅力的な知人を歓迎するかのように、いそいそとそのやさしい顔と対面した。初回もそうだったが、催眠療法の最初に形式的におこなうべき一連の質問があり、一種の導入儀式として、今回もそこから始めるのがもっとも適切かつ有効な方法だろうと、私はすでに決めていた。何度かくり返すうちに、催眠開始時のミス・Rを安心させる効果も加わるだろうし、さらには補完的な催眠導入としても役立つ。つまり、ミス・Rが眠りに落ちたときに、私のいつもの質問を聞けば、催眠状態がより確実になるであろうと期待していたのだ。そのようなわけで、私は今回もこの質問から始めた。「あなたの名前はなんですか」

「エリザベス・R」

彼女はふたたび住所を告げ、私のことが怖くはないと宣言した。前回の面談のときなにを話したか覚えているかと訊ねると、R2はにっこりして覚えていると答え、あなたが怖くないといいました、だって怖くないんですから、と続けた。私に対する全面的な信頼をこうして強調しておくべきだと感じていたのだ。そして、私がこころから彼女に共感していることを、質問や態度でつねに示すよう努めた。まるで父親のようだとしばしば思ったし、ふと気づくとやさしい親が大切な娘に話しかけるような口調になっているときもあった。

この二度目の実験では、「一分程度」という制限がなかったので、ミス・Rの病——催眠状態では、彼女は病について率直に認めた——や日常生活について、以前より時間をかけて質問ができた。たとえば博物館での仕事や、叔母との日々の生活について、より詳しい情報が得られた。さらに、こちらが意図せずにわかってきたこともある。ミス・Rと叔母が楽に生活できているのは、じつは彼女の父親の残した巨額の遺産のおかげで、将来はそれがミス・Rの財産になるという。弁護士や銀行による巧妙で（率直にいって）先を見越した手配の結果、ミス・Rの快適な生活を十分に尊重しつつ、これから何年ものあいだ、叔母が一括して財産の管理をするそうだ。自分が金銭問題に詳しいというつもりはないし、ミス・Rが私よりさらに金に疎いことは明らかだが、彼女の安全を守るためのこうした思慮分別には、賛同せざるをえない。そもそも厖大な財産を所有する若い女性には落とし穴が多々あるものだし、ミス・Rのように受け身で従順な娘なら、なおさら危険は多いはずだ。この情報を引きだすことになったなにげない発言をのぞけば、私の質問はほとんどたわいない内容で、情報を得るというよりは、対話の確立を目的とするものだった。会話がつつがなく進むなか、私はこう訊ねてみた。「最初、催眠術をなぜ嫌がったんだい」

するとと彼女は両手をよじり、椅子の上で困ったように向きを変えた。突然私ははっきりと感じた。催眠状態のくつろいだR2とはあまりに異なるその様子を見て、ついにミス・Rをもっとよく知る瞬間がきた、と。しばらくして、まだ両手をよじりながら、彼女はいった。「その質問には答えません」まるで嫌々答えるような冷淡な口調で、R2として彼女が協力を拒む徴候を示したのは、これがはじめてだった。〈ばつの悪い〉質問だったのかもしれないと思い、ひとりで笑みを浮かべつつ、私はおとなしくこの話題を打ち切って会話を続けた。「それで、よく眠れているかい?」

「とてもよく眠れます」彼女は緊張を緩め、にっこりした。「ぐっすり眠るようにいってくださってありがとう。あなたの考えだったと知ってますから」

「どうしてそんなふうに手を動かしているんだい?」彼女はまた指をよじりあわせ、執拗に手を目のほうにやっていたのだ。

「目を開けたいんだけど、できないんです」

「よければ目は閉じていてくれたほうがいいな」

「だけど、あたしは開けたいんです」——だだをこねるような口調だ。

「閉じたままで頼むよ」

「もし目を開けられれば」彼女は機嫌をとるようにいった。「先生のお顔が見られるわ」

「声さえ聞こえれば、私の顔は見なくてもいいんだよ」

「見るのが無理なら、声も聞かないことにする」
その後はどんな質問をしても返事はなかった。頑固に唇を閉じ、腕を組んで、しかめ面をして目を閉じている。とうとう、これ以上質問しても無意味どころか、かえって有害だろうと悟って、私は前回と同じくよく眠れる暗示をかけ、ついでに食欲も回復するだろうと吹きこんでから、彼女を覚醒させた。患者に不満を抱きながら。今回もなにをしゃべったかと訊ねられたが、このときはメモは渡さず、機嫌を損ねて返事をしてくれなかったと伝えた。本気で狼狽した様子で、彼女はとっさに「信じられない。あたしのこと、どう思います？」といった。そして、「もう治療はやめますか？」とずるそうに訊ねた。

彼女が本心から悔いていると信じていたので、こういう頑固さは珍しくはないのだと説明し、ほんとうに、きみは寝ているときのほうが起きているときより頑固だね、と冗談めかしていうと、彼女は笑った。我々はよき友人としてにこやかに別れを告げ、彼女は翌日また私のところに来たが、以前よりずっと陽気で明るく、私に対する態度も打ち解けていた。まるで前回私が人間らしく苛立ちを示したことによって、ふたりが同等に弱点をもち、それゆえ近しい存在だということが証明されたかのように。この日の彼女は頬に赤みがさして血色もよく、ほとんどおしゃべりに近い口調でこう報告してくれた。二晩続けて一度も目覚めることなくぐっすり眠れたし、（私が催眠中に暗示したとおり）食欲も回復した。何年も断続的に頭痛に悩まされていて、ここ数ヶ月はほぼ常時頭が痛かったのに、昨日は丸一日それがすっかり消えて、今朝になって少し戻ったけれど、朝食までには治った、と。むろんこのことにより、頭痛や背中の痛みや食欲不振といった症状が、すべて不眠の生みだした結果なのだという私の信念は、かなり裏づけられた。また、ミス・Rを苦しめてきた極度の疲労がなくなれば、こうした症状はすぐに消えるだろうと、私はおおいに期待していた。だからといって、ミス・Rの問題がすべて身体的なものであるとか、後催眠暗示によってよく眠れると信じこませればそれで彼女の治療が完了するなどと、私が考えていたわけではない。そんなことなら、錠剤をひとつふたつ使えば、あのライアンにだってできただろう。私が確信しているのは、こうした身体上の小さな徴候は、まさしく徴候にすぎないということなのだ。我々の目指す治療はもっと深く、もっと執拗に、探求されねばならない。また、白状すれば、ミス・Rの身体の状態がよくなれば、それだけ私に対する信頼も篤くなり、結果として彼女を理解する仕事も楽になるだろうと考えていたのだ。

彼女はいまや進んで催眠を受け入れるようになっていたので、いつもどおり難なく軽い眠りに入った。ふたたび私は彼女の名前と住所を訊ね、彼女も少し笑みを浮かべながら、ためらうことなくそれに答えた。親しげなその笑顔を見るのは心地がよかった。

「今日は私のいうことに耳を傾けてくれるかい？」

「もちろん」――驚いている。

「このあいだは、聞いてくれなかったからね」

「あたしが？　そんなこと、できたはずないわ」

私は前回の記録を持ちだして、目を開けられないのなら声も聞かないという彼女の発言を読んでみせた。読んでいると、彼女は両手を上げてよじり、またもや顔を擦りはじめた。

「それじゃあ、目を開けてもいいかしら？」

「目は閉じたままでいてくれたまえ」私はここで言葉を切った。「目を閉じたまま、話を聞いてくれるかい？」

「そうしなきゃいけないんでしょうね」——すねたような口調だ。「そうしないと、うるさいこといわれるから」

とっさにどう対応していいかわからず、私は顔をしかめた。そして、そのあとだった、人生でいちばん強烈な打撃を受けたのは。いつもどおり、私はミス・Rの椅子の横にあるスツールに座り、傍らにはメモをとるための低いテーブルがおかれていた。ミス・Rは足台に両足をのせ、頭の後ろに枕をおいて、大きな椅子の背にもたれかかっていた。カーテンを閉めた薄暗い部屋で、しばらく彼女を眺めていたのを覚えている。カーテンのわずかな隙間から差しこむ細長い午後の光が彼女を照らし、濃色の椅子を背景に青白い顔がほぼはっきりと見えた。顔は少しこちらを向き、唇は笑みを浮かべたまま開かれ、もちろん目は閉じられている。両手はまだ胸の前で組まれていた。まるで眠れる森の美女だ。私は子供っぽくそう考えた。しかし、なぜ以前は彼女が魅力的だなどと思ったのだろう。こうして見ると、魅力などまるでないではないか。私がぞっとして眺めるなか、唇の笑みはみだらで下卑た表情に変わっていった。開こうとした瞼がひくひくと動き、両手が激しく捻られたかと思うと、彼女は頭を後ろへのけぞらせ、大声で笑った。邪悪で耳障りな声。一瞬前にはミス・Rの柔和な顔のあったところに悪魔の仮面が現れたのだ。私はただこう思うしかなかった。ミス・Rのはずはない。これは彼女ではない。

ほんの一瞬のことだった。笑い声はやみ、彼女はおどおどと私のほうを振り向いて訊ねた。「お願い、目を開けてもいいでしょう？」

私はすぐさま彼女を覚醒させた。私自身、グロテスクな彼女の姿にすっかり動揺してしまい、さよならというのがやっとだった。私が落胆したのだと彼女は思ったにちがいない。じっさい落胆どころではなかった。先ほどいったとおり、私は深く動揺していた。これを書いているいまでも、まだ動揺している。あの午後、私が目にしたのは恐ろしい悪鬼の笑いだった。そして、ああ、なんということか、私はその後何千回とそれを見ることになったのだ。

ミス・Rのつぎの予約日になっても、私はまだ具合が悪く、そのつぎも同様だったので、彼女がふたたびやってきたときには、ほぼ一週間がたっていた。部屋に入ってきた彼女に挨拶をしたものの、せっかくこれまで積み上げてきた努力の成果がどれほど損なわれてしまったかを、頭でというより心で感じとった。のろのろとした足どりや不機嫌な声から、はじめて会ったときのミス・Rにほぼ逆戻りしてしまったことを私は悟った。頭ではなく心で感じとったというのには理由がある。彼女を見ると、私をあざ笑ったあの悪鬼の笑みがまざまざと蘇ってきて、今回は私のほうがテーブルの脚や絨毯やその他諸々のまっとうな物体を見つめ、ミス・Rの顔を直視しないようにしていたからだ。彼女のほうでも、そわそわと居心地が悪そうで、頭痛がまたぶり返したと告白した。彼女を催眠状態へ導くのにはたいへんな苦労を要した。私自身、あの嘲るような高笑いをまた聞くのが恐ろしかったせいかもしれない。面談は短かった。後催眠暗示のみ通常どおりおこなって、私は彼女を目覚めさせた。自分も完全に回復していないというのに、疲れる作業はとても無理だったのだ。

つぎの訪問のさいには、一歩前進したように思えた。体調不良からくる私自身の神経過敏はなんとか払拭できたと感じていたし、悪霊を呼びだしたからにはそれに対処するしかない人間として、催眠中にミス・Rがなにを出現させたとしても、前よりはうまく対応できる気がした。とはいえ、その日の治療はほとんど問題もなく終わった。ミス・Rはほぼ即座に眠りに落ち、R2と私は、叔母のこと、家のこと、仕事のことなど、はじめてではない話題についてあれこれ話した。一度か二度、彼女は目を開けさせてくれと哀れなほど懇願したが、私はきっぱりと拒絶し、彼女もさしあってては断念した。覚醒させたとき、ふたりの間はまだぎくしゃくしてはいたが――気の毒に、彼女にしてみれば、その原因など想像もできなかったろう――彼女は以前と同じく親しげな口調で私にさようならをいった。その日の記録には「R2がいつになく魅力的」と書かれている。私の記憶によれば、いつもより明るめの青色のドレスを着ていた。

しかしながら、我々が一歩前進したときには、かならずなにかが一歩後退するように思えた。進歩の形跡を見つけて喜ぶたびに、絶望すべきことも出てくるのだ。R2が普段より魅力的だったそのつぎの面談で、R1、というかミス・Rが診察室に着いたときには、いくら問いかけても答えてくれず、じっさいほとんど押し黙ったような状態だった。こんな状況での催眠術は論外だったが、涙にくれる患者をそのまま帰すわけにもいかない。仕方がないので、気持ちが落ち着くよう少し風を入れて、あとは待つしかなかった。私が机でいろいろ忙しく作業しているあいだ、ミス・Rは椅子に座って気を鎮めていた。しばらくして動揺が治まったのを見はからい、私は親しげに彼女のほうへ半分向きなおり、こう訊ねた。「どうしてそんなにとり乱していたの?」

またもやハンカチを目にあてながら彼女が差しだした手紙を、私は同じくらい力なく受けとった。

「これを読んでほしいのかい」と訊ねると、彼女は頷いた。

私は眼鏡のある机のところまで行き、ランプに手紙をかざして、なかば声に出してそれを読んだ。

〈親愛なるオルスロップ様、オーウェンズタウン自然芸術科学博物館は、あなたの紙マッチホルダーの興味深い収集品を喜んで展示させていただきますが、当博物館は寄付によって成り立つ非営利組織であるため、寄贈品に対して金銭を支払う立場にはございません。したがいまして、まことに残念ながらお知らせしなくてはなりません。おまえはおろかなばかむすめだ　つかまったらこうかいするぞ――〉

「まったく、珍しい手紙だ」私はいった。〈おまえはおろかな〉云々という行が始まるまでは、注意深くタイプで打たれている。最後の文は鉛筆で黒々と書かれ、ぐちゃぐちゃの下手な字だった。

「いや、じつに珍しい」私はくり返した。

「今朝、これをタイプで打ったんです」ミス・Rはつらそうに話しはじめた。「午後に書き上げようと思って机においていて、昼食から戻ったらこんなことになっていたので、あたし――」

「落ち着いて」と私はいった。「頼むよ、落ち着いて」

「だけど、彼がこの手紙を受けとると困るんです。オルスロップ氏が」

「もちろん、そうだろうね。昼食から戻ってこれを見つけたといったかい？」

「机の上の、あたしがおいたそのままの場所にありました」

「失礼ながら、ミス・R、きみの職場には、きみに害を加えたいと思うような人がいるかい？　たとえば、きみの仕事の評判を傷つけたいとか？」

「いないと思います。誰も思い浮かびません。だいたい」と哀れな娘は続けた。「あたしがいてもいなくても、みんな気にかけていないから」

「なるほど」同僚についてのR１の意見の真偽を確かめるため、私はぜひともR２と話がしたかったのだが、あの友好的なR２を呼びだすにはどう考えても早すぎたので、R１にせいぜい役立ってもらうしかなかった。彼女の職場の詳細、ほかの人間が出入りできるか、何時に昼食をとったのかを細かく訊ね、さらに手紙の受けとり人であるオルスロップ氏についても確認すると、あかの他人だという。この手の断り状の定式通りに返事をするよう渡されたものの、ほかはなにも知らないそうだ。そのことと、手紙を書き直さねばならないということだけで、ここまで動転するというのは、ミス・Rが几帳面を自認しているのを考慮しても、やはり不可解だった。オルスロップ氏にこの手紙を渡してはならない、彼女は何度もそうくり返した。そして、これまでのR1に似つかわしくない熱意をこめて、この手紙は持ち帰って隠しておきたいと主張した。過ちは隠せばそれですむという子供っぽい考えに微笑んでしまったけれど、手紙はぜひとも書き直すべきだと私は賛成し、必要であれば、遅延について上司に詫びるのを手助けしてもいいとまで申し出た。

ミス・Rが十分に落ち着きをとり戻したので、私は彼女を帰した。職場でのこころをかき乱す事件のあとでは、いつもの治療は不可能だった。静かな気持ちで彼女を帰宅させたあと、なるべく早い機会にR2に訊いてみねばと決心した。途方に暮れるようなこの経験について、なにか新たな光を投げかけてくれるかもしれない。待ち望まれたその機会は、つぎの面談のときに訪れた。最初の頃とあまり変わらぬ不機嫌な様子で現れた彼女に、思いきっていつもの催眠療法を提案してみたところ、しぶしぶの合意を得られたのだ。すでに気づいていたのだが――ミス・Rは気づいていなかったにちがいない――彼女の許可を得ることは、ほとんど不要だった。その頃までには、私は意のままに彼女を催眠状態へ導けるようになっていた。抵抗したいという強い動機がないかぎり、彼女はもはや私の治療に抗えなかったのだ。そういうわけで、わが友人R2をたやすく呼びだすことができた。この日、彼女に会えてとびきりうれしかった。名前と住所を訊ねるいつもの儀式は、歓喜に満ちた口調で唱えられ、彼女のほうも同様の熱意をもってそれに応えた。R2に会うときはいつでも、衝動的に感じずにはいられなかった――ミス・Rがこれまでずっとそうであったかもしれない人間がこうして内に閉じ込められ、すっかり忘れ去られているなんて、残念きわまりないことだ、と。だから、ミス・Rを治療しようという私の決意の大部分は、R2のためだったのだと思う。おそらく自分が（この私がである！）囚われの身の王女を解放しようとしているつもりだったのだ。

ともあれ、いつもはあんなに協力的なR2が、ミス・Rの手紙の末尾の不愉快ななぐり書きについてまったくなにも知らず、助けになれないと聞いて、私は深く落胆した。R2はただこう推測した。ミス・Rはあまりにも無害だったために職場に敵を作ってしまい、その人物が恨みを晴らす目的で、このような卑劣な手段を選んだのだろう。「みんながみんな、あたしのように運がいいわけじゃないわ」R2はいつものやさしい口調でそういって、「あたしの会う人たちは、みんな親切だけれど」と私に笑いかけた。

しかし、この説明は明らかに無理があるように私には思えた。なにしろミス・Rが敵を作るなんて、彼女が友達を作るのと同じくらい想像しづらいのだから。R2からは、これ以上の意見は引きだせなかった。そこで私はついに、これまでは不必要だと見なしていた方法を試してみようと決意した。すなわち、より深い催眠状態へと彼女を導くのだ。それにより、私はもちろんのこと、R2も知らないような事実や出来事を明るみに出そうというのである。

我々の疑問に対する答が、ミス・R自身の奥底に隠されていることは確かだったから、それらを顕わにするには、最深部まで達する調査をおこなうしかないと、私は無条件に信じていた。それゆえ私は、かわいいR2をより深い睡眠へと導き、その柔らかい表情が忘れもしないあの悪鬼の顔、本能により私が深く恐れるあの顔へとふたたび醜く変貌するのを、肝をつぶして眺めていた。まず両手をよじるあの印象深い仕種が始まり、つづいて顔が歪んで——それを見ながら、私はいますぐ彼女の眠りを解いて恐ろしい悪霊を追い出したいと思わず願った——口元は下方へひん曲がり、前にも見たあの邪悪な笑みが現れた。両手を目にやって必死で目を開こうとしている。

アスモデウス*だ。私はそう思い、急いで口を開いた。「どうか目は閉じていてくれたまえ」

「なんだって」と彼女はいった。いや、むしろ叫んだといったほうが正しい。これまで聞いたこともない荒々しい声だった。「あんた、またあたしに命令するつもり？　気をつけないと、そのうち食っちまうぞ！」彼女はまた笑った。狼狽した私は、彼女の気を鎮めようと、いつもの最初の決まり文句を口にした。「あなたの名前はなんですか」私はできるかぎり平板な口調で訊ねた。

彼女はすぐさま笑うのをやめ、とりすまして（そして、ああ、あのR2の顔が、ひん曲がった残酷な仮面に覆われている！）こう答えた。「あたしはエリザベス・R、先生、ほんとうにそうなの。あたしがときどきちょっと失礼だからって、先生を深く尊敬してないなんて思わないで。ね、先生、すごくすごく、ほんとにものすごく尊敬してるから」

響きわたるその高笑いには、私がたじろぐような嘲りがこめられていた。わがR2を強く想起させる顔と、彼女とほぼ同じ声の持ち主から、こんな言葉が発せられるとは。つぎの質問もできず、考えをまとめようとしていると、彼女はあいかわらず愚弄にみちた口調でこう続けた。「そんなことをいってどれほど後悔してるか、エリザベスはあんたに告げるだろうよ。きっとそうするさ。あたしがあいつにそうさせるから」

＊ユダヤ悪魔学における悪魔の王。

「きみならするだろうね」私は苛立って答えた。「さて、ミス・R、質問を続けさせてくれ。この困った手紙についてもっと知りたいんだが――」

彼女はまた笑いだした。隣室にいる看護婦のことが気になり、私は声を少し低くした。こちらの声を聞きとろうとして、相手が多少はおとなしくならないかと思ったのだ。「なにか教えてもらえるような情報はあるかね」

「全部話してやるよ」

「というと？」

「話してやるよ、もし……」彼女は焦らすようにここで言葉を切った。「もしあたしが目を開けてもいいっていうなら」そういうと、また笑った。

手紙がどうこうという以前に、私はもうこの無礼者にうんざりしていた。「目は閉じたままにしておきなさい」私は鋭く応じた。「もしなにか情報があるのなら、当然話してくれるね。さて、手紙をタイプしたあと、きみは――」

「あたしが？　タイプなんてできない」

「手紙はまちがいなくタイプで打たれていたんだ」私はぶっきらぼうに答えた。

「もちろんあいつが打ったんだ。まさかあたしがわざわざあいつの仕事をするなんて思ってないだろう？」

私は面食らった。「あいつって？」

「エリザベスさ」彼女は大声で叫んだ。「あんたの大事なミス・R、おばかのリジー、単純なリジー」そして、顔を歪めて、ミス・Rがいつも見せるぼんやりした表情を嫌らしく真似てみせた。

（そして、読者よ、お許しください。苦悩のさなかだというのに、私は思わず吹きだしそうになった。わがR2を嘲られたら黙ってはいないが、R1との友情にさほど思い入れはなかったから。）

「それじゃあ」と私は訊ねた。「きみはいったい誰なんだ」

「あたしはあたしだよ、先生もそのくらいわかるだろう。それで、あんたは自分を誰だと思ってるんだい」

「ドクター・ライトだ」私はいささかぎごちなく答えた。

「ちがうね」彼女は頭を振り、両手の間からこちらに向かってにたにた笑っている。「あんたはペテン師だ。あんたはロング先生だ*」笑うとまた声が高くなった。「あんたの質問は」と彼女は叫んだ。「まったく、とびきり〈ばつの悪い〉質問だよ」

「静かにしないなら」私は可能なかぎりの威厳をもって告げた。「いますぐ催眠を解くぞ」あてずっぽうにいったこの言葉――じっさい彼女を覚醒させるというのは、この瞬間に私がなによりしたかったことではあったのだ――は、予想外に効果的な威嚇になったようだ。彼女はすぐに黙って、椅子にもたれかかった。

「目を開けてもいい？」彼女は従順に訊ねた。

「だめだ」

「目を開けるから」

「いや、だめだ」

「いつか、そのうち」彼女は両手で目を擦りながら、邪悪な声で続けた。「ずっと目を開けていら

＊right（正しい）に対するwrong（まちがった、不正な）。

れるようになる。そしたら、あんたもリジーも食ってやる」彼女はここで黙り、しばらく考えにふけっているように見えたが、やがて静かにつぶやいた。「ロング先生。おばかのリジー」

「いったいきみはなぜエリザベスを傷つけたいんだ」

また長い沈黙があった。憎悪のこもった声で、彼女はついにこういった。「だって、あいつは表側の存在だろ？」


じつのところ、これはミス・Rのケースにとって、意気沮喪する展開だった。正しい路線を見つけ、ミス・Rに健康と活力をとり戻すための治療は、当初は単純で、時間と忍耐の問題でしかないように思えた。しかし、いまや行く手に立ちはだかっているのは、訳のわからぬことをまくしたてたり叫んだりする忌まわしい化け物で、この邪《よこしま》な悪鬼を征服するのは、とうてい不可能に思えた。人間の精神というのはたしかに不思議なものだ。というのも、私は怯えるというよりは、むしろ腹を立てていた。まるで大切な姫君をぶじに送り届けようとする騎士（たしかに年をとりすぎているし、長い旅路のすえ疲れてはいる）が、城の塔のすぐ近くまで来て、殺めるべき新たな竜に直面したときのように、私はもはや恐怖ではなく、おおいなる疲労を感じていた。

ミス・Rの治療はすでに数ヶ月に及んでいて、予想していたより長期戦になりそうだと私は悟りはじめていた。健康上の細かい改善はずいぶん見られて、信じられないほどありがたいと彼女自身は喜んではいたけれど、おそらくそれが我々の成し遂げた唯一の進歩だった。そして、正直にいって、我々は全容の理解からはいまだほど遠いところにいた。〈悪魔にとり憑かれる〉などという考えが、診断として通用しなくなっていることは、あらゆる医者と同様、私にもよくわかっている。

当然ながら、ミス・Rは――そして、私がこれから直面せねばならない別種の竜である、彼女の叔母もむろんそうだが――この症例の新たな展開について、なにも知らずにいた。ふたりとも、表面上のミス・Rの健康改善のほかには、治療についてなにも聞かされていなかったから、きっと比類なきライト医師が回復の奇跡を成し遂げつつあるのだと考えていたことだろう。ミス・Rの症例の深部における進歩、あるいは進歩の欠如というべきかもしれないが、それについて彼女に知らせるのは賢明ではないと私は強く感じていた。そんなことをして、彼女を警戒させ、やっと達成したささやかな前進まで台無しにしたくはなかったから。ミス・Rは私といる時間の大半は催眠状態で過ごすので、なにが起こったのかいっさい知らなかった。また、ミス・Rもその医者も情報を伝えなかったため、叔母もなにも知らない。ライアンには電話をして、ミス・Rのケースについて、私の出した結論と治療法の提案を手短に告げた。なにせ忙しい男なので(能力にかかわらず、陽気で元気な内科医はたいていい忙しいものなのだ)そちらの方面から面倒が生じることはなかった。

このとき私は沈むこころでもって、記録に新しい番号を書き加えた――R3、あの憎むべき敵。ことによると私の番号式のやり方がまちがっていたのかもしれない。彼女を無力にさせた過去を捨て去り、ミス・RをR2として蘇らせることができるのだと、信じすぎていたのかもしれない。あまりにも珍しく、忌まわしい側面のある症例だったため、普段は鋭利な私の頭が鈍ってしまったのかもしれない。いずれにせよ、ずいぶんと時間がたってから――自宅の暖炉わきでくつろぎ、読んでいた本が床に落ちたのにも気づかず、うとうとまどろみはじめたときだった――つまり、だいぶ後になってはじめて、私は本来ならすぐ悟るべきだったことについて理解し、ミス・Rの症例の正しい診断に到達したのだった。

当時のミス・Rを描写するさい、素人にとっては〈悪魔にとり憑かれて〉いたという説明は、さほど的外れでもなかっただろう。私のこころの中では、両者はそう隔たってはいない。サッカレーのつぎの言葉が鮮明に記憶に刻まれている。うとうとしはじめたときにちょうど読んでいたと思うのだが、いまだに忘れられない一節だ――「自身の過去と現在を思うとき、ここにいる誰もが厳粛にならざるをえない……」。ひとり暖炉の前でまどろみはじめていた私は、あの悪鬼の顔を思い出して目を覚ましたのだった。

しかし、ここはひとつ、医学界の権威の声に耳を傾け、もっと好ましい表現で、たんなる悪魔祓いよりは確かな（そしてより永続性のある）治療の可能性を示してもらうとしよう。「この種の症例は一般に〈二重人格〉もしくは〈多重人格〉として知られ、どちらを用いるかは分裂した人格の数によって決まる。しかし、より正確には〈解体された〉人格というべきである。なぜならそれぞれの副人格は正常な自己全体の一部でしかないからだ。いずれの副人格も単独ではその個人の身体的な生の全体を保持してはいない。自我として知られる本来の意識の統合はいわば崩壊し、記憶や知覚や獲得や環境への反応様式の一部は失われる。いまだに存続する意識がそれら自体のあいだで統合されて、独立した行動のできる新たな人格を形成する。この第二の人格は、本来の解体されていない人格とときにより交代するかもしれない。本来の人格がさまざまな瞬間にさまざまな形の分裂を起こすことによって、複数の異なる副人格が形成され、交互に現れることもありえる。」（モートン・プリンス『人格の解離』一九〇五年）

私自身はすでにミス・Rの三つの人格に出会っている。R1は、神経質で、執拗な苦痛に悩まされ、極度の不安や当惑に苦しみ、謙虚で、自制心があり、舌が麻痺したのかと思うくらい遠慮深い。

R2はミス・Rが本来そうであったかもしれない幸せな娘で、こころからの笑みを浮かべ、たいへん思慮深く誠実に質問に答え、自然体でかわいらしく、その顔にはR1を醜く見せている不安げな皺は見あたらない。R2はほとんど苦痛を知らず、R1の苦悩にはやさしく共感するのみだ。いっぽうで、R3はR2を極端にした形とでもいおうか。R2がおおらかなのに対し、R3は勝手放題だ。R2が率直なのに対し、R3は不遜である。R2は感じがよくかわいらしいのに対し、R3はがさつで騒がしい。さらに、三人はそれぞれ外見にも特色があった。むろん私が最初に会った人物であるR1は恥ずかしがりやで、臆病かつ不器用なため魅力に欠ける。R2は愛嬌があり魅力的。そしてR3は粗野で歪んだ仮面のよう。R1がちらっと見せる恥ずかしげな笑みや、R2の開放的で快活な顔は、R3においては、狡そうな薄笑いや公然たる無礼な哄笑となって表われる。われらの新しい友R3を、私があまり好いていないとお気づきならば、それにはしかるべき理由があることも容易におわかりだろう。私の善良なるR2が両手を上げて目を擦りはじめるとき、彼女の声が大きくなり表情が無遠慮になるとき、彼女の眉が嘲るように吊り上げられ口元が歪むとき、私は否応無しにあの生き物としばらくつき合わねばならないのだ。私になんの敬意も抱かず、示さず、私がミス・Rにもたらしたかもしれない望ましい効果をことごとく台無しにしようとやっきになり、会う人すべてをおもしろ半分にからかい、つまるところいかなる道徳観も持ち合わさず、目が見えないことをのぞけばなんの抑制もなく行動し、おまけにときどき私をじじい呼ばわりにするあの生き物と！

さて、私の見たところ、ミス・Rの汚損された手紙の問題をめぐって、我々はR3にもっとも接近したようだ。おそらくその認識に加え、私自身の偶然の思考にも助けられて、はじめてR3についての直接的手がかりを得ることができた。というのも、ミス・Rが最初に手紙を見せてくれたとき、私はそれを眺めながら、両目を閉じた状態でももっとましな字が書けるだろうにと、腹立たしく思ったのだ。気づくまでにしばらくかかったものの、結局それがとっかかりとなった。手紙についてR２と一見とりとめのない会話をしながら、彼女の筆跡を確かめるため、私は鉛筆と紙を渡して、私のいう言葉を書き留めるよう頼んでみた。彼女は興奮して両手を目にやりながら、まず「書けない、書けないわ、目を開けなくちゃ」と叫び、そのあと自分から覚醒した。これまでにはなかったことだった。ひょっとするとR３が表に現れ出ようとしている圧力を感じて、無理に自分を覚醒させたのではないか。別の面談のさい、ふたたび手紙について訊ねると、彼女はわっと泣きだしてそれについて話すことを拒み、頭痛がひどくて話をするのは無理だと訴えた。

なんとか自分を鼓舞して、私はR３を呼びだすことを決意した。楽しめるような面談ではないにしろ、貴重な情報を得られる気がしていたのだ。最後に現れて以来、彼女を目にしたことはなかったが、ときおりR２との会話のなかで、ふとR３の影がかすめることはあった。一瞬の笑みや仕種。その明るい声にかすかにまじる嘲笑の響き。もちろん頻繁に両手で目を擦って開けてくれと懇願するときも。すでにわかっていたとおり、彼女を呼びだすには、R２のときより深い催眠にミス・Rを導けばよい。そうすると、R３の特徴的な顔つきや声が、即座に現れるのだ。

「また会ったね、ロング先生」彼女はすぐにそういい、いかにも人にとり憑く悪鬼らしい口調で続けた。「あたしなしじゃ、いつまでもやってけないだろうと思ってたよ」

「ミス・R、きみに教えてもらいたいことがあるんだ」

「いやだ」R３はにべもなく答えた。「そんな恥さらしの名前であたしを呼ぶんなら。あんたがミス・Rじゃないのと同じくらい、あたしもミス・Rなんかじゃない。ただ、あいつの中にいるだけさ」こういいながら、彼女は胸くそ悪い流し目をしてみせ、さらにひどい言葉を発したのだが、あまりに不快な内容だったので記録からは削除する。R3のこの種のほかの発言とともに、私自身なんとか記憶から拭い去ろうと努力しているところだ。したがって、次の話題に移れたのは、多少時間が経ってからだった。R3は、大切な瞬間に私を困惑させ、しばらく絶句させるという不愉快な能力を有していた。そのせいで私の思考の流れは遮られ、気をとられているうちは思うままにさせるしかなかったのだ。

私がものもいえず座っているあいだに、彼女は話を続けた。「エリザベス、ベス、ベッツィにベティ、みんなで出かけた鳥の巣探し……ねえ、ご立派なロング先生、あたしらの名前をつけなおしたらどうだい？　もちろん、あんたがとり上げた子供は、あたしらがはじめてってわけじゃないだろ」そういって、またもや彼女はあの粗野な高笑いをした。看護婦のミス・ハートリーは診察室から聞こえる騒音にはもう慣れっこのはずだが、今回の笑い声はヒステリックなものでは明らかにないので、私が患者に笑われていると思われはしまいかと、なかば恐れていた。R3の関心を引くか、あるいは脅すか。彼女を黙らせる方法として、まだこのふたつしか知らなかったので、私は低い声でいった。「静かにできないなら、覚醒させるぞ」

彼女は即座におとなしくなったが、意地悪くつぶやいた。「ロング先生、いつか、あたしを追い払えなくなるよ。いつか、あいつを起こそうとして、あんたのいやらしいミス・Rを呼び戻したと思ったら、まだあたしがいたってことになる。そのときは」彼女は声を張りあげ、両手を目にやった。「そのときは、そのときは、そのときは！」

らっすらと恐怖を感じたが、私はこう返した。「私が誰を求めていようと、きみしかいないっていうのなら、きみを愛せるようにならなくちゃいけないね」この怪物を愛するという考えに、私は苦笑を浮かべた。声の調子でそれを察したのだろう、彼女はすぐにいった。「だけど、あたしがあんたを愛せるようになると思う、ロング先生？　あんたがあたしの災いを願ってるっていうのに」

「誰に対しても、災いなんて願ってやしないよ」

「じゃあ、あんたはばかなだけじゃなく、嘘つきだ」（私がこうした発言をあえて記録するのは、完璧を期すためである。自分が嘘つきでないのは知っているし、ばかでもないと祈りたい。R３の目的は私を激怒させることなのだと察知していた。さらにつけ加えさせてもらえば、私は彼女の無礼にうんざりしてはいたが、悟られないよう努力し、首尾よくやっていたと自負している。）「世の中の人間について、あたしは物知りなんだ」彼女は悦に入って話を続けた。「だから、いつも目を開けていられるなら、うまく生きていける。あたしが長いあいだ囚われの身でいたなんて、みんな疑いもしないだろうな」

R３がこうしてぺらぺら話しながら、一言発するたびにみずからを露呈していくのを、私は息を呑んで聞いていた。このまま得意になってしゃべりつづけてくれれば、わざわざ質問などしなくてすむ。遮る気など、さらさらなかった。「いまはさ」と彼女はいかにも窮状を訴えるような口ぶりでいった。「あいつがよそ見してるときしか出てこられない。しかも、せっかく出てきても、すぐあいつが戻ってきて、またあたしを閉じ込めちまう。だけど、近いうちに、きっとこうなる、あいつが戻ってきて閉じ込めようとしても――」突然、彼女は言葉を切り、くつくつ笑った。「盗み聞きかい、ロング先生？　しつこく嗅ぎまわって、あんたの罪をまた増やすつもり？」

「友を助けようとしているんだ、ミス・R」

「頼むから、その呼び方はやめてよ」彼女は苛立っていった。「あたしはミス・Rじゃないっていってるだろ？　あいつの名前が大嫌いなんだ。あいつは泣き虫のおばかだけど、あたしはぜんぜん違うんだから」

「じゃあ、なんて呼んでほしいんだい」

「あんたの記録ではどうなの？　あいつには一度見せただろ」

私の記録の存在や、ミス・Rに一度見せた事実を知っていると聞いて、私は仰天したが、ただこう答えた。「きみに名前はないよ、本来の名前をきみが拒絶するから。きみをR3と呼んでいた」

彼女は舌を突きだして私に変な顔をしてみせ、肩をすくめた。「R3と呼ばれるのは、ぜったいにいやだ。呼びたけりゃ、ロザリータとか、チャーミアンとか、リリスって呼びなよ」

このグロテスクな生き物がおとぎ話のお姫様のような名前を選んだので、私はまた笑みを浮かべ、「エリザベスという名前も拒むのかい？」と訊ねた。

「それはあいつの名前だよ」

「だけど」ある案がふと頭に浮かんで、私は叫んだ。「きみ自身がいってたじゃないか。〈エリザベス、ベス、ベッツィ、ベティ……〉って」

彼女は無礼な笑い声をあげた。「エリザベスはあの単細胞、ベスは先生のお気に入り。わかった、じゃあ、あたしはベッツィにする」そういって彼女はまた笑った。

「なぜ笑うんだい」

「ベティはどうなるんだろうって」笑いながら彼女は答えた。

親愛なる読者よ、私も同じことを考えていたのである。

というわけで、その存在が消滅するまで彼女はベッツィであった。この異なる娘たちと親しくなるにつれ、そしてもちろん二人目についてはますます愛しくなるにつれ、ベッツィの選んだ名前は、冷たく客観的なR1やR2よりも簡単で心地いいと感じられるようになった。R2は、ベスと呼んでもよいかという私の頼みを、恵み深く笑顔で受け入れてくれた。彼女の静かな魅力にぴったりの名前だと思う。R1については、私が儀式ばった呼びかけをさりげなくやめて（少なくとも「ミス・R」というのをやめて）エリザベスと呼びだしたのに、気づいたのかどうかわからない。叔母のせいでつねに権力に支配されることに慣れきっていたので、子供扱いで呼びかけられても気づかなかったのではないだろうか。ベッツィはむろんベッツィで、それ以外のなにものでもなかったが、ときどき自分に大仰な称号や名字をつけておもしろがっていた。それゆえ、女王エリザベスと署名されたメモを見たときは、それがベッツィによるものだとすぐに合点した。

さっそく手がけるべきなのは、不運なミス・Rがいわば細分化され、ベッツィのような生き物が個別のアイデンティティを得るにいたった、その分岐点がいつであったかを突きとめることだ、と私は思った。ここでまたもやあの厄介な下水の比喩が登場するわけだが、話はさらに複雑になり、私はいまや支管を探索せねばならないのだ！（ああ、もっと星空に近い比喩を選ぶべきだったと、心底思う。繁茂するオークの木にしておけばよかった。しかし、正直なところ、私が気の迷いから選んだのは、たとえ下劣ではあっても自分にとっていちばん鮮明で、状況をもっとも直接的に示す比喩であった。私の草稿やメモもすべて見直して――というのは、この表現はそこにも登場するのだ――修正してまわるよりは、恥ずかしながらこのまま甘受したほうがよかろう。）そうとう深刻な感情面での打撃を受けなければ、ミス・Rは自身の大部分を脱ぎ捨てて従属的な人格（私が魔法のごとく命を吹きこむまでは従属的だったのだ）を形成するようなことにはならなかっただろう。そして、こうした個別の存在が生まれたのは――ベッツィはミス・Rが生まれたときから、少なくとも頭のなかでは存在していたと主張しているが――ミス・Rが人生におけるもっとも明白な感情的打撃を受けたとき、すなわち彼女の母が死亡したときにちがいない。私はそう確信していた。どのような問題を扱っていたのか示すため、私の記録のなかからこの出来事に関連するさまざまな発言を抜粋し、読者にご紹介したい。最初はR1あるいはエリザベス、次はR2、すなわち協力的で愛らしいベス、最後はわれらが悪漢ベッツィの発言である。

（五月十二日、診察室でのエリザベスとの面談）

ライト「きみのお母さんについて、なにか話してくれるかい？」

エリザベス「ええ、たぶん」

W「いつ亡くなったんだい」

E「たぶん四年以上前です。水曜日でした」

W「きみは家にいたの？」

E（混乱したふうに）「二階にいました」

W「当時は叔母さんと住んでいたのかい？」

E「モーゲン叔母さんと？」

W「ほかに叔母さんがいるの？」
E「いいえ」
W「じゃあ、お母さんが亡くなったとき、叔母さんと住んでいた？」
E「ええ、モーゲン叔母さんと」
W「お母さんの死について、もう少し話してくれるかい？」（彼女はまったく気が進まない様子で、いまにも泣きだしそうに見えた。ほかの人格からも必要な情報を得られると知っていたので、この残酷な尋問を無理に続けるつもりはなかったが、あとで比較できるように、なるべくたくさんの情報がほしかった。）
E「知ってるのはそれだけです。つまり、モーゲン叔母がやってきて、お母さんが亡くなったっていったんです」
W「やってきて話した？　ってことは、亡くなったとき、きみはその場にはいなかったのかい」
E「はい、二階にいました」
W「お母さんと一緒ではなかったの？」
E「二階にいました」
W「じゃあお母さんは一階にいたんだね」
E「モーゲン叔母さんがお母さんといいました。わかりません」
W「お願いだから落ち着いて。もうずいぶん昔のことだし、この話をするのはきみのためになるんだよ。つらい話題だってことはわかっているが、必要だと感じるからこそ、訊いてるんだ。信じてくれるね」

E「いいえ、というか、あたし、ほんとうにわからないんです」
W「お母さんは病気だったの？」
E「大丈夫だと思っていました」
W「では、お母さんの死は、きみにとってはまったく突然のことだったんだね」
E「あれは――（深く考えこんで）――心臓発作でした」
W「でも、きみはその場にいなかったの？」
E「二階にいました」
W「お母さんに会わなかったの？」
E「いいえ、二階にいました」
W「なにをしていたの」
E「覚えていません。たぶん眠っていたのか、本を読んでいたのか」
W「自分の部屋にいたの？」
E「覚えていません。二階にいました」
W「頼むから落ち着いて、ミス・R。そんなにとり乱す必要はないし、きみらしくないよ」
E「頭が痛いんです」（首に触れる）
そして、もちろんエリザベスからこれ以上は聞きだせなかった。この頭痛が起こるともうお手上げで、私も、私の質問も、ほとんど意識から抹消されてしまうことは、すでにわかっていた。そこで私はいそいそとベスを呼びだし、質問を続けることにした。当時私はベスと打ち解けてゆっくり話したいと望んでおり、医者と患者の関係ではなく友人らしくなれるよう彼女の目を開けてやりたくてたまらなかったが、ベッツィを恐れる気持ちがつねにあったため、そうもいかなかった。いまや目が見えないことだけがベッツィを抑制しているように思えたから、自分の気持ちに流されてベスを自由な人格として認める勇気はなかったのだ。そもそもベスという存在は、これまで私の診察室の外では認識されたこともなく、この愛すべき娘を知る人間は私しかいない。そう思うと、しばしば悲しくなったものだ。ミス・Rはかつてはベスに似た少女だったにちがいないという私の信念は、いまのところ証明されてはいない。しかし、ベスが世間や家庭での居場所を獲得できるようになんとか計らってやりたかった。私のきわめて非科学的なこころが、彼女にはその資格があると告げていたからだ。いずれにせよ、ベスを呼びだして親しげな挨拶を聞くのは、私にとってはつねに大きな喜びだった。以下は、前述のエリザベスとのやりとりの直後にもたれた、ベスとの会話の記録である。

（五月十二日、診察室でのベスあるいはR2との面談）

ライト（名前と場所を確認する催眠導入の儀式のあとで）「さて、お母さんについて話したいんだが」

ベス（せつなそうに微笑んで）「きれいな人だったわ」

W「きみみたいに？」

B「ええ。とてもきれいで、とても幸せで、誰にでもとてもやさしくて」

W「お母さんが亡くなったときのことを覚えているかい？」

B（気が進まなさそうに）「あまりよく覚えていないの。あの日、亡くなったわ」

W「亡くなったとき、きみはどこにいたの？」

B「お母さんのことを考えてたわ」
W「だけど、どこで?」
B「内側で。隠れて」
W「きみがいつもそうしているように?」
B「あなたといるときは違うけど」
W「いつか、それを変えられたらと思っている。でも、きみが助けてくれないと」
B「いってくれれば、なんだってするわ」
W「それはありがたい。いまはきみのお母さんの死について、できるかぎりたくさんの情報がほしいんだ」
B「お母さんはみんなに親切だったわ。モーゲン叔母さんにすらそうだった」
W「そのとき、叔母さんと住んでいたの?」
B「ええ、そうよ。お父さんが亡くなってから、ずっと何年もあの人と住んでたもの」
W「それで、お父さんはいつ亡くなった?」
B「あたしが二歳か、そのくらいのとき。お父さんのことは、あまり覚えてないの」
W「お母さんが亡くなったとき、きみはそばにいたのかい?」
B「あたしが?　一緒にいさせてもらったことなんて一度もないわ。いつも隠れたままだったから」
W「ベス、落ち着いておくれ。気持ちが動転するようなら、別のことを話そうか」
B「いいえ。できるだけお手伝いしたいの。あたしのこと、悪く思ってほしくないから」

W「大丈夫、そんなことはぜったいに思わないよ。じゃあ、お母さんが亡くなったあと、なにをしたか、それを教えてくれるかい？」
B（とまどって）「お昼を食べた。そして、モーゲン叔母さんが心配するなっていった」
W「心配するな？　悲しむなってことかい？」
B「心配するなって。お昼を食べて、モーゲン叔母さんが心配するなっていったの。過ぎたことで泣いても仕方がないって。それから叔母さんが泣いた。すごく嫌だった」
W（おもしろがって）「叔母さんは悲しんではいけないっていうのかい？」
B「叔母さんは過ぎたことで泣いたから」
W（おおっぴらに笑って）「ベス、それは皮肉な発言だな」
B「ぜんぜん違うわ。誰かに悪意があったわけじゃないもの」
いかに要領を得ない内容であっても、ベスと話をしたばかりの男は、急いでベッツィとの会話に移りたいとは思わないものだ。とはいうものの、エリザベスとベスから引きだせなかった情報を、ベッツィから発掘せねばならないことは明らかだった。よって私は意を決してベスのかわいい顔の魅力に抗い、彼女を退けてベッツィを呼びだした。こちらを向いたベスの顔に、あのにやにや笑いが現れた。彼女には当然こちらの姿は見えない。にもかかわらず、私は苦労して穏やかな表情を保ち、単調な抑制のきいた声で話すよう努めた。
（五月十二日、診察室でのベッツィあるいはR3との面談）
W「こんにちは、ベッツィ。体調は上々かい？」
ベッツィ（嘲るように）「ほかのやつらが役立たずなんで、あたしに頼るつもりなんだろ」

W「教えてくれないか――」
By「知ってるよ。聞いてたから。（侮蔑をこめて）あんなやつらから、いったいなにを聞きだせると思ってるんだい」
W「きみのお母さんのことだ」
By「あたしのお母さん？　死んだあの人のことを、お母さんだと思ってるっていうの？（ふてぶてしい口調で）あたしにはあたしのお母さんがいるかもよ、詮索屋さん」
W（この悪鬼にも母親がいるとしたら、それは呪われた悪霊だろう、と私は内心思った。）「では、ミス・Rのお母さんだ」
By「あんたが彼女のお父さんであるように？」（耳障りな高笑い）
W「ミス・Rのお母さんだよ、何年か前に亡くなった。エリザベスのお母さんだ」
By「誰のお母さんのことかはわかってるよ。あいつが――（ここで彼女はふと口を閉じ、謎めいた笑みを浮かべながら、子供っぽく唇に指をあてて内緒の合図をした）――リジーのことを陰でこそこそ話すなんて！　だめじゃない！」
W「ベッツィ、私のことを信頼してほしいんだ。信じてくれ、きみとエリザベスとベスがみんなで平和に幸せに生きられるよう、できることはなんでもしたい、そう思っているだけなんだ。きみだって、もう一度ひとりの人間に戻りたいだろう？」
By「あいつと一個の人間だったことはないよ。いつだって、あいつの囚人だった。それに、あんたはあたしを助ける気なんてないんだろ。そりゃ、ベスは助けたいだろうし、リジーのことだって助けたいのかもしれない。だけど、ちんまりきれいなあんたの世界に、あたしの居場所なんかないもの」

W「まったくもって、これほど助けが必要なときに拒絶するなんて、ひどい人間がいるもんだ。遺憾としかいいようがない」

By「あんたに嫌ほどいっただろ。あたしを助けるいちばんの方法は、目を開けてくれることだって。（手をよじる仕種をして、目に手をやる）開けてもいい？（誘うように）ねえ、ライト先生、開けてもいい？　そうすれば、知りたいことは全部教えるから、リジーやリジーのお母さんや叔母さんについて。もし目を開けてくれさえすれば、あんたのこと、ベスに褒めておいてやってもいいよ」（あまりに人をばかにした口ぶりだったので、私はひどく心配になった。ベッツィが私をからかっていて、その気になればこの瞬間にも目を開けるのではないか、急にそう思えてきて、心底ぞっとしたのだ。）

W「目は閉じたままにしておきたまえ。わかってるのか。調査の役に立たないなら、私はきみを追い払って、二度と出て来られないようにしてしまうぞ」（もちろん、そうしたかったたし、ことによるとあの時点ならまだそれが可能だったと思う。）

By（不安そうに）「あんたは追い払ったりしないよ」

W「いや、わからんよ。そもそもきみを呼びだしたのは、この私だったんだから」

By「自分で出てこれるよ」

W（この点についてはもう主張せず）「どうだかな。（さりげなく）甘いものは好きかね？（この方法については以前から考えていた。これほど子供っぽい存在なのだから、子供扱いしてもよかろうと思いついたのだ。お菓子のほかに、人形や安っぽいアクセサリーの用意もあった。）キャンディーをあげようか？」

Ｂｙ（熱心に）「キャンディーもってるの？」

Ｗ（彼女が手を伸ばしたので、キャンディーを与えると、がつがつと平らげた。）「打ち解けてきてくれてうれしいな。きみのことを思っていなければ、キャンディーなんてあげないよ」

Ｂｙ（満足げに）「あたしに毒を盛ったら、リジーとベスも死ぬから」

Ｗ「毒を盛る気なんてないさ。友達になりたいんだ、きみと」

Ｂｙ「友達になってもいいよ、慈善家さん。だけど、もっとキャンディーがほしいし、目も開けたい」

Ｗ「これはいっておくが、私が許可して目を開けさせるなんてことは、ぜったいにないよ。だけど、ベッツィ、友達としておしゃべりしないかい？」

Ｂｙ（狡猾に）「まだキャンディーをもらってない」

Ｗ（もっと狡猾に）「お母さんのことを話してくれたらあげるよ」

Ｂｙ（予想外に穏やかな口調で）「エリザベスの母さん？　いつもやさしかった。新しいドレスを買った日にキッチンでぐるぐる踊ってたこともあったし、モーゲンに「ばかなこといわないで」っていったし、髪をカールしてた。あの人を眺めるのが好きだった」

Ｗ「きみはどこにいたの？」

Ｂｙ「囚人だよ、いつだって囚人。ベスと一緒に中にいて。あたしがいるってこと、あのときは誰も知らなかったけど」

Ｗ「自由になれたことはなかった？　つまり、外へ出られたことは？」

By（うっとりと頷きながら）「ときどきね、リジーが寝ているときや、ちょっとぼんやりした隙に、出られることはあった。だけど、ほんのちょっとだけで、そのあとまたすぐ、あいつがあたしを押し戻してしまうから。（急に思い出して）だけど、もう話さない、あんたはあたしを好きじゃないもの」

W「ばかなことといっちゃいけない。もう友達だって、わかってるだろう。エリザベスのお母さんが亡くなったときには、中にいたのかい？」

By「もちろんさ。あいつがもっと大声で叫んで、ドアを叩くように仕向けてやった」

W「なぜドアを叩いたんだい」

By「なぜって、出るためだよ、ロング先生」

W「どこから出るため？」

By「あいつの部屋から出るためだよ」

W「お母さんが死にかけているときに、部屋に閉じこもって、いったいぜんたいなにをしていたんだ？」

By「ロング先生、お母さんが死にかけてたなんて、あたしはいってないよ。たしかに死にかけてたけど、ぜんぜん安らかな最期じゃなかったし――（げらげら笑って）――それから、リジーが部屋でなにをしてたかってことについては、そりゃ、ドアを叩いてたのさ」

W「説明してくれるかい？」

By「お断りだね、ロング先生。みんなで出かけた鳥の巣探し*。ねえ、覚えてる？　すばらしく頭がよくて、木いちごの茂みに飛びこんで両目をえぐられた男の話……もう目を開けてもいい？」

W「だめだ」
By「——彼女をかぼちゃの中に入れ、そこで上手に養った。** そういうわけでリジーのお母さんは死んだ。それでよかったんだよ。いまのリジーは好きになれなかったろうから」
W「エリザベスはお母さんが亡くなってから変わったのかい?」
By（じらすように意地悪く）「からかっていっただけさ、目隠し屋さん。あんたの大切な人について、すごい話もできるよ。クローゼットの手紙の箱について、リジーに訊いてみな。モーゲン叔母さんについて、ベスに訊いてみな。（またもやげらげら笑って）リジーのお母さんについて、モーゲン叔母さんに訊いてみな」
W「もうそれで十分だ。きみを追い払うことにする」
By（急におとなしくなって）「お願い、あとちょっとだけいいでしょ? モーゲン叔母さんがなぜリジーを部屋に閉じ込めたのか、話すことに決めたから」
W「よろしい。だけど、戯言《たわごと》はもうご免だぞ」
By「それより、もっとキャンディーをくれるっていったじゃない」
W「あとひとつだけだぞ。エリザベスの気分が悪くなると困るから」
By（どうでもよさそうに）「どうせいつだって気分が悪いから。だけど、腹痛については、思いつかなかったなあ」
W「頭痛はきみが引き起こしていたのか」

＊マザーグースの童謡に登場する人物。
＊＊マザーグースの童謡（「ピーター、ピーター、かぼちゃが大好き……」）の一節。

By「なんであんたに、そんなこといわなくちゃいけない？（生意気に）あたしの知ってることを全部話したら、あんたもあたしみたいに賢くなれるだろうね」

W「じゃあ、エリザベスがなぜ部屋に閉じ込められたのか、説明しておくれ」

By（語気を強めて）「彼女がお母さんを怖がらせたから、そしてモーゲン叔母さんがいった、みんなで出かけた鳥の巣探しって」

W「なんだって？」

By「もう目を開けてもいい？」

W「どうやってお母さんを怖がらせたんだい？」

By「かぼちゃの中に入れた。おばかの、おばかの、おばかの、おばかの……」

私は彼女を追い払った。ベッツィの仄《ほの》めかした奇妙な話を聞いて、言葉ではとてもいい表せないほど心配になったけれど、その話を信じるよりはむしろ、ベッツィ自身が騒ぎを起こしたがる邪意地悪い存在なのだと考えたかった。そのどす黒いこころにいったいどんな恐ろしい企みを抱いているのか、想像すらできなかったが。エリザベスは目を覚まし、私が動揺しているのを見て、眠っているあいだにばかなことをいわなかったかと不安そうに訊ねた。私は体調が悪いからと、完全に嘘にはならない言い訳をして彼女を安心させ、もう帰るよう告げた。つぎの朝、火曜に、診察室に着くと、机の上にミス・ハートリーからのメモがあった。ミス・Rの叔母から電話があって、ミス・Rはおそらくインフルエンザにかかったらしく、少なくとも今週いっぱい、ことによると来週も、受診は難しいという伝言があったとのこと。私は手帳を開き、翌日あたりミス・Rと叔母の家に立ち寄ると記した。表向きはミス・Rの具合を礼儀正しく訊ねるためだった。だが、じっさいは私自身が簡単な処置をすることによって、回復を早められないか、見きわめるつもりだった。むろん、そのような場合に立ち会うべき内科医はライアン医師だとわかっていたものの、半時間くらいは患者とふたりきりになれるにちがいないと踏んでいたのだ。

たしかすでに話したと思うが、近頃私は多数の患者を診ていない。したがって、ミス・Rが病気になったおかげで最大の関心事から解放されることになった。多くの医者が、生計を立てるため患者の争奪戦を繰り広げる運命にあるなか、この私はといえば、やもめではあるが人生の真っ盛りに、そんな苦労を幸運にも免れているのだから、おおいに恵まれていると自覚している。医者の世界においては、非凡な才能より画一化にむしろ重点がおかれ（よい医者とはまちがいを埋める医者だ、という諺《ことわざ》にこめられた皮肉に、幾度ため息をついたことだろう！）、並の人間ばかりひしめいて、一流の層を占めるものは残念ながらそうたくさんはいないのだ。サッカレーも述べるとおり、どんな下手な風刺画家でもせむしを描いてその下にポープ*と書くことはできる。まったく悪気のない人であっても、誤解が生じれば、中傷を始めるものだ。私の診察を望む患者に来るなといったことは一度もないが、私の診察を必要としているのに、誰かに忠告されたせいで訪れなかった患者は数多くいる。もっと十字軍的な志をもつ医者であったなら、待合室は朝から晩まで満員だったことだろう。しかし、わざわざ争いを求めたり、意見の対立を招いたりするのは、私の流儀ではない。私はゆったりと腰掛け、自分自身の価値を十分承知したうえで、それを他人に押しつけようとはしなかった。おとなしく認めるが、これは謙虚な態度ではない。私は謙虚さという美徳が人一倍備わったような人間ではない（読者よ、あなたはいかがだろうか？）。謙虚ではないにせよ、これは真っ当

*アレグザンダー・ポープ（一六八八―一七四四）。英国の高名な詩人。病により脊椎が湾曲していた。

な常識というものだ。

このように、翌日はミス・Rのことも気にかけてはいたが、サッカレーにもこころを奪われていて、診察室のドアを閉ざしたまま、この作家と存分に楽しい時を過ごした。ミス・ハートリーはきっと、私が研究上の難解な問題かなにかに忙しくとり組んでいると思っていたことだろう。あるいは――ミス・ハートリーはまたとないユーモアの持ち主なので――居眠りしていると思っていたかもしれない。

水曜の朝、私はミス・Rの家に電話をして、ミス・ジョーンズと名乗る叔母と話をした。短い事務的な会話だった。私は自分が何者かを伝え、ミス・Rの容態を訊ねた。ミス・ジョーンズの返答によると、ミス・Rはたいそう具合が悪く、高熱があり、叔母の言葉を借りれば譫妄状態で夜中に歩きまわったそうだ。私は心配になって、ライアンの治療について訊いてみた。彼がこの病をじっさいより軽く考えていないかと危惧したからである。しかし、ミス・ジョーンズは、ライアンは一日二回ベッド脇まで往診に来てくれる云々と説明し、大丈夫だといったので、私は早い回復を祈ると伝えて電話を切らざるをえなかった。この時点で私が直接訪ねても意味はなさそうだったし、じっさい催眠療法については、いまのような病状のミス・Rには危うい効果をもたらすかもしれず、常識では考えられなかった。ことによると譫妄状態によって、この診察室ですでに出会ったものよりさらに恐るべき存在が出現するのだろうか。私はしばらくのあいだ、皮肉な気持ちでそんなことをあれこれ考え、彼女についての今度の便りはもっと明るいものであるようにと願った。そして、二、三日は知らせはないものと諦めて、満足げにサッカレーのもとへ戻ったのである。

それゆえ災難が降ってきたのは、木曜の夜になってからだった。私は自宅で静かな夕べを過ごし、床について、じっさい眠っていたのだが、突然ベッド脇の電話が鳴った。ここ数年、真夜中の緊急電話はご無沙汰だったので、最初はぎょっとした。それから、ミス・ジョーンズが抑えようとしても動揺を隠せない声で、大至急彼女の家に来てくれと頼むのを聞いて、怯えるとともに腹が立ってきた。「姪は」必死で恐怖を抑えているときにしばしば観察される、あの張りつめた声で、彼女はいった。「いますぐあなたに会うといって聞かないんです。先生の名前をもう一時間以上も叫んでいまして」

「ライアン先生には電話していないのですか」暖かいベッドから出るまいと決意して、私は訊ねた。

「姪が彼を部屋に入れようとしないんですよ」ミス・ジョーンズが答えた。不安が高じて話すのをやめられない様子で、私も黙らせることはできなかった。「私たちが入れないよう、鍵をかけてしまって」とミス・ジョーンズは続けた。声がヒステリックにうわずっている。

私はため息をつき、すぐに行きますと熱意のない口調で告げた。それなのに、彼女は――怯えた親族がしばしばそうするように――急ぐよう私に促しておきながら電話を切ろうとしないのだ！

「長いこと、どの先生に来てほしいのかわからなかったんです。ロング先生と呼びつづけていて」

彼女はまだ話していたが、私は即座に電話を切り、生まれてはじめてといってもいい速さで服を着た。出産、手術、事故――こうした場合でも、医者が水をかけて眠い目を覚ますまでに十秒くらいの猶予は許されるものだ。しかし、このときの私には、その十秒の余裕すらなかった。悲しいことに私は知っていた。私をロング先生と呼ぶ人間は、世界にひとりしかいないことを。

彼女は私を待っていた。ミス・Rの寝室の鍵のかかったドアの向こうで。ミス・ジョーンズが玄関の戸を開けると、彼女の叫び声が聞こえた。自分の名前をミス・ジョーンズに伝えるやいなや、私は迷わず彼女の横をすり抜け、コートと帽子を身に着けたまま階段を一段飛ばしに上り——じっさいこの年ではきつい運動だし、あのときの私にはそんな余力はなかったのだが——ドアのところまで来た。ドアの向こうからは、ベッツィが大声で歌っているのが聞こえてきたが、ミス・Rのかぎられた経験のなかでよくぞこんな言葉を覚えたものだという、仰天そのものの歌詞だった。

「ベッツィ」私はドアをノックした。「ベッツィ、すぐにドアを開けなさい。ドクター・ライトだ」

私は頭をドアにもたせかけて立ち、室内の声に耳を傾けながら、自分の荒い息を感じていた。ベッツィは私の声を聞くとすぐ歌うのをやめ、いまは小声で独り言をいっているようだ。「ほんとにあのばかな爺さんかな？」彼女はつぶやいた。むろん私のことだ。「きっとまたライアンだよ。あたしをからかいに来たんだ」

ミス・ジョーンズが私の後ろから階段を上がってきていた。ミス・ジョーンズが一緒に入るという可能性が生じるまえに、なんとしてでもミス・Rの部屋に入ってドアを閉めてしまいたかった。

「ベッツィ、いますぐ入れてくれ、お願いだ」

「誰？」

「ドクター・ライトだ」私はじりじりしながら答えた。「ドアを開けてくれ」

「ライト先生なんかじゃない。ライアン先生だよ」

「ドクター・ヴィクター・ライトだ」私はかっとしていった。「命令だ。このドアを開けなさい」

「命令？」嘲るように間延びした声だった。「このあたしにかい、ロング先生」

「ベッツィ」私はできるかぎり語気を強めた。ミス・ジョーンズはもう踊り場まで来ている。

「じゃあ、あんたが誰だかいってみな」

「ドクター・ライトだ」

「いいや、ちがうね」ベッツィは笑っている。

私は深く息を吸いこみ、さて、あとからミス・ベッツィをどうやって懲らしめてやろうかと一瞬考えた。「ドクター・ロングだ」私はいった。しかもとてもやさしい柔らかな口調で。

「誰?」

「ドクター・ロングだ」

「誰?」彼女の笑い声が聞こえてくる。

「ドクター・ロングだ」

「ああ、それなら」と彼女はいい、鍵を回す音が聞こえた。「先生、誰なのかもっと早くいってくれれば、すぐに入れてあげたのに」この邪悪な娘はドアを開け、私が素早く部屋に入るあいだ脇へよけて、すぐさま叔母の顔の真ん前でバタンとドアを閉めた。「かわいそうに」と彼女は大声でいった。「モーゲン叔母さんに襲われたの?」

「ミス・R、これは耐えがたい。今後こんな扱いをしたら承知しないよ」

「じゃあ、あたしは治療をいっさい拒否する。やっと来てくれたっていうのに、友達としてじゃなくて医者として来るなんて、驚いたよ」彼女は思わしげな視線を投げてみせた。目を開けたベッツィと顔を突き合わせたのは、これがはじめてだった。診察室、催眠術、閉じられた目——そうしたものに守られることなく、まったく対等な人間として、ふたりは対峙したのだ。そして、ベッツィの様子から、彼女も私と同じく、それを強く意識しているのがわかった。

「それで?」彼女はおもしろそうに訊いた。

私は自制心をとり戻せるよう、深く息を吸いこんで、できるかぎり静かな声でいった。「目が開いたんだね」

彼女は頷いて、両腕で体を抱きしめ、笑って、にっと歯をむき、私に目を見開いて見せると、陽気にくるっと回った。「いったでしょ、いったでしょ、いったでしょ」とくり返してから、こちらに近づいてきて、ずるそうに顔を覗きこんだ。「で、あんたはどうするつもり、目隠し屋さん」

虚勢を張っていばっているにもかかわらず、内心まだ私を畏れているように思えたので、その推測に基づいて——じっさいそれが我々に残された唯一の望みだった——行動することに決めた。落ち着いた笑みを返しながら、私はベッドの縁に腰掛けてパイプをとりだした。「きみは病気だったはずだが」くだけた調子で私はいった。

「あいつは病気だった。でも、あたしは病気になんかならないから」

「それじゃあ」と私は皮肉っぽく続けた。「私みたいなよい医者としては、ミス・Rの感染がひとおり落ち着くまで、きみがここに留まるのを許可するしかないな」

彼女は笑って、「あたしだって、あいつの役に立った」と悦に入っている。「もしあいつが弱って病気じゃなければ、あたしは外には出られなかったし、もしあたしが外に出ていなけりゃ、あいつはいまだに弱って病気だったろうから」完全に筋の通った理屈を示すかのように、彼女は両手を広げてみせた。「ね、だから、あたしはいい人間なんだよ」彼女はベッドの横の椅子に腰掛け、まじめな顔で私を見た。「ライト先生」と彼女はいった——こんなにつつましやかなベッツィを見るのははじめてだった——「こうしてもう外に出たんだから、このままいさせてもらってもいいでしょう?」

私が黙っているのは同意すべきか迷っているからだと、誤解したにちがいない。彼女は説得するように続けた。「あたしのほうがあいつより健康で幸せだってわかるでしょ。それにずっと長いこと我慢してきたんだから、あたしにもチャンスをくれるのが公平ってもんだよ。それに」私が話そうとすると、彼女はまた畳みかけた。「あんたに危害を加えるとか、あいつを傷つけるとかいってたのは、ただ、あたしはもう囚人でいるのにうんざりしてて、とにかく外に出て、幸せになって、囚人じゃなくなりたかったからで――」

「ベッツィ」私はやさしくいった。「きみが留まるのを許せると思うかい？　エリザベスはどうする？　ベスはどうする？」

「あんたはあたしよりあいつらが好きだけど、だからって、なぜあたしがあいつらのことを考えなきゃいけないのさ。あいつらのほうがいいってあんたが決めたからって、あたしがあっさり諦めるとでも思ってるの？」

この短絡した利己主義には思わず笑いそうになったが、なんとかそれを抑え、じっさいこの娘はほんの子供なんだからと自分に再度いい聞かせて、私は辛抱強く続けた。「それじゃあ、ベッツィ、取引をしないか？　きみに今夜だけ自由をあげるっていうのはどうだい？」

「じゃあ、一週間にして。一週間、誰にも邪魔されないって約束で」

「だけど、ミス・Rは病気なんだよ」

「すぐ治るよ」とベッツィは厳めしくいい、無邪気そのものという顔で私を見た。「少なくとも、もううなされたりはしない」

「そうか」私ははたと気づいた。「きみの仕業だったんだね」

「楽しかったよ。かわいそうに、モーゲン叔母さんはドアの外で両手を揉みあわせて震えてた」

そんなことをいうのは無神経だとベッツィに指摘することはできなかったし、ミス・Rの全人格をベッツィがいわば乗っとるのを許すわけにはいかないと説明したところで、彼女の幼稚な頭には通じないとわかっていた。私にできたのはただ、扱いにくい子供を相手にするように、彼女の計画に乗ったふりをして、そのじつ自分自身の――より優れた、といわせてもらおう――判断で、みなにとってなにが最良かを決定できるようにしておくことだった。したがって、私は感情を表さずこういった。「それじゃあ、ベッツィ、賛成してくれるかい？　きみが一日ばかり外に留まることを許可すれば、ミス・Rの病気が治るよう、きみも協力してくれるね？」

「そうする」と彼女はまじめに答えた。ほんとうにそのつもりだったのだと思う。「なんだってするよ。もしときどき自由になれて、ちょっとのあいだ楽しく過ごせるんなら」

「それなら、無茶な話ではないね」私は一歩譲った。「では、ベッドに戻って静かに寝てくれるかい？」

「あたし、眠ったことはないよ」彼女は答えた。「いつでも内側で、横になってるだけだから」

またもや私は笑いそうになったが、それを見せないようにした。これまでどれだけたくさんの子供が頑固にいいはったことだろう。自分は眠らない、眠ったことはない、がんばってもどうやって眠ったらいいのかわからない、と。しかし、私はただこういった。「では、ほんの少しだけエリザベスを戻してやってくれないか？　そうすれば、ちょっと催眠術をかけて、気分がよくなると伝えられるから」

彼女は頬杖をついて思案した。「きみが眠らないとしてもだよ」と私はしかつめらしくつけ加えた。「エリザベスには休息が必要だ。そのために、私からひとつふたつ、暗示を与えたい。今夜はどうせなにもすることがないんだろう？　気の毒な叔母さんがまたドアの外で両手を握りしめて、立ちんぼうになるのを見たいのでなければ。だから、自由がほしいと思うなら、ミス・Rの健康回復の手助けをするのが、いちばん賢いと思うがね」

「病気のあいつは、あたしの役には立たないんだ」ベッツィは乗り気だった。「いくらあたしは具合がよくたって、モーゲン叔母さんがあいつをどこへも行かせないもの」

「そのとおりだ」私は階下に竜が存在することを、天に感謝しながら続けた。「だけど、これも約束してほしいんだ」と私はいい添えた。「きみが自由なあいだ、ミス・Rにけっして危害を加えないってことを。たとえば、彼女にお菓子を大量に食べさせたり、友達のまえで恥をかかせたりしてはいけないよ」

「それとか、電車のまえを歩かせるとか」ベッツィはそういってにやっと笑った。「あんた、あたしは頭がおかしいと思うだろうね」彼女はくつくつ笑った。

私はベッドから立ち上がり、しわくちゃのシーツを伸ばそうとした。「さあ、いい子だから、ベッドにお入り」私は不本意ながら、なんとか愛情深い口調になるよう努めた。彼女がベッドに入るとき、私はその肩をとんとんと叩いた。ベッツィはエリザベスやベスと、なんと違っていることか。悪い子を床につかせる叔父のような心境だった。ミス・Rの外見は大人であったが、だからといって叔父としての情愛が減ずることはなかった。私は毛布を顎の下まで引き上げてやり、ベッドの端に腰掛けた。「さあ、どうやってミス・Rを呼び戻すのか、見せておくれ」私がそういうと、まだ話し終わらないうちに彼女の目がぼんやりとこちらへ向けられ、いつのまにかベッツィが完全にいなくなって、ミス・Rが私のまえに横たわっていた。目を見開いて、ぎょっとしている。若い娘なら誰だってそうなっただろう。ぐっすり眠ったあと目覚めてみると、主治医とはいえ、男が馴れ馴れしくベッドの端に腰掛けて、どうやら前から続いていた様子で自分と会話しているのだから。

「ライト先生！」私だとわかると彼女は起き上がろうとしたが、私はやさしくそれを制した。

「心配ないよ」私は宥めるようにそういった。「具合が悪かったから、叔母さんが私を呼んだんだ」彼女は元どおり横になったものの、まだ不安そうだったので、私は穏やかにこう説明した。眠りながら彼女が私の名を呼んだので、私が手助けできるかもしれないと叔母さんが考え、だからここにいるわけだけれど、これから一分かそこらだけ〈眠らせ〉ようと考えている、と。彼女の様子から具合がかなり悪かったことが見てとれた。最後に会ってからのたった数日で、顔はそうとう痩せ細り、青白く、ひどく弱っていたので、催眠術の提案に抗議する元気はなかった。私は容易に軽い催眠状態へと彼女を導き、ミス・ジョーンズが外で立ち聞きしているといけないので声を低めて急いでいった。「ベス、ベス、きみかい？」

彼女は身動きして、それからにっこり笑った。「まあ、先生、ずっとあなたの声が聞きたいと思っていたの」かわいそうに、ベスも消耗して青ざめていた。愛らしいその顔は病気でやつれ、柔らかい声は疲れていて、私は悲しくなった。「ベス」私は彼女の手をとった。「気の毒に、かなり具合が悪かったんだね。だけど、すぐに治してあげるよ」

「もうだいぶよくなったわ。だって、先生が来てくれたから」

「だけど、ベス、きみにしてほしいことがあるんだ、ものすごく大切なことだ。できそうかい？そうすれば私も助かるし、きみもずっと早く回復できるんだが」

「なんでも、いわれたとおりにするわ」

　私は少しだけためらい、どうすれば肝心なことをしっかり伝えられるか思案した。それから、切羽つまった口調でいった。「こんなふうにできるかい。いつも強い気持ちで、自分は回復したんだと信じなくてはならない。弱気になったり、うわの空にならないよう、つねに気をつけるんだよ。自分の力と自制心を信じつづけなさい。できるかぎり叔母さんに近くにいてもらうんだ。いちばん大切なのは、いつもはしないような行動はぜったいに避けることだ。油断は禁物だよ。友達のまえでおかしな振舞いをするとか、やまほどお菓子を食べるとか、電車に身を投げるとか、ほかにもいろいろ普段は思いもつかないようなことをしたくなったら、その衝動と戦うんだ。さあ、そうすると約束できるかい？」

「約束するわ」彼女はささやいた。

「きみを助けるため、力を尽くすつもりだし、できるかぎりそばにいるよ。いまは話せないが、とても重要なことなんだ。いつかすべて説明するから」

「先生がいうなら、そのとおりにするわ」

「ああ、ベス」私は彼女の手をぎゅっと握った。

　彼女は目を開いて、にっと笑った。「ベスの真似がこんなにうまいなんて、夢にも思わなかっただろ」とベッツィがいった。

　自分がどうやって階段をよろよろと下り、ミス・ジョーンズの横を通りすぎたのか、覚えていない。おぼろげな記憶では、「先生、あの娘は大丈夫ですか？」とミス・ジョーンズが訊ねたのだが、私はむやみに頭を振りながらなんとか玄関まで辿りつき、あの家を後にした。

戦う力のある強軍をもちながら撤退したとしたら、その将軍は臆病者である。しかし、武器を奪われ、味方に見捨てられ、敵が意気揚々と支配する戦場を前にした兵士が、しっぽを巻いて退却したとしても、誰が彼を責められるだろう？　その夜、私は夜更けまでかかって、ミス・ジョーンズ宛に、姪の治療から手を引きたいという手紙を書いた。私は年寄りで体調もすぐれないと伝え、力不足だと説明し、ほかの仕事や雑務に追われていると訴えた。ライアンのもとに戻ることを勧め、（愛らしいベスに対して並々ならぬ心痛を覚えつつも）私立の施設への入所を真剣に検討してみるよう提案して、「敬具」と手紙を締めくくった。あらゆる方面に目配りをして、すべてを書き尽くした――真実をのぞいては。真実はといえば、私はひどく怯えていたうえ、みずからを欺《あざむ》いた娘に仕えるために、自分の健康を危険にさらしたくなかったのだ。私はベスを信じ、そして裏切られた。むろん彼女は無力な手先にすぎないのだから、責めるわけにはいかないのだが、それでも彼女への信頼は消えてしまった。先ほど述べたとおり、私は深夜までかけてなかなか立派な手紙を書いた（じっさい手紙は保管していたので、いま目の前にある）。だが、結局のところあの夜は眠っていてもよかったのだ。そうすればあんな不適切な手紙は書かずにすんだのに。

朝になり、私が疲れきって書き物机を離れようとしたとき、ミス・ジョーンズからまた電話がかかった。早まって判断をまちがわないよう努めていることのわかる、非常に抑えた口調で、彼女は姪が失踪したと告げた。こっそりスーツケースに荷物を詰め、真夜中に慌てて服を着て、敵は我々を欺いたのだ。ベッツィがミス・Rとベスを連れ去った。いつ、どこへ。それは不明である。

三　ベッツィ

すべてがとてもとてもとてもうまくいくだろう。いつも忘れず気をつけていれば。靴は毎回ちゃんと両足とも履くこと、通りには走ってでないこと、そしてもちろん、自分がどこへ行くのか誰にもいわないこと。口笛が吹けるのを思い出し、彼女は考えた。ぜったいに怖がってはだめだ。

バスが十二時に出発することはわかっていた。誰も想像できないくらい念入りに計画を立てたのだ。ほんとうに賢かった、クローゼットとベッドのあいだを小股で行き来しながらそっとスーツケースに荷物を詰めたのは。出かけるってことはもうわかっていたから、屋外やバスに乗るとき着るのにぴったりの服装を選んであった。モーゲン叔母さんのハンドバッグからお金をたっぷりとったし、お医者さんも徹底的に騙した。家出したことが見つかっても、スーツケースやお金やバスについてわかるまでに、しばらくかかるだろう。すばらしく上手に行方をくらましたのだから。口笛を吹きながら、彼女は曲がり角のところで考えた。あたしがタクシーの乗り方を知ってるなんて、思ってないだろうな。タクシーに乗れば、バスに間に合うようにバス乗り場まで連れてってくれる。

「バス乗り場までお願いします」と彼女は運転手にいった。自由になってからはじめてしゃべった言葉だったが、運転手はただ頷いて、彼女をバス乗り場へ連れて行った。財布から一ドル札を出して渡すと、運転手はお釣りをくれたので、「ありがとう」と「さよなら」をいってタクシーのドアを閉めた。こちらを振り向くものも、叫び声をあげるものも、立ち止まって彼女を指さし笑いだすものもいなかった。すべてがとてもとてもとてもうまくいくだろう。

ハンドバッグには一ドル札が十一枚入っていた。それに加えて、モーゲン叔母さんの財布からとった百ドルほどが、スーツケースのポケットに入念に隠してあった。不注意だとかまぬけだとか思われるようなことはけっしてあってはならないし、お金を全部なくしたら、あまりしっかりしてないと思われるだけじゃなく、知らない人に助けを求めなくちゃいけない気まずい事態になるかもしれない。もうきちんと決めていた。バスから降りれば、すぐさまホテルに行って、そこはもちろん自分だけの部屋なので、人に見られずスーツケースを開けて、必要な分のお金をとりだせるだろう。

お金も時間もあったから、バス乗り場で待っているあいだにコーヒーを一杯飲むことができた。それから雑誌も買った。普段は読むのは好きではないけれど、鮮やかな色の表紙に惹きつけられたし、観察しているとバス乗り場にいる人はほぼ全員が雑誌か本を持っていて、あたしは変だとか人と違うとかぜったいに思われないようにしないといけないから。スーツケースにも一冊本が入っていた。話したり書いたり綴りがわからなかったりするときに使う用の大きな辞書だ。どっちみち、最後には持ち物を全部処分するつもりだから、大きくてしっかり印刷されたこの本はいつか困ったときにお金に換えられるかもしれない。だけど、そのときは忘れずに最初の頁のリジーの名前を消さないと。いまはお金と一緒にスーツケースのなかですごく安全に保管しているから、バスで読書の振りをするためだけにわざわざとりだす必要はないだろう。コーヒーを飲みおえ、みんながしているように受け皿にカップを戻し、スツールから下りてハンドバッグとスーツケースを持ち、切符売り場へ向かった。すぐ前で女の人が係員に「ニューヨークまで片道で」といって、係員は顔を上げたり笑ったりしなかったので、あれが普通の切符の買い方にちがいない。係員や、前の女の人や、コーヒーを売ってくれた男の人や、タクシーの運転手や、このまったく未知の世界すべてが、つくづくありがたく、満足に思えた。「ニューヨークまで片道で」正しい抑揚になるよう注意しながらいうと、係員は顔を上げたり微笑んだりせず、くたびれた様子で釣り銭を渡した。「バスはいつ出発しますか?」彼女が大胆にそう訊ねると、係員はちらっと時計を見て、ごく普通に「十二分後、横手の出口のところ」と返事した。

さっき飲んだばかりなのにまたコーヒーを飲んだらきっと変に思われるから、十二分のあいだなにをしようかと考えていると、絵葉書のラックが目に留まり、さよならのメッセージを書くという考えが浮かんだ。そんなことはしなくても、いなくなったのは当然わかるだろうけど、せっかくだから、あんたらのせいで出ていくはめになったといってやりたかった。博物館の葉書がないのを残念に思いながら、絵葉書を二枚選んだ。記念碑の写真の葉書はモーゲン叔母さん宛と決めて、リジーがいつもハンドバッグに入れているペンでこう書いた。「あたしに会うことはもうないでしょう。誰も知らない場所へ行きます。残念に思うよう祈ってます」文面があまりに無情に思えたし、考えてみればモーゲン叔母さんからとりたてて危害を加えられたわけじゃない、だから、最後にこう書きたした。「愛をこめて、E・Rより」

特別なお楽しみは最後にとっておいたので、二枚目のカードはライト先生宛だったが、彼女はペンを片手にちょっとのあいだ考えこんだ。葉書のこのかぎられたスペースのなかで、ライト先生に告げるべきことを、どうすればいちばんはっきりと鮮明に伝えられるだろう。しばらく思案したすえ、バスがもうすぐ出発するのを思い出して、彼女は慌ててこう書いた。「親愛なるライト先生、あたしを探さないでください。あたしはぜったいに戻りません。人びとがあたしを愛してくれて、あなたみたいな人がいない、そういう場所へ行きます。敬具、ベッツィ」この文面はあまり気に入らなかったけれど、書き直す時間はなかった。男の人がこう叫んでいたから。「ニューヨーク行きのバス、横手の出口、三分後に出発、ニューヨーク行きのバス、横手の出口、三分後に出発、ニューヨーク行きのバス、横手の出口……」

彼女は切符売り場で前に並んでいた女の人の後ろについて、急いで外へ出て、バスに乗りこんだ。リジーが博物館へ通勤するときに乗っていた小さいバスと比べて、大きくて快適なので、ちょっと感心した。ドアの内側で一瞬ためらったけれど、切符売り場で前に並んでいた女の人の隣に腰掛け、それからまた立ち上がってスーツケースを頭上の棚にのせた。観察すると、ほかの人たちはそうしているし、もちろんぜったいに人と違うと思われちゃいけないし、みんながスーツケースを頭上の棚にのせたなら、自分だけスーツケースを近くの床においてはいけない。雑誌とハンドバッグを膝においた席に落ち着くと、彼女は座席にもたれかかってため息をつき、少し頭を傾けた。すると隣の席の女の人がこちらを見つめているのに気づいた。(なにか、見つめられるようなことをしたのかな？　スーツケースをのせるのが遅すぎた？　座席にもたれるのが早すぎた？) だから、慌ててこういった、「どのくらい長い旅になるんですか？」

「どこに行くの？」女の人は眉を上げながら訊ねた。

「ニューヨークまで、あなたと同じ」

女の人は顔をしかめて、前の運転手のほうをちらっと見てこういった。「わたしがニューヨークに行くってどうして知ってるの?」

「あなたが切符を買うのを聞いてて、それで同じように切符を買ったから」

「まあ」女の人はまた眉を上げ、そっぽを向いた。

誰かを当てにするのは安全じゃない、ベッツィはとっさに悲しいほどはっきりとそう思った。みんなぜんぜん当てにならない。この女の人はモーゲン叔母さんと同じくらい年をとっていて、疲れた様子で、家で寝ているかわりにこうして夜行バスに乗るのをあまり喜んでないみたい。モーゲン叔母さんと同じくらい年寄りで疲れた様子の女の人なのに、信頼できないなんて、ひどい。もしかしたら、また若くて元気になれたらいいのにと感じているかもしれないけど、それ以上に、あたしに信頼してもらいたいと思ってるのかもしれない。だって、こっちを向いて、あたしだけににっこり笑ってみせて、「じゃあ、ニューヨークへ行くのね?」と頷いて、まるで安心な居場所だと約束してみせるみたいに顔も体もこちらに向けたから。こうすれば若々しく見えるって、あたしが考えるとでも思っているのかな。「そうみたい。えっと、ニューヨークへの切符は持ってるけど、どこか別の場所へ行くことにするかもしれないの。ニューヨークってわくわくするところ?」

「そうでもないわね」女の人はまた運転手をちらっと見て、ベッツィにぐっと近づいた。「大切に思う人がそこにいなければ、どこへ行ってもあまりわくわくしないものよ」そういって、ふたたび頷いた。「わたしにとってはニューヨークなんてつまらない。つまらない場所よ。わたしの大切な人は、ずっと遠くにいるから」

ベッツィは女の人の向こうの暗い窓を見て、ふいに思った。ひょっとすると、彼らは追いかけてこないってこともありえるかもしれない。あそこに見えるのは、やみくもにガラスの向こうから覗きこむモーゲン叔母さんの顔だろうか？　バス乗り場の出入口で切羽つまった身振りをしているのは、先生だろうか？「あとどのくらいで出発ですか？」ベッツィが女の人に訊ねると、女の人は黒い手袋をした手をこちらの手に重ねた。「大切な人のところへ行きたいものよね、恋しくて、ときどき痛みすら感じるわ、ここに」女の人はベッツィの手を放すと、しばらくしんみりと胸においてみせ、それからまたベッツィの手に自分の手を重ねあわせた。

だけど、とベッツィは思った。たとえ彼らがスーツケースやお金やバスについてもう気づいていたとしても（走りながらハンカチを狂ったように振って叫んでいるのは、まさかモーゲン叔母さんじゃないよね）、黒い手袋をした陰気な女の人と話しているとは思わないだろうし、女の人の手の下にあるのがあたしの手か、わざわざ確かめたりもしないだろう。だからベッツィは椅子に深く座りなおして、礼儀正しく女の人のほうに顔を向けた。あたしたちはごく普通に会話をしている二人の女性なのだ。バスはぶるっと動き、うなり声をあげた。運転手が確かめるように乗り場を見て頷き、バスのドアが閉まって、それから巨大なバスは通りへ出ていき（あれは先生？　タクシーから降りてきて、傘を振っているけど）、次第に速度を上げて町の外へと進んでいった。「出発したわね」ベッツィはうれしそうにいった。

「――とても幸運なことだわ」女の人はいった。「わたしには、ニューヨークで待っている大切な人はいない。あなたのような娘にはわからないでしょうけど――」

さよなら、さよなら。振り向いて、後方へと消えていく町を見ながら、ベッツィは思った。さよなら。

「ずっと遠くにいるのよ。ああ、会うことができさえすれば」

「どうして会えないの？」ベッツィは向きなおって、女の人を興味深げに見つめた。まだベッツィの手に自分の手を重ね、もう片方の手にあるハンカチで涙を拭っている。「どこにいるの？」

「シカゴよ。残念ながらお金がないから、ニューヨークより先へ旅するのはとうてい無理なの。あなたのような娘はいいわね、人を疑うことも知らず、幸せで、自由で――あなたのような娘はお小遣いもたっぷりもらえて――」

「お小遣いなんてないわ」ベッツィはくすっと笑った。「モーゲン叔母さんからもらったお金があるだけ」

「あの、どうかしら、少しだけ借りるっていうのは――」

「いろいろありがとう。だけど、十分に持ってるから。スーツケースに入れてあるの」

女の人は棚をちらっと見上げてから、ベッツィの手をぎゅっと握りしめた。「なんていい娘なんでしょう。名前はなんていうの？」

「ベッツィ」

「それだけ？」

そのとき突然、リジーが表に出てきた。おそらくベッツィがしばらく話を聞きながら、窓の外を流れる街の灯りを眺めていたからだろうか。あるいはたんについ興奮して身を入れてしまったからかもしれない。うっかり油断した隙をつかれ、ベッツィがまたもとに戻ろうと慌てているあいだに、リジーは冷たく女の人を見つめてこういった。「え、なんですって？」それから、不思議そうにバスのなかを見まわした。

「名前はなんていうの、と訊いただけよ」女の人はたじろいだ。

「エリザベス・リッチモンドです。はじめまして」

「はじめまして?」女の人は弱々しく答えた。そのとき、深く息を吸った瞬間を狙って、またもやベッツィがリジーを押し込めて現れ、できるかぎり礼儀正しくこういった。「いまはもうお話したくないんです。親切にしてくれてありがとう。だけど、もうお話したくないの」

(ベッツィにいわせれば)とくべつ無礼な印象を与えず、彼女は立ち上がって、バスの後ろの空席に移動した。バスはすごく速く走っていたので、スーツケースを下ろすのはとても無理そうだったけれど、誰とも話さなくていい場所に移るほうが重要だし、ここからだと簡単にスーツケースを見張ることができる。さっきまで一緒に座っていた女の人は一度後ろを向き、こちらを見て頭を少し振り、スーツケースをちらっと見上げてから、本を開いて読みはじめた。よかった、とベッツィは思った。リジーがあんなふうに出てきてしゃべったのに気づかなかったかもしれない。もしかするとあの女の人にも自分のリジーがいるのかもしれないし。

ベッツィは眠らなかったし、これまでも眠ったことはないと思っていたが、もちろんエリザベスには睡眠が必要だ。ベッツィは四人として存在しはじめて以来、エリザベスが眠っているときはいつも、こころの奥の隠れた片隅に横たわって、まるでめまいを引き起こす霧の彼方を見上げるように、身動きもできず、なすすべもなく、エリザベスの夢の世界を眺めていた。エリザベスの目が開いているときには彼女の世界のぼんやりした人影を、目が閉じているときには彼女の悪夢に出現する金切り声の亡霊たちを、ただただ見つめていた。麻痺したようにそこに横たわり、声のない叫びを上げながら。エリザベスの手足を動かすこともできず、気が狂いそうなほど動きたくて、見たくて、話したくて、だけど金縛りにあったように苦しい沈黙に包まれて。いまやエリザベスのこころの表側を支配したベッツィは、寛大に彼女に夢を見させながら、エリザベスがあの深みで無力に待っているさまを楽しく思い描いた。エリザベスのさらに彼方、こころの最果ての国には、ベスが横たわっている。音のない影の世界に埋もれて、眠そうに動きながら、意識もなく、警戒もせずに。いまはあの奥底にいるけれど、なにかはっとさせる光景や鋭い音に刺激されれば、自分と同じように、いつでも覚醒して出てくる、ベッツィはそう感じていた。エリザベスは眠りながら、少し顔をしかめ、バスの柔らかい座席で居心地悪そうに向きを変え、その振動に合わせて体を揺すっている。そしてベッツィは、エリザベスの夢の柔らかいクッションにもたれかかって、計画を立てていた、自由になったいま、なにをしようか、と。

ニューヨークに着いたらバスを降りて、ほかの人についてバス乗り場から通りに出て（あたしが後にしたあの町と同じような通りだろう、とベッツィは思った。知らないからって怯えていては、ありもしない困難を想像で作りだしてしまうから、気をつけないと。外の世界でしっかり着実に振る舞えるよう、こころの準備をしておかないと）、そしたら、さっきバス乗り場までそうしたように、タクシーに乗ろう。今回は太陽が出てるから、タクシーを見つけるのも簡単だろうし、窓から外の景色も見られる。それからホテルに行かないと。モーゲン叔母さんが以前ドゥルーという名前のホテルに泊まったといっていた。モーゲン叔母さんが泊まったんだから、ちゃんとした、一人旅の女性に適したホテルにちがいない（叔母さんはきっと一人旅だったはずだし）。最初に行くならそこがいちばんだ。あとから、スーツケースを荷解きして、たぶん近所を見てまわって、街のことがもっとよくわかったら、モーゲン叔母さんが名前も知らないような別のホテルに移ればいい。ロング先生がニューヨークでなじみのホテルの名前をいってたかどうか覚えてないけど、どっちにしろ一人旅の女性にふさわしいホテルの名前は知らないだろう。あたしは厳しく育てられた、と彼女は満足げに思った。あたしはお行儀よく振る舞う。自分を見つけられないだろうとモーゲン叔母さんとロング先生に告げたことを、彼女は思い出した。きっとニューヨークは探さないだろう、だってニューヨークでならあたしを見つけられるかもしれないもの。ある考えがふと浮かんで、彼女はくすくす笑った――エリザベスは眠りながら体の向きを変えている――もしかしたらリジーとベスにさよならを伝える葉書を送ったほうがよかったかもしれない。チャンスがあればすぐにでもそうしよう、と彼女は決心した。ホテルからふたりにそれぞれ素敵なカードを送ろう、そのくらいのことはして当然だ。エリザベスはまた身動きして、うめき声をあげた。ベッツィはエリザベスが眠っていてくれるよう、じっとしていた。

暗い夜のあいだじゅう、エリザベスをやさしく揺すりながら、バスは滑らかに旅を続けた。みなが眠っているのに、ひとりだけ起きていると気づかれないことが大切だったから、ベッツィは目を閉じた。自分は夜中にひとり旅をしている、そう思うと驚嘆の念が湧きあがってきた。はじめて無関心な他人のなかに交じり、バスの運転手の親切な運転に身を任せ、だいぶ前の席で眠っているあの女の人を信用して名前を伝えた。これからはずっと誰か別の人が所有する部屋に滞在し、知らない人のテーブルで食事をとり、これまで覚醒状態では一度も見たことのない太陽のもと、見覚えのない通りを歩くのだ。あたしの顔がわかる人はもうすぐいなくなるだろう。ロング先生は忘れるだろうし、モーゲン叔母さんはエリザベスを探すだろうから。これからあたしの顔を見る人はみんな、はじめて会う人ばかりだ。あたしは見知らぬ人の世界に住む見知らぬ人であり、あたしがそのもとを去った人たちも、いまでは見知らぬ人なのだ。「あたしは誰？」ベッツィは驚嘆してつぶやいた。エリザベスにすら聞こえなかった。「あたしはどこへ行くの？」

だから、誰かであること、いつも誰かであったということはほんとうに重要だ。あたしが入っていく世界のどこを探しても、ある特定の誰かじゃない人などいない。誰かであることは不可欠なのだ。「あたしはベッツィ・リッチモンド」彼女は静かに何度もつぶやいた。「生まれたのも、ニューヨークなんだから。お母さんの名前はエリザベス・リッチモンド、結婚する前はエリザベス・ジョーンズ。お母さんはオーウェンズタウンで生まれたけど、あたしはニューヨークで生まれた。お母さんの妹の名前はモーゲンだけど、彼女のことはあまりよく知らなかった」バスの暗闇に紛れながら、ベッツィはにっと笑った。「あたしの名前はベッツィ・リッチモンド」と彼女はささやいた。「もう一人旅をしてもぜんぜん大丈夫な年だから、ひとりでニューヨークへ行くの。ひとりでバスに乗ってニューヨークへ行くところで、ニューヨークに着いたらタクシーでホテルに行く。あたしの名前はベッツィ・リッチモンド、あたしはニューヨークで生まれた。お母さんは誰よりあたしを愛してた。お母さんの名前はエリザベス・リッチモンドで、あたしの名前はベッツィで、お母さんはいつもあたしをベッツィって呼んでて、あたしはお母さんの名前をもらった。ベッツィ・リッチモンド」誰も聞いていないバスのなかで、体を揺さぶられつつ、彼女はそっとささやいた。「あたしのお母さん」記憶をたぐりながらベッツィは考えつづけた。エリザベスはうめき声をあげて両手を握りしめ、夢を見ていた。「あたしのお母さんが愛しいベッツィに腹を立てて、だからいま、あたしはひとりぼっちで、ニューヨーク行きのバスに乗ってる。十分一人旅のできる年だから。

あたしの名前はベッツィ・リッチモンド、結婚する前はエリザベス・ジョーンズだった。お母さんは「ベッツィはあたしの愛しい娘」とよくいってたし、あたしは「エリザベスは愛しいお母さん」とよくいってたし、あたしは「エリザベスはロビンがいちばん大好き」とよくいってた」

ベッツィはバスのなかですっくと体を起こした。唐突な動きだったので、エリザベスがなかば目覚めて目を開け、「先生？」といった。「だめ、だめ」とベッツィはいって身震いし、周囲を見まわした。大きな声は出さなかったかな、みんなが寝ているときには注意するはずだったのに、うっかり忘れていた。ロビンのせいだ、と彼女は思った。ロビンのせいで、リジーを起こしてしまうところだった。彼女はじっと待って、バスの暗闇に目をこらした。前の運転手は落ち着いているように見えた。ずっと前の片側で誰かが身動きし、深いため息をついた。ベッツィはほっとして座席に座りなおした。大丈夫、ほかの人たちも動いたり音を立てたりしてるけど、誰も気にしていない。彼女は座席にもたれて窓の外を見た。ロビンがどこにいるのかすら、もうわからない、ほかのみんなと同じように、ロビンももうあたしを覚えてないだろう、もしあたしに会ったとしても、まったく知らない誰かだと思うだろう。それにお母さんが彼のしたことを知ったら、彼は後悔するだろう。お母さんはどっちみちあたしのことをいちばん愛してるから、ベッツィはむなしく自分にそういい聞かせた。いちばん愛してるのはあたしじゃないってお母さんがいったのは、からかってただけだから。お母さんはあたしの髪を引っぱって、笑って、「エリザベスはロビンをいちばん愛してる」っていった。お母さんは誰よりもあたしのことを愛してるもの。あたしの名前はベッツィ・リッチモンド、お母さんの名前はエリザベス・リッチモンド、お母さんはあたしをベッツィって呼ぶ。ロビンは悪いことばっかりした。

起き上がって歩きまわりたかったが、やめておいた。エリザベスを眠らせることが重要だし、たとえば運転手のところまで行って、どのくらい速く走っていますかとか、いつニューヨークに着きますかとか、名前はロビンですかとか訊いたら、人びとが気づいてあたしのほうを見るだろう、なぜって、バスがどのくらい速く走っているんだろうと考えるのは、どうやらものすごく変わってるみたいだから。だけど、ロビンのことを考えるといつも神経質になってしまう、大切なのは、びくびくしたり不安にかられたりしないことだ。彼女は両手を捻りあわせ、目を擦り、唇をかんだ。いったいどうすればいいだろう、もしニューヨークのどこかでロビンに会ったら?

バスはカーブを大きく回り、ベッツィは座席から落ちかけてくすくす笑った。楽しいな、と彼女は思った。結局あたしは逃亡中で、誰にも見つけられない——だから、あたしがロビンを見つけるなんてことがあるわけないじゃない、そう思うと、急にとてもうれしくなって、席に座りなおし、両手を組んで、厳めしくこう自分にいい聞かせた。

もしあたしがすべてを立派にこなして、本物の人間になるつもりなら、と彼女は声に出さず自分にいった。ロビンがほかの人と同じようにそこに存在するのは仕方がない。そう簡単には追い出せないもの。それに、記憶をもつ人なら誰でも、いいことだけじゃなくて悪いことも覚えているものだ。生まれてからのあたしの記憶がいいことばっかりだったら、すごく変だと人に思われるだろう。悪いことも少しはないと、変に見える。だからロビンも残しておかないと、ロビンは悪くてひどいから。あたしたち、ロビンとお母さんとあたしは、ピクニックに行った。だめだ、と彼女は頭を振りながら思った。もしこれも記憶に含めるのなら、全部入れないと、いちばん最初から、それが正しい回想の仕方だ、だからあの日のいちばんはじめから思い出すことにしないと、最初からすべて思い出さないと。悪いことだけ思い出す人はいない、まんべんなく思い出すものだ、前に起こったことも、後に起こったこともみんな。それに、もちろん、と彼女は自分を慰めるようにいい聞かせた。悪いことはひとつあればたぶん十分だろう、悪くてひどいことで、なにを覚えていますかと訊かれたら、ロビンと答えればいい、それで満足してもらえるだろう。さて、と彼女は静かに考えつづけた。あたしはあの日の朝起きて、太陽が輝いていて、あたしのベッドの毛布は青色だった。ベッドの足下に緑のドレスがおかれていて、青い毛布と一緒だと変に見えるだろうと思ったけど、そうでもなかった。お母さんの声が階下から聞こえてきた。「あたしのベッツィとピクニックに行くには、すばらしい日だわ、ほんとうにすばらしいわ」あたしに向かって話しているのはわかっていた、階段を上りながら、あたしがそれを聞いて目を覚ますよう、何度も何度もくり返していた。それからお母さんが部屋に入ってきて、お母さんはにこにこ笑っていて、日光がお母さんの顔にあたってきらきらしていて、太陽が眩しすぎて、お母さんがあの朝どんな顔をしていたか思い出せない。「あたしのベッツィにはすばらしい日だわ」とお母さんはいった。「ほんとうにピクニック日和よ、入り江に行きましょう」それからお母さんは近づいてきてあたしをくすぐったから、あたしはベッドから転がり出て、お母さんが枕であたしを叩いて、あたしは笑っていた。それからお母さんが「ピーナッツバター」といって部屋から走り出ていって、あたしは「ジェリー*」と大声でいって、緑のドレスを着て、一階に下りて、あの日の朝は暑かったから、オレンジとトーストを朝食に食べた。お母さんはピーナッツバターのサンドイッチとジェリーのサンドイッチを作って、あたしがオレンジを食べているあいだじゅう、お母さんはあたしを見て「ピーナッツバター」といい、あたしもお母さんを見て「ジェリー」といい、お母さんはピーナッツバターがほしいのにあたしはジェリーがほしいなんておかしくて、同じ名前をもつ愛し合うふたりが、そんなふうに別々のものが好きだというのがおかしかった。お母さんは固ゆで卵も作って、レモネードをいっぱいまで入れた魔法瓶とクッキーも全部バスケットに詰めて、それからこういった。「かわいそうなロビンも一緒に連れていってあげましょう、ベッツィ。かわいそうに、ロビンはひとりぼっちだし、エリザベスは彼が大好きだから」そして、あたしが「ジェリー」というと、お母さんはしかめ面をしてみせた。「ピーナッツバター。でも、とにかく彼も連れていってあげましょうね」

あたしは固ゆで卵を投げる振りをしたけど、お母さんは気にせずロビンに電話をしにいって、すぐ来るように伝えて、あたしたちは水着を用意した。ロビンとお母さんとベッツィは路面電車で入り江まで行って、お母さんとベッツィは水着に着替え、ロビンも水着を着て、水は温かく、ベッツィがお母さんに水をはねかけるたびに、ロビンはベッツィに水をはねかけて、「ベッツィはすごくいじわるだ」といい、太陽は眩しく、周りには誰ひとりいなかった。ロビンとお母さんとベッツィは固ゆで卵とピーナッツバター・サンドイッチを食べて、ベッツィが「ジェリー」というと、お母さんが「ベッツィ、いつもふざけてなきゃだめなの?」と答えて、それからみんなで砂浜に寝そべって日光浴をした。そうしたら、お母さんがいった。「ベッツィ、困った子ね、砂浜を向こうまで行って、いちばんきれいな貝を七十三個集めていらっしゃい。そうすれば、あたしたちセイレーン＊＊になって、ロビンに貝で王冠を作ってあげられるから」ベッツィは砂浜を歩いていって、貝を集め、ひとりぼっちで、周りには知らない人すら誰もいなくて、片側には水が、もう片側には砂浜があっ

＊フルーツの透明なジャム。
＊＊ギリシア神話に登場する半人半鳥の海の精。美しい歌声で船人を誘い難破させた。

て、向こうには岩があった。そして「あたしはコーヒーが好き、あたしは紅茶が好き、あたしはベッツィが好き、ベッツィはあたしが好き」*と歌って、すてきな組み合わせの貝をあれこれ選んだ。なぜならあたしは海の王様の娘。溺れた水夫の目玉を集めて、それを身代金にして、海の王様の牢屋から恋人を救いだそうとしていたから。空っぽのポップコーンの箱は宝石を入れる珊瑚の宝箱。二つの岩はあたしの玉座。あたしが歌うと波が足下までよってくる。あたしは難破して、島でひとりぼっちで生きてる。ポップコーンの箱は岸に流れ着いたもの。なかには植えるためのとうもろこしの実と、家を建てる用のハンマーが入ってた。あたしは砂で皿や鉢を作り、それを日光で焼いて、頭上には日を遮る海草の屋根を作った。あの岩は通過する船のために、火を灯せる信号塔。海賊がやってきて、あたしを捕まえた。あの岩は金が保管されてる海賊船の船室。海賊は商人の船を沈め、捕まえた貝たちに目隠しをして、板の上を歩かせる。ポップコーンの箱はエメラルドや真珠でいっぱいだ。と、そのとき、ベッツィは突然寒くなって立ち上がった。貝は膝から落ち、岩はただの岩に戻り、皿やとうもろこし畑に見えていたのは、足で擦ったり山の形に積んだりした普通の砂で、入り江に溺れた水夫はいなかった。「長いこと遊びすぎたわ」とベッツィは思い、貝を集めてポップコーンの箱に入れ、寒かったので急いで歩いて戻ったら、ロビンがこういうのが聞こえた。「あのガキ、今度はモーゲンに預けろよ」

「いやだ」ベッツィは思わずいった。バスの乗客にも聞こえる大きな声だったので、誰かが振り向いてこちらを見た。あたしは悪い夢を見ていた、彼女は必死でそう思った。悪い夢を見ていた、ただそれだけだ。彼女が身を固くしてじっと待っていると、乗客はまた向きを変え、もぞもぞ動き、眠りに落ちた。ベッツィが起きていること、ずっと目を覚ましていたことは、誰も知らなかった。

「あたしの名前はベッツィ・リッチモンド」ようやく彼女はまたつぶやきはじめた。「お母さんの名前はエリザベス・リッチモンド。結婚する前はエリザベス・ジョーンズ……」

とうとうバスが停まり、乗客が身動きして目を開け、通路前方の男の人が立ち上がってコートを着はじめたとき、ベッツィはほっとした。これでもう眺めなくてすむ――同じバスの車内や、外の景色は変わってもずっと同じに見える窓を。彼女は真っ先に立ち上がった乗客のうちのひとりだった。急いで通路を歩き、コートを着ている男の人の横を体をよじって通りぬけ、スーツケースのある場所まで行くと、ちょうど黒い手袋をしたあの女の人が立ち上がってベッツィのスーツケースを下ろしたところだった。「おはよう」と女の人はいって、ベッツィに笑いかけた。「眠れた？　カバンを持ってあげるわね」

「あたしのスーツケースを返して」とベッツィはいった。バスのなかでスーツケースのとりあいをするのは普通じゃないとわかっていたし、腹を立ててはいけない。だからベッツィは女の人の腕に手をかけてくり返した。「あたしのスーツケースを返してください」

「運んであげるわよ」女の人はバスのほかの乗客に満面の笑みを見せた。「ね」といって、彼女はその笑顔をふたたびベッツィに向けた。

これはおかしいし、すごく不適切だ。「あたしのスーツケースを返して」とベッツィはくり返した。ほかにどういえばいいのかわからなかったし、どこまで怒りを見せていいのか、自信がもてなかった。こういう状況では、経験不足がいちばん明白に表れてしまう。無理やりスーツケースを奪われたとき、普通の人はいったいどのくらい怒るものだろう。作り笑いを浮かべ、不自然に陽気で、

＊縄跳びや遊戯のさいに歌うわらべ歌。

安っぽくみすぼらしい感じのこの女の人は、どのくらい非難されるべきなのだろう。叩いてもいいのかな？　押し返せばいいの？　助けを呼べばいいの？

助言を求めて振り向くと、運転手と目が合った。「あたしのスーツケースを返して」ベッツィはバスのいちばん前にいる彼に向かっていった。たいがいの乗客はもう下車していたので、彼は席を立ってベッツィのほうに歩いてきた。

「どうしました」運転手が、まだベッツィのスーツケースをしっかりと摑んでいる女の人にそう訊ねると、彼女は黒手袋をした空いているほうの手で彼の腕を触れ、安堵のため息をついた。「この娘が礼儀作法を学んでくれるといいんだけど」女の人は、自分と運転手が当然含まれる大人の領域から、ベッツィを排除するかのような身振りをしてみせ、「大都市にたったひとりでね」と力をこめていった。

都市の悪意については、運転手も同感だったようだ。彼は頷いて、悲しそうにベッツィを見た。「きみを助けたいと思ってる人には、もっと丁寧に対応しなきゃ」

ベッツィにいわせれば、これ以上思いやりの無駄遣いをするなんて、どう考えても論外だった。「スーツケース泥棒」と彼女は女の人にいった。「あたしのお金が全部スーツケースに入ってるっていったから」

「まあ、ほんとうに」女の人は頭を高くそらし、「わたしはこの娘を助けたかっただけで」と運転手に訴えた。そして、「この娘のお金だなんて……」というと、うわべだけの喜びを与えてくれるもののなかでも、金銭はもっとも価値のない、もっとも当てにならないものなのだと、身振りで示してみせた。「見知らぬ都会でひとりぼっちのときに、誰かが助けの手を差し伸べたら、すぐに泥棒だと糾弾しはじめるなんて」女の人は黒い手袋を脱いで、ベッツィと運転手を、不幸せそうに、哀れみの目でじっと見た。それから、「あんたがどんな人間か、お見通しよ」とベッツィにいいはなった。

「奥さん」運転手は悲しげな顔をして、「この娘が助けは必要ないっていうんなら、無理強いはできないよ。たぶん」とまじめな口調で続けた。「たぶん自分の金は自分で運びたいだけだろう」

「そうでしょうとも」と女の人は応じて、ふたりともに背を向けた。彼女は自分のスーツケースとハンドバッグを持ってバスから降り、盗みを働かない人間として、誇りにみちた足どりで歩み去った。「ほんとうに厄介なことにならないよう、気をつけたほうがいいぞ」と運転手はベッツィにいった。「信頼できるやつなんていないんだから、ほとんど」

「知ってます」ベッツィは答えた。「注意するつもりです」

「ここに知り合いとかいるのかい」運転手ははじめてスーツケースではなくベッツィを見た。「つまり、行く当てはあるのかい」

「もちろん」ベッツィは自分がどこに来たのか、はじめてはっきりと理解した。「あたし、お母さんに会いにいくんです」

ドゥルーホテルという名前は正面の日よけに記されていたし、帽子やベストのポケットや紙マッチのカバーにも金文字で書かれていた。足音のしないカーペットのうえを歩くのははじめてで、これほどピカピカに磨かれた真鍮の調度品は博物館でも見たことがなかった。経営者が自分のためにしてくれた細心の配慮にも感心した。誰かがベッドの位置を考え、クローゼットのハンガーを数えてくれたはずだし、うわべはサテンや水彩画やクルミ材の化粧板で飾られていても、誰かがベッツィのためにうまく密室を作ってくれたという事実は隠せなかった。ここで彼女は誰にも頼らずに、しばらくのあいだ自分だけの秘密の行動をするのだ、自分の好きな順序で、自分自身のお金を使って、しっかり注意深く身を隠して。安全のためドアをきちんと閉じて施錠すると（モーゲン叔母さんとロング先生は、青いサテンのベッドカバーのある部屋にあたしがいるなんて思わないだろうけど、スーツケースに十分気をつけるってバスの運転手に約束したから、用心のためドアに鍵をかけたほうがいい）、彼女はすぐ窓のところまで行き、身を乗りだした。部屋は高い階にあり、建物の合間から、そう遠くないところに川が見えた。窓枠にもたれかかっていると、川岸にぶつかりさざ波となって地面を揺すぶる、そのやさしい感触が肌に感じられるようで、ドゥルーホテルも遠くから川に撫でられているような気がした。どこからか、かすかに音楽が聞こえてくる。

自分の周りの世界で、人びとが生きて、歌い、踊り、笑っている、そんな思いが押し寄せてきた。この大都市のすばらしい世界には、あたしがとびきり幸せに暮らせる場所がやまほどあって、この雑踏のなかにはあたしを待っている友人たちがいる（ああ、小さな部屋でのダンス、ともに歌う声、涼しい木陰で楽しむ長い夜のおしゃべり、腕を組んでの闊歩、結婚式、音楽、そして春！）。それは思いがけない、そして、うれしい発見だった。ひょっとするとベッツィが来るのをいまかいまかと待ちわびて、いまごろ誰かがいろんな顔を覗きこんでいるかもしれない。川の波のように、笑いがそっとやってきて、彼女はうれしげに窓枠をぎゅっと握りしめた。みんな、なんて幸せなんだろう。とうとうここに来ることができて、なんて幸運なんだろう！

ずっと下のほうの、建物から川へ向かって細長い棚状の張り出しがあるところに、男の人がやってきてそろりそろりと移動している。顔は見えなかったし、なんのためにそんなことをしているのかも不明だったけれど、なにをしているにせよ、きっと彼はそれを立派にやり遂げるだろう。そう思いながら彼女は満足げに見物していた。男の人はつまずいて、なんとか持ちこたえ、「危なかったぜ」とでもいいたげに肩越しに振り向いてにやっと笑ってみせたようだ。そして、まるでベッツィが見ていることを確認するかのように、意味もなく頭を上げた。うれしくて息を殺していると、彼は壁の張り出しを摑んでいる手を片方離して手を振った。こちらに向かってではないとわかっていたけれど。それから、にやにやしながら危なっかしくよろめくと誰かになにか叫び、張り出しの反対側まで行って姿を消した。彼女はまだ川の流れを見つめつつ、あんなことを易々とやってのけた男に感嘆し、あれこれ想像してみた。いまや張り出しをぶじに通過して、笑いながら、早くも別のことを始めているのだろうか。友達と一緒に自分を歓迎してくれるどこか楽しい場所へ行くのだろうか。いつか、あたしも友達になるかもしれない。きっとあたしもそこで歓迎されるだろう。

お母さんを探すためにここにいるのだとわかったので、街はベッツィにとって以前よりまとまりのある形をなすように思えた。中心となるどこかにお母さんが存在し、そこから放射状に合図や手がかりが発信されていて、それさえ見つけられればかならず迷路の中心に辿りつけるのだから。通りの反対側の窓を期待をこめて眺めながら、彼女は思った。どんなものでも手がかりになるんだ、と。

よく考えてみれば、お母さんはベッツィがいつか来るだろうとずっと思っていたはずだけど、正確にいつベッツィが逃げだせるのか予想はできないから、お母さんの助けはあまり期待しないほうがいいだろう。ベッツィがついに到着して捜索を始めたってことを、お母さんが（ひょっとするとあの壁の張り出しにいた男の人から聞いて？）確実に知るまでは。偶然ばったり会う可能性もなくはないけれど、この街に住む人の数を考えると、ちょっと無理な気がした。いますべきことは、お母さんがニューヨークについてどんな話をしていたか、できるかぎり思い出すことだ。ベッツィは賢明にもそう決めた。なぜなら、何年も前からずっと、ベッツィがいつかお母さんを見つけられるように、お母さんは手がかりを残してくれてたんだから。お母さんとベッツィが一緒に自由になれるときのために、着々と準備を重ねてたんだから。

それでは始めよう。まず、ベッツィとお母さんは、ベッツィが二歳のときにニューヨークを離れた。したがって、ベッツィ自身の街についての記憶には、あまり期待できない。とはいえ、あるときふと角を曲がると、はっきり覚えている場所に出くわすこと、それ以後に見たなによりも現実味のある光景に、予備知識もなく遭遇することだってありえるだろう。これまでのところ、タクシーから見た景色と、ドゥルーホテルと、壁の張り出しにいたあの人をのぞけば――たぶんバスの運転手と黒手袋の女の人も、今頃は街の人びとに混じっているのだろうけど――ベッツィが街について知っているのは、お母さんから聞いたことだけだった。それも、一度か二度、会話のなかでなにげなく耳にした十かそこらの情報にすぎない。注意深く、ベッツィはお母さんの残した手がかりを思い出そうとした。

「――モーゲン、覚えてるでしょ、アビゲイルズっていう、前に話した小さな婦人服店で買ったやつ」ベッツィはこの台詞をいちばん鮮明に記憶していた。モーゲン叔母さんに話すときの、お母さんのあのかすかに苛立った口調まで耳に残っている。奇妙なことに、お母さんが話題にしていたドレスは思い出せなかったし、お母さんとモーゲン叔母さんが一緒にそのことを話している姿も目に浮かんでこなかった。ただ台詞のみが記憶に残っているのだが、これはほぼ確実に手がかりになるにちがいない。

それから……お母さんはベッツィとふたりきりで住んでいた場所について、懐かしそうに話してなかっただろうか。「……かわいい赤ちゃんと一緒に踊って、歌って、朝日が上るのをよく眺めてた。まるでパリみたいだったわ」もしかしたら、パリでお母さんを探すことを考えるべきだろうか。いいや、と彼女は決めた。まずここで探すほうが賢明だ。パリまで行くのは大変だし、すでにニューヨークに来ているのだから。それに、エリザベスは多少フランス語を知ってるけど、ベッツィはそんなものは習う気もなかったし、ごく簡単なことまでいちいちリジーに翻訳してもらうのは、ものすごくやりづらいだろう。だめだ、パリはやめよう。だけど、あたしたちは一緒に踊って、歌ったし、高いところに住んでいた。だって階段がたくさんあったもの（「……かわいいベッツィは階段をどんどんどんどんどんどん下りていったのよ。それで、あたしはいちばん下に座って、ずっとずっとずうっと待ってたの」）。ベッツィは窓枠にもたれてお母さんのことを考えながら、声をあげて笑った。

最初の朝はホテルの部屋で過ごすことにしよう。ここにひとりきりでいれば、たぶんエリザベスの監視をしばらく緩めても大丈夫だし、それに到着したあとすぐに出かけると変に思われるだろうから。階下の人たちに、スーツケースの荷解きをしてないとか、顔も洗っていないと思われたら困る。こう考えたとき、ベッツィはふと気づいた。エリザベスのさえない服をずっと着ているなんて、ぜんぜんだめじゃないか。モーゲン叔母さんとロング先生がほんとうに彼女を捜しているなら、こんな人物描写をするだろう。エリザベス・リッチモンド、二十四歳、身長五フィート六インチ、体重百二十ポンド、茶色の髪、青い目、紺色のスーツと白いブラウスと黒のローヒールの靴、黒い地味な帽子、最後に目撃されたときは、黄褐色のスーツケースを持っていた。ベッツィ・リッチモンドとして知られる若い女性に誘拐されたものと思われる。ベッツィ・リッチモンドは年齢およそ十六歳、身長五フィート六インチ、体重百二十ポンド、茶色の髪、青い目、紺色のスーツ……。これじゃいけない、新しい服がなにがなんでも必要だ。ひねくれ者のベッツィはさらにこう考えた。自分がいつのまにか深紅の靴とスパンコールを散りばめたドレスを身に着けているのに気づいたら、あのエリザベスですら、きっと強気になって権利を主張しはじめるにちがいない。だから、仕方なく妥協することに決めた。せいぜい赤い帽子と安いアクセサリーくらいにしておこう。

彼女はスーツケースを開いて、エリザベスのこぎれいな下着と予備のストッキングを鏡台の下の引き出しにしまい、エリザベスの地味なコートと清潔なブラウスをクローゼットに掛けた。服を脱いで風呂に入り、バスタブから出てきたとき、寝室の鏡に映る自分自身に思いがけず遭遇し、驚いてしばらく茫然とした。いったいエリザベスはどこにいるのだろう。腕や足のぴんとはった皮膚、細い背骨、整然とした肋骨、小さなつま先や指、そして要となる首と頭の角度……これらすべての、いったいどこに、別の誰かのための余地があるというのか。澄んだこの瞳の背後にリジーがこっそり潜んでいて、用心深くじわじわと近よりながら、こちらを覗こうとしているのだろうか。ずっと奥まで潜りこんで、心臓や喉の背後で待ちかまえ、支配権を奪回するために両手ですさまじい攻撃をしかけようとチャンスを窺っているのだろうか。髪の陰にも潜んでいるのだろうか。膝にも隠れ場所があるのだろうか。リジーはどこにいるの？

一瞬、鏡を見つめながら、ベッツィは狂おしい気持ちになった。自分を引き裂いて、もう二度とこんなことに悩まされないよう半分リジーにくれてやりたい。こんなもの、持っていけ、持ってい

け、持っていってしまえ、さあ、これをあげるから、あたしの前から消えてくれ、あたしの体から出ていけ、いなくなって、もうほっといてくれ。リジーには役立たずの部分をあげよう、胸と、太ももと、それから、苦痛を与えてベッツィが喜んでいた部分も。背中はリジーにあげる、そうすれば、いつでも背中が痛むだろう。胃もあげる、そうすれば、いつだって腹痛に苦しむことだろう。エリザベスには内蔵の領域を全部あげればいい、それで彼女がいなくなってくれれば、ベッツィには自分の持ち分が残るのだから。

「リジー」残酷にもベッツィは呼びかけた。「リジー、出てきなさいよ」するとエリザベスが現れ、見知らぬ部屋で長い鏡の前に立つ裸の自分を、みずからの目でしばらく見つめた。それから身を翻《ひるがえ》すと、鏡にもたれてちぢこまって泣きだし、ぎゅっと自分の体に腕をまわして、恐ろしそうに部屋を見渡した。

「どこ?」とエリザベスはつぶやいた。「誰なの?」もしかしたら自分を襲った人間が目に入らないか、彼女はキョロキョロと探した。なにも気づかぬうちに雑踏のなかで彼女を抱えこみ、欲望を満たすために、彼女を白い奴隷*としてここへ連れこんだ、その腹黒い悪党が。「誰かいるの?」彼女は弱々しくまた問いかけた。ベッツィは笑って彼女を押し戻し、「かわいそうに」といって、エリザベスをあんなにも怖がらせた鏡のなかの肉体を見つめた。「哀れなおばかさん」

それから、まだエリザベスの涙でぬれた頬でこう思った。「ほんとうの姉妹がいたらよかったのに」

*外国に売られるなどして売春を強いられた白人女性。

お母さんの声が、まるで一緒にこの部屋にいるかのように、はっきりと聞こえた。「いやよ、あたしはあの子といたいの。あたしのベッツィを手放したりはしないわ」

あれはお母さんだ、ベッツィは振り向きながらそう思った。お母さんが話している、一緒に来てほしいんだ。だけど、話してたのはいまじゃない、いつだったんだろう。あたしが聞き耳を立てていたら、お母さんがああいうのが聞こえたのは。「いやよ、あたしはあの子といたいの……」

「あの邪魔なガキをどうにかしろよ。モーゲンのところにおいてけばいい。あいつがいて、俺たちのなんの役に立つっていうんだ？」あれは、とベッツィは思った、ロビンの声だ。「俺はあの子が大嫌いなんだ」いつか、ずっと前に、彼はそういった、ベッツィのお母さんに。「俺はあの子が大嫌いなんだ」それで、お母さんはいったの？「だけど、あたしのベッツィよ。あの子を愛してるの」お母さんはそういった？　いったのかな？

「かわいそうに、寒いのね」ベッツィはそうつぶやいて、ベッドに入り、毛布で体をくるんだ。こうすれば横になって考えられる。暖まるとリジーがそわそわしはじめたので、ベッツィは歌った。「赤ちゃん、赤ちゃん、聞いたかい、母さんがマネシツグミをあげましょう。もしマネシツグミが歌わなかったら、ダイヤの指輪をあげましょう……」ダイヤの指輪があったらいいのに。リジーが静かになったとき、ベッツィはそう思った。ダイヤの指輪があれば、あたしは婚約したんだっていえる。もし婚約したのなら、あたしを連れもどせない、なぜって旦那さんがそうさせないもの。もし旦那さんがいたら、お母さんはその人と結婚して、三人で隠れて暮らせば幸せになれる。あたしの名前はベッツィ・リッチモンド。お母さんの名前はエリザベス・リッチモンド、結婚する前はエリザベス・ジョーンズだった。お母さんを呼ぶときみたいに、あたしをリズベスと呼んで、なぜってベッツィはあたしの愛しい……ロビン……。

(「おばかさんね」とお母さんはいった。

「だけど、あたしのことも、ロビンにリズベスって呼んでほしいもん。お母さんのことをそう呼ぶなら、あたしのことも同じにしてもらわなきゃ」

「ベッツィ」ロビンは笑った。「ベッツィ、ベッツィ、ベッツィ」)

エリザベスが飛翔したり落下したりする夢をみているうちに、ベッツィは新しい服を買う計画を立てていた。さっそく今日にでも買おう、アビゲイルの店をすぐに見つけられたら。もしかしたらアビゲイルの店で、お母さんをたちまち見つける方法がわかるかもしれない。ひょっとすると――そう思うとおかしくなり、彼女はベッドのなかでこっそり身をよじって笑った――ひょっとすると、お店のドアを開けたら、そこにもうお母さんがいるかもしれない。鏡に映る自分の姿を見つめ、スパンコールのドレスと宝石にうっとりしながら。「ベッツィ、ベッツィ」お母さんは腕を広げていうだろう。「いったいどこに行ってたの? ずっと、ずっと、ずうっと待っていたのよ」


服のことをあれこれ考え、ふたたび窓辺でしばらく時間を過ごし(あの壁の張り出しにいた男の人は戻ってこなかった)、服を着て、リジーは眠っていて、そうこうしているうちに、ベッツィは食べ物のことを考えて急にお腹が減ってきた。朝ご飯を食べていなかった、と彼女は思った。モーゲン叔母さんと一緒なら、今頃はお昼を食べている時刻だ。スープかワッフルかマカロニかレタス・マヨネーズ・サンドイッチ、それからミルクと温かいココアと小さなカップケーキとクッキーとプディングとパイナップルとピクルスと。ドアのところまで来て、彼女は少しためらいながら振り返った。室内はすべて安全に片づけられ、彼女がここにいたという形跡はない。だから、たまたま彼らが探しに来たとしても、ベッツィがどこにいるか、どこへ向かっているかの手がかりは見つけられないだろう。彼女はドアの鍵を念入りに閉めて、エリザベスのハンドバッグに入れた。ほかになかったので、仕方なくそれを使っていたのだ。エリザベスの鉛筆と、エリザベスが唇にほんのり色をつけるのに使っていたリップスティックと、エリザベスがいつもかならず持ち歩いていた清潔なハンカチ、それに小型のノートとアスピリン用の小さなケースが入っていた。ベッツィはハンドバッグを閉めながらにやりとした。バッグのなかで、エリザベスの清らかな白いハンカチに向かって、見知らぬホテルの部屋の鍵は、どうやって自己弁明をするのだろう。それから彼女は廊下を歩いてエレベーターへ向かいながら思った、ついにそのときが来た、と。

これまでに学んだなかでいちばん重要なのは——わずか十二時間のうちに、なかなかのことを学んだものだ——見知らぬ場にいるときに、つねに落ち着きはらって有能な振りをする必要はべつにない、ということだった。彼女の学習によれば、ほかの人たちだってしょっちゅうそわそわしたり不安になったりするし、迷子になることもお金をなくすこともあり、他人が近づけば神経質になるし、お役人も警戒している。こう考えると、ベッツィはいろんなことを切り抜けるのがずいぶん楽になった。フロントで食堂までの行き方を訊いても、べつに変だとか具合が悪いとか思われる心配はないのだから。この方針でいけば、きっと食事をぶじに最後まで終えられるにちがいないと踏んでいた。とにかくフランス語で書かれたものは注文せず、ほかの人が着席したり、皿を動かしたり、給仕を呼んだりしている様子をじっと観察すれば、きっとうまくやりおおせるだろう。上の階の客室でサテンのベッドカバーを見ていたので、真っ白で広大な食堂を見ても怖じ気づかなかった。どっちみちモーゲン叔母さんの食卓以外のテーブルは、どれも馴染みがないのだから。給仕の足を踏んづけたり、ハンドバッグを落っことしたり、はたまた椅子に座るつもりで尻もちをついたりしたら、いつでも逃げ出してあとはリジーに任せればいいや。ベッツィは腰を下ろしながらおどけてそう思った。彼女はナプキンを広げながら辺りを見まわし、柔らかい椅子に満足げに身を沈めた。新しいことをするたびに、前よりもうまくいく。すべてがどんどんよくなっているわ。

いけないことをすると特有のうれしさで有頂天になりつつ、彼女はモーゲン叔母さんっぽくシェリーを注文し、給仕がとまどったのには気づかなかった。給仕としては、彼女が見かけどおりの年齢なので酒を飲む資格があるとするのか、それとも、その振舞いどおりの年齢なので当然断るべきなのか、決めかねていた。結局のところ彼は哲学的な人間だったから、女の年齢というものは、その行動よりはむしろ見た目から判断すべきだろうという結論に達した。したがって、ベッツィにはシェリーが出され、彼女はモーゲン叔母さん顔負けの慣れた手つきで優雅にそれをすすった。話し相手がほしくなったベッツィは、こんなすてきな世界でまちがいや不具合があるはずはないんだからと思い、最初にそばを通りかかった人に目を留めて、「こんにちは」と声をかけた。

「こんにちは」彼は驚いて返事をし、テーブルの脇で躊躇した。

「どうぞ座ってくださいな」ベッツィは丁寧にいった。

彼は目を大きく見開き、彼女の向こうにある自分の目指していた空のテーブルを見やってから、「了解」と笑った。

「ここにひとりで座っていると、変な感じがしたので」とベッツィは説明した。「おしゃべりとかできる人が、誰もいないから。家ではいつもモーゲン叔母さんがいて、叔母さんが黙っているときでも、眺めることはできたし。つまり、知ってる人がそこにいたから」

「そうだろうね」といって彼は腰を下ろした。「ここには長くいるの？」ナプキンを手にとりながら、彼は訊ねた。

「今朝、着いたばかりなの。バスの運転手さんが気をつけなさいって。だから、もちろん気をつけてはいるけど、あなたは話しかけても大丈夫そうだったから」彼は見た感じ、とても礼儀正しい人のようだし、ロング先生ほど年はとってないものの、ロビンよりは年上で、こんなふうに初対面の人と話していても、ちっとも居心地悪そうにしていなかった。「しばらく前に、あたしの窓の外で、壁の張り出しの上を歩いていなかった？」彼女は突然そう訊ねた。

彼は驚いて首を振り、「そんなに元気じゃないからね」と答えた。

「あたしなら、その気になればできるわ。リジーなら気を失うでしょうけど、もちろんあたしはそんなことないもの」

「リジーって誰だい？」

「リジー・リッチモンドよ。一緒に連れてきたの。外に出たがってるけど、そうはさせないんだ」彼女はここで言葉を止め、疑り深い目つきで彼を見た。「リジーのことは誰にも話さないつもりだったのに」

「問題ないよ、ぼくは誰にも話さないから」

「どっちみち、お母さんがリジーを追い払うから。あたしたち、いつもあいつと一緒にいるわけにはいかないの。だってロビンを厄介払いするのに、さんざん苦労したんだもの」

「お昼を食べるの？」彼は給仕からメニューを受けとり、ベッツィに微笑みかけた。「レストランに来るの、はじめてなんだ」ベッツィはそういって、うれしげに身をくねらせた。「それに、ものすごくお腹が減ってるの」

「それじゃあ、特別なランチにしなくちゃ。選んであげようか？」彼はメニューを差しだした。

「それとも、自分で選びたいかな？」

ベッツィはメニューを手にとり、ざっと眺めてから、彼に返した。「リジーはフランス語が話せるんだ。だけど、もちろんあたしはそんなものあんまり勉強しなかったから、選んでくれる？　とにかくたくさん食べたいの。わくわくする料理ならなんでもいい」彼女は少しためらった。「マカロニとか、ピクルスとか、サンドイッチとか、そういうものはやめてね。モーゲン叔母さんが作るものは」

「ふむ」彼は深遠な口調でそういうと、メニューを睨んで考えこんだ。「ピクルスはだめ」彼は思案した。「サンドイッチもだめ」とうとう選ぶべきものが決まった。横に立つ給仕とふたりでベッツィを安心させるように頷きながら、彼はすらすらと注文をした。わくわくするようなものなら食べたい、だけどピクルスは嫌だという若い女性のために、昼食を注文するのは慣れっこだという様子で。いったいどういう順序で出てくるのか、それすらさっぱりわからなかったけれど、とにかくわくわくする食べ物を表す素敵な響きの言葉に耳を傾け、部屋の奥の隅のほうから流れてくる音楽や、フォークがナイフに触れ、カップが受け皿に当たる心地よい音を聞きながら、ベッツィはこころの中で思った――これからはいつも、こんなふうにうまくいくんだ。

「よし」彼はついにそういって、メニューを給仕に渡した。「どれも気に入ると思うよ。ところで、教えてくれる？　まだきみの名前すら知らないんだから」

「あたしはベッツィ。ベッツィ・リッチモンド。お母さんの名前はエリザベス・リッチモンド、結婚する前はエリザベス・ジョーンズ。あたしはニューヨークで生まれたの」

「どれくらい前に？」

「忘れたわ」と彼女は曖昧に答えた。「これ、あたしの？」給仕が果物の入ったカップを目の前においたのだ。彼女はてっぺんのチェリーを指でつまんで口に放りこんだ。「お母さんはあたしをモーゲン叔母さんに預けたの」彼女は不明瞭な話を続けた。「だけど、ロビンとは行かなかったんだ」

「きみが苦労して厄介払いしたっていう人かい？」

ベッツィは勢いよく頷いて、チェリーをごくりと飲みこみ、こういった。「だけど、それはもう思い出さなくていいの、バスでそう決めたから。ロビンについて、ひとつ悪いことを覚えていれば、それで十分だもん。そうでしょう？」

「そうだろうね。それに、いずれにしても、もう厄介払いしたんだから」

彼女はくすくす笑って、スプーンを持ち上げた。「それから、モーゲン叔母さんも厄介払いしたし、ロング先生も厄介払いしたし、これからリジーも厄介払いするし、あたしはジンジャーブレッド・ボーイ*だから」

「モーゲン叔母さんは心配しないのかな」と彼は慎重にいった。

ベッツィはまた首を振った。「写真入の葉書を送って、帰りませんって書いたもの。それに、あいつら、あたしじゃなくてリジーを探すだろうから。もうちょっとフルーツもらってもいい？」

「すぐに別の料理が運ばれてくるよ」

「お金は払うから。たっぷり持ってるんだ」彼が微笑むのを見て、彼女はすぐに察知し、こう訊ねた。「そういうこと、いっちゃいけなかったんでしょう？　どうしていけないの？」

「なんというか、いってみればきみをランチに招待したわけだからね。つまり支払いはぼくがするから、きみはなにもいうべきじゃないんだ。黙って待っていて、ぼくが払っても優雅に構えてたらいいんだよ」

「優雅に？」と彼女は答えた。「つまり、ほんとうにありがとう、っていうこと？　モーゲン叔母さんみたいに？」

「そのとおり、モーゲン叔母さんみたいにね。きみのお母さんはいまどこにいるんだい？」

「どこだかはっきりわからないの。まだ探している途中だから。壁の張り出しにいた男の人みたいにね。あたしに教えないわけにはいかないと思うわ。だって、あたしはずっとずっと続けるつもりだから、訊ねて探して、探して訊ねて、訊ねて探して――」ここで彼女はふと言葉を止め、黙りこんだ。しばらくして顔を上げると、彼は落ち着いて自分の果物を平らげていた。「ときどきね」彼女はとても用心深くいった。「混乱するの。それは許してくれなくちゃ」

「もちろんだよ」彼は驚きもせずに答えた。

「そういうわけなの」とベッツィはいって、透明なスープのボウルを満足そうに覗きこんだ。底のほうでは小さな奇妙なものが揺らぎ、うごめき、見つめ、足を踏みだした。

「どなたですか？」エリザベスがぼんやりと訊ねた。

「はじめまして」と彼は答えた。「きみの友だちさ」

ベッツィははっと息を呑んで顔を上げ、椅子の上で身を引いて彼を睨みつけた。「彼女のいうこ

＊人型に焼いたジンジャーブレッド（ショウガ入りクッキー）の逃避行を描く伝承童話の主人公。

とを聞いちゃだめ。嘘つきだから」

「わかったよ」と彼は答えて、自分のスープをスプーンでかきまぜた。

「スープはほしくない」ベッツィは不機嫌にいった。

「わかったよ。だけど、おいしいよ。ぼくはいつでもスープが好きだ」

「モーゲン叔母さんはスープが好きなの、いつだって」

「じゃあ、ピクルスは？」

ベッツィは苛々しつつも、くすっと笑った。「ピクル叔母さん」

「ピクル先生」彼は応じた。

「リジー・ピクル」

「エリザベス・ジョーンズだったっけ？」

「え？」とベッツィは訊ねた。

「結婚する前は、エリザベス・ピクル」彼はいった。

「いますぐやめて」ベッツィはかっとした。「やめてよ、そんなことというのは。お母さんにいいつけるわよ」

「すまない。冗談だったんだ」

「お母さんは冗談が嫌いなの、意地悪な冗談は。ロビンが意地悪な冗談をいったとき、お母さんはやめてって頼んだ。意地悪な冗談をいうときのあなたは、ロビンみたい」

「じゃあ、ぼくも厄介払いするかい？」

彼女は笑った。「あたし、すごく賢かったんだよ、ロビンを厄介払いしたとき」それから、彼女は息を呑んで「わあ！」といいながら、自分の椅子の横を運ばれていった焼き菓子のトレイのほうを振り返った。「ひとつ、もらってもいい？」

「まずランチを食べたまえ。おいしいスープがあるだろう」

「ケーキがほしい」とベッツィ。

「デザートから食べるなんて、お母さんなら許してくれないだろう？」

ベッツィは急に静かになった。「どうしてわかるの？」と彼女は訊いた。「あたしのお母さんがなにをしたがるかなんて、どうしてわかるの？」

「当然、きみの具合が悪くなるようなことは、させたがらないだろうね。そんなことをするのは、ばかげているから」

「そのとおりだね」ベッツィはうれしそうに返事した。「お母さんのベッツィは、具合が悪くなったりしない。ベッツィはお母さんの愛しい赤ちゃんだから、泣かせちゃいけない。それで、モーゲン叔母さんは子供を甘やかすなっていってた」

「どうやら」彼はゆっくりといった。「きみもぼくも、モーゲン叔母さんは好きじゃないみたいだね。モーゲン叔母さんはたいした人間じゃないな」

「モーゲン叔母さんは、子供がロビンに四六時中じゃれつくのはやめさせなさいって。モーゲン叔母さんは、あんなふうにロビンと這いずりまわるには、あたしはもう大きくなりすぎだって。子供が知らなくてもいいことまで知ってるって」

「ピクル叔母さんめ」と彼は応じた。

「ケーキがほしい」ベッツィはそういい、彼は笑って、デザートのワゴンを運んでいた給仕に手招きした。「ひとつだけだよ。そうしたら、ぼくが注文したランチの残りを食べるんだ。具合が悪くなると困るっていっただろう?」

「あたしはならないけど」ベッツィは小さなおいしそうなケーキの上にうっとりと身をかがめた。生クリームとチョコレートとイチゴを映しだす目がキラキラしている。「具合が悪くなるのは、リジーだもん」バナナのにしようか、砕いたナッツのにしようか、それともチェリーのがいいかな。ベッツィはため息をついた。

「きみはさっき、みんなはリジーを探すといってたっけ」

「この小さい四角いやつにしようかな。まずはね、この小さい四角いやつにする」ベッツィは給仕に伝えた。「そうすれば、あとで別のも試してみて、ものすごくおいしいのがあったら、またそれを食べられるもの。全部食べてみたあとでね。だって、このすぐ上に住んでるの」ベッツィはそっと給仕にいった。「何度でも戻ってこられるんだ。だから今日は――」

そのとき、給仕長がふたりのテーブルにやってきたので、彼女は言葉を止めた。「お電話です、先生」

「先生?」ベッツィは立ち上がった。「先生?」彼女はハンドバッグをさっと手にとると、怒った声でいった。「あんたは別の顔をしたロング先生で、あたしを騙そうとしてたんだ――」

「ちょっと待って。お願いだ」彼はそういって、手を伸ばして彼女を止めようとした。だが、ベッツィは怒りで唇を震わせ、手をぶるぶるさせながら彼の横を通り過ぎた。「ひどい。あんたが友だちの振りをしてたって、お母さんにいいつけるから。それに小さい四角いケーキも食べられなくなったじゃない」彼女は立ち去りかけて急に思い出し、「お支払い、ほんとうにありがとう」といって優雅に頭を下げ、ほとんど小走りでレストランを立ち去ると、ホテルのロビーを横切って通りへ出た。バスだわ、と彼女は考えていた。逃げるには、いつだってバスがいい。それからくるりと右を向いて慌てて通りを下っていった。角のところにちょうどバスが停まろうとしていたので、駆けていって飛び乗り、座席に腰かけてほっとした。隣にいた緑のシルクの服を着た女の人が、ちらっと彼女を見た。

ひと息ついてから、ベッツィは身を乗りだして、隣の席ごしに窓の外を見ながら訊ねた。「このバスは、どこへ行くのかしら」

「もちろん、ダウンタウンよ」緑のシルクの服を着た女の人は、よそよそしく答えた。まるでベッツィがバスの名誉を汚したとか、さらにいえば、自分の識別力を疑ったとでもいうような口調で。

「このバスはダウンタウンへ行くのよ」

「ありがとう」とベッツィ。「探してる場所が見つかるといいんだけど。こんなふうにただ探しはじめたんじゃ、難しいかもしれない。だけど、どっちにしてもやってみるしかないね」

「ダウンタウンで目当ての場所を見つけるのが難しいっていう人もいるけど」女の人は考えこむようにいった。「わたし自身は、アップタウンで道を探すほうがずっと厄介だと思うわ。遠くまで行くの?」

「えっと、もちろんわかんない」とベッツィ。「まだ探しているだけだから。たくさん階段があって、ピンクの壁があって」彼女は記憶を辿りながら、続けた。「それと、窓から川が見えたわ」

「じゃあ、きっと西側ね。西側はどこでも階段があるから」女の人は答えた。「わたしは東に住んでるの。でも、もちろん秋には引っ越すけど」

「なんの西側？」

「もちろん、バスの西側よ。降りた右手のほう」

「じゃあ、右を向けば、もうどこでもいいってこと？」

「どこでもいい？」女の人は微妙な抑揚をつけてそういうと、決然と向きを変え、窓の外を見はじめた。

みんな、いつだって混乱している。ベッツィはしょんぼりそう思った。「なぜって、あたしはお母さんを探してるの。ずっとそこに行ってないから、お母さんがどこに住んでるか、はっきりわからなくて」

「そうなの」女の人は窓の外を見ながら答えた。

どうしよう、とベッツィは思った。そして、こわごわ女の人の腕に手をおいた。「お願い。もしよければ、訊いてもいい？」

ベッツィが無作法な質問——たとえば、ずっと東側に住んでいるの、とか、住んでる建物にエレベーターはあるの、とか——をするとなかば確信しているかのように、彼女はためらいながら振り向いて、短く頷いた。「当然なんにでも答えられるわけじゃないわよ」

「ちょっとした案内が必要なだけなの。手がかりが。もちろん、どこへ行きたいか知ってるし、行けばすぐにそこだってわかるわ。ただ、どの家かが確信できなくて。窓から川が見えるの。それから、壁はピンクに塗ってあって——」

「ピンク？」

「それからね」とベッツィは勝ち誇っていった。「立派な絵が壁に掛かってたのも覚えてる」（遠くから、お母さんの声が聞こえてきた。「ほんとうに立派な絵が一枚あれば、必要ないわよ……」なにが必要ないんだろう？　花だったかな？　それともベッド？　ベッツィ？）

隣の女の人は真剣に考えこんでいた。しばらく思案したすえ、彼女は希望をこめて「通りは覚えているの？」と訊いた。

「ダウンタウンよ、まちがいない。階段があるんだもの」

「そうね」と女の人はいって、それからこう続けた。「わたしにわかるのは、昔知っていた人がね、あ、もちろん友だちじゃないわよ、わたしが普段つきあうような人ではなくて――」

彼女が排除するような仕種をしてみせたので、ベッツィは熱心に相槌を打った。「そういう人、あたしたくさん知ってる」

「それで、その人たちが住んでたのは……どこだったかな、十丁目かな、なぜって帰りにまっすぐ……いや、ちがった、そうじゃないわ。十六丁目よ、まちがいない。ちょうどブロックの真ん中だった」

「ブロックの真ん中ね」とベッツィ。「川は見えたの？」

「そういえば、なぜ思い出したかっていうとね」と女の人は続けた。「もちろん一度きりしか行かなかったわよ、よく知らない人たちで、ただのパーティーだったから。でも、とても自慢にしている絵があったの。絵描きだったから、彼は」

「ああ、ちがうわ。お母さんは絵描きなんかじゃない」

「あら、プロの画家じゃないわ。奔放な芸術家ではないの。もちろんあなたをおかしな場所に行かせたりはしないわよ」彼女は腕を組んで、頑《かたくな》に窓のほうへ顔を向けた。

「ごめんなさい、そういうつもりじゃなかったの。ただ、そこじゃないみたいだっていいたくて」

「だけど、絵があるっていってたじゃないの」

「ねえ、お母さんに会いにいくの」ベッツィはもう一度説明した。「久しぶりにあたしが来るのを待ってるの」

「ここで降りなさい」女の人は有無をいわさぬ口調でそう告げた。

「ありがとう」ベッツィは立ち上った。「どこに行けばいいか、教えてくれてありがとう」

「着いても、わたしのことはいわなくていいわよ。きっと名前すら覚えてないから」


楽しく思い出せるような通りではなかった。何事も起きなければ昔のまま残っていそうな光景を、ベッツィは懸命に探してみた。たとえば通りの先までの景色、最後は点になって消えている。たぶん川に突き当たるのだろう。だけど、その遠景も近くよりきれいだというわけではなかった。足下の歩道のセメントには、〈エリザベスはベッツィを愛する〉と刻まれてはいなかった。左手の薄汚い塀にも読みとれるような文字は記されていなかった。チョークで書かれた矢印と〈こちらへ〉というなぐり書きを見つけたが、矢印は〈クラブハうす〉とたどたどしく書かれた背の低い門を指している。あたしのクラブじゃない、とベッツィは思った。お母さんはどっちみちここにはいない、少なくともこれで一ヶ所は除外できた。ブロックのちょうど真ん中っていってた。ブロックのちょうど真ん中で、川が見えて、〈空き部屋〉とか〈仕立て屋〉とか〈カナリア売ります〉とか〈占い〉とかいう表示の出ていないところ。道の向かい側では、白い石造の集合住宅が〈空き部屋〉を宣伝する建物に囲まれて、みずからを守るようにせせこましく身を縮めていた。ベッツィは通りを渡ってそこへ向かった。はっきりと目立つポスターに番地と部屋の広さは書かれていたが、階段があるかどうかは不明だ。いまにも昔の光景が忽然と蘇るかもしれない。そう思いながら、ベッツィは日よけの下の通路を急いで下り、低い段差を一段だけ上り――立派に見せるためにだけある階段だろう、だって、入ってすぐのところに、同じだけ下る段差があるんだから――小さな玄関広間に着いた。そこには黒い海にオレンジの魚が泳ぐ壁画があった。壁画が描かれた当初は生き生きした魚だったのかもしれないが、ずっと前からもう生気はなく、ヒレをだらりと垂らして惨めな様子で水面に浮かんでいる。もっと前なら、まだ魚たちを救えたのかもしれない――息をしようと最初に水面まで上がってきて、窒息しそうになりながら、たまたま広間に入ってきた客を苦しげに見つめていたころなら。少しばかりの新鮮な水、思いやりのある眼差しさえ与えれば、壁画の魚は息を吹きかえし、薄暗い光のなかで客を歓迎したことだろう。だが、魚はもう死んでしまった。玄関のテーブルには、タータンチェックの綿のワンピースを着た大柄な女の人が腰掛けて、上品ぶろうと努めていた。「部屋を探してんの?」と彼女はいって、テーブルに身を乗りだし、読んでいた雑誌にもたれかかった。その巨大な胸がテーブルにずっしりと重みを加えたためだろうか、彼女は我に返ったように、きちんと座りなおして訊ねた。「どなたかお探し?」

「あたしのお母さんです」ベッツィは答えた。

「ここにいらっしゃるの?」彼女はまた我に返ったように座りなおした。「お名前は?」

「あたしの名前はベッツィです。だけど、探しているのはお母さんです。ここにいますか?」

「それはわからないわ。どの部屋を探してるの?」

「わかりません。だけど、壁がピンクで、川が見えて、それから立派な絵が一枚掛かってるんです。

なぜって立派な絵が一枚あれば、必要ないんです……」ベッツィの説明はここで途切れたが、女の人は助けようとはせず、六週間で工学技術を学べると約束する雑誌広告を、ただぼんやりと眺めていた。「ピンクの壁？」ベッツィが口をつぐんだので、彼女はそういった。

「それから、川が見えるんです」

女の人は目を上げ、つぎに横を見て、最後にまたうつむいた。「それでここにお母さんがいると思うの？」彼女は訊ねた。「お母さんなら山ほどいるだろうけど、あたしにはわからないよ」

「だけど、お母さんがいったんです――」

「ピンクの壁ね」女の人は腹立たしげにくり返した。この世にはピンクの壁が存在するいっぽうで、自分は黒い海にいるオレンジの魚を見つめて毎日を過ごしていることに、漫然とした苛立ちを感じながら。「ああいう内装業者ときたら」彼女は吐きすてるようにいった。

「じゃあ、お母さんはここにはいないんですか」ベッツィは落胆して訊ねた。

「いないよ。ここにはいない。かわいそうに、お母さんが見つからないんだね」まるで調べものでもしているかのように、彼女は雑誌の頁をくった。「さ、もうお帰り。聞こえただろう？」

ベッツィは従順に向きを変え、ふたたび死んだ魚の前を通過した。（外側ですぐ一段下がる）例の段差を一段上ったところで、女の人がうんざりしたようにこういうのが聞こえた。「ないものばっかりほしがるんだから。ピンクの壁だって！」

外に出ると、ベッツィはまた通りを歩きだした。ほかに探すべき場所はなさそうだったし、一軒一軒確かめてまわるという考えはすぐに断念した。そのとき、誰かがこちらにやってくるのが見えた。建物の陰になってよく見えなかったが、訊ねてみても害はないだろう。そうすれば、お母さんに報告するときに、ベッツィはほんとうに一生懸命探していたと伝えてくれるかもしれない。

「すみません」ベッツィは手を伸ばし、男の腕に触れた。「あたしのお母さんを見ませんでしたか？リッチモンド夫人を？」

「やあ」と彼はいった。

「ロビン？」とベッツィはいった。そしてもう一度「ロビン？」とくり返したかと思うと、くるっと踵を返し、走りだした。後方で彼の笑い声が聞こえた。悠々と狩りをして獲物はけっして逃さない人間の笑い。それからようやく彼女は明るい安全な場所へ帰ってきた。


「ライト先生をお願いします。先生と話さなければならないんです。お願い、急いで」

「どなたですか」

「お願い、公衆電話からかけていて、急がないといけないの。ライト先生をお願いします。ベスからだといって」

「誰と話したいんです？」

「お願い、先生です。ライト先生です」

「番号をおまちがいですよ」

「そりゃ、まちがってるわよ、ばか。あたしの頭がおかしいとでも思ってるの？」

ぶじにホテルに戻っても、まだ怖かったし頭にきていたが、恐怖や怒りにそのまま身を任せるわけにはいかなかった。どちらも大切な自制心をむだにすり減らすような感情だから。彼女はベスに腹を立てていた。ベスがずる賢く電話をかけにいったせいで、あやうく全員が破滅するところだったのだ。ロビンと名乗ったのに、逃げても追ってこなかったあの男が恐ろしかった。ホテルに戻ってからは、あの医者のことが腹立たしく、怖かった。困っている人に目をつけて昼食に招待しておいて、あとから裏切るなんて。誰であれ、信頼するのは危険だ。ベッツィは苦々しく肝に銘じた。部屋のドアにしっかり鍵をかけ、鍵をハンドバッグにしまってから、彼女は机のそばにあった椅子にどしんと腰掛け、一生懸命考えようとした。首尾はまったくもってよくない。最初に期待したのとは大違いだ。明らかに、なにかまちがいを犯してしまったのだ。ベッツィにはわかっていた。昼食のとき、あの医者に話しかけたのがいけなかった。（たしかリジーがちょっとだけ出てきたあの一瞬のあいだに、彼は友だちになると約束した。ってことは、きっとリジーの友だちになるって意味だったんだろう。）運のいいことに、ロビンの出現のおかげで、今夜訪れた地区に対しては早めに警戒することができた。お母さんはあそこにはいない。だから、お母さんがいなくて悲しかったけれど、完全に打ちひしがれてしまったわけじゃない。つぎの手がかりで動くときにはもっと用心して、ロビンの腕のなかにまっすぐ駆けこむような危ない真似はよさないと。（「愛しいロビン」と彼女は声に出していった。「リズベスと呼んで」）それから、寒気がして急に震えだし、すべてがうまくいっていないとはっきり悟った。なにかが起こったのだ。

とっさに彼女は捕まったのかと思ったが、そうではなく、まだひとりでいることがわかった。朝いちばんの光が向かいの建物の背後から射しはじめている。突然、彼女はドアのほうへ駆けだし、狂ったように取っ手を引っぱった。鍵がかかっているかを確かめ、しっかり施錠されているとわかって、ほっとして泣きだしそうになった。よかった、外には出なかったんだ。でも、それじゃあ、いったい誰が？

まだ薄暗くて、部屋のなかはよく見えなかった。手がずっと震えていたので小さなスイッチを押すのにひと苦労し、ようやくドアの横の照明がついたとき、まず床の真ん中にリジーのスーツケースが開いた状態でおかれているのが目に入った。「じゃあ、スーツケースを見つけたんだ」ベッツィは声に出してそういい、それから寒くてじっとしたまま、あいかわらずしんとした部屋に向かって呼びかけた。「リジー！　どこにいるの？」けれども答はなかった。

頬には涙が流れていた。またリジーが泣いたんだ。ベッツィは苛立って涙を拭った。まったく厄介なめそめ屋だ、あたしのものに勝手に触らないでくれないかな。スーツケースは半分荷造りした状態で、衣類が乱暴に投げこまれていた。まるでリジーが途中で絶望して詰めるのをやめたかのように、ほかの衣類は破かれて部屋じゅうに散乱していた。リジーのいちばん上等の白いブラウスはベッドの端にひっかかっていたが、襟は引き裂かれ、ボタンが糸の先でぶらぶらしている。ゆっくりと部屋を見渡してみて、ベッツィはぎょっとした。シーツは引きはがされて爪切り鋏で切り刻まれ、枕は破けて中身が飛びだし、机にあった紙は誰かが怒り狂ってはたき落としたかのごとく、床の上で山になっていた。引きちぎられたカーテンは床に落ち、ブラインドは斜めに歪み、敷物の角が裂けて裏返しになっているところすらあった。「怖がってはだめ」とベッツィはつぶやいた。「ベッツィはあたしの愛しい子、愛しい子」パニックのため、まだぐったりした状態で、彼女は壁に強くもたれかかった。ほんの少しでも力を抜けば、自分が消えてしまうことがわかっていたからだ。怒りや恐怖や絶望を感じている余裕はない。後ろを振り向いて浪費できる時間など一瞬たりともなかった。「あたしはベッツィ・リッチモンド」彼女はささやいた。「お母さんの名前はエリザベス・リッチモンド……」

少しずつベッツィは落ち着きをとり戻した。建物のてっぺんの後方から射す朝の光が強まるにつれ、部屋は徐々に明るくなっていった。壁の張り出しにいた男の人のことを思い出すと元気が湧いてきた。とうとう彼女は壁から離れ、ようやく泣きやんだ子供のように深いため息をついて、ゆっくり部屋を歩きまわり、まったく、人の持ち物にもうちょっと敬意を払えないものかな、と思った。鋏で切り刻んであちらこちら結ばれたストッキングを拾いあげると、ベッツィは急に笑いだした。あれまあ。あいつ、あたしからいろいろ学んでるみたい。これはあいつじゃなく、いかにもあたしのやりそうなことだ。手紙を台無しにしてるのも、あたしと一緒。びりびりに裂かれた柔らかな白いブラウスを手にとり、まだ笑いながらベッツィは思った。これまでなかったほど、生命力に満ちあふれてるじゃないの。エリザベスの疲れた手がブラウスの繊細な縫い目を激しく引き裂く場面を目に浮かべ、ベッツィは突然どうしようもなくおかしくなって、ベッドに倒れこみ、お腹がよじれるほど笑い転げた。かわいそうに、あたしの持ち物をめちゃくちゃにするために、こんなに半狂乱になって。ベッツィは顔も髪も、破れた枕から出てきた羽毛まみれになった。ようやく笑いがおさまると、今度は羽毛を吹いてみて、落ちてくるたびにまた吹けば、何回もくり返し遊べることを発見した。そのうち、幸運にも朝日が彼女の顔を照らした。なぜ幸運かというと、もちろん彼女にはまだお母さんを探すためにするべきことが山ほどあって、ベッドに寝転がって羽毛で遊んでいる暇などなかったからだ。ベッツィは立ち上がり、鏡に映る自分の姿を見てげんなりした。夜のあいだに服装はそうとう乱れていた。羽毛があらゆるところにくっついて、めちゃくちゃな状態ではないか。どうしてこの服も切ったり裂いたりされなかったんだろうと一瞬思ったけれど、すぐに納得した。リジーは逃げだすつもりだったのだ、この服装で。ベッツィはとりとめもなく考えた。リジーは逃げだそうとして鍵が見つからなかったから、悔しまぎれに部屋に八つ当たりしたのかな。それとも、復讐心に燃えてこの部屋で大暴れして、そのあと逃げだすつもりだったのに、疲れきってしまったのかな。「かわいそうに、おばかさん」ベッツィはまたそういって、口笛を吹きながら、髪を整えるための櫛の残骸が見つからないか探してみた。それから急に、スーツケースに片手をおいたまま、これまで経験したことがないほどぞっとして、気分が悪くなった。綴りや役に立ついろんな言葉を調べる用に持ってきた大きな辞書が、背表紙は破かれ、頁は引き裂かれてしわくちゃになったまま、スーツケースに横たわっていた。何百万もの実用的で有益なすばらしい言葉が、見るも無惨に破壊されて。

「リジー」ベッツィは後じさりしながら声に出していった。「だけどリジーなら、自分の本にこんなことしなかっただろうに。自分の立派な本に」

突如、彼女は狂ったように辞書を摑み、立ち上がったかと思うと、振り返りざまに鏡に向かって力いっぱい投げつけた。鏡の割れる音がするなか、「ほら」と彼女は声に出していった。「あんたが誰であれ、あたしはあんたよりもっとひどいって、これでわかっただろ！」

しばらくたって、またベッドで羽毛と遊びながら、彼女はふたたび落ち着きをとり戻し、自分にいい聞かせた。こんなことをしていると時間が足りなくなっていくだけだ。とにかく、できるだけ早くお母さんのところへ行かなくちゃ。

もう正午前になっていた。前の晩、夕食を食べたのか、もしそうだとしたら、どうやって食べたのか、思い出せなかった。自分で説明できない時間がそうとうある。部屋を見渡せば、ぞっとするその事実にあらためて気づかざるをえなかった。だが、ベッツィは意を決したようにそれに背を向けた。たとえば、昼食のテーブルを後にしたのは午後のことだったのに、ロビンに会って帰ってきたときはもう夜だった。おそらく夕食は食べなかったのだろう、なぜっていまお腹がぺこぺこだから。彼女は感謝の気持ちで空腹感を噛みしめた。お腹が減るというのは、まちがいなく健康で正常な感覚だし、そこにはなんの危険もなかったからだ。もちろんホテルの部屋から出ないといけないのは危険だけれど。最終的にベッツィは抜け目なくこう考えた。もしあの医者がまだ階下であたしを見張っていたとしても、ときどき食事のために中断しなくてはいけないし、もし昼食や夕食のために席を外すなら、誰かに見張りを頼むだろう。そして、その誰かさんだって夕食や昼食をとらないといけないんだから、あたしがただホテルで夕食や昼食を食べているだけなら、どう考えても見られる危険はないだろう。だから、好きなときに出入りして大丈夫。あの小さなケーキのことが頭に浮かび、ベッツィは急いで割れた鏡の前に行って髪を直し、それからハンドバッグをとって――ありがたいことに、モーゲン叔母さんっぽくクローゼットの棚に隠しておいたおかげで、部屋のほかのもののような被害は免れたのだ――部屋のドアの鍵を開け、ふたたび鍵を閉め、めちゃくちゃな部屋をそのまま後にして、エリザベスの慎み深いハンドバッグにふしだらな鍵を投げ入れ、廊下を通ってエレベーターのところまで行った。食堂に着くと誇らしげに歩き、ドアの内側でしばし立ち止まって、好みのテーブルをじっくり選ぶ余裕まで示した。彼女はすっかりくつろいだ様子で腰を下ろし、シェリーを注文した。

「だけど、ロビンはなぜ逃げたんだい?」彼が訊ねた。

「あたしたちがなにをしたか、お母さんにいいつけるっていったから」彼女は顔を上げ、フォークを手に持ったまま呆気にとられていた。「いやだ」彼女は怯えて目を見張った。「いやだ」もう一度そうつぶやき、今度はエリザベスそっくりの口調で「どうして?」といって、彼と、自分の皿と、フォークと、ケーキを、順番に眺めた。「どうしてあたしに話しかけるの?」

「頼むよ」彼はなかば腰を上げていった。「頼むよ、ベティ、大丈夫だから、ほんとうに――」

「ベティ?　ベティですって?」

もうほとんど時間がないことは、はっきりわかっていた。窓から外を眺めたり、ケーキを見てうっとりしたりで、時間を無駄にしすぎた。いまや追っ手はすぐそこまで迫っている。食堂にいた医者やモーゲン叔母さん、ひょっとすると裏切り者のバスの運転手までが追ってきているというのに、お母さんを探してまだ街じゅうをまわらなくてはいけない。ホテルから逃げだしたベッツィは、玄関を出たところの薄暗がりで、ちょっとのあいだ立ち止まって考えた。もしかしたら、ここにただ立っていたらお母さんが来てくれるかもしれない。お母さん。彼女は道行く人びとにこころの中で呼びかけた。お母さん、探しにきて。あたしは迷子になって、くたくたで、怖いの、大事なベッツィを探しにきてよ。

「お嬢さん」彼は黙って背後に忍びより、そういった。「なかへ戻っておいで。約束するよ、ぼくはただ――」

「ロビンだ」彼女はそういってまた駆けだし、通行人のあいだを縫って走った。変だと思われるなんて、もうどうでもよくなって、ただ彼があとを追ってくるのか、それだけを気にしていた。彼女は角まで来て向きを変え、明るい入口を通り抜けて、どこまでも続くように見える眩しい店内に入った。「もう閉店です」と入口のすぐ近くにいた売り子がいい、ベッツィは黙って踵を返すと、別の入口からさっきとは違う道に走りでた。通りを進んでいくと、前方に人だかりが見える。「彼があそこで待ってるんだ」彼女はまた向きを変えて通りを駆けもどり、角を曲がったところで立ち止まった。

「どうしてあたしを見つけられたんだろう?」ここにいたって、ようやく彼女はそう気づいた。「あたしの名前すら知らないのに」ベッツィは建物の壁にもたれかかって、深く息をした。この角は暗く、数少ない通行人はみなもっと明るい場所を目指して歩いていた。二、三分のあいだ、彼女は信号が赤になり、緑になり、赤になり、また緑になるのを眺めていた。それから、これ以上こうやって時間を無駄にしていてもしょうがない、誰もあたしを探しに来ないもの、と考えた。まだちゃんとハンドバッグを持っているのに気づいて、彼女は笑った。走りまわっているあいだも、ずっと持ち手が肘のところにしっかり掛かっていたのだ。

「バスはどこですか?」ベッツィは通りかかった男の人に訊ねた。彼は立ち止まり、少し考えてから答えた。「どこへ行くバスだい?」

「そんなこと、どうでもいいわ」

「でも、どうでもいいんなら、なんでバスに乗るんだい? 歩けばいいじゃないか」

「わかんない。あなたはどこへ行くの?」

「三ブロックほど先まで行くんだ。女房に誕生日プレゼントを買うんだ、ネックレスを」

「一緒に行ってもいい? お母さんはネックレスとか、そういうものが好きなの」

「じゃあ来いよ。選ぶの、手伝ってくれるだろう？」ベッツィが隣を歩きだすと、彼は話を続けた。「女房はアクセサリーが好きなんだ、でも普通のアクセサリーじゃないぜ。どこにでもあるようなやつはだめなんだ。珍しいのじゃないと」

「それがいちばんよね」とベッツィ。「もちろん、見慣れてなければ、ほとんどなんだって珍しく見えるんだけど」

「まさにそういうことさ。おれの知ってる小さな店があってね、もちろん女房は知らない店だよ。きっとびっくりするぞ」

「きっと、とても気に入ると思うわ。だって、あなたからのプレゼントだもの」

「そうだな、たぶん気に入るよ。おれが選ぶものはたいがい気に入るんだ。もちろん、おれはいつも珍しいのを探すから」

「あら、もちろんあたしもよ。いまはお母さんを探してるの。ここははじめてだから、なにが珍しいのかよくわかんないけど、お母さんならきっとわかるでしょうね。お母さんはこの辺りのどこかに住んでるの」

「なかなかいい街だよ」彼は考えながらいった。「もちろん、住んでみなきゃ、よさもわかんないだろうけど」

「あたし、お母さんを見つけたら、一緒に住むんだ」

「ブルックリンに住んでんの？」

「たぶんね」ベッツィは自信なさげにそう答えた。

「いったいどうやって見つけるつもりなんだい？」

「えっと、あなたはなにかを探してるでしょ？　あたしはお母さんを探してるでしょ？　だから、あなたと一緒に行けば、たぶんお母さんが見つかると思う」

「おれのおふくろなら、いつでもすぐ見つかるけどな」

「つまり、あたしはここにお母さんを探しに来たんだけど、まだ見つかってないだけなの。探せばいいだけだから。奥さんはブルックリンに住んでるの？」

「いや」と彼は驚いて答えた。「おれと住んでるさ」

「あなたはどこに住んでるの？」

「アップタウンだよ」彼は立ち止まり、探るように彼女を見た。「大丈夫かい？」

「もちろんよ。どうして？」

「いや、おれがブルックリンに住んでるなんて思ってるし」彼は歩きながら続けた。「しかも夜のこんな時間に」

「奥さんは、あなたが誕生日プレゼントを買うこと、知ってるの？」ベッツィは急いで彼に追いつきながら訊ねた。

「もちろんさ。だけど、どこで買うかは知らないけどね」

「ケーキはどうするの？　ケーキもあげなくちゃ、ハッピーバースデーってかいてあって、ローソクつきの」

「うへぇ」彼はまた立ち止まった。「ちょっと待ってくれ。ケーキっていくらかかる？　ええっと、六十セントくらいかな」

「そのくらいじゃないかな」

「それにローソクもいるな。ちょっくら考えてみないと。ローソクはたぶん十セントくらいだよな？　それにケーキが六十セント。おまけに〈ハッピーバースデー〉ってかいた、あれがたぶん二十九セントってとこか。どこか安い雑貨店がまだ開いてればいいけど。となると、また金がいるな。そうすると、ネックレスの値段は――」

「わかったわ」とベッツィ。「あたしがケーキとかを買うから、あなたはネックレスを買って。それで大丈夫でしょう。あたしからはケーキ、あなたからはネックレス」

「なるほど。きみからケーキ、おれからはネックレス。たぶんチョコレートケーキがいいだろう？　モカとか？」

「あたしもチョコレート、好きだよ。すてきなカードも買って、あたしからだって奥さんに伝えてね」ベッツィは街灯の下で立ち止まり、ハンドバッグから小銭をいくらか出して彼に渡した。「なぜって、もしアップタウンやブルックリンに行くなら、とにかくあたしの助けにはならないもの。お母さんがいるのは別の方角だから。だけど、ほんとうにありがとう」

「わかった」と彼はいって、心配そうにこう続けた。「ケーキはきみから。ネックレスはおれから。だけど、待ってくれよ」ベッツィが向きを変えて別のほうに歩きだしたので、彼は叫んだ。「誰からっていえばいい？　カードに書くときやなんかに」

「ベッツィから愛をこめてって伝えて」

「よしきた」と彼は答えた。急いで脇道を歩いていくベッツィの耳に、「おおい、ありがとうな」という声が聞こえてきた。

「楽しい誕生日が何度も訪れますように」彼女は叫びかえして、そのままずんずん歩きつづけた。

お母さんがすぐに見つかるとは思えなかったけれど、ケーキのことを思い出せたのはうれしかった。あたしたち、誕生日にはいつだってケーキを食べたもの。あたしが忘れたら、お母さんはきっとがっかりするだろう。あたしの名前はベッツィ・リッチモンド、お母さんの名前は……そこでベッツィは考えるのを中断して、声を出して笑った。ようやくまた物事がうまく進みだした。

「失礼ですが」ベッツィは通行人に混じって早足で歩きながらいった。ひとりで歩いていた女の人の腕をとり、もう一度「失礼ですが」と声をかけた。

「あら」と女の人は機嫌よく返事した。「お巡《まわ》りじゃなければ、失礼を大目に見てあげるわ。どうしたの？」

「エリザベス・リッチモンドという人を知りませんか？　つまり、どこに住んでるのか？」

「リッチモンド？　いいえ、知らないわ。なぜ？」女の人はベッツィの顔を覗きこんで訊ねた。「探しているの？」

「あたしのお母さんなんです。会う予定なんだけど、どこに住んでるのか忘れてしまって」

「どうして電話帳を調べないの？　たとえばRのところを見てみれば？」

「思いつかなかった」ベッツィはぼんやりと答えた。

女の人は笑って「おやまあ」といい、歩き去った。

あまりにも簡単な方法だったので、ベッツィは少し怖くなった。角まで歩いて照明の明るいドラッグストアを目指し、店内に入って、電話帳の積まれた棚のところへ直行した。これじゃ簡単すぎる。訝《いぶか》しく思えて、彼女は頁に触れたくなかった。これはきっと罠だ。だけど、罠だと思ったからこんなに時間がかかったなんて、お母さんにはとてもいえない。お母さんに会いにいくってときに、怖がってる余裕のある人なんているだろうか？　愛しいベッツィに罠を仕掛けようなんて、そんなこと、お母さんは思うだろうか？

リッチモンド、エリザベス。その文字は頁から黒々と浮かび上がってきた。そして、すぐ下にまた、**リッチモンド、エリザベス**。その下にまた**リッチモンド、エリザベス**。その下にまた**リッチモンド、エリザベス**。誰なの？　ベッツィは凝視した。これは誰？　お母さんの名前なのに……

ベッツィは慌てて電話帳に背を向け、それから、ちがう、これは罠じゃないわ、と厳しく自分にいい聞かせ、ふたたび電話帳に戻って、頁に指をおいた。ばかね、と彼女は思った。同じ名前の人はたくさんいる。このあたしだって、同じ名前だもの。それに、あたしが知りたいのは場所だから、お母さんの名前なら、もう知ってる。住所を調べよう。十六丁目の近くだって、あの女の人はいってた。それに、今夜誕生日を迎える人はそう多くはないはずだ。バスの西側だってこともわかっている。川が見えることも。罠に用心して、どこへ行くかは誰にもいわないように気をつけないと。

ひとつの住所には西十八丁目とあった。これはよさそうだ。それに西十二丁目も。ほかの住所はみな東側で、そのうちひとつは百いくつかだから、アップタウンのほうにちがいない。とすると、選択肢はふたつに絞られたわけだ。さあ、とベッツィは勝ち誇って考えた。首尾は上々だ、だって最高の手がかりを得られたから、あとはただそこへ行けばいいだけだ。ことによるとローソクを吹き消す時間にも間に合うかもしれない。

明るいドラッグストアから暗い通りへ出たとき、かなり遅くなっていることに気づいた。時間がほとんどなかったので、もうバスを探そうとはしなかった。かわりに彼女はタクシーに乗り、西十八丁目と告げた。残された時間はどんどんなくなってきていた。一分一分が失われていく。タクシーの窓から街の灯りを見ているると、その光がこちらに押し寄せてくるようで気分が悪くなり、なにかにしっかりつかまっていないと目が霞みそうだった。ぜったいに息をしたくなかった。あと少しよ、と彼女はつぶやいた。あと少しよ、ベッツィはあたしの愛しい子。五番街と十八丁目の角で下ろされ、運転手がまずどちらに行くべきか教えてくれた。彼女は道を急いだ。歩くほうがよかったし、通りにはほとんど誰もいなかった。やるといったんだから、やらなくちゃ、と彼女はつぶやいた。やるといったんだから、やらなくちゃ、だって、あたしのお母さんが待っているんだから。ほかの人なんかどうなってもいい。

ひとつ目の住所の番地が十二だったか、百十二だったか、十二の二乗だったか、百二十一だったか、さっぱり思い出せなかった。十二番地はどうやらお店らしい。通りすぎながら暗いウィンドウを覗きこむと婦人服店のようにも見えた。ウィンドウに書かれた店名は暗すぎてはっきり読めなかったが、アビゲイルズにちがいない。ついに正しい場所に辿りついたのだ。やっと着いた、と彼女はつぶやいた。もうすぐ会えるんだ。あたしの名前はベッツィ……。百十二番地か百二十一番地にちがいない。通りを隔ててほぼ向かいあう番地だ。立ち止まって百十二番地の照明を見つめ、彼女は思った。ついに来た、ここだわ。

ここには魚がいない。なかに入りながらそう思い、壁に魚の絵がないことがどうしてそんなに大切なんだろうと自分で驚いた。柵のついた小窓に顔を近づけて、「ごめんください」といった。こんな小さな窓からお母さんが出入りするなんてばかげている。「リッチモンド夫人を探しているんです。エリザベス・リッチモンドです」

「ここにはいないよ」

「でも、この住所にまちがいありません。ここの部屋から川は見えますか」

「もちろん。ここはすべての部屋から――」

「じゃあ、別の名前を使っているのかも。ジョーンズではどうですか」

「ここにはいないよ」

「でも、まちがいないんです――」

「向かい側で訊いてごらん」

当然そうするわよ、と彼女は思った。結局魚がいる場所だったじゃないか。たぶん川が見える振りをしているだけなんだ。彼女は役立たずのマンションに決然と背を向けると通りを横切り、別のロビーに入っていった。ここには魚はいない。彼女は満足げに思った。「お母さんを探しているんです」ロビーの机に膝をぴったりつけて立ちながら、ベッツィーはいった。机の向こう側にいる女の人はピンクのワンピースを着ていた。もちろんこれはものすごくよい徴候だ。「お母さんです」と彼女は説明した。

「名前は？」

「リッチモンド。エリザベス・リッチモンド。もしかしたらエリザベス・ジョーンズかも」

「どちらかに決めてちょうだい」

「準備万端で待っているはずです。お母さんの誕生日なのでパーティーをするんです」

「午後十時以降は騒音を立ててはいけないし、パーティーは何時でも禁止よ」

「誕生日のお祝いをするだけです。お母さんとあたしだけだし、ネックレスを買ってあげるんです」

「ここはパーティー禁止よ。別の場所へ行ってみたら」

「だけど、お母さんが――」

「向かい側で訊いてごらん」

ベッツィは誇りを失わずロビーを立ち去った。あかの他人にお母さんの話をして、ふたりともにお母さんの名前を教えてしまったことを恥じていた。お母さんがどこに住んでいるか、こうして方々でいいふらしていると知ったら、壁の張り出しにいたあの男の人はどう思うだろうか。ようやくお母さんの近くまで来たというのに、あの魚にまでベラベラしゃべって台無しにするところだった。「失礼ですが」といって、彼女は通りかかった女の人の腕を摑んだ。「あたしのお母さんじゃないですよね」

「まったく、まあ」と女の人はいって、それから笑った。「人違いよ。かんべんしてよ」

「リッチモンドです」ベッツィはいった。「エリザベス・リッチモンド」

女の人は振り返って、顔をしかめた。「自分のこと、リリって呼んでる?」と彼女は詰問した。

「リリ?」

「たぶん」といってベッツィは引き下がろうとしたが、相手は彼女をしっかりつかまえて放さなかった。「もしそれがあんたの母さんなら……そうじゃないっていってるわけじゃないわよ、当然そんなこと自分でわかるはずでしょう。だけど、もしも、あんたの母さんだとしたら、わたしなら恥ずかしくってとても口にできないわね、ぜったいに」

「リッチモンドです」ベッツィはくり返した。

女の人はベッツィの腕を摑んだまま頷いた。「そいつよ。ひどい話よね。わたし自身は恥じることなんて、ひとつもないわ。精一杯努力して、役目を果たしてたのに、その間ずっと彼はあの女を追っかけまわしてたんだから。誠実そうな顔をしてわたしのところにきて、わたしはなんにも知らなかった。だって、よほど疑り深い性格じゃなければ、普通はそんなこと考えないわよ」

「ロビンね」とベッツィはいった。「ロビンのことなら知ってる」

「じゃあ、ほかにもいるのね。もちろん遅かれ早かれバレるでしょう、そりゃ。つまり、かならずなにかが起こるわよ。いつまでも騙されてるわけにはいかないもの。だから、彼が来たとき、いつもみたいに〈やあ〉といったから、わたしも――つまり、最初はまだ知らんぷりしてたの、わかるでしょ？――わたしも挨拶して、それから彼がどうしたんだいと訊いて、答えなかったら、彼がまたこんなふうに、〈おい、どうしたんだい〉と訊いて、それから、つまりは、いってやったわけよ。わたしをばかだと思ってんの？　こんなこと、ずっと我慢しつづけるとでも思ってんの？　あんたが彼女を追っかけまわしてるあいだ、待って、待って、待って、待って、待ちつづけるとでも思ってんの？　そういってやったわ。お金の問題じゃないっていってはっきりそういってやった。お金の問題じゃないって――」

「ロビンだわ」ベッツィは女の人をぐっと押しながら叫んだ。「ロビン以外にありえない、あたし知ってるもの」

「あんたも知ってるのね」と彼女は憎しみをこめていい、ベッツィを少し遠ざけてじっと見た。「なにもかも知ってるってわけね。驚かないわ。知らないのはわたしだけだったんだから。それで、彼はなんの話だいって、しらばっくれて、だからいってやった。いつまで待って、待って、待って、待って、待ちつづけると思ってんの？　みんなもう噂してる、わたしが最後に気づいた。わたしのこと、ばかにしてんのって。はっきりいってやったわ。そしたら、彼、ずうずうしくも認めたわよ。ぬけぬけと白状するなんて。あんまり頭にきたもんだから、泣くこともできなかった。わたし、いつもは頭にくると泣くのよ、いつだってそうしないとすまないの、そのわたしがよ、わかる？　そしたら、彼、ちゃんとした女なんだって答えた。ちゃんとしたってどういう意味よ、っていってやったわ。ちゃんとしたですって？　なんでちゃんとした女があんたなんかにかかずらってんのよ。はっきりそういってやった」

「ロビンじゃないわ。だってあたしはちゃんとしてるもの」とベッツィはわびしげにつぶやき、息を呑んでこわばった口調で訊ねた。「またロビンの近くに行かせたりはしないでしょう？」

「性欲よ」と女の人は満足げにいった。「ただの性欲よ、なにがちゃんとしてるよ！　つまり、そんなことといつまでも続けてらんないでしょ？　だから、はっきり彼にいってやったわよ、彼女かわたしか、どちらか選べって。ここに立って待ってるあいだに、彼女かわたしか、決めればいいって。騒ぎを起こすつもりはなかった。彼女がほしければ、そうすりゃいいし、わたしがほしけりゃ、ほんとうにそうだって証明してくれさえすればよかった。だからはっきりそういってやったわ。探りを入れたりするのは嫌いなのよ。それに、いい気になってもらっちゃ困るし、別れたいのに引き止めようとしたなんて、ぜったいにいわせたくなかったから。あの女相手につまんない性欲を満たしたいってんなら、喜んでくれてやるわよ。だってもう後戻りはできなかったから。彼女かわたしか決めるしか」

「その人、どこにいるの？」とベッツィは訊ねた。

「半ブロック先よ。あそこに灯りが見えるでしょ？　たぶんふたり一緒にいるでしょうよ」ベッツィには、彼女がモーゲン叔母に見えた。

まったく。通りを大股で歩きながらベッツィは思った。まったく、お母さんたら、ほんとうに頭にきた、ロビンと隠れているなんて。あたしがロビンに気づかないようにするなんて。あたしはただ幸せになりたかっただけなのに。モーゲン叔母さんがたまたま教えてくれたからよかった、なぜって、そうでなけりゃ、誕生日だって振りをして、ふたりはずっとこんなことを続けてただろうから。ここにも魚はいない。低い階段を上ったと思ったらすぐにまた下りながら、彼女は思った。ふたりにとってはよかったじゃない。「お母さんに会いたいんです」彼女は入ってすぐの机のところにいる男の人に告げた。「隠れようとしてるんです」

「お母さん？」

「ここに来てまだ間もないと思います。ふたりっきりになって、隠れたかったんです。でも、あたしのお母さんだから」

机にいる男の人は笑みを浮かべて「ローズルームですね？」と意味深長にいった。

「ええ、ローズルームです」

「ミス・ウィリアムズ」彼は椅子の背後に身をそらせて、電話交換台にいる女の人に声をかけた。

「三七二号室に誰かいるかね？」

「調べてみます、アーデンさん。あのローズルームのことですね？」

「そうらしい。この娘さんがお訊ねなんだ」

「三七二号室は通話中です。電話を使っているってことは、どなたか在室なのでしょう、ローズルームに」

「ローズルーム」とアーデン氏はやさしくいった。「ミス・ウィリアムズ、シャンパンは届けたかね？」

「ちょっとお待ちください……シャンパンとバラのコサージュを届けています。ご挨拶と祝辞も今朝お届けしました」

「けっこうだ。さて、この娘さんがお訊ねなんだが」そういうと、彼はベッツィに向かってにっこりした。「ちょっとした儀式でね、ホテルからの贈り物として届けたんだ、つまり」彼は少し口ごもり、「親しみをこめたサービスってことでね」というと、見た目に明らかなほど顔を赤らめた。

「あたし、そこへ行ってもいいですか？」

「向こうはきみが来るって知っているのかい」彼は眉を上げて訊ねた。

「もちろん。あたしを待ってるの」

「ふむ」アーデン氏はそういって雄弁に片手を返してみせた。「まちがいないかい」

「もちろん。時間に遅れているの」

アーデン氏はお辞儀をした。「ミス・ウィリアムズ、娘さんをローズルームにご案内してくれ」

「かしこまりました。さ、一緒にお越しください」

エレベーターの壁には魚の絵は描かれていなかった。これはものすごくいい徴候だ。上の階の壁は淡いグリーンで、海水のようではまったくなかった。だけど、淡いグリーンは、深さや下降、失うこと、消えること、沈むこと、弱ることを表す色だ。「我々のローズルームはとても人気が高いんですよ」エレベーターを出てそっと歩きながら、ミス・ウィリアムズはいった。「私どもはかならず届けることにしているんです。シャンパンと、花嫁のためのバラのコサージュを。もちろんホテルのサービスとしてね。素敵な習慣でしょう？」

「あの人たち、隠れようとしているかも」ベッツィはいった。

「さあ、ここです。左側のいちばん奥の部屋。つまり、プライバシーが大切だから」そういって彼女は静かにくすっと笑った。

「ここ？」

「だめだめ、ノックさせてちょうだい」彼女はまたくすくす笑った。「ローズルームではかならず二度ノックしなくちゃ」またもやくすくす笑い。

「どうぞって聞こえた」とベッツィ。

「こんばんは」とミス・ウィリアムズは声をかけて、ドアを開けた。「ハリスさま、お待ちになっていた娘さんです」

「やあ、ベッツィ」部屋の向こう側から、ぞっとする笑みを浮かべてロビンがそういった。

「いやだ」ベッツィは後じさりしてミス・ウィリアムズにぶつかった。「この人はいやだ、またロビンなんていやだ」

「なんですって？」ミス・ウィリアムズは目を見張った。「なんですって？」

「あんたの思いどおりにはさせない、もうぜったいに」ベッツィはロビンにいった。「それにお母さんだってさせないから」ベッツィは向きを変え、戸口にいるミス・ウィリアムズの横を乱暴に通りぬけようとし、やっと抜けだすと走りだした。「ほんとうに申し訳ございません、ハリスさま。私どものローズルームで、まさかこんなことが……」背後でミス・ウィリアムズが謝っている。

「まったく問題ないよ。なにかのまちがいだろう」と彼が答えた。

そして、彼があとを追ってくるのが聞こえた、廊下を抜けて、階段を下って。躓いたらどうしよう、もうロビンはいやだ、こんなのひどい、これだけのことをしたあとに、こんなにがんばったのに、またロビンだなんて、ひどい、あんなことは二度と誰にもさせない、ちゃんと早く走らなくちゃ、彼が触れることのできない安全な場所に行かなくちゃ、うまく逃げださなくちゃ。「ロビン」彼女はいった。「ねえ、ロビン、あたしをリズベスって呼んで、リズベスって」彼は追ってきているの？　光の届かない見えないところに行かないと、角を曲がって逃げきらないと、彼をずっと後ろに置き去りにして。あそこにいるのは彼？　戸口のところ？　あたしを捕まえようと両手を広げて、笑いながら待ちかまえて。もっと早く走れないものだろうか。前方で階段が終わり、外へと通じるドアがある、彼女は出口めがけて身を投じ、ドアが開くと、そこに彼がいた、いつものとおり、いつもあたしを待ち受けて。彼女はいった、「いやだ、もういやだ、お願い」そして彼の手の下をくぐり抜け、しゃくりあげながらドアのほうへ向かった。「泥棒だ」と誰かが大声で叫んだ、別の誰かが「助けがいるか？」と叫び、すぐ横で彼の高笑いが聞こえ、彼女は先を急ぎ、顔を隠そうと腕を上げ、走り、上ってまた下りる低い段差に躓きそうになった。灯りがともっていて、彼女は少し目を開けたが、彼が近づいてくる音が聞こえたので、後ろをけっして振り向こうとはしなかった。「ロビン」彼女はいった。「ロビン、あたしをリズベスって呼んで、リズベス、リズベスって呼んで、ねえロビン、あたしをリズベスって呼んで」そして転落、転落、止められない、転落。

彼女はホテルの部屋にいて、残された衣類のなかでまだ持っていく値打ちのありそうなものを、スーツケースに詰めようとしていた。怒りのあまり、衣類やカーテンや枕を、破いたり引き裂いたりしたのだ。だが、いま彼女はハンドバッグと鍵を手に持ち、とにかく急がねばと焦っていた。ベッツィがいつ何時戻ってきてもおかしくなかったからだ。自分にとって、なにがいちばん危険かは知っていた。壊れたペンやこぼれたインクにまじって、机の上にきわめて重要な紙切れがおいてあるのを見つけた。持ち物と一緒にこっそり保管して、まだ誰だか不明だけれど、何者かに届けねばならないとわかっていた。なぜこれほど重要な情報がこんなちっぽけな紙切れに書かれているのか、理解できなかったが、けっしてベッツィの手に渡してはならないことは十分承知していた。なんとなく、これは作り物として重要なのだという気がした。たとえば指貫探し*のときの指貫や、ハンカチ落としのハンカチは、ゲームの最中には重要でも、終わるとみな関心を払わなくなるもので、それと同じことだ。おまけに、彼女はなんと書いてあるのか読めなかった。毎日目にする何百もの小さな紙切れに似ている。たとえば洗濯物の包みに入っていて、春にはカーテンのクリーニングがお薦めだと書かれた紙。イースターエッグに混じり物がないことを保証するラベル。劇のプログラムに挟まれた紙切れで、十二頁に不注意による誤記があり、ミスなになにの名前がまちがってミス誰それになっていると指摘するものなど。いずれにせよ、彼女にはそれが読めなかった。

誰が書いたのかも、なぜ書かれたのかも、誰に、いつ、どうやって渡されるべきものなのかもわからなかったが、とりあえずハンドバッグにしまった。というのも、もしベッツィに見せてはならないのだとすれば、それだけでも隠す理由は十分あるし、きちんと先方に届くよう精一杯気を配らねばならない。貴重な時間を費やして読解を試み、あれこれ頭を悩ませたが、わかったのはせいぜ

＊部屋のどこかにものを隠し、それを鬼が探す遊び。

いなにかを表す数字が含まれているということ、それから、言葉の部分はいっけん明瞭に見えるものの、目を近づけてきちんと読もうとすると意味不明だ、ということくらいだった。極端に重要なものだと確信していたので、紙幣にピンで留めて財布にしまっておくことにした。キャンディーや雑誌を買ったり、バス停までのタクシー代を払うときは、すごく慎重に考えてから紙幣をとりだすから、この小さな紙をなくす危険もないだろうと考えたのだ。

スーツケースに入れるべきものは、たいしてなかった。もしベッツィにもう少し分別があっておとなしく鍵を渡してくれていたなら、こんなことはひとつも起こらなかっただろうし、立派な衣類が台無しになることもなかっただろう。考えてみれば、かなりのお金をかけて買ったのだ。だけどベッツィは危険で狡猾な娘で、おまけに浪費家だ。たとえばこのホテルの部屋をとってみても、明らかに不必要な出費だし、ほかの人間が代わりに支払わねばならないのだ。部屋の惨状にホテルの人が気づくまえに、なんとしてでも支払を済ませてここを出たかった。結局これはベッツィのせいなのに、ホテルの人たちは、ベッツィが壊したあの鏡の分だって、あたしが弁償するものだと思うにちがいない。

修理したり、継ぎ合わせたり、別の用途に使ったりできそうなものはすべて詰めこんだので、彼女はスーツケースをパチンと閉め、なにか忘れ物はないかと部屋を見渡した。それから、素早くコートを身に着け、ハンドバッグとスーツケースを手に持った。突然、彼女は動きを止め、じっと立ちすくんだ。ベッツィが戻ってくる。

スーツケースにかまっている時間はなかったから、彼女はそれを床に落とし、ハンドバッグから慌てて鍵をとりだすと、ドアに向かって走った。鍵が鍵穴に触れようとしたその瞬間、ベッツィが彼女を見つけ、猛り狂った叫びをあげてその手に摑みかかり、嚙みついた。思わず鍵を落とすと、ベッツィは床に落ちた鍵に跳びかかった。鍵がベッツィの手に渡ってしまえば、もう逃げる望みはない。彼女はベッツィの髪をひっつかんで引っぱり、床を引きずって鍵から遠ざけようとした。鍵はすぐそこの床の上にある。少し離れたところで、ふたりともが息を切らし、まるで旋回する二匹の猫のように相手の出方を探っていた。と、信じられない敏捷さでベッツィがふたたび鍵に跳びかかり、指先が鍵に触れた。彼女はベッツィの手をぎゅっと踏みつけ、動けないよう足を踏ん張った。

ベッツィに苦痛を与えることなど不可能だと、彼女は知っていた。あのどす黒いこころに刻める傷など存在しない。だから、身体的にベッツィを圧倒し、力ずくで押さえこもうとするしかなかった。静かに、力をこめながら、ほとんどやさしいといえるくらいの動きで、彼女はベッツィの喉に手を回し、できるかぎりゆっくりと確実に指を締めていった。息を詰めていたので物音は立てなかった。だが、ベッツィのほうは叫び声を上げて喘ぎ、尖った鋭い爪で彼女の手を引っ搔き、足を蹴りあげ、またもや叫び、そして沈んでいった。ベッツィの靴のかかとがコードに引っかかり、ランプがガシャンと倒れた。こんな騒音を立てれば誰かが来てしまう、と彼女は思った。ベッツィの爪が顔の側面を引っ搔くのを感じた。ベッツィは「お母さん!」と叫び、そしてついに打ち負かされた。

彼女はベッツィの喉から手を放し、ぜいぜいと喘ぎながら、床の上を転がっていって鍵を摑んだ。それから、痛みをこらえつつのろのろと立ち上がり、鍵をドアに差しこんで回した。

「ところで」と看護婦がとても熱心に切りだした。「すごくよく眠っていたわ。だいぶ元気になったかしら?」

白い壁の部屋はたくさんあるし、白いカバーのかかったベッドもたくさんある。だが、白い壁と白いカバーに加えて、ベッド脇のテーブルに水の入ったグラスがおかれ、ガラス製の曲がったストローがささっていて、しかも独特の熱意をこめて話す看護婦がいたなら、それは病院の部屋でしかありえない。「どこなの?」と彼女は訊ねた。話すと痛みが走った。

「しゃべらないで」と看護婦は答え、茶目っけたっぷりに指を立てて見せた。「喉がとても痛いでしょう? だけど、それについては考えないことにしましょうね。まずはきれいに洗いましょう。そしたら先生が来て、ひと通り診てくださるから。おしゃべりはしないし、興奮もしない。そしてなにより、なにが起こったのか考えないようにしないと。だって、ほんとうに恐ろしい目に遭ったんだから。ちょっと頭の向きを変えてくれる? 痛くないように頬の引っ掻き傷を洗うから。さてと」看護婦は体を起こし、真心のこもった実直な笑顔を見せた。「すぐにまた、かわいくなるわよ」彼女は陽気にそういった。

「どこなの?」

「どこなのってどういうこと? おばかさんね」看護婦は笑って、また指を立てて見せた。「先生が来られたときにおしゃべりしているのがばれたら、困ったことになるわよ。昨日のことを思えば、こんなによくなったのを見て、先生もきっと喜ぶでしょうね! それに、あの小さな紙切れを持ち歩いてたのは、まったくもって賢かったわ。ほんとうに」そこで彼女は振り向くと、それまでの陽気さが一変して深刻な顔になり、膝を曲げてかしこまった会釈をした。「おはようございます、先生」

「おはよう。ミス・リッチモンド、おはよう。今朝は喉の具合はどうかね」

「痛みます」

「そうだろうね」医者は少しためらってから、言葉を続けた。「必要以上に話をさせたくないんだが、どうやってこんなことが起きたのか、話してもらえないかい。きみを窒息させようとしたのが誰だか、知っているの？」

「誰も」

「ミス・リッチモンド。誰かが手できみの首を絞めたから、こんなにひどい青あざになったんだよ。つまり、誰がやったのか、知らないっていうんだね」

「彼女が引っ掻いた」

「誰が？」

「先生」看護婦が足早に入ってきた。「ミス・リッチモンドの先生が来られています。すぐ外でお待ちです」

「ぜひ入っていただいてくれ。ミス・リッチモンド、きみのハンドバッグにメモが入っていたおかげで、叔母さんと主治医が見つかって、急いで来てもらったんだ」彼は立ち上がるとドアのほうへ向かった。小声で話しているのが聞こえてきた。「昨夜以来」と医者がいい、別の声が質問をしている。「……ホテルでは監視していて」と医者が説明していた。

看護婦がやってきて、無限のやさしさをこめて彼女を見下ろした。「運がよかったわよ」と看護婦は謎めいたことをいった。

「自分で傷つけた？　しかし無理でしょう、そんな――」

「モーゲン叔母さん？」彼女は看護婦に訊いた。

「下で待っているわ。あなたを迎えにきたのよ」

ドアが大きく開き、医者が戻ってきた。もうひとり、この医者より小柄な男が、青ざめた心配そうな顔をして小股で入ってきた。「紙に私の名前と住所が書かれていたんですね」彼は歩きながら、いま聞いたことを確かめるかのようにいい、医者が頷いた。ふたりはベッドの両側に立って彼女を見下ろし、看護婦は急いで後ろへ下がった。「もう少し話ができるといいんだが」と医者がいった。

「誰がやったのか、話せないようでね」

「誰がやったか、わかっています」小柄な男がぼんやりと答えた。彼は深刻な表情で彼女を見下ろし、手を伸ばして顔の引っ掻き傷にそっと触れ、手を引っこめた。「かわいそうに。我々はきみのことを心配していたんだ」

彼女はとまどったように彼を見上げた。「いったい誰なの？」彼女はいった。

四　ライト医師

エリザベス・Rの病歴の記述を一生の仕事にするつもりはないから——もっとも、これよりつまらないことに人生を費やす人間はいくらでもいるだろう——私の手による彼女の治療を締めくくる、この第二の段階について、あまり専門的な詳細に立ち入る必要はなかろうと考える。第一に、私は強くこう感じている。つまり、私の用いるいくつかの療法の目的や価値について、もちろん素人に知識を与えるに越したことはないのだが、ミス・Rのような症例をあまり細かく検討しすぎると、ある意味で、同様のケースを今後扱うときに効果が減ずるように思うのだ。つまり、徐々に発展していく各段階について、患者の側に過剰な予備知識があると、いわば事前に備えができてしまうからだ。またいっぽうで、私はこの症例に対して入り交じった感情を抱いているので、不必要な細部を語って話を複雑にするのはまったく気が進まない。さらに、今日の読者というものは（なんと、読者よ、まだ私とともにいてくれたとは。我々が最後に意気投合して以来、その数は増えてはいない。文学とは——これはぜひ強調しておきたいが——滅びゆく芸術なのだ）、こちらが念入りに苦労して成し遂げた仕事を描写したところで、おとなしく耳を傾けたりなんぞしない。自分の仕事にすらちっとも我慢がないのだから、他人のすることについては忍耐のかけらもないのだ。

いずれにせよ、私はミス・Rの症例の説明を短くすませて、なるべく早く結論に辿りつこうと思う。私が生まれつき気性の安定した人間でないということは、読者もすでにお気づきだろう。じっさい気性の安定した人間など、ほとんど存在しないはずだ。私はベッツィがミス・Rを誘拐したことでおおいに苛立ったし、三日後にニューヨークへ行くよう頼まれたときもほぼ同じくらい頭にきた。ニューヨークは私の忌み嫌う土地であるうえに、飛行機で旅をせねばならない。私にとって飛行機は、ラクダの背に乗って旅するのと変わらぬくらい嫌悪すべき交通手段なのだ。旅の道連れは、あのミス・Rの恐るべき叔母、ミス・ジョーンズで、そのために旅が改善された点はほとんどなかった。彼女が旅行中にしたことといえば、私が機内で居心地悪そうにしている様子をこころの底からおもしろがるか、私が「あの娘を逃がした」といって非難するか、そのいずれかだった。できるかぎり長くベッツィを抑えつけておいてやったのは、この私だというのに、なんとも恩知らずで不愉快な言種ではないか。要するに、これまで経験したことがないほど報われない旅だったわけだ。

われらがうら若き乙女は、休暇のせいで、以前より格段悪化した状態で発見された。いったい彼女になにが起こったのか、その全容を知るものはいまもって誰もいない。あれ以来、私は明敏な質問によってすべてを明るみにだそうと努めてきたのだが、うまくはいかなかった。もちろん、彼女が病院にいると電話がかかってきたおりに、ホテルの廊下で失神しているところを発見されたこと、殴られ、引っ掻かれ、絞め殺されかけていたこと、また、ニューヨークの医者たちの自信たっぷりの見立てによれば、部分的な記憶喪失に陥っていることは聞かされていた。病室に入るとき、私は不安だった。ベッツィが友好的に私を迎えるとは考えられなかったからだ。エリザベス・Rがベスになり、さらにベッツィになったさいのあの容貌の変化を、過去に目撃していなかったなら、ベッドに横たわる娘を見て、これは偽物だと躊躇なく決めつけていたことだろう。私がそこに見出した娘は――エリザベスやベスよりずっと若い印象だった（もちろんベッツィは身体的には年齢を超越している）――前よりどこか華奢で、虚弱にすら見えた。たぶんニューヨークでのみじめな日々のせいでやつれていたのだろうが、それにしても丈夫な若い娘にはとうてい見えなかった。エリザベスにたいそう似ていたが、顔つきはもっと鋭く、どちらかというと狡猾な印象を受けた。狡そうな表情をしているように、私には思えたのだ。

とにかく、彼女と私は知らないもの同士だった。彼女は丁寧な口調で話したものの、私がはるばる会いにきたことに驚き、叔母への義務感でそうしたのだろうと勝手に決めつけて、叔母に代わって慇懃に礼をいった。さらに彼女は私にこう告げた。自分の主治医はライアン先生なので、もしオーウェンズタウンに戻ってもまだ関心を失っていない場合、彼の診療所を訪ねていけば自分の健康に関する資料は快く見せてくれるだろう、と。喉の痛みのせいで、彼女はとても頼りなげに話したが、つき添っていた内科医にも、看護婦にも、そして私自身にも、いまのミス・Rにとってライト医師が無意味な存在だということは、一目瞭然であった。

正直に告白すれば、彼女の首を絞め上げようとした未知の人物に、私はつかのまの共感を覚えずにはいられなかったのだが、とりあえず黙ってお辞儀をし、なんとか品位を保って部屋を去った。私の名前と住所を書いた紙切れをミス・Rのハンドバッグのなかに発見し、慌てて私を呼びだした病院の医者は、こんな結果になってさぞかし落胆しただろう――こころの中でそう思い、ほくそ笑んでいた。ミス・ジョーンズには、姪御さんはたいへん信頼できる医師が診ているからと保証した。そして、ミス・Rを連れて帰る仕事は喜んで叔母に任せて、よい旅になるよう祈りつつ、ふたりを置き去りにしたのだ。私自身は列車で帰途についた。時間はかかるが、飛行機より安心な交通手段である。痛む頭を抱え、自分の診察室と居心地のよい暖炉のもとへと戻ったとき、ミス・Rのことも、叔母のことも、金輪際聞きたくはないと、私は強く願っていた。ざっくばらんにいってしまえば、こういうことだ。おそらくミス・ジョーンズはニューヨークで発見されたあの娘にこころから満足するだろうが、私のミス・Rはいなくなってしまい、たぶんもう永久に戻ってこない。雲をつかむような苦しい探求のすえに、生意気な娘に病室で嘲られ、おまけにあの恐ろしい叔母と空の旅までして命を危険にさらしたのだ。ミス・Rとその一族に対してあのとき私が感じていたのは、極度の苛立ちだけだった。

誰もが想像すらしなかったふたつのことを、私は知っていた。まず、私の名前と住所を紙切れに書いて、ミス・Rのハンドバッグに忍びこませたのは、ベスであるということ。それから、ミス・Rの首の青あざは、ベッツィの指によって残されたということ。ミス・Rの病状への手がかりとして、私がこの説を申し出ていたならば、ニューヨークの面々に頭がおかしいと思われたにちがいない。それゆえ私はただ自分の怒りを甘んじて受け入れ、それでよしとすることにした。

しかし、こちらに戻って二日後にミス・Rが診療所に現れたとき、私はさほど仰天はしなかった。当然ながら、ミス・ハートリーはただミス・Rが来られましたと告げた。そして、まるで予約をしていたと思っているかのごとく、いつもどおりおずおずと腰を下ろしたエリザベスに挨拶をしたとき、私は純粋にうれしかった。じっさい訊ねてみたら、ほんとうに予約をしたと思いこんでいたようだ。かわいそうに、自分の身になにが起きたかも知らず、いつもの定期的な面談を続けているものだと無邪気に信じているなんて！　私はほろっときて、この気の毒な娘に腹を立てたことが少し疾《やま》しかった。だから、最後に会ったとき以来、不幸な出来事はなにひとつ起きていないかのように私が振る舞ったのは、真心からくる思いやりだったのだ。

「エリザベス、しばらく病気だったが、すっかり回復したかい？」私は訊ねた。「ずいぶん具合がよさそうだね」首にはまだ青黒いあざが残っていて、彼女は襟の内側にシルクのスカーフを巻いて、隠そうとしていた。顔の傷も完全には消えていなかったが、少なくとも前回会ったときよりは確実に具合がよさそうだった。むろん前々回と比べてもそうであることはいうまでもない。

「だいぶ気分がよくなりました」と彼女は答えた。「長いこと病気だったみたいで」

「叔母さんがとても心配されていたんだよ」純粋に彼女のためにと思い、私は机の引き出しを開けて、ミス・Rとの会話の記録ノートをとりだした。それを見て悲しげな顔をした彼女に、私は微笑みかけた。「ずいぶん間が空いてしまったから、その分をとり戻さないと。最後に話をしたのは、いつだったかな」

「一週間ほど前かしら」と彼女は自信なさげにいった。

「とにかく、きみにはそれがよかったみたいだね。さて、お決まりの問答から始めようか。頭痛はするかね？」

「いいえ。一日前だったかに、悪い夢から目覚めたとき、少し頭が痛かったけれど」

「目覚めたということは、その前は眠っていたんだね。それから推測すると、不眠は以前ほどひどくはないようだ」

「ぐっすり眠れています。ただ……」彼女は口ごもった。「ただ、とてもいやな夢を見たんです」

「ほほう。夢について、なにか思い出せるかい?」

「あたしは立っていました」彼女は気の進まない様子で話しだした。「そして自分の姿を眺めていました。大きな鏡があって。目の届くかぎりどこまでも上に延びている鏡です。それから、人のことを悪くいいたくはないけれど、モーゲン叔母さんが夜にあたしの部屋に鍵をかけるのは、残酷だと思うわ。もう子供じゃないんだもの」

私の目はノートに向けられていたが、声の調子に気になる変化があったので、顔を上げずにこう訊ねた。「私の名前と住所を紙に書いたかい?」

「じゃあ、ご覧になったのね」うれしそうな声だった。「とても怖かったから、あなたにお電話したかったの。だって、あなたはいつでもあたしを助けに来てくれるってわかってたから。だけど、あの男の人が繋いでくれなかった。ほんとうに怖かったわ」

私は顔を上げて彼女を見た。まちがいなくベスだった。催眠術にかけなくても、みずから会いにきてくれたのだ。青ざめ、疲れ、顔の傷のせいで様変わりしていたが、それでも私の愛するあの娘だった。「もしあのメモがなければ、きみを救えなかったところだったよ」

「あたしを救う?」彼女は不思議そうに訊ねた。

「そのうち説明してあげるよ。さしあたっては、あのメモを書いたのはすごく賢明だったとだけいっておこう。ぜひとも話し合いたいことがたくさんあるんだが、まだ完全に回復していないから、休養が必要だね」ベスと面と向かって会ったのはこれがはじめてだった。ベッツィがはじめて目を開いたとき、私は彼女がひとつの独立した人格だと——つまり私の診察室でのみ現れる怒れる存在ではなく、ほかの分身たちとは別個の生き物なのだと――突然気づいたものだ。あのときとまったく同様に、いまのベスは、周囲を見まわし存在をまとめあげながら、いわば自分自身を形成しようとしているふうだった。私のつたない説明にとまどいを感じる読者は、ほんの二分ほど目をつぶってみてほしい。そうすれば、ふいに自分が完結した一個の人間ではまったくなく、音と触覚の海を漂う意識にすぎないと感じはしないだろうか。ふたたび目を開けてみてはじめて、肉体としての実体が戻ってきて、視覚という固い核のまわりに結集し、形を成す。とにかく、発達しつつあるベスの意識について私が抱いたのは、そんな印象であった。最初は声と表情でしかなかった彼女が次第にひとりの人間へと形成されていくにつれ、彼女とほかの分身たちとの分離が目に見えてはっきりしてきた。たとえばこのとき私がしていたようにベスを眺めながら、ほんの十分ほど前にあの椅子に座っていたエリザベスと同一人物なのだと信じることは、もはや不可能だった。同じ服を着ていて、顔にはかすかに印象が異なるものの同じ醜い傷がある。だが、それをのぞけば、ふたりはまったく別の娘だった。それゆえ、私はだんだんベスが扱いにくくなった。無力に同じことをくり返すしかないのだが、亡霊のような影と、本物の娘とでは、雲泥の差があるのだ。だから私はつっかえながらぎこちなく筆を運び、こんなメモを書いた――誓って嘘ではない、手元のノートに証拠があるのだから――「エリザベス、ベス、ブリリグ…オ、ボロゴーヴ*」するとベスがすまし顔で「先生を見るのはこれがはじめてだって、ご存じかしら?」といった。目をつぶったベスの扱いにしか慣れていなかったものだから、私はさぞかし間の抜けた顔をしていたのだろう。このまましばらく話

*ブリリグ、ボロゴーヴはともにルイス・キャロルの造語で、『鏡の国のアリス』の作中でアリスが遭遇する有名なナンセンス詩「ジャバウォックの詩」において用いられた。

を続けても大丈夫だろうか、と私は訊ね、彼女はぜひこのまま話したいと答えて、モーゲン叔母さんが「このところいつもすごく不機嫌」なんだといい添えた。

当然ながら、私はそれを聞いてもべつに驚かなかった。そして、私のもとで診察を続けることについて、叔母さんはどう思っているんだい、と訊いた。

「べつにかまわないって。あたしが外出するとき、どこへ行くのかとか、いつ帰るのかとか、知りたがるのよ。赤ちゃん扱いして」

私は驚いた。あの叔母の様子からすると、家出した姪っ子をベッドに鎖で縛りつけてもおかしくないくらいだが。しかし、じっさいは施設に入れなければ合法でそんな拘束はできないから、つねに監視下におきたくても無理なのだろう。病院では〈記憶喪失〉という診断しか聞かされていない。それゆえ、姪は家出したことやその理由も忘れているのだし、また逃げだす心配はないものと考えたにちがいない。私はため息をついた。ベスはすぐさまいった。「あなたのほうがお疲れのようね。つい長居してしまったから」

「いやいや、大丈夫。ただ、いささかとまどっていてね」

「わかります。あたしのことを心配してくださって。体の具合だとか、早くよくなるようにとか」

彼女は少し考えてから、こう訊ねた。「催眠術にかけますか?」

催眠術を試したいという気はさらさらなかった。じっさい、その日はもう彼女を家へ帰して、この症例に戻るため、しかるべきこころの準備をしたかったのだ。だが、彼女は誠意をもって私の診療所に来たのだし、私はいまだに彼女の主治医なのだ。「やってみよう」私はきっぱりといった。

「もしきみが望むなら、さっそくいつもの治療を再開するとしよう」

おそらく興奮していたからだろう、この午後、彼女を深い催眠状態へ導くのはそうとう困難だった。目を閉じ、椅子にもたれかかったその姿は、私の覚えているベスに近かった。かつてはただR2と呼ばれていたのだ！　これまでベスを深い催眠に誘導すればかならずベッツィが現れたので、おそらくそれもあって、なかなか催眠状態へ導くことができなかったのだろう。彼女は何度も目を開いて私に微笑みかけ、私も笑みを返して、また我慢強く催眠術に戻るのだった。ついに瞼が閉じ、ベスは安定した呼吸を始めた。私はできるかぎり小さなささやき声でこう問いかけた。「きみの名前はなんだい？」

目がぱちっと開き、彼女はしかめ面をした。「化け物」と彼女はいった。顔の傷跡が赤みを帯びている。「悪いやつ」

「こんにちは、ベッツィ。旅の疲れはもうとれただろう？」

彼女は不機嫌に顔を背けた。これほどまで神妙なベッツィを目にして、私は湧きあがる歓喜の念をなんとか抑えた。あの高笑いもなければ、意地の悪い攻撃もない。そこにいたのは、罠にかかり、とり押さえられた邪な娘だった。「ベッツィ」私は皮肉な口調はやめにして声をかけた。「本心から気の毒だと思っているよ。きみは私にひどい仕打ちをしたが、それでもこんなにみじめなきみを見れば、やはり気の毒に感じるもんだ。いまでも、できるかぎり助けになりたいと思っている」

「じゃあ、あたしを逃がしてよ」彼女は壁に向かってそういった。

「どこに行くっていうんだい」

「教えない」ベッツィは不機嫌に答えた。「あんたに知る権利なんかないもの」

「それならば、家出したときどこへ向かったのか、教えてくれないか？　きみを発見したのはニューヨークだが、まっすぐニューヨークへ向かったのかい?」

彼女は黙ってかぶりを振った。

「どうして逃げだしたりしたんだい」私はとてもやさしく訊ねた。

「あたしが自由で幸せになるのを許してくれなかったから。ニューヨークではいつも幸せだった。レストランでお昼も食べたし、バスにも乗って、会う人はみんな親切で、あんたやあいつやモーゲン叔母さんみたいじゃなかった」

白状すれば、この若い罪人を内心気の毒に思わないでもなかった。たった一日かそこらのお祭り気分、数時間の自由、贅沢の味――しごくまっとうな人間でも、ついこころが動くことだろう。しかしながら、と私は自分に厳しくいい聞かせた。まっとうな人間は、だからといってベスやエリザベスの命を危険に曝したりはしない。そこで私は言葉を続けた。「病院ではどうだったかね?」

「あたし、あそこにはいなかったんだ。あそこには、いることすらできなかった!」それは苦悩の叫びだった。

「内側にいたってことかい?」

ベッツィは首を振った。「いなかったんだ。だからなにも知らない。これまではいつだってなんでも知ってた。リジーがすることも、ベスがすることも、ふたりがいうことも考えることも、夢の内容だって知ってた。それなのに、病院でのことについては、あいつがモーゲンに話してるのを聞いてはじめてわかったんだ。あそこにはいなかったから――」

「あいつって?」

「あいつだよ」ベッツィは吐きすてるように答えた。

「それじゃあ」と私はなんとかにこやかさを保って訊ねた。「病院で私を拒絶したのは、きみじゃなかったんだね」

ベッツィはにっと笑った。「聞いたよ。あいつがいったんだろ、あんたが――」

「その話は議論に値しないからもういい。ほかに心配すべきことが山ほどあるんだ。いちばん重要なのは、エリザベスが病気になるまえにとり組んでいた問題だよ。つまり、きみの――エリザベスの――お母さんが亡くなったことだ」

「あんたと話はしない」ベッツィはまた不機嫌になった。「あんたはあたしを嫌ってるもの」

「そのとおりだ」と私はあっさり同意した。「きみは私にひどい仕打ちをしたからね。だが、まともに質問に答えてくれれば、もっときみのことが好きになれると思うな」

「あんたと話はしない」ベッツィはなにを訊いてもこう答え、最後には黙ってしまった。

ベッツィの不機嫌は、彼女が負けを認めた証拠にちがいない。われらが悪党をこうして手なずけたことにすっかり気をよくして、私は質問を打ち切り、ベッツィを覚醒させればこの催眠状態での混乱も解決するだろうと高を括っていた。しかし、それは最初に催眠へ誘導したときとほぼ同じくらい難しい作業だった。何度も何度も、憎らしげにこちらを見るベッツィと目が合ったものだから、この複数人格の問題はいよいよ危機的段階に入ったな、と私は思った。催眠を介してある人格から別の人格へ滑らかに移行するかわりに、いまやそれぞれが自分を個別の存在として意識し、下方へ押し戻されないよう必死で表面にしがみついて、最終的な支配権を握ろうと狙っている。権力は意識の制御と緊密に連動していると想定してよいだろう。それゆえ、ある人格がほかの人格を制する時間が長ければ長いほど、その人格はほかから貴重な意識を抜きとって力をつける。すでにわかっていたことだが、ここでは知識が確実に力となるのだ。ミス・Rの基本となる人格とは、精神がもっとも情報に開かれた人格である。エリザベスは意識ある生活の大部分をすでに失い、現在さらに失いつつあって、意識下に押し込められたときになにが起こっているのか、まったく把握できていない。かわいそうなベスもいい勝負だ。ベッツィはエリザベスとベスの両方を理解する能力があるから、これまでのところ私が会ったなかでは断然支配力が強かった。だが、これは私からすれば、どうしても認めたくない事実であった！　いっぽうで、ベッツィが不吉に存在を仄めかした〈あいつ〉については、彼女もその精神の働きを常時容易に把握することはできないようだ。この存在こそ、私にとって、ミス・Rが自分をとり戻すための希望の源だった。だが、病院で会ったあの娘は、完全な最終版とはならないだろう。私としては、もう少しベスのやさしさがほしいところだ！

ついに私はベッツィを追いやり、それから私のベスを覚醒させたつもりだった。彼女は目を開き、辺りを見まわし、ため息をついて起き上がった。「また？」と彼女はひとり言のようにつぶやいたが、そのとき私の姿が目に入ったようだ。じっくりと私を眺めたあとで、彼女は慎重にこういった。「もうあたしにかまわないでと、お願いしたんじゃなかったかしら。放っておいてくれないなら、叔母にいいつけるわよ」

お察しのとおり、聞いてとびきりうれしくなるような言葉ではなかった。立ち上がって部屋を追い出したいという強い衝動をなんとか抑えて、私はただこう答えた。「私の名はヴィクター・ライトだ。私は医者で、きみは二十ヶ月以上も私の患者だったんだよ」

「あたしが？　ありえないわ」

「それはどうも」私は固い口調で応じた。「きみが思うほどありえないことではないんだ。じっさいこの町には、私のことを高潔な科学者だと見なす人もいるのでね。しかしだね、いま問題となっているのは、私の人物証明ではなくて、きみという人間のことだ。きみがなにものか、教えてくれるかね」

彼女は嫌悪をこめて私を一瞥した。「ほんとうにそんなに長いあいだ患者だったのなら、あたしの名前くらいもうご存じでしょう」傲慢な口調だった。彼女は短く笑ったが、それを聞いて私はあの叔母を思い出し、不愉快になった。

「きみの名前は」私はきっぱりと告げた。「エリザベス・Rだ。だが、これからはきみをベティと呼ぶから、驚かないでくれたまえ」

「ベティ?」彼女はびっくりするというよりはむしろ苛立った様子で、そういった。「だけど、どうして?」

「私がそう決めたからだ」私はベッツィそっくりの返事をした。もし叔母のことを思い出していなかったら(叔母を思い出すと、いつも決まってあの空の旅の記憶がまざまざと蘇ってくる)、こんなにぶっきらぼうないい方はしなかっただろう。ほんとうはやさしく我慢強く話しかけて、私を受け入れてくれるよう誘導すべきだったのだ。だが、つねに公平で、思慮深く、弱みのない人間でありつづけるのは、科学者にとってすら、容易ではない。なにしろすでに彼女は私を完全に敵にまわしたのだから。

彼女は愚かではなかったから、すぐさまそれを察知した。また、おそらく将来私からなにか恩恵を得られるかもしれないと勘づいたのだろう、口調を変えて前より丁寧に話しだした。「失礼なことをいってごめんなさい。母が亡くなって以来、どうかしてるの。とても神経質になって、いうつもりのなかったことを口にしてしまうときもあって。母を失って悲嘆に暮れていたから」彼女はこれがとても立派な弁明だと考えているふうで、身悶えし、間の抜けた笑顔を見せて、二度も私を侮辱したけれど悪気はなかったのだと示そうとした。

品がなく、わざとらしく、気取った娘に思えたし、上品ぶった物言いもまったく気に入らなかった。エリザベスとベスはきちんと教育を受けた娘にふさわしい話し方をするのに、この娘のものいい方がなっていないのはなぜだろう、と私は訝しく思った。彼女の精神は強靭だが、そこに欠陥があることはまちがいない。最終的になんとか我慢できる人格を製造するには、エリザベスとベスにしっかりと組み入れてやらねばなるまい。落ち着いて答えられるよう気を鎮めてから、私はいった。「もちろんお母さんが亡くなって悲しいのはわかるよ。そうでないとしたら不自然だ。しかしね、これだけ時間がたてば……」

私はここで言葉を止め、彼女はハンカチを目にあてた。

「結局のところ」どうやら〈悲嘆〉のあまり話もできないようなので、私は続けた。「きみの叔母さんだってお母さんを深く愛していたわけだが、悲しみを乗り越えることができたんだから」

「モーゲン叔母さんには細やかな感受性なんてないわ」私はこの意見にはほぼ同感だったが、黙っていた。しばらくしてから彼女は言葉を続けた。「それに、モーゲン叔母さんは年寄りで太っててばかだけど、あたしは若くて」（ここでまたもや間の抜けた笑顔）「魅力的でお金持ちなんだもの。だからとても残念なことだわ、あたしが悲しみのせいで——」

「しおれてしまったら？」私は皮肉をこめて訊ねた。

彼女はまた嫌悪の目で私を見て、こう続けた。「いろんな人にいわれるの、あたしは母の若かった頃にそっくりだって。髪の色はあたしのほうがきれいだし、足首もずっと細いけど」彼女が満足そうに自分の足首を眺めたので、私はこういわずにはいられなかった。「それなら、顔の傷が残らないといいんだがね」

彼女はこちらを見上げ、しばらくの間、心底怯えきった様子をしていた。それから、作り笑いを浮かべていった。「残らないわ、ご親切さま。ライアン先生に訊いたもの」

「どうして傷ができたか、彼に話したのかい」

「転んだのよ」そういった彼女はまだひどく怯えていた。「どうしてそんな話ばかりするの？ 失礼だし、どうでもいいことじゃない」

「ベッツィは？」

彼女は震えながら立ち上がり、激しい口調で応じた。「ベッツィなんてどこにも存在しないわ。いいこと、私をまた怖がらせようったって、そうはいかないから！」ここで彼女は口をつぐみ、ひと息ついてから、もう少し静かにいった。「母が亡くなって以来、どうかしてるっていったわよね。ときどき……いろいろなものを想像してしまうの。生まれつきとても神経質だから」

「なるほど。それで、お母さんが亡くなってから、どのくらい経ったといってたかな」

彼女はまたもやハンカチを目にあてた。「三週間よ」

「ふむ。それはつらいだろうね。しかし、叔母さんはもうすっかり回復されたのかい？」

「正直にいうと」彼女はふたたび腰を下ろし、顔の傷から話題が逸れたことで見るからにほっとした様子だった。「モーゲン叔母さんとあたし、あまりうまくいってないの。もうすぐ家を出るつもりだから」

この娘と一緒に住んでも叔母は楽しくなかろうと思ったし、人情としてはミス・Rをエリザベスに戻してから家に帰してあげたかった。しかし、催眠術にかけてよいかとミス・Rに率直に提案するのはとうてい無理なように思えたので、ただこういった。「ミス・ベティ・R、我々の次回の面談までには、気持ちも落ち着いているはずだよ」

「我々のですって？」彼女は仰天して答えた。「まさか、あたしがここにまた来るなんて思ってないでしょうね」

「おや、ほんとうに？」

彼女は笑い、以前の傲慢な態度に戻った。「あなたのことを誉める人はたくさんいるんだから、懇願してまで患者を呼ぶ必要なんてないはずよ。ライアン先生に診てもらったって、さっきいったでしょう。あたしの主治医は彼なの。今回はっきりいっておくけど、あなたの患者になりたいとは思わないし、なるつもりもないわ。個人的には受けとらないでほしいの。前に失礼があったことについては、悪かったってもういったわよね。だけど、あたしが謝ったからって、請求書を送って、こんな短い会話の料金をとろうだなんて思わないで。あたしはお金持ちかもしれないけど、騙されるつもりはないのよ、こんな……」

ここでついに、私は彼女を出口へ案内した。


気の進まないまま私はノートにR４と書き加え、彼女が最後になるよう願った。ミス・Rの自我が変化し、新たな人格が登場するたびに、前より不快な存在であることが判明する。もちろんベスはつねに例外だ。彼女は無力といっていいほど弱いけれど、少なくとも愛嬌はあるし、その無力さそのものが魅力にもなっていた。その夜、眠れず横たわりながらふと気づくと――とくに疾しいことがなかったとしても、ある年齢になれば睡眠は疲れたこころを見捨てるもので、私はまだ年寄りではないものの、なんとか睡眠の機嫌をとろうとして無駄に終わることがしばしばある――まるで彼女たちがジェスチャーゲームの演技者であるかのように、私はわが四人の娘たちの特徴を何度もくり返しいい当てようとしていた。エリザベスは無気力で回転が鈍く、はっきりものもいえないが、なぜか持続力はある。ほかのみんなが奥に戻ったら後を引き継ごうと、背後で待機しているのだから。ベスはかわいらしく感じやすい。ベッツィは手に負えない暴れん坊。そしてベティは品がなく傲慢だ。真の完全なエリザベス役（そもそもの言葉の定義からして、彼女たちは誰ひとり完全ではありえない！）を、誰かひとりに委ねることは、私には不可能に思えた。しかし同様に、このうちの誰をとっても、〈偽物〉と見なすことはできない。ミス・Rは最終的には、四人すべてをなんらかの形で組み合わせた人間になるだろう。だが、白状すれば、エリザベスの愚鈍さ、ベスの弱さ、ベッツィの意地の悪さ、ベティの傲慢さが結合した人格を想像すると、私は思わず毛布をかぶって隠れたくなった！

極端な喩えかもしれないが、私は自分が、今すぐ使える怪物の材料を手にしたフランケンシュタイン博士のように思えてきた。眠りにつけば、おかしな夢を見たものだ。ベッツィから邪悪な部分を削ってわずかな善良さを残そうと、おぞましい努力をしながら、私が継ぎ合わせたり鋲で留めたり四苦八苦しているときに、ほかの三人は傍に立って嘲るように自分たちの番を待っている、そんな夢だった。

翌朝、机に座って記録の整理をしていたら、外の部屋からミス・ハートリーの驚いた声が聞こえてきた。と、私の診察室のドアがバタンと開いて、猛烈に怒り狂ったベッツィが、青ざめ震えながら、ものすごい勢いで飛びこんできた。「じいさん、これはどういうことだよ」彼女はドアを閉めもせず叫んだ。「あんたはおすまし屋の汚らわしい売女(3)をあたしらの仕切り役に選んだんだって？そんなことをして、ただですむと思ってんの？　いったいどういうつもりだ――」

「ドアを閉めてくれないか」私は静かに告げた。「それから、言葉遣いに注意したまえ。きみがレディではないとしても、私は紳士なのだからね」

私を怒らせたら不利になるということも気にせず、彼女はげらげら笑った。ほんとうの話、一瞬殴られるのではないかと身構えたほどだ。彼女は机のところまで来て、身を乗りだし（堅固な家具に守られていることが心底ありがたかった）、私の顔に向かってどなりつけた。「気違い！　あたしらになにをするつもり？」

「ベッツィや」私は嘆願するようにいった。「落ち着いてくれ、頼むから。きみがそんなに興奮していたら、話し合うこともできやしないよ」

彼女は少し静かになり、手は震え、目はギラギラした状態で、机の反対側にぎゅっと寄りかかっていた。急に跳びかかってくるのではないかとまだ心配しつつ、壁を背に追いつめられて、私は身を固くしていた。そして静かな落ち着いた口調をなんとか保ちながら、座るよう頼んだ。「だって、そうだろう」と私はいった。「動物のように互いを追いつめるのではなく、人間らしく腰を下ろすまでは、静かに話なんてできやしない」

ベッツィは私が怖がっていないことを見てとったのだろう、諦めたように肩をすくめて、いつもの椅子にどさっと腰を下ろした。顔を背け、いまだに拳を握りしめている。彼女が部屋に乱入してきて以来はじめて、私はまともに息をつき、用心深く彼女の横を通りぬけてドアを閉めた。「さてと」私は机の向こうの自分の椅子に戻った。「なぜそんなに怒っているのか、話してくれないか」

「つまりね」ベッツィはとんでもない不正の説明をするかのようにいった。「リジーとベスとあたしは、昔からあんたを知ってる。いくらあんたがあたしを嫌いだからって、知らないやつを連れてきて仕切り役にするのはひどいよ」

「きみがいうように誰かに仕切り役をさせようなんて、私は思ってはいないよ。あのベティはたんに新しく登場した人格で、きみやベスやエリザベスと同じなんだから」

「あたしと同じなんかじゃない。あいつは嫌なやつだもの」

まあ、自分のことを棚に上げてどうだろう。私は笑みを浮かべ、こう続けた。「私の狙いはきみたちのなかから誰かひとりを選ぼうってことではないよ。きみたち全員を説得して、ひとりの完結した人間に戻ってもらいたいと考えているんだ。いったいどうして、私がベティを贔屓にしてほかの三人を差別しているなんて思うんだい?」

「あいつがそういってるもの」ベッツィは不機嫌に答えた。

私は興奮してきた。どうやら、これらの人物の意識の領域を、はっきり区別することが可能になりつつあるらしい。そして、彼女たちを隔てる沈黙の壁をとり払うことができれば、私の治療は半分以上終わったようなものだ。「どうやって?」と訊いたら、ベッツィが驚いてこちらを見たので、私は先ほどより冷静な口調でいった。「きみとベティはどうやって対話しているんだい」

(3) これらは私の言葉ではなく、ベッツィの発した言葉だ。記すのは憚られたが、正確さを最優先すべきだと考える。V・W[原注]

「ふうん、あんたにもわからないことがあったんだ」ベッツィはにわかに興味をひかれた様子だ。椅子にもたれかかってこう続けた。「だけど、なんであんたに教えなきゃいけないの？　あいつがうろうろしてるかぎり、あんたにはなんにも教えない。これでどうだい？」彼女は立ち上がり、机の向こうから私を見下ろした。「あいつとあたしの両方と仲よくするわけにはいかないよ」ベッツィは素っ気なくそういうと、向きを変えてドアのほうへ歩みだした。

「ベッツィ」私は慌てて呼びかけたが、振り向いた彼女の顔に慇懃な侮蔑の表情が浮かんでいるのを見て、（正直に白状すると）暗い気持ちになった。まだ議論が解決しないうちにベッツィがいなくなり、ベティの相手をしなくてはならないとわかったからだ。「どうして放っておいてくれないの？」こちらを眺める目に、怒りはこめられていなかった。だが、かといって誠意も見てとれなかったことはいうまでもない。

「申し訳ないが」私は冷たく告げた。「きみがここに来たのは、私が望んだことではないんだ。私の患者は――」

「あなたの患者なんてどうでもいいの。先ほどは少し気が昂ぶっていたので、あのときいったことは忘れてちょうだい。誰かが誰かの仕切り役になるとかいう話は」

「この部屋に入ってきてから話したことを、全部わかっているのかい？」

「もちろんよ」彼女は驚いた顔をした。「ときどき神経質になって、激しいことをいってしまうの。母の死が――」

「わかっているよ」私は慌てていった。「戻ってきて座ってくれるかね。きみの助けがとても必要なんだ」

彼女はためらった。「助けがいるのなら少しだけいてもいいけど、患者として会いにきているわけじゃないから――」

「時間をとったからといって請求書は送らないよ」私がはっきりそう断言し、大丈夫と請け合ったので、彼女は戻ってきてふたたび腰を下ろした。私はすぐさま訊ねた。「教えてくれるかい？　きみがなぜ、きみの中にいるほかの人格の存在を否定したいのか」

彼女は唇を濡らし、神経質そうにちらっと周りを見た。おそらくこれから話すことに対するベッツィの復讐を恐れているのだろう。やがて彼女は口ごもりながらこういった。「母が亡くなったときはほんとうに具合が悪くて、最近ようやく回復してきたの。ほかの誰かがあたしにあれこれさせようとしているなんて訴えだしたら、ほんとうに頭が狂ったとみなに思われて、どこかに閉じ込められてしまうわ。そうしてモーゲン叔母さんがお金を全部とるのよ」

「なるほど」と私はいった。「きみの言葉を借りれば、きみは〈頭が狂って〉なんかいないし、一緒に病気を治せるかもしれない。そう私がいったら、協力してくれるかい？」

「もし別の誰かがほんとうにいるのだとしても」彼女はゆっくりと続けた。「ニューヨークではあたしのほうが強かった。彼女を押し込めたもの。だから、わざわざあなたにお金を払って、彼女を追い払ってもらわなくてもいいじゃない。自分でできるんだから」

私は自分まで気が変になりそうな気がした。「ミス・R、私は親切心とライアン医師への友情から、きみの治療を引き受けたんだ。それ以来、私は純粋に科学的な高潔さでもって、ただただきみの健康の回復を考え、ミス・エリザベス・Rがすっかりよくなって世の中で普通に幸せに生きていけるようにと願い、ほかには目的もなく、栄光を求めたりもせずにだね――つまり、そうやってずっと努力してきたというのに、きみやきみの姉妹たちときたら、横柄な態度で邪魔をするだけだった。ベスだけは私を助けようとしてくれたが、いかんせん彼女はつねに忠実でいるには弱すぎる。私のしたいようにできるなら――」ここまできて、私のほうも声を荒らげたと正直に認めよう。「もし私のしたいようにできるなら、さんざん鞭で打って、礼儀を叩きこみたいところだ。じっさいは、そういうわけにもいかんから、私にはもうきみの治療を放棄するしか道はない。ミス・R、この瞬間をもって、きみとは縁を切らせてもらおう」

「まあ、ライト先生」彼女は涙ぐんだ。ベスだった。「そんなにお怒りになるなんて、あたし、なにかいけないことしたかしら」

私は呪われた男だ。無言のまま立ち上がり、戦場を敵に明けわたして、私は診察室から出ていった。背後では勝ち誇った高笑いが響いていた。

いちばん素直な読者ですら、この私自身の強い言葉でもって、そのままミス・Rとの縁が切れたとは思わないだろう。私にしてみれば、十分すぎるほどの挑発を受けたのだから、即座にミス・Rの治療を放棄するつもりでいた。しかし、ミス・Rの治療のほうは、そう簡単に私を解放してはくれなかったのだ。そもそもベスはあんな熱弁を聞いても、ギリシア語でわめかれたのと同じくらいちんぷんかんぷんだっただろう。空っぽの部屋に向かって演説したほうがましだったかもしれない。私の英雄めいた宣言はまったく無駄に終わった。翌日にはさっそくエリザベスが診察室に現れ、机の向かいの椅子に座り、頭が痛いと訴えたのだから。

このころ、ベッツィは悪意あるいたずらに夢中になっていた。おもな標的は天敵たるベティだったが（ついでながら、エリザベスとベスをあんなに嫌っていたベッツィが、ベティの登場とともに態度を変えたのは見ていておもしろかった）、ときどき鈍いエリザベスや無邪気なベスにも臆面なく悪さをしていた。ある午後など、ミス・Rの到着があまりにも遅いので、もう待つのをやめかけたとき、ベスが電話をしてきた。叔母が裏口に鍵をかけて外出し、何者か（私は誰だかわかったけれど、もちろんベスは知らなかった）がベスの邪魔をしようと重たい机を正面玄関の前においたので、家から外に出られないというのだ。力が弱いから机を動かすのは無理だったし、窓から外に出るところを見られるのは恥ずかしかったので、叔母が帰ってきて裏口の鍵を開け、机を一緒に動かしてくれるまで、ベスは仕方なく家に留まった。このいたずらについてベッツィを叱ると、ベティがその午後買い物に行く計画を立てていたから、ベティ目当てでやったのだと、彼女は無邪気に説明した。机を動かせなければ家に留まるだろうし、そうすれば代わりにほかの娘たちがいつもどおり私の診察室に来ることができる、そう考えたのだという。

また、ベッツィはちょっとした不正行為も平気でやってのけた。彼女がエリザベスの金を盗んで隠したせいで、エリザベスが私のところまで徒歩で来て、もともと乏しい体力を消耗したことが何度かあった。来るのを断念するよりは、歩いてでも来たかったのだ。家ではほかの強い人格がいばりちらしているので、ここは不運な娘が多少なりとも自由を許された数少ない場所のひとつだったのだろう。

ベティは自分の金のこととなるとひときわ神経質で、自分以外のために金を使うのは大嫌いだった。彼女は叔母が日用品を買うときにはケチケチ出し惜しむのに、自分の衣類や宝石にはふんだんに出費した。ベッツィのお気に入りのいたずらのひとつは、人格の制御権を握ってミス・Rになりすまし、会う人みなに気前よくベティの持ち物を配ってまわるというもので、これをやるとベティはかならず半狂乱になった。ミス・Rと叔母の家の掃除をする老女に高価なコートを与えたり、路上で物乞いに金を恵んだりするのだ（私の見たところ、金の必要な人間が近づいたときには、ベッツィは人格の制御権を握りやすかったようだ。というのも、ベティは大切な金をせびられると思うとぴりぴりして気が昂ぶるため、ベッツィに近よる隙を与えがちだった。もっともこれは私の邪推にすぎないのかもしれないが）。そして意地の悪いことに、相手がベッツィの施しにくどくど礼をいうのをちゃんと聞けるような頃合いを見計らって、毎回ベティを連れもどすのだった。ベティは買い物に長い時間を費やしたから、ほかの娘たちが私のところにいるあいだ、自分はずっと買い物をしていたと信じていることがたびたびあった（我々の観察によると、彼女はベッツィの行動のごく一部しか認識していない）。我々はいわばベッツィを見張り役に立ててひそかに団結していたのだ。ベティとの最後の口論につづく数ヶ月、ベッツィは我々を守ることに使命感を抱き、私がエリザベスやベスと話しているあいだ、大喜びで警備を引き受けてくれた。ベティが戻ってくる兆しが少しでもあれば、ベッツィは慌ててエリザベスを診察室から通りへ連れだし、いよいよベティが現れたときには、彼女は自分が通りで店のウィンドウをぼんやり眺めていることに気づくのだ。ちなみにベッツィのお気に入りの場所は、私の診療所の向かいにあるスポーツ用品店のウィンドウだった。自分がなぜこうもスポーツ用品のウィンドウに惹きよせられるのか、ベティは理解できないみたいだと、ベッツィは嬉々として報告したものだ。ベティにわかったのは、自分がくり返し無意識のうちにそのウィンドウに惹きよせられ、ふと気づくとテニスラケットや釣り竿やゴルフクラブをうっとりと見つめている、ということだけだった。

注意深く質問をした結果、次のような事実がわかって私はほっとした。ベッツィは自由気ままに仲間にいたずらをして、私に報告はするが、叔母のことを恐れていたため、叔母に見つかりそうなときには比較的用心深く振る舞っていた。娘たちは全員モーゲン叔母がいるところでは行儀よくしているようだったから、叔母のほうは──姪が妙だということは当然察知していただろうが──実情についてまったく気づいていなかったと、私は確信している。

この時期、私に対するベッツィの態度は大きく変わりつつあった。お互いを完全に信頼するということはなかったにせよ、ベッツィは私がベティにどんな目に遭わされたかを知っていたので、いかなる力の対立においても、私が天使の側──つまり、ベッツィにいわせれば、ベッツィの側──につくだろうと感じていたようだ。エリザベスやベスから情報を引きだすためにベッツィがしてくれたさまざまな支援に、私は深く感謝していた。ミス・Rの最終的な人格は、ミス・Rの人生や経験をすべて洩れなく認識していなくてはならない。私が当時望んでいたのは、なんとかしてベスを強化し、全人格を完全に理解できるよう徐々に彼女を導いていくという筋書きだった。ベスはすでに自分とエリザベスの存在は知っていた。私はふたりに、十分時間をかけ、できるかぎりじっくりと我慢強く、ベッツィとベティについて説明してきかせた。もちろんベッツィとベティの意識は、エリザベスとベスにはまだ閉ざされている。また、ベティはその制御力を最大限に使えば、まだベッツィを一定期間退けておくことができたし、逆にベッツィも同じことができた。私の見たところ、四人の輪郭が明瞭になるにつれ、互いの相違も際立ってきており、かつてはひび割れ程度だった隔たりが、いまや深い淵ほどにまで広がっていた。

私は娘たちにずいぶんなじみ、みなで陽気に時を過ごすこともしばしばあった。エリザベスとベスはベッツィが自分たちの行動をよく知っているのでびっくりしたし、ベッツィのほうではふたりに対してある種の愛着すら抱きつつあったと思う――ベスのことはさほど好きになれなかったようだが、エリザベスについては守ってやらねばと感じはじめたふうで、困っているエリザベスを頼まれもしないのにしょっちゅう助けていた。もともと疲れ知らずで、熱しやすい質なので、エリザベスのために洗濯をしてやったことも二度ある。手際はお粗末だったが、しゃかりきになってごしごし手洗いをし、アイロンもかけた。一度などは、ベッツィがアイロンをかけたばかりのブラウスをベティが着たものだから、ベッツィはかっときて瓶入りのインクを頭からぶっかけた。もちろん、エリザベスが好きだからといって、頭に浮かぶさまざまないたずらを控えたりはしなかったけれど、無垢なエリザベスがベッツィの罠にかかるたびに、ベッツィはかならず罪を悔いて謝り、もちろんあれはベティのために仕組んだんだと、目を見開いて主張するのだった。

私の記録によると、飽くことを知らないベッツィは、いろいろなものをこぼしたり、破ったり、隠したりしている。また、ベスやエリザベスを遠くの見知らぬ場所に置き去りにしたせいで、すでにベティの早足で疲れきっていたふたりが、徒歩でとぼとぼ帰宅せざるをえなかったこともあった。ある夜など、ベッドが蜘蛛だらけなのに気づいて、ベティがヒステリー状態で叫びながら家じゅうを走りまわったものだ。ベティの机から盗んだ贈り物を得意げに持参したり、ベッツィ自身の手紙がたくさん入った赤いチョコレートの箱を、エリザベスから奪ったといって持ってきたりもした。私がこれをエリザベスに見せると、かなりたじろいでいたが、まだ博物館で働いていたとき、つまり治療を始める前から、すでに受けとっていた手紙なのだと打ち明けてくれた。奇妙なことに、手紙がベッツィの手によって書かれたと発覚したあと、ふたりの互いに対する愛着はどういうわけか深まった。拗ねているときをのぞけば、ベッツィがエリザベスに苦痛を与えることはいまや稀だった。彼女の悪意はすべてベティ用にとってあったのだ。私はベティにほとんど共感は覚えなかったものの、ベティに対するいたずらに賛同していたわけではない。ベッツィはそれを知ると、いたずらの詳細を私に報告するのをやめてしまい、それゆえ数週間のあいだ、私はベティについてほとんどなにも聞かなかった。ベッツィは話そうとしなかったし、ベスとエリザベスは知らないので話しようがないからである。

この時期——おそらくミス・Rの黄金期と呼んでも許されるであろう時期——は、ある午後、唐突に終わりを迎えることになった。娘たちが来るのを待っていた私は、ミス・Rが来られましたといってミス・ハートリーがベティを案内してきたとき、驚くとともに衝撃を受けた。あの鋭い顔、ギラギラした目つき、不快な声や仕種を、私はほとんど忘れかけていたのだ。だから、またそれを目にするのは愉快ではなかった。ベティを相手にするのなら、もっと周到にこころの準備をしておきたかったところである。彼女は椅子にどしんと腰を下ろすと、見下すような笑みを見せてから、きっと驚いたでしょうねといい——私はあっさりそれを認めた——それから、あたしに悪意を抱いていなければいいんだけれど、と続けた。悪意なんて抱いていないと私が答えると（それは真実ではなかった）、母親が最近亡くなったせいで神経質になっているのだと彼女は説明した。まだ悲しみが続いていたとは気の毒に、と私がそっけなく応じると、彼女は訝しげにこちらを見てから、椅子にしっかりと座りなおした。「あたしがここにいるのは、ひとつにはそのためなのよ。期待していたより回復が遅いようだし、健康のことが少し心配なの」

「ふむ、いつだったかな、お母さんが亡くなったのは」

「三週間前よ」

「いまだに三週間前なのかい？　ずいぶん前にきみは私に——」

「自分の母親がいつ亡くなったのかくらい、当然知ってるわよ」彼女はぴしゃりと返した。

「もちろんそうだろう。それで、神経質だというのは、どういうことなんだい」

「つまり、自分が神経質だとなぜ思うのかってこと？　あたしはいつだって神経質だったわ。昔からとても神経質な子供だったもの」

「私のいいたいのは、きみが健康について心配している具体的な原因はなにかってことだよ。たとえば頭痛がするとか、眠れないとか？」

「あたし……」彼女は少しためらってから、一気にこういった。「ただ、いつも怖いの。誰かがあたしを殺そうとしているから」

「ほんとうに？」そう訊ねながら、もし可能なら楽しんでベティを殺すであろう三人の顔を思い描いた。「なぜそんな想像をするのかね」

「だってそうなんだもの。あたしのお金がほしいのよ」

「なるほど」と私は思い、「なぜだい？」と訊ねた。

「彼女はあたしを嫌ってるから。一昨日なんて、私が階段を下りていたら、彼女が足を摑んだのであやうく転げ落ちるところだった。今日は昼食のサンドイッチ用にトマトを切っているとき、彼女がナイフをひっくり返したものだから、手が切、切れてしまって」ベティが泣きだすのではないかと思った。ハンカチを不器用に巻きつけた左手を、彼女は私に差しだして見せた。私は机から立ち上がって近より、ハンカチを外して傷口を確認してみた。深刻な傷ではなかったが、きっとたっぷり血が出てベッツィは満足したことだろう。「命に別状はないよ」と私はいった。「ベッツィはきっと――」

「ベッツィ？」と彼女は叫んだ。「ベッツィの仕業だなんて誰がいったの？　だいたいベッツィなんて存在しないわ」

「では、誰がきみを傷つけようとしていると思うんだい。きみの叔母さんかね」

そう信じている振りをすることは、ベティにもできなかった。彼女は目を落とし、もう一度ゆっくりとハンカチを手に巻いた。「左利きなのに、ほんとうに不便だわ」

これには興味をひかれた――エリザベスとベスとベッツィはみな右利きだったのだ。私はやさしくこういった。「もしきみがベッツィという現実と向き合えたら、きみの恐怖心の大部分は消えてしまうと思うよ。少なくとも命を狙われているという不安からは解放されるだろう。ベッツィがきみを傷つければ、自分も傷つけることになるんだから」

「ベッツィなんていないわ」

「よろしい。きみは自分のベッドに蜘蛛を入れるかい？」

「誰に聞いたの？」

「ベッツィだ」私は穏やかにそう答えた。

ベティが肩を落とし、諦めたようにそっぽを向いたので、私は気の毒になった。彼女はベッツィに対して強い態度で挑んでいたし、おそらくミス・Rのほかの人格の存在を頑に否定しつづければ、最終的にエリザベスとベスを抹消することは可能だったかもしれない。だが、ベッツィはもっと手強い相手である。それゆえ哀れなベティはすっかり追いこまれていた。おとなしくベッツィの存在を認めて自分が唯一のミス・Rではないことを受け入れるか。もしくは、なぜ（たとえば）ベッドに蜘蛛が大量に発生したり、自分の手を切ったり、階段で転げ落ちそうになったりするのかについて、納得できる説明を見つけるか。そのいずれかを選ぶしかなかった。

「ねえ」とうとう彼女は意気込んでそういうと、立ち聞きされるのを恐れるかのように身を乗りだした。「お金を持っているのはこのあたしだから、誰もそれは奪えないわ。モーゲン叔母さんですら、お金はあたしのものだって認めてるのよ。だから、ベッツィだか誰だかがあたしの振りをしてお金を奪おうとしたって、そうはさせないから」

「だが、もちろん金がそこまで重要なわけはなかろう。考えてみてごらん――」

「もちろんお金は重要よ」彼女は鋭く私を遮った。「あなたたち理想主義者はもっといいものを発明できるとか思ってるんでしょうけど、家賃を払うときのことを考えたら――」

「失礼ながら」と今度は私が相手を遮った。「自分のいったことがどんな結果をもたらすか、ろくにわかっていないような人間に、罵られたくはない。誰の金だとか、モーゲン叔母さんがなにをいったかとか、そんなことはどうでもいいんだ。私が気にしているのは――」

「そうはいうけど」と彼女は冷淡に応じた。「これは知っておいたほうがいいわよ。あなたがモーゲン叔母さんと、たとえばそのベッツィとやらについてとり決めをしたとして、私がお金を手放さなきゃならないよう仕組もうとしてるんだとしたら――つまり、こういうことよ。モーゲン叔母さんであれ、ベッツィであれ、誰であれ、その人があなたになにを約束したか知らないけど、お金はあたしのものだから。それに、あたしなら誰よりもいい条件を提示できるし、お金を出すのは結局このあたしなんだから」

「なんてことだ」私は完全に言葉を失い、彼女を遮ることもできずにいた。「なんてことだ、ミス・R！　なんとまあ嘆かわしい……つまりだね、なんて恥知らずなことをいうんだ！」私はほとんど口もきけない状態だった。息を吸いこみ、しどろもどろになって、顔色は紫がかっていたにちがいない。私が本気で衝撃を受けたことは、どうやら彼女にも伝わったようだ。というのは、先を続けるまえにさすがに少しためらったから。「もしまちがっていたら、いさぎよく謝るわ、先生。だけど、じっさいあなたになにかを与えられるのは、あたしだけだってことを、はっきり理解しておいたほうがいいと思うの。だって、結局、誰かが口先でお金を払うといってあなたを騙したのだとしたら、その人には払えないって、はっきり教えてあげるのが親切ってものでしょう？　なぜって、そのお金は――」

　彼女の言葉の背後に恐怖心があると知らなければ、私は卒中を起こしていたことだろう。絶句するほど憤慨していたが、これほどの鉄面皮ぶりとは裏腹にベティの唇が震えているのに私は気づいた。こんなに傲慢な態度を示しつつも、彼女の右手はくり返し左手の包帯に触れ、引っぱったりまた折り畳んだりしており、かと思うと動いて向きを変え、拳を握りしめ、それはまるで何かを握っているようで……。ふいに怒りは消え、延々と金銭問題を語るベティの独白はほとんど耳に入らないまま、私は磨いた机の上でなにげなくメモ帳を向こうへ滑らせ、続いて私の鉛筆も転がした。鉛筆が彼女の腕に触れたとたん、指がそれを摑み、そして――この間ずっと、気の毒なベティは富に附随する義務について、あるいは叔母の理不尽のせいで我慢させられている贅沢について、ベラベラ話していたのだが――ベティの右手は彼女の気づかないうちにメモ帳に走り書きを始めた。私は深いため息をつき、椅子の背にもたれかかると、自分の祭壇で子牛の丸焼きを目にしたばかりの偶像神のように、微笑んで頷いていた。(私は不信心な男ではないが、ときおり自分を疑うことがある。ここではどうしてもこの比喩を使いたかったのだ。あのとき私の覚えた満足感は完全に世俗の感情で、ほとんど怨恨に近かったし、当然ながら人間の狭量さというものは全能なる神の与《くみ》するところではない。それゆえ異教的な発想が生じたのだろう。)いずれにせよ、私は(もちろん気づかれないようにはしていたけれど)走り書きする鉛筆に意識を集中させ、病院への寄附や貧者のための慈善施設創立といったご立派な(しかし非現実的な)計画について語るミス・Rには、たいして関心を払っていなかった。

「そのとおり」と私はときどき相槌を打って頷き、ときには「もちろんだとも」とか「そんなことはまったくないよ」と応じたりもした。自分がなにに同意しているのかさっぱりわからなかったが、彼女のほうでもどうせこちらの話など聞いてやしない。自分の手が鉛筆でせっせとなにかを書いていることすら気づいていないのだから。ついに、メモ帳の一枚目が完全に埋めつくされたので、私はまたさりげなく手を伸ばし――ベスは自分の金銭問題に没頭していたから、たとえ私がメモをひったくったとしてもほとんど気にもかけなかったろう――一枚目を破りとった。その間、彼女の右手はつぎの頁を待ち構えているかのようにじっとしていた。

「先生はあたしのいうこと、もっともだと思わない?」ちょうどベティがそう訊ねたので、私は目を上げてゆっくりと首を振ってみせ、判断のしようがないよ、と答えた。彼女はため息をつき、若い女性がひとりだとほんとうに大変だわ、といって、また話を再開したので、私は熱心にメモに見入った。

「ドクター　ロング」とメモは始まっていた。「Mおばさんべんごしおかねとめた　あわれなベティ　きいてみろおかあさんはどこか　Mおばさんなんというか　きいてみろ　きいてみろ　うそいっている　きいてみろ　あたしはここだ　あたしはここだ　かのじょはいない　おかねない　かわいそうなベティ　わらうベッツィ」

目の前の一頁目はこうして終わっていたが、鉛筆はその後も止まることなく書きつづけている。私は手元の頁の上にしっかりと手を広げてから頭を上げ、ベティが息継ぎのため言葉を止めた、ちょうどその隙を狙って訊ねた。「ミス・R、きみはお母さんになにをしたんだ?」

水を打ったような沈黙。それから、彼女は哀れっぽくいった。「また怒っているの、ライト先生。あたし、いけないことしたかしら?」

「なにもしてない、大丈夫だ」私は苛立つ子供をあやすように答えた。「大丈夫だよ、ベス」

「以前のようにあたしを呼んでくださらないときがあるわ。もうあたしが好きじゃなくなったのね。ベティと話すほうがいいんでしょう?　あなたのベスより彼女が気に入るなんて、思ってもいなかったけれど、もしそうだとしたら――」

「ああ、ベス」私はため息をついた。「ベティには、きみのお母さんの死について訊きたかっただけだよ」

「もしお邪魔なら、あたしを二度と呼びださないでくださいな。ずっとベティと過ごせばいいのよ。そうなっても、どうせあたしにはわからないんだから。だけど、あたしのこと、気に入ってくださってると思ってた」

「ああ」私はほとほと嫌になってきた。「ベッツィのほうがましだ」

「いいよ」彼女はにかっと笑った。「ねえ先生、大好きなロング先生、思ってもみなかったよ、あんたがベッツィをこんなふうに呼びだすなんて。まるで誰かさんを――」

「やめてくれ、またそんな悪態をつくのは。きみたちみんなにこれだけ振りまわされて苦しんでいるんだから、もう十分だろう。このうえ非難までされなくちゃいけないってのかい」

彼女は意地悪くせせら笑った。「あたしに鉛筆を渡したのは賢かったよね。あんたがあいつを追い出すまで、あたしは出てこられなかったから」それから、まじめな顔になってこういった。「モーゲン叔母さんが、今日あいつをここに来させたんだ」

「おそらくなにか危機的状況が起こったんだろう。ベティはよほどのことがないと、診察料が発生しかねない真似はしないだろうから」

「えっとね」とベッツィは考えながら答えた。「まずなにより、あいつは怖くなったんだ。手を切って怪我したから」小悪魔はすました顔で私を見た。「だけど、あいつがここに来る気になったのは、モーゲン叔母さんが弁護士に手紙を書くことにしたからだよ。鉛筆で教えてあげたでしょ？」

「だけど、よくわからないな。察するに、彼女の大事な金に関わることなんだね」

「そのとおり。モーゲン叔母さんは弁護士に、あいつは金を受けとるのはとても無理だって伝えたかったんだ。なぜって……」ベッツィは言葉を止め、無邪気に暗い顔をしてみせた。「なぜってお母さんが亡くなってから、ものすごく神経質になっていたから」それから、無遠慮にこう訊ねた。「あんたは、弁護士やみんなにあいつが大丈夫だっていって、それであいつからお金を受けとったりするつもりなの？」

「むろん、そんなばかげたことに関与するつもりはない。私は金がほしいわけじゃない。少なくとも彼女の金はいらないよ。それに、弁護士やほかの誰かと彼女のことを話し合うつもりもない。さらにいえば、この呪われた金についてのいかれた話は、金輪際ご免こうむりたいと思っているんだ。私は会計士でも銀行の出納係でもない。生身の人間に関わっているというのに、帳簿の話ばかりされるのには心底うんざりだよ」

「フィドル・ディー・ディー」とベッツィ。「フィドル・ディー・ディー。ネズミがマルハナバチと結婚した*」

「それにだね」私は厳しい口調で続けた。「ミス・ベッツィ、きみがこの悪巧みにどう噛んでいるのか、調べ上げるつもりだよ」

「あたしが？　フィドル・ディー・ディー」

「たとえばきみがだね」と私は疑念を口にした。「支出に関して、ベティの理性を欠く行動を叔母さんに仄めかしたとか、もしくは、自分でわざとそういうばかな振舞いをしてみせたってことはないのかい」

「フィドル・ディー・ディー」ベッツィは無邪気そうに天を仰いだ。

「私は驚かんよ。たとえば叔母さんのいる前で、きみが高額の紙幣を破いたり、燃やしたりしたと聞いても」

「つまり、煙草に火をつけるのに、十ドル札を使うとか、そういうこと？　フィドル・ディー・ディー」

「やっぱり」

＊マザーグースの童謡の引用。「フィドル・ディー・ディー」にはナンセンス、ばかげたことという意味もある。

「あたしはね」ベッツィはあけっぴろげに話を続けた。「あんたが最近あいつとばっかり話してるって、ベスに吹きこんだんだ。ベスがそれでどれだけ落ちこんだか知れば、あんたもちょっとはあたしたちにやさしくしてくれるだろうと思って」

「それは不親切なことだよ」

「ベスにいってやりな」ベッツィはそういって、にかっと笑った。つぎの瞬間、ベスの涙ぐんだ顔がこちらを見ていた。

「もう先生とお話したくないわ」とベス。

「ベス、いっただろう」私は苛立った。「今日の午後ベティが診察室に現れるまで、もう何週間も会っていなかったって。私が呼んだんじゃないんだ。彼女のことはこころの底から嫌いだときみに保証するよ。きみにせよ、ほかの誰かにせよ、動転する理由なんてどこにもないんだから。私は医者だし、この治療を前に進めるために――」

「もし彼女が嫌いなら」とベスは不機嫌に答えた。「じゃあ、どうしていつも、あたしじゃなくて彼女と話をするの?」

「ああ、ベッツィ、ベッツィ」私は絶望して叫んだ。

「焼き餅をやいてるだけだよ」とベッツィ。「すぐに直るよ。フィドル・ディー・ディー」そしてくすくす笑った。

「ああ、きみにお行儀を教えることさえできれば」私は憔悴していった。

「知ってるかい?」ベッツィは急にいつもの不機嫌な態度に戻った。「あんたが放っておいてくれたら、あたしはもう自由になれるんだってことを。一緒にさ……」ここで突然、彼女は口をつぐみ、私が問いかけるように目を上げると、そっぽを向いていた。

「話しておくれ、ベッツィ」

「いやだ。それに、ロビンのことを話したら、あんたは怒って、いまよりもっとあたしを嫌いになる。だって、いけないことだったから。ロビンについて知られたら困るから、これ以上はあんたに話さない」

「私が怒らないと約束したら?」

ベッツィは笑った。「フィドル・ディー・ディー。ネズミがいったとさ。『ハチさん、ぼくと結婚してくれるかい? ぼくと結婚してくれるかい、かわいいマルハナバチさん』。ロング先生は歌えるの?」

「下手だけどね。ベッツィ、はっきりわかったよ。きみの戯言も含めて、これらすべてにはある種のパターンがある。それを隠しつづけることはもう許さないって、決めたからね。ミス・Rの人生の重要な局面に触れるたびに、きみたちの誰かが現れて私を混乱させたり悩ませたりする。絶対的な事実を求めているときに、きみは無意味なおしゃべりをするし、いよいよ肝心な点に近づいたと思ったら、わけのわからぬことをペラペラまくしたてる。私をばかにしてるんだね」

「フィドル・ディー・ディー。あんたをとても親切に扱ってると思うけど」

「それに、気づいたんだが、きみやベティは私と話しているとき、鋭い質問をされて居心地が悪くなると、かならず退散して、やさしくて涙もろいベスを送りこんで、はぐらかそうとするだろう。きみとベティだけですべて私に話せるはずだし、そうしてもらうつもりだ。だから――」

「ベスはどうせ来ないよ」ベッツィはくすくす笑って私の話に割って入った。「ベスは怒ってるからね、うれしいことに。どうすれば彼女が喜ぶか知ってるよ。ワイン一本でご機嫌、そこにロング先生が――」

「ベッツィ、神の名にかけてやめてくれ！」

「おや、神を冒瀆してるのは誰かな？」ベッツィは生意気な口をきいた。

「叔母さんにメモを渡してほしい」私は急に意を決してそう告げた。「きみはどっちみち盗み読みするだろうから、なにを書くかあらかじめ伝えておくぞ。姪御さんの治療の進捗状況について話し合いたいので、都合のよいときにこの診療所に来てほしいと、ミス・ジョーンズに伝えるつもりだ」

こんな任務をベッツィに託すのはそうとう不安だったが、ほかに方法はないように思えた。ミス・ジョーンズに手紙を郵送するのは嫌だったし、誰かに伝言を頼むわけにもいかない。エリザベスはたぶん伝言をいい終わるまで意識を保持させてもらえないだろうし、ベスはあいかわらず従属状態にあるうえ私に対してつむじを曲げている。ベティはこの伝言を、自分の安全を脅かす不吉なものとみなすにちがいない。もちろんミス・ジョーンズに電話をするという手もあったのだが、正直に認めてしまえば、自分の陣地外で会話をするのはまったく気が進まなかった。話すのであれば、私の本とすばらしく頑丈な机のある、安全なわが診察室でなければ嫌だったのだ。彼女に嘲られるのが怖かったし、デリケートな話題でもあったから。

姪の健康について話し合うために診療所に来てほしい、とだけ記したミス・ジョーンズ宛のメモを書くあいだ、こうした疑念がすごい勢いで私の頭を駆けめぐっていた。その傍らでベッツィは鼻歌を歌っている。折り畳んだメモを机ごしに渡しながら、伝言がぶじに届くための作戦として、私はこういった。「これはベティに見せてはいけないよ」

「そうする」とベッツィは答え、「できればね」とゆっくりつけ足した。それから、これまでは気づいていなかった恐怖心がふいに湧いてきたかのように、一気にこういった。「あいつ、どんどん力をつけてきてるみたい」

私はベッツィの怯えた顔を見上げて、軽い調子で答えた。「我々はそのうち彼女をやっつけるさ。怖がることはない」

「お母さんの大事なベッツィが泣いちゃだめだね」彼女はそういって、踵を返すとそそくさと立ち去った。

そういうわけで私はメモをことづけたが、返事を受けとったとき、無駄な骨折りだったとおおいに憤慨することになった。というのも、二日後にこんな手紙が届き、仰天したのだ（しかし、読者諸君には、私の名誉のためにも信じていただきたい。最初の一瞬をのぞけば私は騙されはしなかったと）。「親愛なるライト先生、お手紙に書かれたことは本気ではなかったと思いたいです。そうでないとすれば、あなたは馬の鞭で打たれるべきです。私は哀れな独り身の女で、あなたは邪悪な老人です。敬具。モーゲン・ジョーンズ」この苦心して書かれた奇妙な手紙が誰の手によるものか、疑問の余地はなかった。私は多少おもしろがりはしたものの、ベッツィの友好的な態度を信じてよいと一瞬でも考えた自分は、じつに愚かだったと痛感した。陽気でいっけん協力的な様子につい騙されてしまったのだ。いったいミス・ジョーンズの手元には、私からと見せかけられたどんな手紙があるのだろう。そのことに思いいたったとき、ああ私は頭がどうかしていたと、自分を叱りつけたくなった。しかしながら、ベッツィのこのありえない無礼のおかげで、私の決意がついに固まった。できるかぎり早急に事態をはっきりさせねばならない。忍耐づよく対処するという目下の作戦は、先への見通しに欠いていた。おかげでベッツィは勝手気ままに振舞うし、ベティはほぼ地歩を固めてしまったではないか。知識は力なり、私はそう自分にいい聞かせた。そして、ミス・ジョーンズから知識を仕入れ、しっかり武装したうえで、その姪になりふりかまわず側面攻撃を仕掛けてやるぞと決心した。

加えて、叔母と私との面談を阻止するためにどうやらベッツィが喜んで用いた、このあくどい策略のことを思うと、私はおおいに心配になった。ベッツィがこれほど叔母を恐れているとは驚きだった。こうした妨害がベッツィによるものだということは疑いようもなかったし、私が受けとった手紙の書き手が誰かという疑問も、同じ日の午後にはすべて解消した。というのも、エリザベスが観念したようなみじめな様子で診察室に現れ、まもなくベスに入れ替わり、十分ほどベスが泣いたり非難したりしたのだが、この日はどんなに手を尽くしてもベッツィを呼びだすことができなかったのだ。ベッツィに出てくるよう丁重に頼み、呼びかけ、叱り、懇願したが、その結果現れたのはベティで、彼女はすぐさま銀行口座に関する叔母のけしからぬ行動を嘆きはじめた。

この日の午後ほどベティが癪に障ったことはなかった。くり返し追い払おうとしたが、彼女は招かれざる客のようにひたすら居座り、私の質問にうつろな目やばかげた返答で応じ、あらゆる話題をうんざりする金の話に結びつけるのだった。何度も何度も、私はベティに自身のおかれた状況をわからせようとした。きみはひとりの人間の四分の一にすぎず、同じ人生と人格を共有する者がほかに三人もいるのだから、ミス・Rの意識は分け合わねばならない――そうくり返したのだが、私が最後の説明に入り、今度こそ彼女も理解しただろうと思うたびに、また話が逸れていつもの終わりのない金の話に戻ってしまうのだ。どうやらベティは、金さえ独占できるのであれば、意識の四分の三を喜んで犠牲にしてよいと本気で考えているようだった。彼女の手のそばに鉛筆をおいてみたが、ベッツィが拗ねて書くのを拒絶したので、私はついに辟易してこう告げた。「ミス・R、このまま続けるわけにはいかないよ。今日はもう十分だ。私が叔母さんと話をしたあとで、このことについてあらためて相談するとしよう」

「叔母さんになにを話すつもり？」ベティは疑りぶかく問いただした。

「きみのいまの病状について、報告しなくては」私は不注意にもそういった。

「なにをいうつもり？」ベティは命令口調でそう訊ね、私は心配になって考えこんだ。彼女は身を乗りだし、ふたたび訊ねた。「なにをいうつもり？」

「きみの精神状態について、意見を述べるだけだよ」と私は答えた。すると、どうだろう、ベティの手が文字を書きはじめたではないか。私はベティよりも手のほうに気をとられていた。今回はベティが私の視線に気づき、自分の手を見下ろした。「前にもあったのよ」彼女は恐ろしそうに動く右手を見つめながらささやいた。「手が勝手に動くの」ベティはぞっとして自分の手に嫌悪を覚えつつ、同時に魅了されたふうでもあった。というのも、手を紙から引き離そうとはせず、なにが書かれているのかと身を乗りだしていたから。それから幽霊じみた会話が始まった。ベティが押し殺した病的な声で、自分の右手と話しだしたのだ。右手はこう書いた。〈ばか　ばか　ばか　かれをいかせるな　かれはおまえをあいしていない〉

ベティ（声に出して）誰のこと？　誰があたしを愛していないの？

手（明らかにベッツィなので、これ以後そう呼ぶことにする）ロビンはおまえもコーヒーもこう

ちゃもあいしていない　むすめたちはあたしをあいする*

ベティ　なにがほしいの？　なぜ書いているの？　（私に向かって）書いてる感覚もないのよ。ただ動いていて、止められない。

ライト医師　（ベッツィに向かって）まったく、きみはまた悪さをしてくれたね。

ベッツィ　フィドル・ディー・ディー

ベティ　こうやって、あたしの手は、あたしを切ったのね。

ベッツィ　つぎはあたまをちょんぎってやる　はっはっは　マルハナベティ**

ライト医師　ベッツィ、私は無礼を許してやってもいいが、叔母さんはそう簡単にはいかないと思うぞ。

ベッツィ　おばさんかんかん　あたしうれしい

ベティ　彼女の叔母さん？　それ、モーゲン叔母さんのことなの？

ベッツィ　ネズミとけっこんしな　きたないベティ

ライト医師　（いくぶん途方に暮れて）こんな光栄に浴するとは、予想していなかったな。ベティ、こちらはベッツィだ。もう会ってるもんだと思っていたが。

ベティ　なにかの冗談のつもり？　そうでなければ、あたしを怖がらせようと思ってるのね、先生。こんな残酷な悪ふざけをしたからって、あなたの評価は上がらないわよ。どうやら〈ベッツィ〉といいさえすれば、あたしが慌てて助けを求めるとでも思っているのね。いったいどうすればわかるのかしら、あたしをこんなふうに扱うのは大まちがいだって。無茶をいうつもりはないし、協力してもいいけど、あたしをばかだと思ってもらっちゃ困るから。

ベッツィ　きたないやつめ
ベティ　先生、あたしがこの手と同じくらい下品だなんて思わないで。はっきりいって――
ライト医師　ベッツィとは長いつきあいなんだ。
ベッツィ　このひとはあたしをてなずけられないってしってる　ベティにもそのうちわかる　さあベティ　いっちまえ　うせろ　いっちまえ　どこかでくらせばいい　かえってくるな　もっとかねもちをみつけろ
ベティ　遅かれ早かれお金の話になると思ってたわ。もうすぐとても裕福になるから、あたしのお金を騙しとれるって、みんな思ってるんだから。
ベッツィ　かわいそうなベティ　もうかねはない　かれをいかせるな
ベティ　誰のこと？
ベッツィ　せんせい　おかねどろぼう　Mおばさんにいえ
ライト医師　ベッツィ、いいかい、これ以上の悪巧みは許さないぞ。
ベッツィ　だきたまご***をかくしたほうがいい　みんなででかけた　さがしに
ベティ　（乱暴に手を紙から引き離して、私に向かって）もう我慢できない、自分の指が鉛筆を握ってこんな無礼なことを書くし、あなたはあたしを騙してお金をとろうとするし、モーゲン叔母さんは怒っているし。あたしはただ、うるさくかまわれず、そっとしておいてほしいのよ。それだけ

＊既出（二二六頁）の童謡のもじり。
＊＊既出（二一五頁）の童謡のもじり。
＊＊＊同じ巣で産卵させるために巣におく本物または人工の卵。将来のための貯金という意味もある。

で満足なの！

ライト医師　どうやら私の誠実な意図について、きみに納得してもらうのは無理なようだ。これ以上私にできることはないよ。

ベティ　（また筆記を始めて）私の手が止まらない。先生、止めてもらえない？

ベッツィ　みんなででかけた　だきたまごさがし　エリザエス　ベス　ベッツィにベティ

ライト医師　ベッツィ、きみが現れないっていうんなら、エリザベスを送りこんでくれるかい？

ベッツィ　フィドル・ディー・ディー

「長くいすぎたようです、ライト先生」エリザベスは立ち上がって手袋をはめながらいった。「遅くなると叔母が心配するから」

「叔母さんは心配するのかい」私も立ち上がりながら訊ねた。

「いいえ、もちろん私がどこにいるかわかっているから。でも、夕食を待たされるのが嫌いなんです」

「では、さようなら。また明後日にね」私はいった。

彼女はドアのところで立ち止まり、肩越しに私を見た。「フィドル・ディー・ディー」そういって彼女は後ろ手にドアを閉めた。

ベッツィとベティの先ほどの会話はノートに記録してある。もちろんベッツィの走り書きも保存し、ベティの発言も書き記した。この右手との奇妙な共演は私の知るかぎりもう一度だけくり返された。というのも、ミス・Rがつぎに診療所にやってきたとき、ベティがやりたいといいはったのだ。ベッツィはこの日も現れるのを拒み、その存在はまったく感じられなかった。私は手短にエリザベスと話し、ベスとはもっと手短に話した。ベスはまだしょんぼりしていたのだが、話の途中で唐突にベティに変身した。どうやらベティは私と話したくてたまらなかったらしく、最低限のマナーを守りもせず、私の注意を引こうと姉の話を遮ったのだ。彼女が意気込んで語ったところによると、いろいろ考えたすえ、私がいんちきをしていると疑うのは不当だという結論にいたったそうだ。（母親が三週間前に亡くなって以来、とても神経質になっていたから。）だけど、手が勝手に書くよう仕向けたのはとても賢いと思ったし、すごく楽しかったから、もう一度やってみせてもらいたい。できそうかしら？　お願いしてもいい？

彼女はベッツィの走り書きに、怯えつつもすっかりこころを奪われたようだ。多くの人は寝言をいっていたとあとで聞かされたとき、あるいは運勢を占ってもらい、少し身構えながらもつい興奮してしまうようなとき、同種の喜びを感じるものだ。いうなれば油断した瞬間を他人に捉えられるわけで、それはある意味で刺激的な経験なのだろう。かくいう私もそう感じたことがある。とにかく、ミス・ベティは自分の右手との会話に魅了され、ぜひもう一度試してみたかったのだ。神経を昂ぶらせた様子から察するに、彼女はこんな期待も多少抱いていたと思われる――ベッツィとライト医師が温めている陰謀の証拠をうまく摑めれば、自分と自分の財産に対する計略を勝ち誇って暴きだし、我々の狡猾な共謀を打破することができるのではないか、と。残念ながら、これについては、彼女は落胆する結果となった。

さて、我々はまず腰を下ろし、ベティは右手に鉛筆を持ち（普段ベッツィが書くときの慣れた手つきとはまったく異なり、いかにも左利きらしいぎこちない手つきだった）、わざわざ大きなメモ帳も準備された。私はといえば、ベティからは見えない机の下の棚にノートを入れておいた。というのも、ベティなら、私が手で腹話術的なトリックをしているなどと疑いかねないからだ。ベティが右手を食い入るように見つめる傍らで、私はその熱意にひそかに驚嘆していた。手がほとんど動かないことを思えば、ベッツィはたぶん蝶々でも探しに出かけていたのだろう。そうして何分か待ったのち、ついにベティは少し前屈みになり、緊張した面持ちで右手に話しかけた。

「さてと。おまえは家では怖がって書かなかった。あたしは怖くなんかないから、ここに来て、こうやってじっと待ってやってるのよ。もしおまえがほんとうに存在するのなら、出てきなさいよ。さもなければ、なんてばかなやつだと思って、笑いたおしてやるから」

ベッツィを呼びだしたければ、こんな方法ではだめだと私には思えた。これまでの経験からすると、強い言葉に怖じ気づくようなベッツィではない。そこで私は静かにこう伝えた。「たぶんもっと丁寧に話して名前で呼んであげれば、現れるかもしれないよ」

「そんなことしてやる値打ちはないわ」ベティはさげすむように答えた。「あたしはただ、彼女が存在しないってことを証明したいだけ。そうすればもう心配は不要だもの。結局は――」そういって彼女は鉛筆を握った手を返して嘲りの仕種をしてみせた。「結局は想像の産物にすぎないのよ。さあ、これで先生もようやくわかったでしょう?」

「ベッツィ」私は半分ユーモアをこめていった。「きみが私を弁護すべきときだよ」

すぐさま彼女の手がひっくり返り、紙に書きはじめた。ベッツィは私が支援を求めるまでは、どんな挑戦にも応じなかった。そう思うと、医者としてあるまじき満足を覚えた。しかし、右手は最初、「せんせい　せんせい」としか書かなかった。

ベティ （皮肉な口調で）あなたのほうがお好きなようね、ライト先生。いっそあなたが鉛筆を握られてはいかが？
ベッツィ せんせい　あたしのめをあけて
ベティ ねえ、ベッツィ、こんなふうに親しく話しかけても気を悪くしないかしら？
ベッツィ ぞっとする
ベティ まあ、失礼ね。あたしはこんなに礼儀正しくしてるのに。あんたの存在すら信じてないけど、失礼だと思って黙っててあげてるのに。あんたやあんたの大好きな先生が喜ぶと思って、ベッツィと呼んであげてるだけよ。
ベッツィ マルハナベティ
ベティ それもあまり礼儀正しいとはいえないわね。あんたも、先生も、あたしには礼儀正しく接したほうがいいって、わきまえておくべきだと思うわよ。
ベッツィ ぶたにれいぎただしくだって
ベティ そっちのほうがずっとましよ。少なくともあたしのいうことを理解してるってわかるから。さあ、聞きなさい。あんたのお作法はまったく気に入らないので、永遠に追い払おうと本気で考えてるの。あんたと、それから（私のほうを向いて）あんたの先生もね。
ライト医師 （怒る気もなくして）それなら、以前にもうやってみたんじゃなかったかね。
ベティ だけど、今回はベッツィちゃんもあたしが本気だってわかるでしょう。またあたしを困らせたら、痛い目に遭うわよ。
ベッツィ あたまをちょんぎっちまえ

ベティ　だけど、それは無理でしょう？　前にナイフでやろうとしたけど、あたしのほうが素早かったから。あんたのこと見張ってたのよ。

ベッツィ　ねむれ

ベティ　いやよ。あんたはもう力がないのよ。すっかり弱っちゃって書きつづけるのも難しいくらいでしょ。

ベッツィ　フィドル・ディー・ディー

ベティ　思うけど、ホテルであんたを捕まえたとき、傷つけたから、あれ以来ずっとあたしが怖いんでしょう。あたしのほうが強くて、ちゃちな逃避行からあんたを連れもどしたから。ねえ、ベッツィ、ライト先生にいいましょうか？　あんたがどこへ行こうとしていたのか、なにを探していたのか。

ベッツィ　(急に動きが止まり、しばらくしてから) わかるもんか

ベティ　あら、あたしは知ってるわよ。昼食をご馳走してくれた、あの感じのいい先生を忘れたの？　彼がなにを話してくれたか、教えてあげましょうか？

ベッツィ　いらない

ベティ　(ばかにしたように) 彼になんでもかんでも話したのね、ベッツィってば。

ベッツィ　おまえがしゃべったらあたしもしゃべる

ベティ　あたしがしゃべったら、みんながあんたのことを笑うでしょうね。ライト先生もモーゲン叔母さんもあのニューヨークのやさしい先生も。あんたが泣きべそをかいて街じゅううろつきまわって探してたって――

ベッツィ　じゃああたしだってしゃべってやる　おまえとモーゲンおばさんがしたこと　あのひとがはいってきたらおまえはあのひとのところにいってこういった　モーゲンおばさんがいったことほんとうなのって　あのひとはよっぱらっていたからおまえをみてにっこりして　そしたらおまえがてを――

するとベティはさっと左手を上げて、乱暴に右手から鉛筆をはじきとばした。私は仰天し、思わず腰を上げて諌めようとした。

「ひどすぎるわ」その声はまだ怒りで震えていた。「じっとここに座って狂人の戯言を読まなきゃいけないなんて……」

「では、ベッツィが存在すると認めるのかい？」私はそっけなく訊ねた。

「いいえ、認めない。これは……」彼女はじっと考えこんだあと、最後にこういった。「催眠術よ」

「すごいな。きみは私がすばらしく腕のいい催眠術師だというんだね」

彼女はのろのろと床に手を伸ばし、鉛筆を拾い上げると、ふたたび右手に持たせた。それからゆっくりと毒をこめてこういった。「さようなら、ベッツィ。お利口にさようならをいいなさい。そうすればもうあなたを傷つけたりしないから」

鉛筆は苦心してこう書いた。「せんせい　めをあけて」

「ベッツィ」私は鋭く応じた。「目を開けられるよ」

彼女は深く息をつき、ほっとした様子でいった。「ときどきこんなふうに思うんだ。内側からあいつを少しずつ壊していって、殻しか残らないところまで全部食い尽くしたら、ぱちんとふたつに割って捨ててやりたいなあって。そしたら粉々になった欠片《かけら》を集めてさ――」

「たしかに魅力的な娘ではないね」私はため息をついて認めた。「彼女がきみを払いのけたとき、なにを書こうとしてたんだい」

「べつになにも」いつもより静かな声だった。あらためて彼女を眺めると、この果てしない戦いによってそうとうな打撃を受けていることが見てとれた。エリザベスやベスよりもずっと気落ちして弱っている様子だ。私の視線に気づき、おそらくそこに共感を読みとったのだろう、彼女はこういった。「最近、出てくるのが難しいんだ。ずっと前に、リジーを押さえて出てくるのが大変だったのとほとんど同じくらい」

まさかもう諦めるなんてことはあるのだろうか。そう思いつつ、私はいった。「エリザベスやベスではとても太刀打ちできないよ」

ベッツィは弱々しく笑った。「以前はあんたに味方についてほしいって思ってた。あいつはあたしよりずっとひどいだろうって、いつもいってたでしょ?」

「まったくだ」私は率直に答えた。「比べものにならないほど、ひどいよ」

「前はなんでも知ってたのに」ベッツィはせつなそうにいった。「リジーがすることも、考えることも、いうことも、どんな夢を見るかも、なんでも知ってた。それなのにいまは、あいつがちょっと気を抜いたときにしか出てこれない。毎回出てくるのがどんどん難しくなってきてるし、あいつがぐいぐい圧力をかけてくるから、外に留まるのも大変になってる」そして、こう続けた。「こんなにがんばったのに、結局あたしは下に押し込められるんだとしたら、おかしいよ」

「そんなふうに〈下に〉押し込められるなんてことは、きみたちの誰にも起こらないよ。エリザベス・Rが自分をとり戻せば、きみたち全員が彼女の一部になるんだから」

「プディングのなかのレーズンみたいにね」とベッツィ。

「話してくれないか、きみがなぜ叔母さんから私を遠ざけようとしているのかを」

「はっきりはわからない」ベッツィはそういったが、それは嘘ではなかったのだと思う。「きっとなにかが起こるって知っているし、叔母さんが怖いからだと思う」

「なにが起こるっていうんだい？」私は用心深く訊ねてみたが、ベッツィは伸びをして、しかめっ面をしてみせただけだった。

「フィドル・ディー・ディー。あいつに歩いて帰らせよう。あたしは怠け者だから」

椅子に座っていたベティは、自分が手袋をはめようとしているのに気づいたようで、帰宅しようと立ち上がった。「あたし、思うんだけど」まるでベッツィに別れを告げたあと、なにごとも起こらなかったかのように、彼女はいった。「あなたのゲームは二度と試さないことにするわ。ただの催眠術か、降霊術みたいなトリックだってわかったから、もうそれで十分よ」

どんなに考え抜かれた言葉でも、これほど私を激怒させはしなかっただろう。だが、私はなんとか自分を抑えていった。「私もきみと同様、続けたいとは思っていないよ、ミス・R」

「では、ごきげんよう」彼女はいった。

声や振舞いから判断するかぎり、ベッツィの短い訪問について彼女がなにも気づいていないのは明らかだった。ベッツィはいまでもベティに知られることなく登場できる。それがわかって、私はほっと胸を撫でおろした。ベティにいくぶん陽気に別れを告げたあと、私は受話器をとってミス・ジョーンズに電話した。彼女の姪が徒歩で帰宅するまでたっぷり二十分はかかるだろう。ミス・ジョーンズが事情を知ったうえで積極的に助けてくれなければ、四人のミス・Rに対処するのはもはやや不可能だと私は感じていた。たとえそれが私の尊厳を多少犠牲にする行為であったとしても、医者としてそのくらいのことを恐れてはいけない。私は自分に厳しくそういい聞かせて、きわめて事務的な口調を保ちながら、「姪御さんの病状について話し合うため」お目にかかる光栄に与《あずか》れますか、とミス・ジョーンズに訊ねた。そして、現時点ではミス・Rの耳に入れたくない医学的な詳細があるため、できればミス・Rのいないところでお話がしたいし、じっさい彼女には秘密にしておいていただきたいのだが、とつけ加えた。ミス・ジョーンズのほうでも、私と同じくらい冷たく慇懃な口調で、翌日の夜にお話を伺いたいとすぐに同意したけれど、診療所に赴くのは望まないとのこと。姪は友人とコンサートに出かけますから、わが家に来ていただけないでしょうか？

ここで断っておきたいのだが、当時のミス・Rは過去のさまざまな時期と比べれば、ずっと安定した状態だった。ベティとベッツィの争いにおいてある種の力の均衡が生まれ、あからさまに敵意ある行動をとれば、被害者よりもむしろ加害者が危険に曝されることを、ふたりともが認識していたからだ。それゆえ監督のもとであればミス・Rを公の場へ出しても問題ないだろうと、ミス・ジョーンズは感じていたし、私もエリザベスに訊ねられ、それに同意したのだ。以前にも指摘したとおり、物理的に拘束しないかぎり、彼女の行動全般を規制するのは難しかったため、ひとりのときにはほぼ自由に行動させていた。コンサートのような公の行事では、子供の頃からの知り合いに見られるわけで、わずかな異常でもきっと気づかれる恐れがあるので、かならず叔母か、もしくは信頼に足る古い友人がつき添うことになっていた。私の診療所に来るとき以外は、彼女はあまり外出しなかったし、ひとりで出かけるのはいつも昼間で、それも一時間あまりで帰宅した。ベッツィとベティの危うい力の均衡はきわどい状態にあった。よって相手を過度に揺さぶることをふたりともあえて避けており、これまでは行動を厳しく自制していた模様だ。だから心配はしていなかったものの、ミス・Rがどこへ出かけたのか、ベッツィからかならず聞きだすようにはしていた。私の見たところ、ベッツィが逃亡を試みればベティの強い反対に遭うだろうから、その危険はもうなかった。また、ベッツィはベティを相手にするのに全精力を必要としていたので、エリザベスやベスに対する意地悪ないたずらを断念せざるをえないことが、明らかになりつつあった。したがってベッツィがお気に入りの悪ふざけ——ふたりを家から遠く離れた場所に置き去りにするなど——をくり返す心配すら、もはやなかったのだ。彼女はたいがい散歩をして過ごしたが、ベティが優勢のときには、銀行を次々見てまわることにかなりの時間が費やされた。銀行の外に立って、その建築を吟味し、おそらくどの銀行がもっとも盗賊に狙われにくいかを見極めていたのだろう。ときにはソーダ屋に行って——たいていはベッツィの発案だった——人工甘味料入りの飲み物を思う存分に飲んだりもした。一度などは、博物館へ行って普通の入場者として館内に入り、まるでこの近辺に来るのははじめてという顔をして、すこぶる熱心に展示を見て歩いた。劇場のような娯楽施設には行ったことがなく——そういう場に行くと、過度に興奮して不安定になると直感的に察知していたのだと思う——大半はぶらぶらして過ごした。バスに乗って入り江まで行き、ただ水面を見つめて午後じゅう過ごしたことも一度あった。だが、おもな活動がなにかといえば、もちろんそれはベティによるショッピングツアーである。衣類を触ったり、香水を嗅いだりしながら熱心に店を巡り、無数の小さな贅沢品を買ってまわるのだ。

そういうわけだから、ミス・ジョーンズは比較的容易に、面談のあいだは姪がいないと保証することができた。また、私が冷たい口調で仕事に専念する姿勢を示したおかげで、夜ひとりの家に私を受け入れても名誉や評判はまったく傷つかないと納得できたのだろう（ああ、私の名前でベッツィが送った手紙にいったいなにが書かれていたのか、わかればいいのだが！）。じっさい、受話器をおいたときには、私はこの不快な仕事がすでに半分片づいたとすら感じていた。

ベッツィはいまだに改悛はしておらず、私が叔母に会うのをまたもや妨げようとした。もっとも、我々がすでに約束をしていたことに彼女は勘づいていなかったのだと思うが。叔母と話した翌日、私はベッツィが診療所に現れるだろうとなかば予期していたが、歯医者での世にも不快な時間が長引いたため、やむをえず到着が遅くなった。すると、診察室の机の上に、子供っぽい拙い字で書かれたメモがおかれていた。メモは気の毒なベスからで、こう書いてあった。「大好きな先生、いろいろあっても先生はあたしを好いてくれていると思っていたし、あたしを厄介払いしたいと思っておられるなんて、考えてもみませんでした。でも、それをお望みなら、哀れなベスにはどうしようもありません。あなたに見捨てられたら、この世であたしを好いてくれる人はもういないでしょう。ずっとひとりぼっちで悲しみにひたるしかないのね。あなたのベスより」

この書簡を読んで、胸が痛み、少し困惑したし、気の毒な娘を安心させるにはどうすればいいだろうかと途方に暮れてしまった。だが、ひょっとして私のペンが落っこちていないかと紙くず籠を覗きこんだとき、仕事用の紙が何枚か捨ててあるのに気づいた。とりだしてみると、いちばん上にあるのは私が書いたメモだった。よんどころない用事があるので、午後の到着が少し遅くなるとベッツィに伝えるため、出かけるまえに机の上に残していったのだ。同じ紙の下のほうにベティの気取った筆跡で走り書きがされていた。「親愛なる先生、ちょっとご挨拶に立ち寄りました。お留守で残念です。エリザベス・R」

　別の紙には、ほかのように鉛筆ではなく私のペンを使って、おなじみのベッツィの読みにくい筆跡でこう書かれていた。「あたしはいなくならない　あたしはとどまる　おまえはあたしをおいだせない　あたしがはなすかもしれないってことをわすれるな」それからこんな文句も。「あたしはすきなことをかく　おまえはあたしをきずつけられない　おまえがなにをしたかかれにいうぞ」

　さらに別の紙には、どうやら私の字を真似たらしい筆跡で――じっさい、こんなものを信じるのは愚かなほうのミス・Rたちだけだろうが、よく考えてみれば、ミス・ジョーンズも同じような偽の手紙をひょっとすると読んだのだ、と私は意地悪く考えた――次のように書かれていた。

「ミス・R、長い間、忍耐強くきみとつきあい、きみの戯言にもずいぶん耐えてきたものの、きみの悪い性癖をこれ以上我慢することはできない。したがって、これが最初で最後の通知になるが、きみの治療は金輪際、永久に放棄するつもりだ。よければここにはどうかもう来ないでくれたまえ。叔母さんにも伝言を願う。敬具　ヴィクター・J・ライト」

　劣悪な堅い文体ではあったが、これはベッツィの悪ふざけのなかでそうとう楽しめる部類の傑作で、私は嬉々としてなにが起こったのかを整理してみた。推測するに、ベティがなんらかの（おそらく金銭面の）理由で診療所にやってきて、私のメモを見つけた。ミス・ハートリーが休みの日で診療所は空っぽだったので、当然誰もがそうするように、ベティは訪問を告げるメモを書いた。むろんいったんベッツィの牙がペンに食いこむと（おっと。隠喩は用いるのはよそうと努力してきたし、ここまでかなり順調だったと思うのだが、またもや困った癖が出てしまった！）、彼女は勝手気ままにベティと会話を始め、からかったり苛めたりしながら、ベティが身の危険を感じてたやすく降参するあの暗い領域に彼女をじりじり追いつめていったのだろう。そうしていったん支配権を握れば、しばらく危うい立場を保持できたはずだ。そこでベッツィは（じっさいどんな顔だったかは、ただ想像するしかないが）意地悪くクックッ笑いながら、私が軽々しくもミス・Rの治療を放棄すると告げるあの偽の手紙を、じっくりと楽しみながら書いたにちがいない。ベッツィはここで退散してベスを呼びだし、ベスがこの不親切な手紙を読むあいだ、ほくほくして眺めていたのだろう。ベスはといえば、鈍い頭で精一杯考えて、本物の私からの手紙だと思い、あの悲しげな返事を書いたのだ。

あとでわかったのだが、私のこの再現は概ね正しかったようだ。ただ、ベッツィの邪悪さは一枚上手だったので、まずはエリザベスを呼びだして治療放棄の手紙を読ませ、それからベスを呼びだすという作戦を用いて、こんな表現が許されるのであれば、一石二鳥にことを済ませたのだという。エリザベスはあまりにもショックを受け、傷ついたので、黙って退散するしかなかった。ベッツィは戻ってくると有頂天でメモをかき集め、最後にベスが書いた嘆きの手紙だけ残し、それ以外はすべて処分して、立ち去ったというわけだ。

悪さをする張本人の正体がこれほどめまぐるしく変わって混乱を招くのだから、この種の悪ふざけには注意するよう読者には警告しておきたい。だが、今回のように成功した場合には、ぎょっとするほど完璧ないたずらが成立するのだ！　じじつ、これはすこぶる実践的な実践型冗談とでも呼ぶべきもので、普通の人間には不向きだが、四つのせめぎあう人格と一本の鉛筆がたまたま存在するところでは、このうえなく効果的であった。

ここまで容赦ない仕打ちを受けたので、私は気持ちよく夕食をとり、さえないネクタイを身に着け、医者らしい怖そうなしかめ面をして、オーバーシューズを履き忘れたまま、ミス・ジョーンズの家へと向かった。足どりは重かった。というのも、姪の危機的な状況をミス・ジョーンズに理解させるために準備した、仰々しい文句を練習しながら歩いていたのだ。出過ぎた行動はよそうと思ってはいたが、子供のいい方を真似ればこれは「どっちかの味方」になるべき状況であると、感じずにはいられなかった。そして我々のゲームにおいて、ミス・ジョーンズはあまりにも強力な存在だったから、味方になってくれと頼みもせず、ぼんやり放っておくわけにはいかなかった。

作家としての私の実力を考えると、ミス・ジョーンズや、彼女が姪と住む家を、あえて描写する気はない。ミス・ジョーンズに対する私の感情は、残念ながら偏見によってそうとう歪められているので、完全な正確さでもって彼女を描くことは不可能だし、彼女の家はといえば、ただ忌まわしいとしか表現のしようがなかった。したがって、こう書くだけに留めよう。私の見るところ、ミス・ジョーンズは極端に魅力に欠け、ずんぐりして横柄で、大声で笑い、服装はけばけばしく、姪の魅力的な側面だけを考慮すれば、姪とは似ても似つかぬ女だった。だが、ベッツィは叔母にかなり似ているといってよいだろう。彼女たちの住む家は、我々の町でもっとも高級だとされる住宅街にあった。おそらく変わり者の家族が設えたのだろう――そう遠くない昔、つまり趣味のよさと経済的安定を表現するには、ある種の無茶な装飾がいちばんだとされていた我々の祖父母の時代には、こうした陰気なプディング色の様式が流行しており、変わり者はそれがたいそうお気に召したにちがいない。ミス・ジョーンズの家を形容するには、たんに醜いというだけではとても足りない。私にいわせれば、それはおぞましい代物だった。細かい意匠を凝らして思うままに装飾されたその外観は、古典的建築を愛する者のこころを沈ませた。レース状の木の彫刻やぎょっとするような小塔がこれでもかというほどあって、（ここで自分が性悪な人間だとあらかじめ告白しておくが）ミス・ジョーンズと同じくらい非芸術的な人間が考えたものだという印象を受けた。

ミス・ジョーンズはこの家の設計者の正しい後継ぎだったといってよい。というのも、この家の芸術的な教えを引き継いだ彼女の精神は、当初夢をふくらませてこうした小塔を思い描いた人物のそれと、そっくりであると思われるから。おまけにミス・ジョーンズは、百年前の人間の空想の域をはるかに超える現代の忌まわしい流行を、思う存分とりいれることができるのだ。（女性読者がトルコ赤の布サンプルを手にし、目をぎらつかせて近づいてくるまえに、慌てて認めておこう。平和を愛する男である私は、日頃ひとりの女の趣味に合うよう整えられた部屋で、余暇の時間を過している、と。つまり亡くなった妻のことだが、彼女の贅沢の夢は、幸運にもささやかな資力の範囲内にかぎられていた。また、そうはいっても、私が使い古した頑丈な固い椅子を愛用していることは、声を大にして主張しておきたい。男性読者諸君はいかがだろうか？）初代のミセス・ジョーンズが新居の細長い窓に金襴をかけたのに対し、いまのミス・ジョーンズはそれをぞっとするような〈現代風〉模様の更紗にとり替えた。外の小塔に負けじと、室内にもやはり同種の装飾がキノコのようにはびこっていたが、私は彼女がそれを〈芸術〉と呼んでいるのを耳にしたことがある。玄関広間には、我々平凡な世代の人間なら、たとえば大理石の壺とか帽子掛けとか、もしくは鏡でもよいが、そういったものがあるのを期待するだろう（私の想像では、ミセス・ジョーンズの時代には象眼のテーブルがそこにあって、卓上にはビーズ細工の彩色したカードトレイがおかれていたはずだ）。その玄関広間に、ミス・ジョーンズはブラックウッド製の等身大の（勝手に等身大だと想像しているだけだ）人物像を飾っていて、衣服を纏わぬその像はミス・ジョーンズによく似た不格好な体型を曝していた（あれはじっさいミス・ジョーンズの像なのではないか。どうしてもそんな気がしてならなかったけれど、私は必死でその考えを脳裏から振り払おうとしてきた。もしほんとうにそうだとしたら、等身大にかろうじて達するかどうかというところだ。だが、そんなふうに想定する根拠はなにひとつないわけだし、すでに述べたとおり、私はなんとかその考えを拒んできたのだ。それに、像には髪がないのに、ミス・ジョーンズにはあるではないか）。広間の先の階段は、昔は広々として立派だったはずだが、いまは壁に掛けられた一連の絵のせいですっかり俗っぽくなっていた。ミス・ジョーンズ自身の描いた絵だと思いたくはない。これらの絵を思い出し、私は身震いしたものだ。そして、花嫁のベールをかぶり、頬を赤らめ微笑みながらこの階段を下りてきた、歴代のミス・ジョーンズたちに思いを馳せた。婚礼の日、善良なるジョーンズ氏が娘にかけてやったであろう真珠のネックレスを胸に飾り、階段を下りてきて踊り場で立ち止まり、花嫁のブーケを投げたにちがいない。ここまで想像したところで、私はいまの時代の花嫁をふと思い浮かべてみた。ひょっとすると我らがベッツィだろうか。悪たれ小僧のように歯をむいて笑いながら、あのはしたない絵の下で向きを変え、広間に向かってブーケを投げる。すると、下ではあの木彫りの像が黒い手を差し出して、それをしっかと受け止めるのだ。

さてと。ミス・ジョーンズの家に辿りつくまでに、ずいぶんと回り道をしてしまった。私も若い頃には多少は不品行もあったけれど、それもすっかり昔話になったので、いまさら他人の家の壁に描かれたはしたない絵など、見たくはないのだ。だが、この話題はもう十分だろう。私がのろのろとした歩みで（しかもオーバーシューズを履かずに！）自分の暖炉のそばからミス・ジョーンズの玄関広間へと足を運び、黒い木の像を見て不安を募らせている横で、ミス・ジョーンズは私の帽子とコートを堂々と受けとり、独特のもったいぶった態度でそれを手すりの端へ放り投げた。すっかり意気地をなくした私は、彼女のあとについてとぼとぼ居間へ入るはめになったが、それがまたとても人間の住めた部屋ではない。そこらじゅうに溢れる鮮やかな色彩、大きすぎる家具（つまり、私にとってもミス・Rにとっても大きすぎるけれど、むろんミス・ジョーンズにはぴったりのサイズだ）、でかでかと派手な装飾（その最たるものはカーテンの〈現代風〉デザインである）、奇妙な置物――そういったものを眺めていると、これに比べればミス・Rのこころの病など軽いものだと、失礼ながら思わずにはいられなかった。オレンジのクジャクで覆いつくされた椅子におどおどと腰を下ろすと、ちょうど肘の辺りに、針金とピカピカする金属のみでできた揺れる物体が目に入った。私が息をするたびに、この軽やかな物体はパタパタと動き、なかばまで回転したり戻ったりをくり返して、その振り子運動がずっと続くのだ。はるか彼方まで吹き飛ばして、ミス・ジョーンズの貴重品をなくしてしまってはいけないと思い、私は息をするのもためらっていた。どこかに男性客がパイプをおくための場所があるだろうと少し期待していたけれど、どこにもなかった。手の形をした磁器の灰皿が、まるで私のパイプを――そして私の煙草入れやマッチさえも――摑みとろうとするかのように、欲深くこちらに突き出されていた。この家では、あらゆるものがいまにも摑みかかってきそうな空気を漂わせている。驚嘆しながら私はそう思い、パイプをしまった。上質のパイプだったので、とり上げられるのは嫌だったのだ。だが、その結果、否が応でもミス・ジョーンズから煙草を受けとり、火をつけてもらわねばならなかった。この間ずっと――もちろん彼女も完全に理性を欠いていたわけではないので――ミス・ジョーンズはなんらかの会話を続けていた。お元気でしたか？　お天気についてどう思います？　その椅子はご趣味に合いますか？　ブランデーは召し上がりますか？

蜘蛛の巣に絡めとられ、がんじがらめの私が、仕方なくブランデーを一杯もらうことに同意したら、彼女はゴブレットになみなみと酒を注いだ。きっとジョーンズの父方の祖父が海賊船で略奪して持ち帰ったゴブレットにちがいない。そんな想像を楽しみながら、脇にあったテーブルにグラスをおくと、あの軽やかな友人が刺激を受けたのか、狂ったように揺れはじめた。ミス・ジョーンズは自分のブランデーとボトルを持ってソファーに落ち着いたものの、まばゆいピンクとグリーンのソファーは彼女には似合わなかった。「さてと。話があるっていうのは、どんなことですか」彼女はずけずけと訊ねた。

「マダム」と私はいった。（家の前まで来たところで、彼女に「マダム」と呼びかけようと決めたのだ。過度に打ち解けた呼び方をすれば、私の目的が台無しになり、〈ミス・Rの叔母〉としてのみならず〈ミス・ジョーンズ〉としても関心を抱いていると思われかねない。それゆえ「マダム」と切りだしたわけだ。）「姪御さんの精神状態が悪化していることを、こんなに長い間まったくご存じなかったとは考えられません」（おわかりだと思うが、こうして先方の無関心を暗に非難しておけば、私のいうことに敬意を払わざるをえないと考えたのだ。この私が患者について無関心だとか無知だとかいって責める人間は、まさかいないだろうから！）彼女が――こんなふうにいってもいいとすれば――この一ポイント目については負けを認めるとかすかに示してみせたので、私はできるかぎりの気を配りつつ、準備してきた堅苦しい演説を続けた。「かねてからこの件について、あなたとぜひお話したいと思っていました。ミス・Rの病は明らかに山場を迎えつつあり、我々はぜひともこの機会に乗じなくてはならないからです。よろしければ包み隠さずすべてを語らせていただきたい」（なんてことだ。ここでは「あなたが確実にすべてを知るようにしてさしあげたい」といった言い回しを、なにがなんでも使うつもりだったのに。彼女に関心が欠如していたことを効果的に伝え、姪がかならずしも彼女に正直だったわけではないと仄めかすために。だが、いってしまったことはもう仕方がないので、私はたいそう流暢にこう続けた。）「私の患者になって以来、ミス・Rの病のさまざまな症状がどのように現れたか、その経緯をすべて披露したうえで、さらなる治療の方針について、あなたが同意してくださるか伺えるでしょうか」（すなわち、我々は一致団結してベティに打ってかかるべきだろうか、と訊ねていたわけだが、そんないい方をするのは憚られた。）「そして、当然ながら、最終的な完治をもたらすために、あなたのご支援を請いたいのですよ」

どんなもんだ、と私は思った。これでミス・ジョーンズも私が洗練に欠くと文句をいうわけにはいくまい。ここまでよくできた演説に、こんなに我慢強く耳を傾けたのは、彼女もしばらくぶりのはずだ。そして、正直に認めねばならないが（読者よ、この私が気づいていなかったとでもお思いだろうか？）これほど徹底的に無意味な演説も珍しいだろう。

しばらく沈黙があった。ミス・ジョーンズは見たところ瞑想にふけりながら、ブランデーをすすり、ネックレスに触れ、床を眺め、ゆっくりと頷いた。それから目を上げてまっすぐに私を見つめ、威厳ある会釈とともにこう切りだした。「先生、ここ何年か姪と暮らしてきて、専門家の助言を受けるべきだとたびたび思いましたし、そう提案もしてきました。私のような人間よりは、しかるべき専門家のほうが、姪を深く理解して助けてやれる、そう感じなければ、こんな極端な手段を勧めたりはしなかったでしょう（極端だなんていって、申し訳ないけど、私のような素人なら無理もないと考えてください）。なにしろ精神の病については、ほんのわずかしか経験がありませんから。ただし」そういって、ミス・ジョーンズは考え深げに言葉を続けた。「あの娘の忌まわしい母親は別ですよ。だけど、もちろんあなたの優れたご意見をまず伺うべきだし、今後あなたが提案されるどんな方針にも従うつもりでいます」

ミス・ジョーンズに一ポイント、と私は思った。いやはや、まったくもって、たいした女だ。私なら〈素人〉という語を発音するときにもっと皮肉な抑揚をつけただろうが、むろんそれは好みの問題にすぎない。人それぞれ好き嫌いがあるわけで、私は自分の趣味をあくまで守りたい人間なのだ。そこで、私は笑みを浮かべてこういった。「それでは、私がおおいに満足している成果について、ご説明するのを許してくださいますね。つまり、ミス・Rの治療をこれまでどのように進めてきたかを」

「もちろんです。もう少しブランデーはいかがです？」

私が承諾したので、彼女はグラスに酒を注いだ。しかもなみなみと。それから私は――記録ノートで十分予習してきたので――ミス・Rの治療の詳細な説明を始めたのだが、叔母にとって苦痛だと思われる要素だけは省くことにした。たとえばときおりベッツィが披露した下品な言動、それからもちろん私自身に対する非難の大部分や、叔母をけなすようなさまざまな発言も省略した。一方の母であり、もう一方の姉であるところの、亡くなった不運な女性についての考察は、いうまでもなくすべて差し控えた。私が話しているあいだ――あれだけ完璧に予行演習をして、ノートも手元にあったので、うまく話せたはずだが――ミス・ジョーンズはすっかり魅了された様子でじっと聞き入っていた。一度、私の話を遮って、ベッツィの初期の出現について質問をした。私がベッツィの存在に気づくよりも早い時期に、彼女がごく短時間だけ現れて、暴言を吐いたということはありえるだろうか、と。ミス・ジョーンズは、彼女と姪が友人宅で夕べを過ごしたときの事件について、私に語った。そのことが直接のきっかけとなって、医者の助言を仰ぐことにしたのだという。むろんすべての事実は重要であるから、私は我慢強く彼女の話を聞いたが、そうして中断されているあいだにこちらの話の筋道がわからなくなったり、せっかくの完璧なバランスが崩れてしまわないかと、気が気ではなかった。ついにたまりかねて私は彼女を途中で遮り、自分の話を再開した。また別のときには、彼女はプリンス医師が解説した〈人格の解離〉について、もっと詳しくわかりやすく説明してほしいと主張したので、私はまたもや話を中断し、解説してやらねばならなかった。時間の無駄だと私は思った。なぜなら、私自身はそのことについて熟知していたし、彼女はいま以上にそれを知る必要などなかったからだ。加えて、つねに頭の隅にあったのは、ミス・Rがいまにも帰ってくるのではないか、という気がかりだった。そこでついに私はこういった。「では、ミス・ジョーンズ、こうしたさまざまな人格をなんとかひとつに融合するため、手を打つべきだという意見に同意してくださいますか?」

「あなたの優れたご判断が……」と彼女はつぶやいた。「もうすこしブランデーはいかが?」

ミス・ジョーンズがしきりに勧めるので、私はこのときまでにすでにかなりの量を飲み、彼女のお世辞、ブランデー、鋭い知性のおかげで、おそらく少し酔いがまわっていたのだろう。とにかく、私はまたもやグラスを満たすことを認め、それから話を続けようとして「ねえ、きみ」と呼びかけ、はたと口を閉じた。まちがいなく真っ赤な顔をしていたはずだ。「まことに申し訳ない」私は口ごもった。「そんな気はまったくなかったんですが、思わず姪御さんと話すときの口調や態度になってしまったようで。いや、ほんとうに失礼しました」

彼女は愛想よくあけっぴろげに笑った。「そんなふうに呼びかけられることはあまりないから。どうぞ、遠慮なくきみと呼んでください」

今度は私が笑い、たいへん居心地よく感じた。お互いがよくわかってきたように思えて、つい愚痴をもらしてしまった。「マダム、あなたや私の世代の人間は、日々の細々とした作法に関しては、若い世代よりもの柔らかですからね……」

「私はそう思ったことはないですね。じっさい、若い頃を思い出すと――」

「しかし、ミス・Rの話に戻りましょう。とにかく、私はあの娘が明るく幸せに過ごし、心配や苦痛から自由になれたところをぜひ見てみたい。ミス・ジョーンズ、彼女を自由にできるかどうかは、我々の手にかかっているのです」

「ふたりで力を合わせて、新しい人間を誕生させるってことですか?」ミス・ジョーンズは抑揚のない口調でそう訊ねた。

「ああ……そのとおり。そういういい方もできます」

「あの娘が家具にぶつかって躓かずに家のなかを歩くことができたら、それだけでもうれしいです。最初は、あの娘が口をぽかんと開けて動物みたいに両手をたらして座っているので、話しかけることもできなかった。そのあと、急に暴れだし、笑ったり叫んだり元気に騒ぎまわったと思ったら、今度は家出をして、やっと連れて帰ったときには……」彼女は芝居がかった身震いをしてみせた。「聞いてください」やがて彼女はそういい、私は黙ったままただ座っていた。「できれば私の立場にもなってみてください」彼女は愛嬌のある笑みを見せた。「こうした事柄にはなんの知識もないし、残念ながらあまり共感する気にもなれません。私はいつも健康だったと思っているし、普通の人間なら誰もが考えるように、気がくる――いや、こころの病にかかるのは、不名誉なことだと感じていますから」私が遮ろうとすると、彼女は手をあげて制した。「いいえ、ちゃんとわかってますよ、どんなに愚かに聞こえるかは。だけど、どうか忘れないでください。エリザベスが大きくなり、思春期にはたいへんな苦労をして、そのあと誰も気づかぬうちにこんなひどい状態に陥ってしまって、そのあいだずっと――じっさい、私は感謝されていいはずですよ、あの娘の面倒を見てきたのは、この私なんですから、ほんとうに――とにかく、そのあいだずっと、私はあの娘のために、こうして誇りに思えるまっとうな家庭を維持しようと努力してきた。だけど、それだけじゃなかったんです。野蛮で破廉恥で飲んだくれで堕落しきった、あのけだものの世話もしてきたんですから。あの娘の母親ですよ」

ミス・ジョーンズはここまでいうと突然感きわまって口をつぐんだ。私はなすすべもなく座ったまま、手で目を覆っている彼女を見ないようにしていた。とうとう彼女は深いため息をついて、顔を上げた。「すみません。先生にとっては、こうした告白はごく普通のことなんでしょうけど、自分の姉妹についてこんなふうに話すのはつらくて。ブランデーがいるわね」

数分間、我々は黙って座り、ブランデーをすすっていた。私はといえば、ミス・Rの母親の人格がこのように悲しい形で露呈されたことについて、考えこんでいた。沈黙ののち、ミス・ジョーンズがまたため息をつき、それから少し笑った。「さて、秘密を話してしまったから、気分がよくなったみたい。長いあいだ、彼女がどんな人間だったか、なんとか忘れようとしてきたし、エリザベスには影響がないと信じようとしてきたけど……」声はここで消え、私は共感をこめて頷くことしかできなかった。

とうとう私は自分をなんとか鼓舞して、ため息をつきながらグラスをおいた。「ご心労はお察しします。母親が亡くなりかけていたとき、どうしてエリザベスを部屋に閉じ込めたのですか?」

「まあ、なんてこと。あの娘から聞きだしたのね」彼女はまるで私がとんでもない冗談をいったかのように笑い、それから話しだしたが、それまでの重々しい口調がいくぶん軽くなっていたように思う。「いいでしょう、だけどお断りしておくけど、ほんとうはそんな話じゃないから。あの朝エリザベスの母親を見たとき、エリザベスにはそこにいてほしくなかったんです。なぜって母親の危険な状態が——死にかけていたから危険ってことです、あのときは、道徳的に危ないという意味じゃなくて——とにかくそれがエリザベスのような繊細な娘にどんな影響を及ぼすか、本気で心配でしたから。思春期に入ったころ、深刻な精神的ストレスに苦しんだことがあったもので……」彼女は顔を上げ、私の笑みを見ると肩をすくめた。「つまり」と彼女は身構えるようにいった。「あの娘が十五歳くらいのとき、ひどく大変な時期があって」

「きっと姪御さんのために最善を尽くされたのでしょうな」私は曖昧にそう答えた。

「それ以上のことをしてやったと思ってます。だんだん先生が好きになってきたから、真実を語ることにしますよ。そうすればきっと、さらに最善を尽くすことになる。それをお望みなんでしょう?」

「そういうお気持ちになれそうなら」と私は答え、彼女はにかっと笑ったが、その顔を見てまたもやベッツィを思い出した。

「そうね」といって、彼女はグラスを覗きこんだ。「あの娘の母親がどんな人間だったか、知っておいたほうがいいでしょう」彼女は意味ありげにこちらを見た。「ご存じでしょう？　そんなつもりはまったくないのに、他人を踏みにじり、そのあと引き返してきて謝ったあげく、また頭を踏んづけるような人間がいることを。彼女はそんな人でね。ほんとうにきれいな娘だった。繊細で華奢で——私とはぜんぜん似ていなかった」彼女はここでしばらく黙りこんだので、私は話の流れを忘れてしまったのかと思った。それから彼女は話を続けたが、無感情といってもいいほど冷たい口調になっていた。「とにかく彼女のやることなすこと、悪い結果に終わりました。彼女が新しいドレスを欲しいと思ったら、いつだってそれは、別の誰かに似合う唯一のドレスだった。彼女が最初にそれを手に入れなければ、別の誰かのものになったのに。なにもかもを台無しにする人だった、本人は気づいていなかったとしてもね。彼女がダンスやパーティーやピクニックに行くと決めたら、それはいつだって別の誰かを困らせる事態になった——たとえば干し草の荷車に乗りきれないので誰かが行けなくなるとか、エスコート役としてひとりだけ残っていた青年が、ほんとうならほかの誰かを誘うはずだったとか……そうそう」彼女は奇妙な笑みを浮かべた。「全員に行きわたるだけのサンドイッチがなかったとかね。とにかく、やることなすことすべて、結婚相手を選ぶときですら、かならず最悪のタイミングで、最悪のやり方で、やってのけた。憎んでいたわけではないのよ」彼女は目を上げて私を見た。「憎むなんて、誰にもできなかった」

「あなたより年上だったんですか」

「ええ」彼女は驚いた様子だった。「だけど、一歳かそこらの違いだったから」黙って彼女は立ち上がり、私のグラスにさらにブランデーを注ぎ、自分にも注いだ。「彼女の夫が亡くなったとき、ニューヨークで暮らしていた家を引きはらい、私と暮らすために戻ってきたんです、エリザベスを連れて。エリザベスはまだ二歳だった。もちろん母親にちなんで名づけられました。赤ん坊にモーゲンという名をつけたい人なんて、まさかいないでしょう?」またもや彼女は黙り、しばらくじっと考えこんでから言葉を続けた。「姉はあのときはじめて、自分の思いどおりにできないという経験をしたんです。アーネストのお金のことで。さすがのアーネストも」彼女はゆっくりと語りつづけた。「姉に完全に騙されてはいなかったから。ほかの誰もがしたのと同じように解決しようと彼は考えた、つまり、モーゲンの美人の姉相手に問題が生じたときには、モーゲンに世話をさせればいいんだ、と。どっちみち、お金がたっぷりあって、幼い娘が育ったときに、必要なお金をきちんと受けとれるように手配したければ、けっしてエリザベス・ジョーンズにお金を渡してはいけないんです。私が思うに、あのときになってようやく、いつも私のことをどれだけ思ってくれていたか、彼は伝えようとしたのね。だけど、弁護士がそれを削除させてしまった」

「それでは、姪御さんがじっさいの相続人だということですね?」

「およそ二ヶ月後、二十五歳になったときに相続します。そして」と叔母は暗い口調で続けた。「相続したあかつきには、遺産が一銭たりとも無駄にされなかったことを知るでしょう。もちろん教育費を浪費と見なすのなら話は別ですよ。もっともあの娘はあれこれ文句をいっているけど」

ミス・ジョーンズがものすごいしかめ面をしたので、私は慌てていった。「ミス・Rは相続のことを私にも話していました。しかし、正気に戻ったときには、あなたの遺産管理について、もっと公正な理解を示してくれると思いますよ」

「私がお金を欲しがっていると、もしアーネストが考えたのなら」とミス・ジョーンズは悲しげにいった。「彼は私に直接くれていただろうから」

「じつに残念なことです」私は同意した。「このお金の問題がミス・Rの治療に入りこんできたのは。それでなくてもずいぶん錯綜していましたし、彼女の治癒にはなんの関係もないんですから。もっとも、お金によって安心感を覚えられれば、精神の鎮静にも役立つんでしょうが」

「姉はずうずうしくもこう宣言しました。好きなだけお金を使うし、誰が払うことになろうが、欲しい服やものは全部買うんだと。それまで私はずっと姉に好き放題を許し、おまけに感謝もされず、いつだってドレスやピクニックを諦めてきたっていうのに。モーゲンは気立てがいいから、出かけられなくたって気にしないと思われつづけて。少なくとも」とミス・ジョーンズは満足げにいった。

「姉よりは長生きしたわね」

「しかし、どんなふうに亡くなったんですか」私は思いきって、穏やかにそう訊いてみた。

「ひどいもんだったわ。予想どおり、自分のせいじゃないとか、無念だとか、死ななければすべてが違っていたはずだとか、泣き言をいいつづけて」ミス・ジョーンズはにやっと笑って私を見上げたが、誰に話しているか、ほとんど忘れている様子だった。話し相手がいることを意識していたかすら怪しいものだ。「首まで泥に浸かって追い詰められてたから。死ぬなんて残念だと姉に伝えて、私も泣きましたよ。それくらいしか私にはできなかった。もちろん、エリザベスも母親の死を悼むべきだと考えていたし」

「むろんそうでしょうな」

「もちろんです。周囲の人がどう考えたかはわかりません。とにかくエリザベスはしばらくまた具合が悪くなった、以前と同じようにね。周りのみんなはずっと成長期神経痛だといってたけど。私は神経熱と呼んでました。じっさい私の母はその呼び名で満足していたんだから」

医学を知らない人間による厚顔無恥な発言を正す気にもなれなかったので、私はこういった。

「じっさい母親が亡くなったことは、姪御さんにとってはなんともつらい経験だったでしょう」

「なんともつらい経験でした」彼女はものものしく同意した。「じっさい、姪があれほど行儀よくしていたときは、ほかには思い出せません」

「亡くなったのは……いつですか？　午前だとおっしゃいましたか？」

「だいたい十一時頃だったはずです。あの朝、母親がどこにいるのかわからなくて、エリザベスがひどく気を揉んでいて、パーティーがどうだとか、ばかげたことで騒いでいました。じっさい、あれは姉の誕生日だったかもしれない、自信はないけれど――なにしろあのふたりには、そういう細々した計画が山ほどあったから――いずれにしろ、私としては、母親が前の日も、夜中も、午前中も、ずっとどこにいたのか、あの娘に教えてやれなかった。どこかにいるってことは知ってたけれど。じっさい娘にそんなことを説明しないといけないなんて、ひどい話じゃありませんか。あの娘はすでにいろいろ見てきて、あれこれ不審に思いはじめていたから。そしたら、そのときドアがそっと開いたんです。まるで気づかれずに入りたがっているかのように。そして、姉がそこに立っていた……」

「笑みを浮かべて」と私は静かにいった。

「笑みを浮かべて、少しびくびくした様子で、今回も咎められずにすむように願いながら。ドアにつかまらないと、いまにも倒れそうだった。私はちょうどエリザベスに話していたところで……」

彼女は口をつぐみ、首を振ってグラスを手にとった。

「それから?」

「ええ」とミス・ジョーンズ。「具合が悪い、つまり、今回はほんとうに具合が悪いんだとわかったとき、当然ながらエリザベスはひどく動転しました。だから私はすぐにあの娘を二階へ連れていって、私がちゃんと対処するからおまえは横になりなさい、と姪にいって聞かせて、もちろんハロルド・ライアンに電話をして、そしたら彼がやってきて。彼に訊けば、私よりもたくさんのことを話してくれますよ。エリザベスに告げたとき、当然ながら、彼女はたいへんなショックを受けました。またもや神経熱ってわけです、まったく」

「不運でした」私は慎重に言葉を選んだ。「あなたもさぞかしつらかったでしょう」

「一瞬一瞬を余すところなく楽しんでいましたよ」とミス・ジョーンズ。「もちろん、エリザベスのことは少し不憫に思いましたよ、あれほど急に母親を亡くしたんだから。だけど、結局はそのほうがよかったんです。あんな環境で子供を育てられるもんじゃない。姉の生き方を非難するつもりはないけど、すぐに子供を私に譲るべきだったんですよ。だって彼は私に子供を引きとってほしかったんだから。私の子供みたいなものです」

私は突然、彼女が泣きだすのではないかと思い、本気でぎょっとした。彼女が泣くかわりに私と自分のグラスにまた酒を注いだときも、ほっとできたわけではない。その危なげない動きに、あの状況下でもなお、感銘は受けたが。彼女はまた腰を下ろしてグラスを手にとると、夢みるように私の顔をしばらく眺めたあとで、深く息を吸いこみ、笑みを浮かべてこういった。「もうこの話はやめよう。そうしないとモーゲンがとても不幸な気持ちになるから。あなたの奥さんについて話してください」

「私の妻ですか?」

彼女はまだ微笑んでいた。「そう、奥さんについて話してください」

「もう亡くなりましたよ」

「知ってますよ」彼女は驚いて私を見た。「だけど、どんな人だったの?」

「すばらしい女性でした」そういったあと、日頃気の毒な妻の話をするときに比べて、すこし素っ気ない口ぶりになってしまったと思い、もっとやさしい口調で続けた。「知性と、勇気と、やさしさを備えた女性でした。かけがえのない、すばらしい伴侶で、残された者にとっては大きな痛手です」

「まあ」ミス・ジョーンズはうれしそうにいった。「残された者というのは?」

「私です。彼女を亡くして、大きな痛手でした」

「まあ。癒しがたいものなんでしょうね」

「まさしく、そのとおりです」

「愛する人を亡くしたときの痛手って、どういうものだろうと、ときどき思います。だんだん折り合いをつけられるようになるのですか」

「それは、わかりかねますな。私自身はといえば……いや、お姉さんの話だった。きっと何千人にひとりしかいないような女性だったんでしょうな」

「姉が何千人にひとりしかいない女性だったなんて、誰に聞いたんです?」ミス・ジョーンズは無礼な笑い声をあげた。「何人かは知ってますよ。つまり姉とつきあいのあった何千人のうちの何人かはね」彼女はまた笑った。「死んでも一緒にいるところは見られたくないような連中だった」

彼女はまたぼんやりと瞑想にふけっているようだった。私はといえば、椅子にもたれかかり、例の軽い物体が肘をつつくなか、パイプも奪われ、安物のブランデーを過剰摂取した状態で、なんとか頭を明断にして、失礼のない形で帰宅を切り出せないか思案していた。ミス・ジョーンズがこれ以上私に情報を与えてくれるとは思えなかったが、すでに仕入れた知識でもってミス・Rをどう攻めればいいのか、もうわかった気がした。はっきり見つめるというわけでもなく、壁の絵を見つめ、これは赤い背景に黒い水玉が描かれているのだろうか、それとも黒い穴がたくさんある赤い面だろうか、などと考え——なかば無意識のまま、穴、水玉、穴、と交互に目の焦点を合わせつつ——私はこころの中で思い描いてみた。ひどい人生を生きた母とひどい毒舌の叔母のあいだですっかり無感覚に陥ってしまったエリザベス。たった三週間前に亡くした母を悼むベティ。母がいるなどと考えたことすらないため母を悼んではいないベッツィ。思いきってこの三人が母親を直視するように仕向け、その実像を理解させることは、いったい可能なのだろうか?

私はそもそも自分がどういう人間か知っているし、あのときほど正確に自分を理解していたことはないと思う。私はすぐに弱気になる男で、とりわけ屈服の誘惑に負けやすいのだ。だが、ミス・Rの勇敢な騎士のこんな姿を思い浮かべて平気でいることは、どうしてもできなかった。背後の道に打ち負かした竜の死骸がばたばたと倒れているなか、姫君をようやくぶじに城まで連れ帰ったというのに、いざ城塞の内側に入ったあとで、最初に姫を危機に陥れた邪悪な魔法使いにふたたび彼女を引き渡す——騎士としては、そんなことを平然とするわけにはいかなかった。もし時間さえあれば、と私は思った。時間があるのなら、ベティに正しい記憶を辿らせ、そろそろと狭い道を縫って現在まで誘導したほうがまだしも安全だろう。しかし、私には時間がなかった——

「だから、私は彼女にいってやった」激しい勢いでこちらを振り向きながら、ミス・ジョーンズがいった。しばらく黙って考えこんでいたのに、どうやらそれを全部声に出して話していたつもりらしい。「私が過ちを犯したなんて、誰にもいわせないよ」

「マダム、私は――」

「過ちを認めたことなど一度たりともないんだから。生まれてこのかた、私のこの腐りきった、できそこないの、しみったれた、酒浸りの、めっちゃくちゃな人生で。過ちも、悪事も、罪も、犯していない、断じてない、姦通だって」

「まさか、私を非難されているわけではないでしょうね、つまり――」

「私の話を聞くがいい」そう大声で叫ぶと、ミス・ジョーンズはすっくと立ち上がった。あの凄絶な部屋で仁王立ちになり、その声の大きさときたら、あまりにものすごくて、彼女の繊細な装飾品が砕けてしまうのではないかと思ったほどだ。なにせ私の近くにもいくつかそういった品があって危険だったのだ。「この私が話をすると決めたからには、もっとも下劣な地獄の軍勢ですら、黙らせることはできないであろう。私が話をすると決めれば、地球上の風をすべて結集させても、この声をかき消すことはできないであろう。なぜなら私は真実を朗々と語るからだ。こらっ、手を上げるでない。哀れっぽい声を上げただけで、私はすぐさまおまえを打つであろう、私の緑の大地を這いまわる蛇か、卑怯な我慢ならん動物のように。こらっ、これは命令だ、私を見てはならぬ」

「いや、まったく、マダム……」私は狼狽し、うまい具合になにか惨事が起こらないかと期待した。たとえば彼女の片足が床を蹴破るとか、唐竿のように振りまわした腕が壁を打ち砕くとか、そういったことである。「いや、しかし、まったく……」

「聞くのだ、悪党。私をいいくるめ、押さえつけようとしても無駄だ。私が口を開けば、おまえは恐れおののくであろう」

いったいぜんたい、どうしろというのだ。まさにおののきながら私は思った。ひょっとして卒中を起こしたりはしてくれないだろうか。あれだけ大量のブランデーを飲んだあとに、こんな調子で続けていれば……。

「わかっているぞ。おまえが自分の軍勢を仕掛けて私を倒そうとしていることは。そうやって汚い復讐を果たし、卑劣にも唾を吐いて私の血を貪ろうというのだ。歯をむいて私の肉に跳びかかり、我先に私の骨を噛み砕こうと、爪を立て、引っ掻きあって争っているのだ。だがそうはゆかぬ。おまえの軍勢に、私はただひとり、立ち向かう。歯向かえるものなら、歯向かうがよい！　私はおまえに戦いを挑む、いま、まさにこの場で、戦いを挑む――私に触れる勇気があるとでもいうのか？　みじめな死に様をさせて私を汚そうというのか？　餓鬼どもや、きゃんきゃん不平をいい、血を吸い、骨をしゃぶる野郎どもに、この私がやられるとでも思うのか？　足下にひれ伏して息絶えるとでも？　なんとまあ、この私が下僕に身を落とし、鼻を鳴らし涙にくれておまえの非情さに屈し、喜んでへりくだるとでも思うのか？　この私を問いつめようというのが、そもそものまちがいだ。お前の言葉、鋭い目つき、肩に触れる仕種に恭《うやうや》しく頭を下げ、べらべらしゃべりだすような人間もいるだろう。しかし、ここで断っておく。私のもとに来るまえによく考えてみるがいい。なぜなら私はもうなしとげたのだから。ほかでもない私自身が告げる、私はもう――」

「おやすみ、ミス・ジョーンズ」私はさすがに気を悪くしてそういい――私の問いかけに対する侮蔑を、これほどはっきり宣言されたら、気を悪くしない人間などいるだろうか？――立ち去ろうとした。

「男らしさの欠片もない道化め。一緒にいるのは願い下げだ！」

「マダム」と私は慇懃に告げた。「もしあなたに女らしさが欠片でもあれば、お姉さんのご主人を手に入れられたでしょうな」これを最後の一撃にしてとっとと帰るつもりだったのだが、彼女は背後からこう叫んだ。「姉の子供は手に入れた――それを否定できるか？　姉の子供は盗んでやった――」

「まあ、モーゲン」冷静沈着なその声を聞いて、私は誰か見知らぬ人かと思い、振り向いた。（白状するが、私もジョーンズ家のブランデーの影響をおおいに受けていた。というのも、外から帰ってきたばかりで冷ややかに戸口に立つその人物が誰なのか、とっさにわからなかったから。）

「ライト先生にあたしたち一家のこと、悪く思われてしまうわ」あの大演説のあと、部屋は圧倒的な沈黙に支配されており、そのなかへ彼女は入ってきた。

「いや、ぜんぜん」私は不意を衝かれてそう答えた。

「モーゲン叔母さんの話、まともに聞いておられなかったよう願うわ。あたしのことが心配なの。一晩じゅうあたしのドアの前で聞き耳を立てているから、きっと眠れていないのよ」

「出ていきな」ミス・ジョーンズはきっぱりとそういった。

「ライト先生はあたしに会いに来られたのよ。あたしの主治医ですもの。叔母さんがお休みになれば、先生もほっとされると思うわ」

「そのとおりだ」私は不適切なほど即座にそう答えた。「だが、恐れているのは――」

「話すべきことを話すまでは、いさせてもらうよ。私は立ち向かうんだから、あの軍勢に……」しかし、その声は以前より弱々しかった。

「さあ、ふたりともお願い」彼女はかわいらしく叔母と私に手を差し出した。「あたしの健康のことでどれほどふたりが心配してくれてるか、わかっているわ。それに、自分に自信が持てなかったことも真っ先に認めます。だけど、もうあたしのことでやきもきするのはやめてほしいの。ふたりとも大切に思ってるし、心から愛しているわ。だから、とてもうれしいの、これからはもう大丈夫だって約束できて。あたし、すっかり治ったのよ」

「あれまあ、この娘は母親にそっくりだ」ミス・ジョーンズは私にいった。「長年のあいだ、母親がどんな人間だったかわからせようとしてきた。それなのに、母親そっくりになるなんて」

「お母さんはあなたの姉でしょう」姪は咎めるようにいった。「そんないい方はもうやめてよ、つい三週間前に亡くなったっていうのに。モーゲン、出ていってもらえる?」

「ほら、わかっただろう」ミス・ジョーンズは私にいった。「助けておくれよ」

「いや、私には無理ですな」最後まで正直さを失わず、私はそう答えた。彼女を助けるなど、もってのほかだった。敗北の可能性がはじめて見えてきたことに、私は気づいていた。竜をさらにもう一匹倒す余力は残っていなかったのだ。「マダム、じっさいのところ、もう放っておくしかありませんよ」

「私は立ち向かうよ――」

「あたしに立ち向かうのはやめてよね、モーゲン」

「ベッツィ」私はやみくもに呼んだ。「ベッツィ」

「お願いだから」落ち着いた静かな声だった。ブランデーをあれほど飲んでいなかったとしても、聞きなれた声をそこに認めることはできなかっただろう。私は失敗を深く恐れる男だ。だが、それでもベッツィの声を聞きとることはできなかった。「もうこれでおしまいね」彼女はいった。「あたしはきちんと振る舞おうとしてきたっていうのに、モーゲン叔母さんはこうしてあたしを怒鳴りつけ、罵倒している。先生もそうよ。そうじゃなきゃ叔母さんにもっとやさしく接して、口答えなんてしなかったのに。たしかに最初はもっと評価してたけど、またあたしを追いかけまわすなんて。最後にはっきりいわせてもらうけど、あなたたちふたりからは、なにも必要としていないの。あたしはね」ここで声の響きが冷淡になった。「あなたたちなんていないほうが、ずっとうまくやっていけるんだから」

私はモーゲンを見た。部屋とその空気を独占していたときには、こちらに話す暇さえ与えなかったというのに、いまや話す特権は完全に私に委譲されたようだ。だが私が口を開けば、敗北することはたしかだった。なぜなら、私ははらわたが煮えくりかえっていたからだ。医者として、男として、おまけに同業者までも、こうして侮辱されたのだから、この無礼な娘に黙従する気などさらさらなかった。この場合、黙従したほうが賢明だとあのときすでにわかっていたけれど、それをいっても弁明にも説明にもならない。世界中のミス・Rたちの治癒を可能にしてやるといわれたとしても、あのときの私の憤怒を和らげることはできなかっただろう。「お言葉を返すようだが」彼女と同じく抑制のきいた声で私はいった。「そんな子供じみた傲慢な態度を続ければ、もっとみじめな目に遭うだけだ。私の前でまた口をきくつもりなら、謝罪の言葉以外は許さないぞ。考えてもみたまえ。きみがこれまで存在していられたのは、私が愚かにも大目に見てきたからだ。きみの一時的な力、つかのまの不安定な支配は、けっして続きはしない。思い出してみたまえ。きみがその存在を獲得し、自分の身も護れないくせに安全に過ごし、この瞬間までぶじに生き延びてきたのは、私の何ヶ月もの準備があったおかげだ。そんな私に対して、これほど生意気な言葉を投げつけて、ただですむと思っているのか？　もし私がきみを見捨てたら――もうそうすると決めたがね、ミス・ベティ、いっておくが、これ以上私を非難することは許さないぞ――きみはひとりきりで、指導者も友も仲間もなく、いつまで生き延びられると思っているんだ？　きみはだね、ちっぽけな、なさけない、部分的な存在でしかないんだ。えらそうな口をきいているが、もう先は長くない。私の助けがなくなれば、不遜な態度できみが友人を悩ますことができる時間もあとわずかだ。この場を借りて断言しておくが、きみに関する私の知識に基づいて判断するかぎり、きみの存在は消滅する、完全にきれいさっぱり消滅する、嘆願しても無駄だ、まちがいなく消滅するんだから」

いまにして思えば、静穏と秘匿を旨とする医者としては、舌鋒鋭いなかなかの演説ではないか。むろん後から微修正を加えたことは認める。これほど立派な演説の機会を与えられた者なら誰しも、ピリオドのひとつやふたつ、いじってみたくなるものだ。しかし、ほんとうのところ、私は激怒していた。あれほど頭にきたのは生まれてはじめてだったのではないか。おまけにすっかり向こう見ずな気分になっていた。私はものすごい勢いで家から出ていった――思えば、あの家を平和に去ったことなどあっただろうか？　去りぎわに、玄関であの黒い像にコートの袖を引っ掛けてしまった。

涼しい夜の空気のなかに歩みだしながら、ああ、自分はすぐさま後悔するだろうと思った。まとまった考えが最初に頭に浮かんだのは、たしかジョーンズ家の小道から通りに出たときだったと記憶している。私の邪悪な魔法使いの名が、はっきりと聞こえてきた。私がそのためにあんなにたくさんの竜を殺した、あの魔法使いの名前――それはほかならぬヴィクター・ライトだったのだ。おかげで気が楽になり、哀れなベティに胸の痛みを感じる余裕ができた。ちゃんとした備えもなく、別の娘の人生にうっかり入りこんでしまったベティ。もし私がもっと忍耐強い人間なら、彼女のそばに留まり、なんとかベッツィのなかに戻してやれただろうし、あの攻撃的な言葉にも動じずにいられたことだろう。彼女のほうではなす術《すべ》もなく、私の名を呼んで、(酔いは冷めたとしても)より冷血なドクター・ライトを呼びだしてしまったのだ。

読者諸君、もしこれまでずっと、頬を赤らめることなく私のもとに留まっていてくれたのであれば、どうか理解してほしい。私自身、こんなことはすべて認めたくない。あれはパイプを無理やり奪われた静かな男の演じた、じつに恥ずべき場面であった。ギラギラと目を光らせ、脅すようなポーズで、ふたりの女性の前に立つ自分の姿を思い出すと、いまだに忸怩たる思いを禁じえない。私はそのうちのひとりを忌み嫌い、もうひとりをしばしば支配してきた。あんなふうに仁王立ちになって本性を露わにし、醜態をさらしたなんて、自分でも信じられない。読者に嘆願したい。怒りのため狂乱し、義務を放棄した私のことを、本来そんな人間だったと思わないでほしいのだ。

我々の善悪は、他人にもたらした悪行を尺度として測られるものだ。私は化け物を作りだし、世の中に放ち――結局のところ、もっとも苦痛を伴うのは罪を認識する過程である――それをはっきりと理解した。エリザベス・Rはもはや存在しない。私は彼女を救済不能なほどだめにしてしまった。いまや完全にベティのものとなった冷たい目のなかに、私は自分自身の虚栄心と自分自身の傲慢さを読みとった。つまるところ、私はついに正体を現したのだ。私は悪党だ、思慮もなく創造したのだから。私は下衆だ、同情もなく破壊したのだから。釈明の余地はない。

五　モーゲン叔母

モーゲン・ジョーンズにとって、朝食は幸先のよい食事であったためしがない。だが、ライト医師との面談の翌朝は、いまだかつてないほどひどかった。冷たい春の光のなか、昨夜のことは半分くらいしか思い出せなかったものの、不快なほど鮮明な記憶も多数あった。たとえば医者が怒り狂って立ち去り、玄関にあるナイジェリアの祖先の像をあやうく倒しそうになったこと、誰かがものすごい騒音を立てていたこと、姪がまたもや不遜な態度をとっていたこと。この日はほかほかの丸パンにバターをつけて食べる予定で、スパイスの豊かな香りが非日常の世界を想起させるはずだった――熱帯の島でひとりで暮らすときに、太陽で熱くなった果物と一緒に食べるような、あるいはテントをはったハーレムでクッションに横たわり、サンダル履きの宦官からけだるげにコンフィツ*を受けとりながら食べるような、そんな食事である。昨夜の医者はがっかりだった、と彼女は思い、冷たいままのシナモンパンを脇へ押しやった。どれだけ楽観的に記憶を辿っても、面談がうまくいったとは思えない。医者があんなふうに意味不明に怒りだすまえから、どこか不快な執拗さのつきまとう夕べだった。モーゲンは姉のエリザベスについて、長々と語ってしまった。ほんとうはいちばんつまらない話のはずなのに。昨夜の会話で触れられなかった話題の数々を思い、モーゲンはため息をついた。そして、あと三錠アスピリンを飲んでも大丈夫だろうかと時計を見た。姪がキッチンに入ってくるのが目に入ったが、それで朝食が明るくなるとは期待できなかった。姪がストーブのところでコーヒーを注ぎ、テーブルに着くのを、彼女は冷たい恨みがましい目つきで眺めていた。姪のほうでは叔母の視線を避け、黙っていたので、ついにモーゲンが――もう少し時間がたてば、アスピリンを追加で飲むことだし、そのうち気分も回復するだろうと思いつつ――コーヒーを見つめながら陰気にいった。「カップを四つ用意しようかと思ったよ」そして念のため説明した。「おまえたち全員のためにね」

　姪は探るような目で叔母を見た。「彼は自分の話に聞き惚れるのが好きなのよ。だけど、まさか叔母さんがあんな話に騙されるとは思わなかったわ」

「じゃあ、お願いしていいかい」モーゲンは懇願した。「内緒にすると約束するよ。だけど、今朝は頭痛がひどすぎて算数は無理なんだ。教えておくれ、いったいおまえたちは何人いるんだい」

「あたしだけよ。あなたの姪のエリザベス」

「ちょっとお待ち、どんな話にも騙されるってわけじゃないよ」モーゲンはカップをおいて頷き、すぐにそれを後悔した。「私にわかっているのは」頭をじっと動かさないように注意しながら、彼女は続けた。「とにかくおまえがエリザベスじゃないってことさ」

「ばかなこといわないでよ、モーゲン叔母さん。あたしが以前は――」

＊クルミや果実の入った砂糖菓子。

「以前のおまえはお行儀のいいレディだった。ばかなことはいろいろしたにせよ、お行儀だけはよかった。それがいまは見てごらん、母親と同じように振る舞うなんて」

「あなたとお母さんの話はしたくないわ。まだ深い悲しみに――」

「お黙り。おまえが悲しみについてべちゃくちゃしゃべるのを聞かされるのはうんざりだよ。とにかく、先生はいってた。おまえはベティと呼ばれる全体の一部にすぎないって」

「あら」ベティは気分を害して答えた。「先生は叔母さんをマダムって呼んだけど、叔母さんときたら――」

「常識的な礼儀ってものが理解できないようだね、おまえの子供っぽい頭では」モーゲンはもったいぶっていった。「たとえば……そうだね……ええい、面倒だ。いずれにしろ」と彼女はおかしそうに続けた。「おまえはわかってないようだけど、たぶん私はほんとうにマダムなんだよ。私の家にはいい娘たちがたくさんいるんだから」頭痛にもかかわらず、彼女は笑った。

「どうしてそんな口がきけるのか、理解できないわ」ベティは意地悪く応じた。「実の姉が死んだばかりの、喪に服した家で、孤児のあたしに向かって」

「よくお聞き」とモーゲン。「私は自分の好きなように話させてもらうよ。これは私の家だし、おまえの母親のためにも、ほかの誰のためにも、喪に服してなんかいない。またとない機会だから伝えておくけどね、孤児であろうがなんであろうが、この六年間、私はおまえに食事を与え、服を着せ、鼻をふく以外のことはなんでもやってきた。それが突然なんだい。この私に向かって、いまが何年だかわかってないとか、自分が孤児だとかいいだして。孤児だって！」

「これだけはいっておくわよ」姪はバターナイフを叔母に向けながらいった。「食事とか、服とか、あたしのお金をあたしのために使ったとか、いい話に聞こえるかもしれないけど、近々弁護士と話し合ってもらうから、お父さんが亡くなって以来お金がどうなっていたのかをね。弁護士を雇って、お金は全部返してもらうつもりよ」

モーゲンは鼻を鳴らした。「いっそのこと、お尻をぶってやろうか？　それから、銀器をいじるのはやめな、私のものなんだから」

「あなたのものなんて、ひとつもないわよ」とベティ。「あたしのお金の会計報告を見せないっていうんなら――」

「いいかい」モーゲンはなかばおもしろがって、椅子にもたれかかった。「注意しな、おまえがそういうひどい口のきき方を続けたら、そのうち叔母さんはほんとうに頭にきて痛い目に遭わせるよ。それから、バターナイフでそこらを引っ掻きまわすのはいますぐやめな。頭痛がもっとひどくなりそうだ。そうなったら、それをひったくって、おまえの指を一本ずつちょん切ってやるからね」

彼女はくすっと笑った。「そういうことをいうと、あいつ怖がるよ。誰かに傷つけられる話が大嫌いだから」

「おや、こんにちは」モーゲンは感じよくいった。「別の娘が出てきたんだろう？」

「ベッツィだよ。あんたのいちばんのお気に入り」

「じゃあ、とびきりおとなしくしてておくれよ。叔母ちゃんはうんと具合が悪いんだから」

「そりゃお気の毒」とベッツィ。「あたしは具合が悪かったことなんてないもん。具合が悪いってどんな感じなのかもわからない」

「すてきだこと」モーゲンは元気づいて答えた。「私じゃなくておまえの頭痛だったらよかったんだがねえ」

「大変だね」

「あのひどい医者は、なんでしゃしゃり出てきて余計なことをするのかね」

沈黙のあと、ベッツィが怯えたようにいった。「ロング先生のこと？　ここに来たの？」

「昨夜来たよ。腹を割ったどころか、ぶちまけすぎた話を延々してってね。やれやれ」モーゲンはそういって、手で目を覆った。

ベッツィがあまりにも長いあいだ黙っていたので、モーゲンは彼女がまだそこにいるのかと思い、目の覆いを外した。「どうしたの。おまえさんもあの先生が嫌いなんだろう？」

「先生、人が楽しむのが嫌なんだ」ベッツィはテーブル越しに身を乗りだし、意気込んでいった。「聞いてよ、モーゲン、気をつけないと、あの人すぐお説教したり、叱りつけたりするから。先生と話すの、もうやめなよ」

「話したくても無理だろうよ」モーゲンは思い出していった。「もう来ないっていってたから。私らのこと、あまり好きじゃないんだよ」

「いいじゃない。あんなやつ、いい厄介払いだ」

「どうせなら、ここへ来るまえに辞めてくれればよかったのに」とモーゲン。「ほんとうに悲しい気持ちだよ」彼女は目を閉じ、椅子の背に頭をもたせかけた。

「わかった」とベッツィは明るくいった。「あんたより具合の悪いやつ、呼びだしてあげる」視線が落ちたかと思うと、今度はおどおどとこちらに向けられ、笑顔は消えていた。彼女は不安げに叔母を見上げた。「こんにちは、モーゲン叔母さん」

モーゲン叔母は目を開け、そしてまた閉じた。「消えとくれ。叔母ちゃんはおまえを愛してるけど、すでにいろいろ大変なんだから。さあ、消えとくれ」

「ごめんなさい」エリザベスが口ごもった。

「頼むから、後生だから、とにかく消えとくれ」とモーゲン。「おまえがそうやって浮かない顔をしてると、いやらしいどんよりした泥みたいなでっかい黒雲がたれこめてくるんだから。消えとくれ、消えとくれ、消えとくれ、消えとくれ、消え——」

「わかったってば」ベッツィが笑いながら戻ってきた。「お気に入りのベッツィなら好きでしょ?」

「しばらくそこにいておくれ」モーゲンは熱心にそう頼んだ。「あのむっつり屋をここに残していくのは、やめとくれよ」

「やさしくしてくれないと、今度はベスを呼びだすよ」とベッツィ。「あんたのことを〈大好きな叔母さん〉って呼んで、世界一大切に思ってるとか、まだあたしを愛してるのとか、いってくるやつだよ」

モーゲンはうめき声を上げた。

「あのお医者のこと、教えてあげるよ」ベッツィは打ち解けた口調で続けた。「あのお医者がしたかったのは、あたしのかわりにベティを出して、ずっとあたしの振りをさせることなんだ。そうすればふたりでお金を全部山分けできるから」

「あんな金、野良猫用の施設にくれてやるよ。だから助けておくれよ」

「あたしはお金いらないから」

「あっちの娘ときたら」おおいに傷ついたという様子で、モーゲンはいった。「あの、生っ白いいやらしい娘だよ、あの娘ときたら、叔母ちゃんが食後にブランデーを飲むのが気に入らないんだ。一銭残らず計算書を出せだなんて！」彼女は姪に目を剥いてみせた。「この私にだよ！」

「あたしはそんなこといわないよ」とベッツィ。「お金なんて、ちっともほしくないもん」

「聞いておくれ」モーゲンは理屈を述べはじめた。「私は単純な人間だ。私が望むのは、快適に過ごし、これまでと同じように、寝て、食べて、飲んで、話すことだけなんだよ。自分の好きなように寝て、食べて、飲んで、話す。ずっとうまくやってきた。あの姪っ子は、誰が見てもぱっとしなかったけど、私はあの娘が好きだったし、向こうも私を好いてくれていると思ってたし、お互いあれこれ話もしたし、私がずけずけものをいうときでもあの娘は聞いてくれたし、そりゃ、ときどきあの娘に対して少し無神経だったかもしれないけど、いつだってうまくいってると思ってたんだ。私があの娘を好きで、あの娘も私が好きで、仲よくやっていれば、あの娘のことを不完全だと思う人がいたとしても、別にかまやしないと思ってた。あの娘が母親のようにならないか、小さな徴候にもちゃんと目を光らせてさえいればね。なぜって、ひとつだけよくわかっていたのは」そういってモーゲンはため息をついた。「その点に関しては、注意が必要だってことだから。でも、ぼんやりしていて、なにが起こっているのか気づかないうちに、もう手遅れになってたんだ。だから、おまえさんがいるってわけさ。文句をいってるんじゃないよ。自分で背負いこんだことだから。とにかくおまえは、昔のあの娘――というか、おまえだけど――よりはちょっとは頭が廻るね。だけど、あの娘とはずいぶん長い時間を一緒に過ごしたから。私の意見では、医者やおまえやあの金の亡者がなんといおうと、おまえたちはみんな私の姪なんだから、私にはおまえたちに対する責任があるんだ。でも、私はからかわれたり、反抗されたり、おだてられたり、泣きつかれたりするのには慣れてないから。それに、頭痛がするときには低い声で話してほしいし、人様の厄介ごとを押しつけられるのはごめんだよ。何年も一緒に過ごしたエリザベスのためにひと言いわせてもらえば、私の知るかぎり、なにも問題なんてなかったんだよ。ときどき椅子から転げ落ちること以外は」

「ああ」ベッツィはちょっとばつが悪そうにいった。「それなら、たいがいはあたしのせいだよ。あたしさえいなければ、もうちょっとうまくやれてたかもね」

「そんな話は私にしないでおくれ」とモーゲン。「内輪もめなら勝手にしてほしいから。おまえたちが二十人いても別にかまわないよ。突き詰めていけば、結局私の姪のエリザベスなんだから。私を悩ませないなら、自分たちで好きなだけゲームを楽しめばいい」

「ひょっとして、あたしが死んだら?」彼女は愛らしく訊ねた。

モーゲン叔母は少しだけ目を上げたが、また視線を落とした。「もしおまえが死んだら、たぶんもっと静かにコーヒーが飲めるだろうね。おまえが気にしないよう念のためいっておくけど」

「気になんてしないわ。それから、弁護士の話が冗談だなんて、ぜったいに思わないで。もし計算書をもらえないなら——」

「ああ、私はなぜ生まれてきてしまったんだろうね」モーゲンは大げさにそう問いかけ、立ち上がってテーブルを離れた。「ベッドに戻るよ」と肩越しに彼女はいった。「おまえはコーヒーポットに頭でも突っこんどきな」

ひとりになると、ベティはもう一杯コーヒーを注いで、ふたたびテーブルに腰を下ろした。少しするとまた立ち上がって、キッチンカウンターの隅からメモ帳と鉛筆を探しだし、座りなおして計算を始めた。まず父親の財産を見積り、元金と利息について思い出せるかぎりの知識をかき集め、この家の維持費や二人分の食費と衣料費にはどのくらいお金がかかっているのか、また、モーゲンはそのうちのどれくらいを自分の財布から払い、どれくらいを姪の相続金から賄っているのか、あれこれ思案した。相続の条件はベティにはけっして明瞭でなかったし、叔母からなにか聞きだそうといろいろ画策してもうまくいかなかった。彼女にわかっていたのは、どうやら厖大な額の遺産があるらしいということ、それから、おそらくモーゲン叔母が姪のために衣類や食料を買う振りをして、好き勝手に遺産を使っているということだけだった。叔母が前もってかなりの金を渡してくれないだろうかとベティは期待していたのだが、ニューヨークから戻ってからというもの、姪が現金を自由に扱うことについて、叔母は理不尽なほど頑固に禁止した。だから、ベティには、せいぜい街のあちこちの店に行って叔母の付けで好きなように買い物をするくらいしかできなかった。しかし、最近ではばかげた小さな事件がいろいろ起きていて――たとえば叔母が部屋に入っていくとハンドバッグから金をとろうとしているベティを見つけたこともあったが、ベティは盗もうと意図したわけではなく、じっさい意識もないままモーゲンの部屋に近づいたのだ――とにかく最近、モーゲンは口座をすべて閉じてしまい、現金も隠したものだから、ベティはまず許可を得ないと細々とした日用品さえ買えなくなってしまったし、交通費すらいちいちモーゲンに頼まないともらえなかった。将来、望む金をすべて所有するはずの十九歳の娘に対して、こんな扱いはひどすぎる。ベティは椅子にもたれて数字を走り書きした頁を眺めた。頭にドルのマークがあり、小数点もついたそれらの数字は、たしかに金額らしく見えた。優秀な弁護士なら、こうした数字をどう解釈すればよいかわかるだろう。そのとき、ベティはふと好奇心に駆られて、右手に鉛筆を持ちかえ、メモ帳の上に乗せてみた。

「おばかさん、いらっしゃい」彼女は囁いた。「なにを考えこんでいるの」
ゆるく握った手のなかで鉛筆はじっと不動だった。ベティはそれを眺めながら、遺産が手に入ったらどんな指輪を買おうかと考えはじめた。ダイヤモンドは好きじゃないわ。宝石店で見た指輪の大半は、宝石が小さすぎて見えないくらいだったし、ましてや本物かどうかもわからない。たとえばルビーなんかは好みに合うけど、大きいものじゃないと。ここで彼女はベッツィに屈して退いた。ベッツィは考えこみながら鉛筆を手にとり、ベティの数字を太くて黒い棒線ですべて消してまわり、コーヒーを味見してから、たっぷり砂糖とクリームを入れた。しばらくベッツィは鉛筆で落書きを楽しんだ。丸い頭に目と鼻と口を描き、「ロング先生」とか「モーゲン叔母さん」とか「ベティ」と名前を記した。何分かたつと鉛筆と紙に飽きて、あくびをし、今度はエリザベスに場を譲った。エリザベスはというと、品よく首の後ろに触れ、吐きそうな顔でコーヒーを見つめ、立ち上がってカップとソーサーを流しへ運び、念入りにすすいでからまたテーブルに戻ってきて、コーヒーポットとモーゲン叔母の朝食の食器をとり上げた。皿を洗って拭きおわり、ミルクを一杯飲もうと冷蔵庫のほうへ歩いていたとき、ベティがふたたび存在を現し、そのまま玄関へと向かった。彼女はモーゲン叔母が起きている気配はないかしばらく聞き耳を立て、それからコートと帽子を身に着けてそっと家を出た。

午後の早い時間にモーゲンがふたたび一階へ下りてきたとき、思慮深く多量のアスピリンを飲んだ総合的効果がくまなく全身に及んで、まるで雲のなかを歩いているように、痛みもなく幸せな気分だった。頭痛は去り、昨夜の恥ずべき記憶もなくなっていた。じっさい、歩くときには足がかならず床に着くものだという当たり前の感覚でさえ、消失していた。冷蔵庫を開けようと伸ばした手は、まるで体から独立して勝手に動いているように思えたし、その顔には至福の笑みが浮かんでいた。なにか少しお腹に入れておこう、とモーゲンは考えた。半熟卵？　やっと快方に向かいはじめた病人なんだから、バターの入った柔らかいものがいいかしら……。

冷蔵庫は泥でいっぱいだった。モーゲンはしばらく理解できずにそれを凝視していた。白く輝く棚があって卵やバターやチーズが整然と並んでいるはずのところに、なぜこんな汚いぬるぬるした物体があるのか。ドアの内側は泥で汚れ、製氷トレーからは液体が滲みでていて、奥の方の肉が入っていた辺りでは、虫が一匹蠢《うごめ》いていた。ほとんど冷凍寸前なのに、盲滅法に光に向かって動こうとしている。モーゲンは胃袋がひっくりかえり、後じさりして、ドアも閉めずにその場から逃げだした。パジャマを着替えることも、顔を洗うこともできなかった。自分の手を見ると、湿った冷たい虫がうじゃうじゃ指の合間を出たり入ったりよじのぼったりしている気がした。彼女は枕の下に手を隠し、目を閉じ、虫が入らないよう口もしっかり閉じて、ベッドのなかで声に出さずに叫んだ。私はひとりぼっちで、もう老人で、愛もなく、このまま死んでいく。彼女は枕に顔を埋めてそう思い、最後にはまた眠りに落ちた。

目を覚ましたとき、アスピリンの助けなしでも気分はよかったので、モーゲンは意を決して起き上がり、服や髪を整え、両手を念入りに見つめ、自分にいい聞かせた。おまえはばかだ、救いようのない大ばかだ。一階に下りてピカピカのキッチンに入ると、染みひとつない清潔な冷蔵庫が横目でこちらを見ていた。朝食の皿はきちんと棚にしまわれ、コーヒーポットは磨いて片づけてあった。少ししてから（私はほんとうにばかだよ、と考えながら）モーゲンは冷蔵庫の取っ手をつかみ、ぐいと握って一気にドアを開けた。なかでは白い卵と清潔な黄色のバターボックスが燦然と輝いていた。もっとも、なにか食べたいという気分ではちっともなかったのだが。一杯飲まなくては、と彼女は思った。製氷トレーには指を触れるのすら嫌だった。もう治ったことを確かめるために、ブランデーを一杯飲もう。そこで彼女は棚からブランデーのボトルをとり、しっかりした手つきでグラスに注いだ。乾杯。グラスを自分に向けて掲げながら、彼女はそう思った。

オーウェンズタウンのジョーンズ一族の出であるモーゲン・ジョーンズは、けっしてばかといわれるような人間ではなかった。用心深く、頑固で、極度に引っこみがちな人生を彼女は送ってきた。友他人と交流したいと思えるほど、外界に魅力を感じなかったからだ。しかるべき教育は受けた。友人の母親たちがみな、未婚の娘が従事すべき最良の仕事は、優れた教育を受けることだ――家庭教師をしたり、陶器の絵付けをしたりするよりは、いいにきまっている――とまだ考えていた時代だった。だから、なんでも好きなように論じ、理解し、読むことができるよう、育てられてきた。独特の構造をもつ彼女の精神には、たくさんのユーモア、少しばかりの忍耐、それに、表現できない愛情がたっぷり存在したのだが、特殊なものを評価する余地は、そこにはまったくなかった。長年、彼女のいる風景においていちばん特殊なのは彼女自身だったから、自分より変わったものに遭遇すると、明らかなインチキと見なすか、さもなければ存在そのものを否定した。

それゆえモーゲンは、姪の症状がいかにも淑女らしい〈神経衰弱〉よりは危険なものであるという事実を、受け入れる心構えができていなかった。エリザベスに見出せる症状やライト医師に聞かされた話をすべて総合しても、心配する必要はないように思えたのだ。頷きながらいろいろ観察するなかで、積極的にあらゆる情報を解体し、分析し、分離し、精査し、口に合うようにすり砕いてみると、結局のところ姪の神経疾患と医者の突飛な専門用語が合わさっただけの、対処可能な事態に思えてきた。彼女はさらに、分別ある冷静な目で状況を見据える揺るぎない能力が、自分には備わっていると自負していた。うまく運べば、そのうち姪と医者は正気に返って、それぞれの突飛な物語を恥ずかしげにこっそり葬り、現実的な日常生活へ戻っていくはずだ。病の存在を否定しつつも、モーゲンの実際的な目がなんらかの治療法を認めていたとすれば、それは「気づかないふりをすればいい」とか、「注目されたいから、あんなことをしているだけだ」とか、もっと極端な場合には「機嫌をとっておけばすむ」といった言葉で表現できる対応だった。

年とともに老けるということについても、モーゲンはあまり意に介さなかったので、実質あまり変わらなかった。かなり若い頃に、自分がどう見えても、なにをしても、気にする人はこの先おそらくいないだろうと気づき、それからというもの、モーゲンは服装も、話し方も、髪型も、時間の過ごし方も、ずっと同じだった。こうして人に無頓着になった結果、悔やまれる部分はあるにせよ、代わりに無数の細々とした苛立ちから解放されて十分満足していた。最初のうちは、世の人びとが大騒ぎして相手になにか求めたり、関心を払ったり、返事を待ったり、贈り物を交換したり、訪問しあったり、互いを気遣ったり、愛情を抱きあったりすることをときおり思い出して、あんな面倒は願い下げだと、自分にいい聞かせなくてはいけなかった。だが、姪を手に入れてからは、こう考えるにいたったのだ——他人が持っていて、自分が羨むべきものなどもはやない、と。エリザベスはすぐさま、モーゲンがなんらかの対話をする生きた人間のなかで、いちばん重要な位置を占めるようになった。そして周囲の人はみな、モーゲンが姪に感じたのと同じくらい深い愛情を、エリザベスも叔母に対して抱いているはずだと考えていた。

モーゲンは自分が長年ちっとも変わらなかったから、外界というものはつねに浮かれた活動を続けていると見なすようになったけれど、いっぽうで自分の気まぐれについては、たいへん大事にしていた。たとえば家の模様替えもその一例であるが、時代や様式が移り変わるなか、基本的な建築の型としては――つまり、度を越した愛すべき醜さを特徴とする点では――一貫していたし、それについてとやかくいわれるのは好まなかった。モーゲンなりの考えがあって玄関にナイジェリアの先祖の像をおいたのだから、姪の医者が立ち去りぎわに怒ってそれを突きとばしたのは不愉快だった。自分の声の響きがおおいに気に入っていたので、発言を中断されるのを嫌った。最初からライト医師のことはよく思っていなかったのだ。なぜなら、姪の変調とともに自分の人生に起きた変化が、おぼろげに彼の責任であるように感じていたからだ。また、正直なところ、医者がモーゲンの独自性にしかるべき関心を向けていないように思えて、それゆえますます気に食わなかった。姪の精神にはあれだけいろいろな領域を見出したというのに、まったく礼儀に欠く話である。おまけに、親しくつきあう人間には従順さとやさしさを過度に求めるモーゲンにとって、ライト医師がそのいずれの資質もほとんど持ち合わせていないとわかったとき、彼の評価はさらに一段落ちたのだった。

モーゲンには姪としてエリザベス、ベス、ベッツィ、ベティがいる。そんな途方もない考えを、ライト医師と姪が共謀して温めていると知ったとき、彼女は最初ぎょっとした。しかし、カメレオンのような人格という発想の目新しさには魅了された。これはかつて自分について考えていた説を、派手に色づけしたものではないか。以前、ジキルとブランデーという人格分裂を自分のなかに認めていた時期があったのを、ユーモアまじりの自己非難をこめて、おもしろおかしく思い出したのだ。つまり、日中の賢者モーゲンが夜には皮肉屋モーゲンに変身し、さらに朝になると朝食での不機嫌モーゲンが登場するということだ。こうして自分にも同じ傾向を認めたので、エリザベスについてもこれを黙認できる心境になった。姪に対してつい腹を立てたときには、朝のモーゲンを思い出しさえすれば、もっとやさしく話せるだろう。エリザベスが泣き言をいったり、無礼な口をきいたり、にやにや笑ったりしたときには、思い出さねばならない――姪は長年たくさんのモーゲンとつきあってきたのだから、おそらくその仕返しをする権利があるのだ、と。ここまで理詰めで納得して、自分の理解に満足し、姪が思いがけず多様な想像力を示したことをどちらかというとうれしく思いながら、モーゲンはひどい二日酔いの果てに一階へ下りてきて、泥詰めの冷蔵庫を発見したというわけだ。

移り身の早い人間なら大目に見ることができた。狂った医者や悪魔じみた科学者もたぶん受け入れられただろう。遺産を盗まれたと思いこんでベラベラしゃべる姪にだって、落ち着いて対応できる。だが、自分の食料の大部分を保管している冷蔵庫をいじられることについては、我慢できなかったし、するつもりもなかった。そのうえ、彼女は人生の大半を自分の精神世界のなかで生きてきたのだ。二度目に一階へ下りてくるまえに冷蔵庫が掃除されていたのは、その精神の機能を妨げようという意図的な企みにほかならない。もちろん、食べるのを諦めるよりは考えるのを諦めたほうがましだが、その両方を奪われかけたなんて、ひどい仕打ちではないか。彼女は強い確信をもってこう考えた。つまり、二日酔いのモーゲンかそうでないモーゲンかに関わらず、自分はたしかに正気であり、邪悪な計略の犠牲者なのだ。その残酷で悪どい手口を見れば、分別ある人間（モーゲン）の理性ある定期的な変身と、分別のない人間（エリザベス）の理性に欠く流動的な変身との相違は、おのずと明らかになるというものだ。

最初に頭に浮かんだ分別ある考え――それは、エリザベスの頭をひっぱたくというものだった。だが、モーゲンはすぐに作戦を変え、なにもいわずに待つことにした。借りを返すのは得意中の得意だったから、もし冷蔵庫に泥を入れたといって姪をなじり、相手がそれを否定した場合、あまり満足な復讐はできないだろうと考えたのだ。機会が来るまで話題に出さずに黙っておいたほうが、より効果的な仕返しが可能になる。こんなことを思いながら、ブランデーをすすり、自分の居間で自分の持ち物に囲まれて、モーゲンは座っていた。自分の所持品を守らねばならないと、ここまで切実に感じたのははじめてだった。

鍵の回る音がして、玄関から姪の足音が聞こえてきたとき、モーゲンはしばらく静かに耳をすませていた。姪はそっとドアを閉め、ハンドバッグを玄関のテーブルにおいた。音から推測するかぎり、彼女はつぎに玄関のクローゼットのドアを開け、コートと帽子を掛けたようだ。きちんとした几帳面な態度からすると、入ってきたのはエリザベス（いつも当惑している）かベティ（自分の所有物をこのうえなく大切に思っていたから、きちんとしている）のいずれからしい。一連の仕種はゆったりと落ち着いてなされた。とすると、エリザベスでないことは確実だといってよい。

「ベティ？」モーゲンは声をかけた。

「はい？」

「ちょっとここへ来てくれるかい」

ベティは居間の戸口までできて、暗い部屋をよく見ようと目を細めた。「いったいどうしたの？」無礼な口調ではなかったが、気を揉んでいるふうもなかった。

「ちょっと気分がすぐれなくてね」モーゲンはくつろいだ様子で答えた。「生けるものの弱さ、死の光景、聖なるものの前での世俗の関心の放棄。今夜の夕食はおまえが作るって決めたから」

「レストランへ行けば？」姪はいった。「もう夕食はすませたから」

「誰とだい」

「あなたに関係ないでしょ」

「誰かが金を払ったはずだろ」モーゲンは体を起こした。「また私のハンドバッグからとったのかい」

「もちろんちがうわよ」ベティはそういって、しばらく黙っていたが、しぶしぶ説明した。「知りたいならいうけど、古い貯金箱を見つけたの」

　モーゲンは笑いだし、くるっと振り向いて脇のテーブルの上のランプをつけた。「かわいそうに。どこでも好きな場所で夕食をとっていいんだよ。次回は私にいいなさい。何ドルかあげるから」

「いつか仕返ししてやるから」とベティは応じた。ゆっくりとした口調で、叔母を見るその目には憎しみがこめられている。「あなたをどんな目に遭わせるか、あたしがいろいろ考えてるの、知らないでしょう。あたしのお金が全部手に入って、一緒に住まなくてよくなったら、自分の時間の半分は、あなたをこっぴどい目に遭わせるために使うつもりなんだから」

「かまわないよ」モーゲンは意に介さないふうだった。「だけど、お金持ちのお嬢さん、どうやらもう首尾よく始めたみたいじゃないか、あの冷蔵庫から」

「どの冷蔵庫？」ベティは無邪気に訊ねた。

「おまえになにをすべきだと思ってるか、わかるかい？」モーゲンは椅子にもたれかかって、姪を見上げた。「おまえをあそこへ連れていって、冷蔵庫の中に鼻を擦りつけてやってもいいんだよ。そうでなきゃ膝の上に寝そべらせて、悪さができないようとことん尻を引っぱたいてやろうか」

「そんなこと、まさか、できるわけないわ」ベティは後じさった。

「できるさ、そりゃ」モーゲンは本気で驚いた様子だ。生まれてこのかた、なにかするのを躊躇したことなど、ほとんどなかったのだ。もっとも、幸運にも、ただ思いつかなかったという理由でしなかったことは、たくさんあった。「じっさい私は自分のしたいようにするよ。おまえに対しても、ほかの誰に対しても」

「ほかの人にはなにをしてもかまわないわ。でも、私が弁護士を雇ったら――」

モーゲン叔母はとことん愉快になり、腹の底から笑ったので、思わず涙が出てきて、息が詰まらないようブランデーを飲まなくてはいけなかった。「弁護士とすてきな時間を過ごせるだろうよ」

彼女は諦めたようにいった。「いまが何年かもわかってない娘が、聞いて呆れるよ。あたしの問題はね」とベティの上品ぶった声を真似ながらモーゲンは続けた。「二十五歳になったらあたしのお金をすべて相続するし、あと数ヶ月でじっさい二十五歳になるんだけど、でも、まだ十九歳だって自分では思ってて、誰もちゃんと教えてくれないってことなの……いやはや」モーゲン叔母は力なくため息をついた。ベティは体を強ばらせて座り、腹立たしげに彼女を睨んでいる。「どっちにしろ」モーゲンは最後にさらにきっぱりと告げた。「おまえさんが弁護士を雇ったら私にいいな。料金は私がかわりに払ってあげるから」

「お母さんが生きていて、あなたがあたしをどう扱ってるか見ることができれば」ベティがそういうと、叔母は怒った顔を上げた。

「どうやら、おまえの母さんが、おまえをどんなふうに扱ったか、忘れているようだね。そんな口をきくと、私は頭にきて――」

モーゲンはふとため息をついた。ベティが唐突にエリザベスに変わっていたのだ。エリザベスは恐怖で麻痺したように、座ったまま叔母を凝視していた。

「なにをじろじろ見てるんだい」いつもながら意図していたより言葉がすぎてしまったことに苛立ちつつ、モーゲンは問いただした。

「なにも。えっと、あまり気分がよくないの」

「じゃあ、ベッドに入りな、後生だから」モーゲンはじれったそうに顔を背けた。

「なにか料理してもいいかしら？」

「夕食はすませたんじゃなかったのかい」

エリザベスはみじめな様子で首を振った。「もし許してくれるなら、サンドイッチかなにかを作るわ」

「どうぞ」とモーゲン。「私にもなにか作っておくれ」

エリザベスは意気込んで立ち上がった。「叔母さんにも、おいしいものを作るわね。あたし、食べたら少し気分がよくなると思うから」

モーゲンは昨夜医者が来たときに読んでいた雑誌を、けだるそうに手にとった。「くたくたにならないようにね」そして少し自責の念にかられてつけたした。「助けが必要なときには、大声で呼ぶんだよ」

「大丈夫よ」エリザベスは急いで立ち去り、モーゲンはためらったが、もうブランデーは飲まないことにした。数分のあいだ、彼女は耳をすましながら、エリザベスはなんとか自力でできるだろうかと考えていた。やがて肩をすくめ、もうずっと前から姪は食事の準備くらいできると自分にいい聞かせ、ものが落下する音や叫び声には警戒しつつ、あとはキッチンから響いてくるかすかな物音にぼんやり耳を傾けていた。しばらくすると姪の足音がしたので、モーゲンはいそいそと雑誌を脇へおき、振り向いて、姪が盆を手にもって入ってくるのを眺めた。「なにを作ったんだい？」モーゲンは訊ねた。

ベッツィは盆を危なげに傾けながらくすくす笑った。「エリザベスったら。あいつがキッチンから戻るまでに、あんたは餓死しちまうよ。最後はあたしが出てきて、自分でやるしかなかったんだ。チーズサンドイッチとミルクだよ」

「マスタードは？」とモーゲン。

「だけど、ほんとうは彼女がほとんどやったんだ」とベッツィ。「やらなかったというのは公正じゃないね。とにかくミルクはあたしが注いだから」

彼女はモーゲンがそのために片づけたコーヒーテーブルの上に盆をおいて、反対側に椅子を引きよせた。「知ってたかい」モーゲンはナプキンをとりながらいった。「これは私があれ以来、はじめて口にする食べ物なんだよ……うえっ、これ……」彼女は一瞬目を見張り、それから狂ったように嚙み切ったサンドイッチを口から払いのけ、喉を詰まらせて、いまにも吐きそうなものすごい声を上げた。

「どうしたの？」ベッツィは中腰になって後じさった。「ロビン？」

モーゲンはサンドイッチを部屋の向こう側へ投げて、口の中身を紙ナプキンに吐きだした。「このあばずれが」と叔母はいった。「あばずれ、このいやらしいあばずれが」

ベッツィは自分のサンドイッチを見て、「なんなの?」と訊ねた。

「泥だよ」とモーゲン。「泥がいっぱい詰まったサンドイッチ」彼女は顔を歪めてそっぽを向いた。

「吐きそうだ」

「あたしのは大丈夫だったけど。食べてみたら?」ベッツィは自分のサンドイッチを差しだしたが、モーゲンは押し返した。「吐きそうだ。出てっておくれ」

「モーゲン、どうしたの? なにか気に障ることでもあったの?」

「ここから出ていっとくれ」モーゲンは激しい口調でそういった。「早く行かないと、ものを投げつけるよ、この薄汚いあばずれが」

「まあ、ほんとうに」とベティが答えた。「もう少し礼儀をわきまえるよう努力してもらわないと。食べ物を投げたり、ものすごい声を出したり。これじゃ完全に——」

「ここから出ていっとくれ」モーゲンは立ち上がり、手を上げて命じた。「この嘘つきの化け物め」

エリザベスは泣きだした。「叔母さんはいつだってあたしを非難するんだから。あたし、なにもしてないのに」

モーゲンは息を呑んで、黙りこんだ。おそらく自分に向かって「朝のモーゲン、朝のモーゲン」とくり返していたのだろう。というのも、しばらくして彼女はやさしくこういったからだ。「すまなかった。気が動転してしまって。おまえさんを怖がらせるつもりはなかったんだよ。おいで、なによりもまず、おまえをちゃんとベッドまで送っていってやるから」モーゲンが立ち上がると、エリザベスはむしろ楽しげに彼女に続いた。「ベッドに行けてうれしいわ」エリザベスは叔母のあとについて階段へ向かった。「疲れているし、最近またよく眠れなくて。温かいお風呂に入るといいかもしれない」

「いい考えだね」モーゲンは自責の念を感じていたので、温かい風呂という提案にいつになく熱意を示した。「眠るために必要なのは、まさに温かいお風呂だよ。それから、あの小さな青い錠剤もあげよう」

「わかったわ」エリザベスは自分の部屋のドアへと向かい、モーゲンは「お湯を入れてあげるよ」といいながら、浴室へ入っていった。バスタブに湯を入れはじめると、エリザベスを泣かせてほんとうに悪かったと思い、自分の化粧テーブルから松の香りのバスソルトの瓶をとりだした。未開封のままで、今夜の特別なご褒美として、自分が使おうとすでに決めていたものだ。普段は時間もないので、バスソルトはちょっとした贅沢だったのだ。しかし、いまはエリザベスに使わせてやるべきだと思いなおし、松の香りのバスソルトをたっぷりと浴槽に入れた。エリザベスが入ってきたときには、空気はすでに温まり、浴室は戸外の木々、育ちゆく緑をかすかに思わせるような豊かな香りに満ちていた。エリザベスはかがみこんで、湯を止め、感謝の笑みを浮かべた。

「すばらしいわ。まさにこれが必要だったの」彼女はガウンとスリッパ姿でバスタブの横に立ち、ためらっていた。叔母に向けた臆病な笑みからすると、どうやらやさしく話しかけようとしているらしい。いいにくそうに、彼女は訊ねた。「ねえ、モーゲン叔母さん、ここにいて、あたしがお風呂に入るあいだ、お話してくれない？」

エリザベスが愛情を伝えようとしていることはすぐにわかったから、モーゲンはこころを動かされ、姪の肩に触れながらいった。「いいとも。昔はいつもおまえさんをお風呂に入れてやったものさ」

　モーゲンは浴室のスツールに居心地悪そうに座り、エリザベスのガウンを床から拾い上げて手に持った。「十分温まってるかい？」エリザベスがバスタブに入るとき、モーゲンはそう訊ね、姪は頷いて答えた。「ええ、ありがとう」

「少しは気分がよくなったかい」

「ええ、そう思うわ」石鹼を手にしたまま、彼女は黙った。「モーゲン、お医者さんから聞いたかしら、その……ほかのあたしのことを？」

「医者がここに来たって、どうして知ってるんだい？」

　エリザベスは目を見張った。「叔母さんがそういったのを聞いたんじゃないかしら」

「あの医者といると、おかしくなっちまったよ。だけど、そうさ、彼に聞かされたよ」

「お医者さんは、いってた？　あたしが、その……よくなるって」

「よくなるの意味にもよるけど」モーゲンは慎重に答えた。

「昔のあたしみたいになるってこと」

「ふむ」とモーゲン。「昔だって、そんなに具合がよかったわけじゃないよ」さて、次になんといおうか。彼女は思案していた。こうした場面においては、もっとも理にかなった、もっとも分別ある、もっとも確かな発言は、もっとも危険なものにならざるをえない。それがはっきりわかっていたし、またもやエリザベスを怖がらせるのはぜったいに嫌だった。ほとんど身体的ともいえる鋭い痛みとともに、モーゲンは悟った。今夜エリザベスがこんなに淀みなく自由に話をしているのは、ここ数ヶ月ではじめて、叔母にやさしさを見出したからなのだ、と。「ほんとうによくなってほしいと思っているんだよ」ぎこちなくそういってエリザベスを見ると、姪は涙でいっぱいの目でこちらを見ていた。「私がなにをいったっていうんだい？」モーゲンは訊ねた。

「なぜって……」エリザベスは口ごもって、手で風呂の水をそっとたたいた。「先生がね、いってたの。あたしが治るときには、あたしたち全員が、ベッツィもベスもみんな戻ってきて一緒になるんだって。あたしは全員のうちのひとりなんだって。あたし自身ではなくて、たくさんいるなかのひとりにすぎないって。先生が全員をひとりの人間に戻してみせるって」

「それで？」エリザベスが自分でこんなことを考えて、話していてもいいのだろうか？　こんなたどたどしく頼りなげなしゃべり方だとしても、このまま話をさせていていいのだろうか？　「少し待って様子を見たらどうだい？」モーゲンは思いついて、そういってみた。

「聞いて」エリザベスは振り向いて彼女を見た。「あたしはたくさんいるうちのひとりで、ひとつの部分でしかないの。あたしは考えるし、感じるし、話すし、歩くし、ものを見るし、ものを聞くし、食べるし、お風呂に入るし——」

「たしかにそうだけど、なにがいけないんだい？　私だって同じことをするさ」

「だけど、あたしは、あたしの頭で考えてそれをしてる」エリザベスはたいへんゆっくりと手探りをするように話した。「先生が治療を終えたときにいるのは、自分の頭をもつ新しいエリザベス・リッチモンドよ。もちろん彼女は考えて、食べて、聞いて、歩いて、お風呂に入るでしょう。でも、それはあたしじゃない。あたしは彼女の一部になるのかもしれないけど、それはあたしにはわからないもの。彼女にはわかるでしょうけど」

「よくわからないね」とモーゲン。

「つまりね、彼女がすべてを考えたり知ったりするときには、あたしは……死んでるってことじゃない？」

「まあ、お聞き」モーゲンはそういって、座ったまま力なく消滅の定義と向き合った。彼女はしばらく考えていたが、やがて自分を奮い起こして、とても快活にこう続けた。「まあ、お聞き。私はこうしたことはまったく知らないし、おまえさんだってそうだろう。だから、最後にはすべてがうまくいくって、ただそう考えておけばいいんだよ」

「そうかもしれない」エリザベスはぎこちなく立ち上がって、バスタブから出ると、モーゲンが手渡したタオルをとった。それからハンドルを回して風呂の湯を抜き、体を拭きはじめた。ガウンを着てスリッパを履きおわると、こういった。「いずれにしても、その彼女と一緒なら、叔母さんも病人といつも過ごさなくてすむわね」

「私はそんなこと考えないよ。おまえも考えるのはよしなさい」モーゲンはそう諭したが、話している相手はベティだった。

「ここでなにしてるの？」ベティは詰問した。「四六時中見張っているつもり？」

「おまえのために風呂をためてやろうと思って、ここに来たんだよ」

「じゃあ、そうすれば。別にかまわないわ」

「だけど」とモーゲン。「私がおまえを溺れさせないって、どうしてわかるんだい？」

「そんなことしても、お金は手に入らないわよ」とベティ。彼女は向きを変え、屈んでバスタブに湯を入れはじめ、「バスソルトを使ってもいいかしら」と訊ねた。

「もちろんさ、どうぞ」とモーゲン。ベティが風呂にバスソルトを入れ、自分もなかに入ってモーゲンにガウンを渡すのを、彼女は言葉もなく眺めていた。ベティは隅々まで念入りに体を擦り、その間ずっとしゃべりつづけていた。「モーゲン、これについては、あなた親切だと思うわ。お金はあたしがもらうけど、だからって、あなたとあたし、仲よくできない理由なんてほんとうはないのよね。ときどき思ってもいないことを口にしてしまうかもしれないけど、あなただってそうでしょう。あたしがあなたのことを寛大に大目に見てあげるとしたら、そっちもそうしてくれないと。それに思うんだけど、お金持ちになったら、責任ある立場に立たされるでしょう？　つまり富をもつ責任。だから恨みを抱いたり人を憎んだりしてる余裕はないと思うの、相手があなたですらね。あたしのような地位にいる人間は、みんなから同じ距離を保たないといけないわね。敵でもなく、味方でもない。なぜって、友だちの振りをする人がいたって、本心はお金だけが目的なんだもの。つまり――」

「そのとおりだよ」モーゲンは熱心に応じた。「おまえのような立場の人間は、用心しすぎてちょうどくらいだから」

「もちろんよ」ベティは同意した。「モーゲン、あなたになにかプレゼントしたいと思っていたのよ。つまり、長年あたしの世話をしてくれたお礼に、お返しっていうか。すてきな手袋なんてどう？　それともハンカチかな。なにがいいかしら」

「そうだね」モーゲンは思案した。「新しい爪やすりがほしいと思ってたけど。だけどおまえの好きなものでいいよ」

ベティは立ち上がってバスタブから出た。モーゲンが手を伸ばして乾いたタオルをとってやるまで、しばらくそのまま待ち、それから体を拭きはじめた。「あたしの思い出になるようなものがいいわ。なぜって、もちろんお金を相続したら、お互いあまり会わなくなるでしょうから。あたしは慈善活動や買い物やなんかで忙しくなるし」

モーゲンは立ち上がって、深いため息をついた。「結局おまえを溺れさせることに決めたよ。そのほうが新しい手袋よりよっぽどいい」

予想どおり、モーゲンが近づくとベティは逃げてしまい、かわりにベスが現れて、ベティが結んだばかりのガウンの紐をほどきながら、うれしそうにいった。「お風呂に入るところ、見にきてくれたの？　とってもやさしいのね、モーゲン叔母さん」

「湯を入れてやろうと思ってね」モーゲンは素知らぬ顔でいった。「温かい風呂に入ればよく眠れるから」

「大好きよ」ベスがキスしようとしたのをうまくかわして、モーゲンは姪の向こうに屈みこみ、お湯の蛇口をひねった。「バスソルトを忘れちゃいけないよ」

「あたしが使っていいの？　モーゲン、すてきだわ！」

「どういたしまして」そういってモーゲンはスツールに戻った。ベスがお湯を張り、なかに入り、念入りに石鹸を泡立て、かれこれ四十分間エリザベスとベティが擦っていたのと同じ首や足や腿や腕や耳をごしごし洗うのを、ただ茫然と眺めていた。「お風呂って気持ちいいわ」ベスは泡を指ではじきながらいった。「思いついてよかった」

「寝るまえに熱い風呂に入ると、リラックスできるからね」とモーゲン。

「お風呂に入るとき、昔みたいにここに座ってくれてうれしいわ」

「ふん。おまえが風呂に入るのは、何度も見てきたからね」

「最近なかなか話す機会がないんですもの」ベスは大きな無邪気な目を叔母に向けた。「もっと話せたらと思うわ、モーゲン叔母さん。もっと親しくなれたらって。あなたが大好きだから。あたしたち、なれないかしら……その……仲よしに」

「仲よしね」とモーゲン。

「許してさえくれたら、たっぷりお世話してあげるわ。一緒にいろいろ楽しいこともできる」

「そうだね。これからはもっと会うようにしないと」

ベスは石鹸の泡まみれのまま、涙ぐんで振り向いた。「あたしのこと、ほんとうは好きじゃないのよ。好いてくれる人なんて誰もいない。この広い世界で友だちひとりいない。誰もあたしを愛してくれないの、自分の叔母さんですら」

「バスソルトをあげただろう」モーゲン叔母は指摘した。

ベスは鼻をすすり、手の甲で顔の石鹸を拭って、立ち上がった。「もうお風呂はいい。みじめすぎて、お風呂なんて入る気になれないわ」

「どっちみち、あまり汚れてなかったからね」モーゲン叔母は無慈悲にもそういった。

お湯がすっかりなくなり、またガウンを着たころには、彼女はすっかり元の愚かなベスに戻り、「だけど叔母さん、あなたの洋服を買わなくちゃ」としゃべっていた。と、そのとき、彼女が消えて、かわりにピカピカ清潔になったベッツィが、叔母のほうを振り向いて、皮肉な顔でお辞儀をした。

「さて、みんな耳の後ろはちゃんと洗ったね」とベッツィ。

モーゲンは思わず吹きだした。「ベッツィや、一緒に下に行って、叔母ちゃんとブランデーでもどうだい」

「無理だよ。お風呂に入らないとだめだし」

「勘弁しておくれよ。おまえがまた足を洗いだしたら、気が狂っちまうよ。今夜だけ風呂は諦めたらどうなんだい」

「だめ、だめ。ほかのみんなになんて思われるか」

「ちょっと思ったんだけど」バスルームのドアへ向かう途中で立ち止まり、モーゲンは興味深そうにいった。「ベティはお前たち三人がしていることを、いつもわかっているのかね」

ベッツィは首を振った。斜に構えつつもおもしろがっていたその表情が消え、当惑したような顔になった。「前はだいたいはわかっていたけど。でもここ数日、ほかの三人とほとんど同じみたい。だからあんなに怖がっているんだよ」

「ベッツィ」モーゲンはゆっくりといった。「あの泥騒ぎには、おまえが関係していたのかい」

「泥？　どの泥？」彼女は呑気に自分の裸体を見下ろした。「あたしには泥なんかついてないよ」

居間に向かうため階段を下りていると、浴室のドアが開いてベッツィが叫んだ。「ねえ、モーゲン、残ってるバスソルト使ってもいい？　もうちょっとしかないけど」

「そうだね」とモーゲン。「下にいるから、おまえさんはしっかりきれいにするんだよ」

翌朝目覚めると、モーゲンは具合が悪く弱々しく感じたが、それが空腹のためだとようやく気づいた。しばらくベッドに横たわったまま、あれこれ考えごとをした。昨日は結局なにも食べなかった。ブランデーには無期限に生命を維持できるだけのミネラルやビタミンが含まれる——以前、誰かがそういってたっけ。もし自分が別の人間として生まれていたら、今頃はポンパドゥール夫人*の私室で目覚めていたのではないか。ベッドの傍らでは宝石をつけた小姓がひざまずいて、チョコレートを差しだしている。青緑色のサテンのカーテンに囲まれた自身の姿を空想しつつ、彼女は立ち上がり、口笛を吹きながらみずからに訊ねた。奥さま、ルビーのティアラになさいますか、それとも真珠の胸衣にいたしましょうか？　いつも午前中に着るコーデュロイの部屋着にようやく着替え、髪を梳かし、すばらしく快適な羊皮製の古いスリッパを履くと、彼女は口笛を吹きつづけながら廊下を通って浴室へ向かい、まだ姪が風呂に入っていたらどうしよう、とおどけて考え、顔と手を洗い、歯ブラシをとり上げ、泥を落とすため水をかけた。それから、いきなりそれをとり落とし、後じさってドアの鍵にもたれ、震えながら手を握りあわせると、泣きたい気持ちになって、気づけばこうつぶやいていた。「私は年寄りなんだよ」

「もう嫌だ、もう嫌だ、もう嫌だ」しばらくたったのち、彼女はそういってドアの鍵を開け、洗面台にそのまま歯ブラシを残して、どすどすとキッチンに下りていった。コーヒーポットを念入りに吟味し、たっぷりすすいだあとでコーヒーを湧かしはじめ、沸騰するまでじっとキッチンに留まり、とにかくなにかに触れるときは十分確認してからにするよう注意していた。コーヒーができるとまずカップを洗って一杯注ぎ、テーブルから椅子を引きだし、座面とテーブルの下の床をじっくり調べて腰を下ろした。それから、清潔な椅子で、清潔なカップに入ったコーヒーを飲みながら、淹れたての温かい清潔な香りを楽しもうと頭を傾げ、なんとか考えに集中しようとした。

まず第一に、触れるものすべてを汚す、こんな卑劣な策を仕掛けたのが、エリザベスであれ、べ

*フランス王ルイ十五世の愛人。

ティであれ、ベスであれ、ベッツィであれ、まったくどうでもよかった。それは重要ではない。もう全員一緒にここを去るのだから。モーゲンはこのときはじめて、自分がなにをしようとしているのかを、それだけ切り離して、はっきりと理解した。いわゆる〈施設〉について、頭の背後で混乱したひどいイメージを抱いていたし、鎖や柵つきの窓、虫の湧くひどい食事といった中世的な暗い連想のため、この瞬間までは不快な反発を感じていた。リッチモンド家の財産がここまで注目されるようになったいまとなっては、もし叔母がただひとりの姪を鎖と暗闇の世界に閉じ込め、自分は姪の金でひとり暮らしを続けたなら、みなにあれこれ疑われる心配があった。しかしながら、このときはどこにも泥が見当たらなかったので、モーゲン叔母は冷静に偏りのない立場で問題を見据えようと努めた。施設と一口にいってもいろいろな場所があるはずだ。田園のクラブのような施設もあると、たしかに聞いたことがある。贅沢に暮らせて、世話も食事も申し分ないそうだ。そういう場所は金もたっぷりかかるため、結局あの娘は自分の遺産をもらうのと同じことになるだろう。じっさい、そんな場所に入れるなら、私はここでの生活をかなり切り詰めないといけないから、誰も陰口はたたけないはずだ……。ふたりで一緒に入所することもできる。モーゲンは狡猾にそう考えた。ちょっとでもまた泥を口にすることがあれば、もう待ってはいられない。ことによると、あの娘をここに残して私が施設に入り、極上の世話と食事を楽しむという手もある。そうなったら、いったいみんなはなんというだろうと考えながら、彼女は笑った。そうなのよ、モーゲンは金もみんな手に入れて、あの精神病院で贅沢三昧らしいわ。それなのに、かわいそうに、頭のおかしいあの姪っ子といえば、家でお腹をすかせて……。

いけない。モーゲンは突然きっぱりと思った。あの娘の考えが伝染してしまった。あの娘のためにどうするのが最善か考えようとしても、世間が金のことでなんというかが気になりだすなんて。私としたことが、頭がどうかしている。誰も金は必要としていない。誰も気にしていない。ベティだけだ。それなのに、あの娘が金について話しだしたとたん、食べたり、飲んだり、健康だったり、そういったごく普通のよいことについて誰も考えられなくなって、くだらない口論ばかり始めてしまう。あの娘には銀貨のたっぷり入った大きな袋をやるよ、とモーゲンは思った。ここを発つときスーツケースで持っていけばいいさ。全部あげたといえばいい。ああ、まただ、いけない。これからは遺産のことはいっさい考えずに、この問題を決めないと。さて、適切な施設を探す第一歩としては——見舞いに行ける距離にあるほうがいい。そうすれば食事の質、床が清潔か、付添人が従順かをモーゲンが定期的に自分の目で確かめられる。芝生が青々としてテニスコートがきちんと整備されたところなら、ベティも散策できるし、ベッツィも飛び跳ねられる。いちばん端的にいえば、モーゲンが気兼ねして居心地悪く感じたりせずに訪問できるようなところ。そういう施設を見つけるためには、不本意ではあるがライト医師に頼る必要があった。むろんハロルド・ライアンでも知っているだろうが、ライト医師なら、説明や弁明抜きでも、モーゲンの決定が不正でないとわかってもらえるだろうし、もっと早く決断すべきだったのにと、ユーモアまじりで受け止めてくれるかもしれない。ハロルド・ライアンが相手だと、やたらと説明が必要だし、モーゲンが思うに、こういう事態の場合、すぐに動くことが大切なのだ。もしそれで事がすむのなら、早くやってしまったほうがよい。*　モーゲンはこう考えて、自分でも驚いた。

＊『マクベス』第一幕第七場において、ダンカン暗殺を企てるマクベスの台詞の、断片的引用。つづく台詞も第五幕第五場からの断片的引用。

彼女はコーヒーを味わいながら笑い、声に出して台詞を語りはじめた――「舞台の上でみえを切ったり、喚《わめ》いたり。しょせんは――」

「おはよう、モーゲン」キッチンのドアのところから、ベティが声をかけた。「お祈りでもしてたの？」

「おはよう」と答えながら、モーゲンはこう思った。この娘ももうすぐ出ていく。早くやってしまったほうがよい。

「コーヒー淹れたの？　よかった」ベティは自分に一杯注ぐとテーブルにきて座った。「忘れるといけないからいっておくけど」そういいながら、広げた自分の指を優雅に眺めている。「家に配達させたものがあるから、支払をお願いしたいの。たぶん今日届くわ」

「なにを買ったんだい」

「洋服よ。それから私の部屋で使うものも少し。あなたが気にするようなものじゃないわ」

「まったく気にならないね。支払はしないから」

ベティは微笑んだ。「ねえ、モーゲン。払うのはあたしよ。あなたはただ、運送屋にお金を渡せばいいの」

「できないね」モーゲンはきっぱりといった。また頭にかっと血が上り、テーブルに手を叩きつけて大声で叫びかけたのだが、ベティの笑みを見て急に黙った。「私が怒るとおまえは逃げだすだろう。怒れないとしたら、どうすればいいんだい」

「レディらしく振る舞うようにするのね」とベティ。「あたしのように振る舞えばいいのよ」

「私がどうするか、教えてやるよ」モーゲンはなんとか自分を抑え、この娘がいなくなるのはいつだろうと考えていた。「妥協しようじゃないか。注文したものの一部は――」（おまえが持っていけるものじゃないとね、とモーゲンは思っていた）「――買っていいよ。ほかのものは返品するんだね。そうすれば、ふたりともが譲歩して、めでたしめでたしだ」

ベティは考えこんでいたが、最後にこういった。「わかったわ。だけど、決めるのはあたしだから」

「きちんとリストを作らなくちゃ」モーゲンはそういうと、テーブルを離れ、居間の机まで行って鉛筆と紙をとってきた。戻るとエリザベスがストーブで自分用のミルクを温めていて、モーゲンのコーヒーは怪しいほど黒々と濃かった。モーゲンは味見もせずに嫌そうに口を歪めてみせ、シンクにカップをおいた。「どうやって登場したんだい」

「おはよう、モーゲン叔母さん。昨夜はすばらしくよく眠れたわ」

「それはよかった。よかったよ」どうやって話せばいいかわからないまま、モーゲンは少しためらい、それから注意深く切りだした。「エリザベス、私がなにをしようとしているかわかったときには、理解してほしいんだよ。これしか方法がないと思っていなければ――」

エリザベスは温かいミルクをカップに注いで、テーブルに座り、せつなそうにミルクを見ながらいった。「一度でいいから、あたしの好きなものを食べるあいだくらい、あたしのままでいさせてほしいわ」

「やってみればどうだい？」モーゲンは興味深げに答えた。「つまり、あの娘たちがおまえを追い出そうとしたら、押しかえしてやればいいのさ」

「そうね」エリザベスはぼんやりと返事した。「そんなに干渉しないでほしいの。あたし、どこも悪くないんだから」

「おまえがなにを注文したのか、教えてくれるのを待っているんだよ。高すぎるものは返品しなくちゃ。そんな余裕はないからね」

「ばかなこといわないで」ベティがいった。「あたしはなんでも好きなものを買えるわ」

「そうだね」とモーゲン。

「えっと、小ぶりのラジオよ」とベティ。「あの大きな店で買ったの。あそこでランチも食べたわ。噴水があって、金魚がいて」

「アーノルドの店だね」モーゲンはそういって、メモをとった。「ラジオ。ラジオは持ってたんじゃないのかい」

「あれより小さいの。それからコートも注文したわ。深緑色で毛皮の襟がついてるの、ヒョウ柄の。あと、それにぴったりの小さな帽子もね」

「どっちにしろ、緑はおまえに似合わないよ」

「それからストッキング何足かと下着と手袋と……あとはわかんない。いろいろ選びながら店をまわって、店員がそれを全部小包にまとめて送ったから」

「じゃあ、小包ごとそっくり送りかえすよ」

「それから人造宝石もいくつか。モーゲンにもネックレスをひとつ注文したのよ。小さな貝殻の」

「すごいね、海の音が聞こえるようにかい？」

「なんですって？」

「気にしなくていいよ。それで全部かい」

「ええ」ベティはそういって顔を背けた。

モーゲンは鉛筆をおいて椅子にもたれ、リストを眺めた。「悪くないよ。ラジオは不要だし、コートもだめだ。私は宝石はいらないし、下着もストッキングも手袋も必要以上に持っている。全部送りかえすんだね」

「私からの恩恵をなにか期待してるのなら、気をつけたほうがいいわよ」とベティ。

「恩恵ってどういうことだい？」モーゲンは無礼に笑った。

「このままあなたがここに住むのを許すつもりだったのよ」とベティはいった。「昨夜、私のことをもっとまともに扱うってあなたが約束したときには、お小遣いもあげようと半分決めていたのに」

「気前のいい話だ。私なら、おまえにそこまではしないね」

ベティはモーゲンの鉛筆をとりあげ、テーブルの向こうから脅すように叔母に向けてみせた。「いつかあたしに泣きついてくるわ、そうすれば――」

「わかったよ」モーゲンは愛想よくいった。「私がおまえに泣きついて、ヒョウ柄の襟のついた深緑色のコートとそれにあう小さな帽子がほしいといったら、そのときは大喜びで却下すればいい。私がいまそうしているように」

「モーゲン、もし今日ほしい品を買ってはだめだといっても、明日になればあたしはまた出かけていって、まったく同じものを買うわよ。同じ店で買えなければ、別の場所で買うから。なぜって、あたしは当然もらうべきものは手に入れるつもりだし、自分のお金でなんでも好きなだけずっと買いつづけるから」

「それでおまえが幸せならね」モーゲンはそういいながら、ベティの手と鉛筆と紙を観察していた。ベティが話しているあいだに、彼女の手はきれいではないが読みやすい字で、買い物リストに「腕時計」、「煙草入れ」、「ハンドバッグ」など書き足していたのだ。それを見て、モーゲンは思わず吹きだした。ベティはうつむき、自分の書いた字を見ると、顔をしかめた。

「やめてよ」彼女はそうささやいて、握りしめた指から鉛筆を奪おうとした。モーゲンが椅子にもたれ、無表情で眺めているあいだ、ベティは左手で鉛筆を右手の指からもぎとろうとしたり、腕をテーブルから引き離そうとしながら、「やめて、やめなさい、あたし許さないから」とささやいていた。

「はっはっは」ベティの右手は書いた。ベティが手を引っぱろうとするので、文字が紙全体に書き散らかされている。

「モーゲン」ベティは懇願した。

「私は助けたりしないよ」モーゲンはそういって、にやっと笑った。「お小遣いについて、気が変わったそうだからね」

ベティは自分の手と格闘するのをやめて、長いこと怒った顔でモーゲンを睨んでいた。「これでうまくいくと思っているのね」彼女はそういい、右手は自由に書きつづけていた。モーゲンはベティの手から目を逸らせた。解き放たれた手が、自分のいかれた目的を果たすべく跳ねまわるのを見て、気分が悪くなったのだ。「止められない」ベティは手を見つめながらつぶやいた。

モーゲンは立ち上がってテーブルの反対側まで行き、ベティの肩越しにその手がなにを書いているのか覗きこんだ。「ひどいわ」ベティが抗議した。

「ぞっとするね」モーゲンが答えた。手はこう書いていた。「かわいそうなシンデレラ　ベティかわいそうなはいむすめベティ　かぼちゃのコートなし　ぶとうかいなし」

「いつも戯言ばかり書くのよ」とベティ。

「はいむすめベティ　はいのなかにすわって　くびまでどろにつかってた」

「首まで泥だって？　おかしいね」モーゲンはベティの後頭部に笑いかけた。「私がよく使う言葉だけど」

「むごいしまいたち」手はそう書くと、最後にここが肝心だというように太い線を引いた。

「誰かさんがね」とベティはとてもさりげなくいった。「あたしの部屋に荷造りの終わったスーツケースをおいてるの。誰のものだかわからないけど、いつか夜中にこっそり抜けだそうと考えてるみたい。またしても」

「だめモーゲンだめモーゲンだめモーゲンかわいそうなベッツィどろのことベティにきけ」

「ばかげてるわ」ベティはそういって、また手を持ち上げようとした。

モーゲンは笑った。「おまえたち、お互いに告げ口ばっかりして。いつのまにか、秘密も持てなくなっちまって」

「かわいそうなリジー」手は書きつづけた。「かわいそうなリジーかわいそうなモーゲンかわいそうなベッツィ　パリにいけない　もうぜったいに」

「ベッツィなのかい？」モーゲンは身を乗りだして訊ねた。

「ベッツィ　おおうなばらのうえ　ベッツィ　うみのうえ＊」

＊縄跳びのときなどに歌うわらべ歌のもじり。次行も同じ。

「ベッツィはティーカップを壊し、全部あたしのせいにした」とベティはいい、また手を持ち上げようとした。「こういうこと、我慢できないの」

「こういうこと?」モーゲンは不思議に思って訊ねた。

「わらべ歌よ。いつもそうなの――」彼女は急に黙った。

「はっはっは」ベティの手が書いた。

「あの歌で姉さんがおまえをからかっていたのを覚えているよ」モーゲンはそういって、ベティからその手に目を移し、またベティを見た。「おまえが赤ちゃんのときにね」

「お願いだから、悲しみを思い出させないで」ベティが厳かにいった。

「ばかばかしい」それから、モーゲンはこう続けた。「もうこの世にいない人だろ」

鉛筆はベティの手でじっとしていた。「さて」モーゲンがついに切りだした。「電話をかけなくては。おまえには聞かれたくないんだよ」

「あたしに? まあ、モーゲン叔母さん!」

テーブルで泣いているベスを置き去りにして、モーゲンはキッチンのドアをばたんと閉め、玄関の電話のところへ行った。受話器を持つと、滑って手のなかで回転したので、落としたまましばらく座りこみ、吐き気を抑えながらぶつぶつひとり言をいっていた。それから彼女はハンカチを見つけて、勇敢にもそれを使って受話器を握った。調べなくても医者の電話番号をダイアルできたことが少しおかしかった。看護婦が電話に出たので、モーゲンは低い声を保ちながらいった。「ライト先生をお願いします。こちら、モーゲン・ジョーンズ」

しばらくして、医者の尖った声が聞こえた。「おはようございます、ミス・ジョーンズ。ドクター・ライトですが」

「お邪魔してすみませんが、先生、ぜひとも助けが必要なんです」

しばしの沈黙のあと、彼は答えた。「ミス・ジョーンズ、まことに遺憾ながら、お力にはなれそうにありません。ライアン先生に連絡されてはいかがです?」

「いや。私は……」彼女は当たり障りのない表現を探した。ベティがキッチンのドアに頭を押しつけて、聞き耳を立てているのは明らかだったからだ。「あなたの前例に倣うことに決めたんです」

ふと、ある考えが浮かんだ。「バーナムの森がダンシネインまで来たもので*」

「なんですって?　ほんとうにミス・ジョーンズですか?」

「ばかなことといってないで。伝えたいことがあるんだから」

「いっておきますが、こんなやり方で姪御さんに対する私の関心を復活させようと目論んでおられるのなら――」

「聞いて」とモーゲンは鬼気迫る口調でいった。「あたりまえだろう?　もちろん私はあんたのいう目論見とやらをしてるとも。威厳もなにもかなぐり捨てて、あんたのおしゃべりを延々聞いてるのを見れば、はっきりわかるだろう?　我々と同じように、あんたもこのことから逃げだせないってことが。とにかくここに来てほしいんだよ、いますぐに」

「無礼な態度をとるおつもりではないと、信じてますがね」医者は冷たく答えた。「少し考えてみれば、ちゃんとおわかりになるはずだ。私が姪御さんをまた診るのを拒むのには、正当な理由があるってことくらいは。彼女にも、あなたにも、お役に立てるとはとても思えませんから」

*『マクベス』第五幕第五場。

「あたしの助けにはなるんだよ」とモーゲン。「じっさい、考えてみれば、ここまで事態をややこしくしておいて、私を見捨てるなんてできっこない。大至急ここに来ないと、ハロルド・ライアンに電話して、聖職を剝奪させるよ」

「開業医の権利を剝奪する、ってことですね」ライト医師は多少おもしろがって答えた。「脅すつもりなら、行けませんね」

「いまいったことは撤回するよ」とモーゲン。「明晰に話すのはほとんど無理な状況なんだから」

「なにか問題がありましたか」

「ええ。じつは――」彼女は肩越しにキッチンのドアを見やった。「とても動揺していて」

「そうでしょうな」と医者は答えた。「一時間以内にそちらに着きます」

「よかった」とモーゲン。

「ご理解いただきたいもんですな」と医者はいった。「こうして姪御さんの治療を再開することで、私が自分の自尊心にどれだけの暴力を加えているのか。ただ私の良心がどうしても――」

「もし暴力の心配をしているんなら」モーゲンは意地悪く応じた。「あんたの良心については、私になにもいわないことだね」そして彼女は電話を切った。最後の捨て台詞は自分がいってやったが、にもかかわらず医者がもうすぐ来るという約束をとりつけられて満足だった。

キッチンのドアはぴっちり閉まっていたので、モーゲンはそれに背を向けて居間へ入り、ソファーにぐったりと座って、最善の策はなにかと考えた。ライト医師を介して、強硬でうむをいわさぬ法的措置を開始することが、彼女には恐ろしかった。神経質で健康のすぐれない姪を高名な医者のもとに連れていくことと、書類やら収容命令やらを伴う機械的な手続に姪を委ねることは、まったく別問題だった。おそらく世間にも知られるだろう。周囲には姪が私生児を生むためにここを去ったといおう。モーゲンはそう思って自分を慰めようとした。私が精神病院に閉じ込めたと認めるよりはましだ。彼女はふと顔を上げ、訊ねた。「今度はなんの用だい？　それとも、私を追っかけまわしているだけかい？」

「誰か来てるの」エリザベスがいった。「代金を払うべき小包があるんですって」

「それであの娘がおまえを送りこんだんだね。それじゃあ」モーゲンはのっそりと立ち上がり、玄関へ向かった。そこには配達の男が立っていた。ラジオや毛皮の襟のついた緑のコート、それにたぶん煙草ケースも入っているとおぼしき小包を持って。「注文はキャンセルしたんだよ。悪いね」モーゲンが穏やかに告げた。

「了解」男は小包を持ち上げるとドアに手をかけた。「やっぱり必要ってことないかい？」彼は振り向いて肩越しに訊ねた。

「ないね」モーゲンはきっぱりと答えた。

「ボスはあんただからな」彼はドアを開け、それから振り向いて閉めようとした。と、ベティがモーゲンを押しのけて叫んだ。「待って！　ちょっと待って！」

「はい？」配達の男は立ち止まった。

「それいるの。返してちょうだい」

「オーケー」男は向きを変えた。

「いらないよ」とモーゲン。「持っていっておくれ」

おざなりに小包を持ちながら、配達の男は躊躇した。「なあ」男は非難めいた口調でそういい、ドアの向こうからこちらへ投げようとするかのように、小包をぐいと動かした。「おれはこんな小包はいらない。あの人もいらない」男はそういうと、頭を振ってモーゲンのほうを指した。「なのにあんたは、待ってくれ、待ってくれ、ほしいという。いいかい。この小包は三十七ドル八十五セントなんだ。決めてくれよ。おれは小包を持って出ていくか、ここに小包をおいて三十七ドル八十五セントを持って出ていくかの、どっちかだ。どうする？」男はここで黙り、無愛想に小包を持って立っていた。

モーゲンはベティのほうへ首をかしげた。「さて？」

ベティは怒りで顔を赤くして、迷っていた。気さくな会話には慣れていなかったし、頭の回転も遅かった。彼女は男からモーゲンへ目を移した。ふたりとも興味深げに自分を見ている。と、彼女は急にベスに変身した。ベスはまずモーゲンの視線に気づき、それから配達の男と小包に気づいた。「まあ。これあたしの？　モーゲン、プレゼントを買ってくれたの？」

「いいや」とモーゲン。「この人に持って帰ってもらうのさ」

少しして、配達の男は小包を持ちなおし、ため息をついてドアをまた開けると、呼び戻されるのを待つように敷居のところでしばらく待っていた。「あたしにはなんにもくれないのね」ベスはいった。大粒の涙がふたつ頬を伝った。「あたし以外はみんなプレゼントをもらうのに。きっとあたしを好きな人は誰もいないんだわ。だって、誰からもプレゼントをもらったことがないんだもの」

ドアがそっと閉まった。ガラス越しに、配達の男が階段を下りてトラックへ向かうのが、モーゲンには見えた。彼は一度立ち止まり、振り返ってしばらく家を見ていたが、肩をすくめて小包をトラックに投げ入れた。

「そのうち仕返ししてやるから」

「そんな口をきくのはおよし」モーゲンはどすどすと居間に戻った。ベティがそっとついてきているのがわかった。背筋にかすかに寒気が走るのを感じながら、モーゲンは振り向いて、威勢のよすぎる声で告げた。「さあ、ベティ、無茶はいいなさんな。返品するって、おまえに伝えてただろう？」

「半分は買ってもいいって、いってたじゃない」

「おまえこそ、注文したものを全部伝えたって宣言したくせに」

「あんたに本当のことをいう人なんていないわよ」ベティは嘲るように答えた。「真実なんて、生まれてから一度も聞いたことないんでしょうね。嘘をついて、嘘をでっちあげて、嘘で人を傷つけようとして。あんたの周りは嘘つきしかいない。あんたはひどい、ひどい、ひどい——」

「ちょっとお聞き」とモーゲンは遮った。ベティが近づいたときにふと感じた不安がまだ消えなかった。少し自信がもてない分、声を張りあげた。「ちょっとお聞き」そういったモーゲンは、自分が選び、自分の指示で敷かせたカーペットの真ん中に挑むように立ち、自分が主導して色を決めた壁と自分の好きな景色の見える窓に囲まれ、しっかりと足を踏んばった。見知らぬ恐怖に動揺などするつもりはなかった。「おまえからほかにも何かとりあげようなんて、思ってないよ」彼女は味方に加勢を求めるかのように腕を大きく振って、意図したよりは弱々しい口調で続けた。「まったくおまえのせいで我慢も限界だよ。おまえの母さんもそうだった。ふたりとも同じように私を非難して、罵るんだから。おまえの顔を見てごらん。泣き言をいう姉さんの顔にそっくりだ。それから」彼女は警告の仕種をした。「嘘泣きや、悲しんだ振りはよしな。おまえが母親をどう思っていたのか、知ってるんだから」

ベティはたじろいで、いまにも泣きそうになった。あるいは、たじろいで、いまにもエリザベスに変身しそうになったのだろうか。ハンカチを出して左右をキョロキョロ見ていた。だが、モーゲンは続けた。「エリザベスを送りこんで逃げだそうっていうんなら、もう帰ってきなさんな。もし帰ってこようもんなら、鼠の巣穴の前の猫みたいに私はここで待ち構えていて、おまえが覗いたとたん、とっつかまえてやるから。逃げたいなら逃げるがいい。だけど、二度と戻ってくるなといったこと、忘れちゃいけないよ」

「逃げたりしないわ」ベティはそういってハンカチを下ろした。「あたしはね」彼女はモーゲンに微笑みかけた。「ぜったいに去らないから。モーゲン、これからはいつもあたしがいると思っておいたほうがいいわよ。いつもここにいて、あんたを惨めにするため、あらゆることを考えだすから。毎晩、夜も眠らずあんたを憎むから。死ねばいいと願いつづけるから。ぜったいにできないからね」と、彼女は注意深くゆっくりといった。「あたしを厄介払いするなんて」

「母親と同じような口をきくね。おまえの忌まわしいめそめそした母親と、まちがいようがないほどそっくりそのままの物言いだ。私がおまえなら、そこでやめておくね。なぜって、いいかい、ミス・エリザベス・ベス・ベッツィ・ベティ、おまえの母親は私がいまいちばん話を聞きたくない相手なんだ、わかったかい？　私は彼女と腐った時間を延々一緒に過ごしたんだ。最期を見たときには、せいせいしたよ。おまえの最期のときも、同じくらいせいせいするだろうよ」そう叫ぶと、モーゲンは向きを変え、ものすごい勢いで部屋を行ったり来たりしたが、姪のそばには近よらなかった。「おまえを入れることにしたよ」ふたたび静かになったその声は、震えていた。「施設に、精神病院に、きちがい病院に。そこに入れれば、おまえはジグソーパズルみたいに、自分をばらばらにして、またひとつにすることができるんだろうね。ご立派な医者どもが周りをとり囲んで、おまえが分譲地みたいに分割されたら拍手してくれるだろう。やさしい看護婦たちは、おまえがすっかり四つに分裂したら頭を撫でてくれるだろう。それからみんなでくすくす笑いながらおまえを引きずっていって閉じ込めるのさ。そうすれば私はせいせいするし、世間様もせいせいするし、おまえのご立派なあの先生もせいせいするから、世の中はもっといい場所になるだろうね。おまえは誰にも知られずバラバラになってればいい。それに、思いついたんだが、おまえを満足させるために、おまえの持ってる大金を使って、数エーカーの湿地を買うことにするよ。そこを掘り起こして、亡くなった母さんの墓に持っていって、泥をかけてやる。そうすれば、彼女がお前と私にした仕打ちについて私がどう思っているか、みなにもわかるだろう。もしおまえが施設から出られることになって——そんなことはないだろうがね——よぼよぼになって泣き言をいいながら私のところへ来て、面倒を見てほしいと頼んだら——もちろん面倒なんて見ないがね——そしてあの大仰な医者にバラバラの断片をひとつにまとめてほしいと頼んだら——彼も助けたりしないだろうがね——我々はおまえの母さんの眠る墓から泥を押しのけて、おまえも入れるくらいの穴を掘ってやるよ。気の毒なモーゲン叔母さんは、大理石のベンチを買って、死んだおまえたちふたりの上に座って、にたにた笑うだろうよ。考えてもみな」最後にモーゲンは疲れたようにいった。「おまえの父親は、これまで生きてきた誰よりも立派な人だったんだから」

モーゲンは椅子に腰を下ろした。ぐったり力を失い、惨めな気持ちで、怯えていた。もう後戻りはできない、と彼女は思った。ベティが一歩踏みだすと、彼女は防御するように身を動かした。

「あんたのいうことなんて、信じないわ」ベティはきっぱりといった。「あんたなんて、お母さんみたいなやさしい善良な人には一生なれないわよ。お母さんの四分の一の分だけだってなれないんだから」モーゲンがかっとして頭を上げると、ベティは挑むように続けた。「自分でもわかってるんでしょう。みんなもわかってるわ。ここであんたと住むくらいなら、行ってやるわよ。その……あんたのいうような場所に。ベッツィですら」彼女はまるで自分をしっかりひとつに固めようとするかのように、腕を交叉させて肩を摑みながら、激しい声で叫んだ。「ベッツィですら、また逃げだしたいと思ってるじゃない。あんたから逃げたいのよ。ベッツィはここが大嫌いなのよ。逃げだしてお母さんを見つけたいの。いったい彼女があなたになにを求めてると思ってるの？　愛？」

「お母さんだって？」モーゲンは低い声でそういって顔を上げた。「誰のお母さんだい」

「ベッツィのお母さんよ、ニューヨークにいる。あのとき、お母さんを探しにいったのよ。また行きたいと思ってるわ、一刻も早く。お母さんを見つけたら、ここには戻ってこないわよ。だって、お母さんがあんたには近よらせないから」

「あの娘のお母さん？」モーゲンはものすごい大声で叫んだ。「あの娘のお母さん？　あの娘の父親と結婚したあのいやらしい女のことかい？　ベッツィはそれを求めているっていうのかい？」

「鉛筆をちょうだい。あの娘に訊いてみなさいよ」

「ベッツィを連れてきな」モーゲン叔母は尊大に命じた。「すぐに私のところへ連れてきな」

「だけど、いったじゃない――」

「さあ、ベッツィを連れてきな」

「それで？」ベッツィは挑発的な笑みを浮かべた。

モーゲンはソファーにもたれた。息づかいが荒かった。少なくともベッツィ相手なら、それほど保身にまわる必要はない。ベッツィは危険と無関係だったし、憎悪を掻きたてられることもなかった。「どうしてニューヨークへ行ったんだい?」モーゲンは静かに訊ねた。

「あんたに関係ない」

「ベッツィ、知りたいんだよ」

「あんたに関係ない」

「ベティと話してたの、聞いていたのかい?」

「聞けなかった。聞こうとしたけどできなかった。でも、叔母さんが怒鳴ってるのは聞こえたよ」

ベッツィはくすっと笑った。「あんなに奥深くにいても、あんたの怒鳴り声はどうしても聞こえてくるから」

「じゃあ、正直にいっておくれ、ベッツィ。また逃げだそうとしているのかい?」

ベッツィは頭を揺すった。「お医者さんが来た、看護婦が来た、膨れた財布を持ったご婦人が来た*」

「ベッツィ、これは命令だよ」

「できるもんなら命令してみなよ、いうことなんか聞かないから」

「もうすぐライト先生が来るんだ」笑いがこみ上げてきたが、モーゲンはなんとか堪えた。「彼ならおまえをお利口にさせてくれるだろうね」

「あたしは長くいないもの。どうやってお利口にさせるっていうのさ」

＊縄跳びや遊戯のさいに歌うわらべ歌。

すると、エリザベスが現れ、「母さんは父さんにいった。ジョニーは叩かれた。わっはっは」と歌いだした。彼女ははっとすると、驚いて赤面し、叔母を見た。「ごめんなさい」

モーゲン叔母は急にもう笑っても大丈夫だという気がしてきた。「ばかな娘だね」彼女はそういって、思いっきり笑い、ほっとした。

「あたしのこと怒っていないの？」

「おまえのことは怒ってないよ。気分はどうだい？」

「いいわ」エリザベスは満足そうに答えた。「ほんとうに気分がいいの。ただ」少し間をおいてから、彼女はしぶしぶいい足した。「頭痛はするんだけど」

「それなら、なにかお飲み。これからしばらく騒ぎが続きそうだから」

「あたし、なにかしたの？」

「いいや」モーゲンはため息をついて、時計を見た。「おまえの医者がこちらに向かっているから」

「叔母さんに会うために？　あたし、考えてもみなかったわ——」

「おまえさん」モーゲンはまたもやため息をついた。「あと十分もこんなことが続いたら、私は患者として通用するようになっちまうよ。たぶんふたりで相部屋に入れるだろうよ」

「どういうことなの？」エリザベスはとまどって口ごもった。

「気楽に暮らしていたときには、気づいていなかったんだ。おまえを医者に連れていくはめになるまでは、みんな幸せだった」

「叔母さんが嫌なら、行くのをやめるわ。どっちにしても、叔母さんに喜んでほしかっただけだもの。あたしはいつだって……」エリザベスはおずおずと近づいてきて、叔母の腕に触れた。「いつだって叔母さんが望むとおりにしようとしてきたのよ」

「なぜだい？」モーゲンは少しのあいだ姪の顔をまっすぐに見た。「私はおまえがしてほしいと思うことをなにもしてやらなかったのに。なぜ私にやさしくしたかったんだい」

エリザベスははにかんでにっこりした。「なぜなら黒い雌鳥が紳士のために卵を産んだから。いつも思っていた、あなたが彼をむち打ち、めった切り、恥ずかしめ——*」

「お黙り、頼むから」とモーゲン。「とても耐えられそうにないよ」

「ごめんなさい」エリザベスの目に涙があふれた。「あたしはただ——」

「おやまた」モーゲンは姪の頭を撫でた。「おまえさんに話してたんじゃないよ、私が話してたのは——」

「あたし、でしょ？」

「そうだ、おまえだよ、こんちくしょう。ああ、たまらない」モーゲンはどすどす足音を立ててキッチンへ向かい、ブランデーのボトルを手に戻ってきた。「いまが朝の十一時であろうと、なかろうと、モーゲンは酔いの回るブランデーをたっぷり一杯飲むからね。みんなで止めようったって無駄だよ」

「飲んだくれ」エリザベスがそういったので、モーゲンはさっと振り向いたが、姪は涙目で怯えたように微笑みながら、ぼんやりそこに立っていた。

「ああ、もうまったく」そういってモーゲンはソファーに腰を下ろした。「エリザベス、叔母ちゃんのお願いをきいておくれ」

＊マザーグースのふたつの童謡のもじり。

「なに？」エリザベスは熱心に近よった。

「もう私に話しかけないでおくれ、しばらくは。先生がここにくるまでは、いいね？」

「木いちごの茂みに飛びこんで両目をえぐられた。もちろんいいわよ」とエリザベス。「つまり、叔母さんが静かにしていてほしいっていうなら、一言もいわずに——」

「ありがとう」とモーゲン。

「丘の下におばあさんが住んでいた」とエリザベス。「まだ引っ越していなければ*——」

「ブランデー、ブランデー」とモーゲン。「狂人にはこれが必要」

「——叩かれました。わっはっは」

「エリザベス、ねえエリザベス、この音は、先生が来たのかい？」

エリザベスは窓まで行って、教えられてきたとおりカーテンの隙間から用心深く外を見た。「そうみたい」彼女ははっきりしないふうにいった。「帽子をかぶっているところなんて、見たことなかったけど」

「かぶりたけりゃ、かぶるだろうさ」とモーゲンは答えた。モーゲンは立ち上がろうとしたが、エリザベスが窓から振り向いて近づいてきたかと思うと、両手で叔母の肩をしっかり摑み、ソファーへ押し戻した。「いったいどうしたんだい」しばらく恐怖心を忘れていたので、モーゲンは不意を衝かれ、身を振りほどこうともがいた。「いったいなにをしたいんだい」

ベティは片膝をモーゲンの胸部にのせて笑った。「もう老人ね」と彼女はまるでうれしい発見をしたかのようにいった。「あたしのほうが強いわ」

「邪魔するんじゃないよ、このできそこないの骨なしが」モーゲンはすごい剣幕で応じた。「でないと、おまえを踏んづけるよ」

「それはどうかしら」ベティはまた笑った。「かわいそうなモーゲン。彼はベルを鳴らして、鳴らして、鳴らして、今回もまたベッツィのいたずらだったと思って、帰るでしょうね。彼がいなくなったら、放してあげる。たぶんね」

自分を押しつける姪の重さもさることながら、なにより屈辱感に囚われて、モーゲンは身動きができなかった。姪の紅潮した意地悪い顔を見上げ、嫌悪のため思わず目を閉じると、動く力を振り絞ろうとしたが、叫ぶことすらできなかった。

「これであたしの気持ちがわかったでしょう？　あんたがベッツィと話しているときの」

「ベッツィ」モーゲンは呼んだ。「ベッツィ」

ベッツィが息を呑んで体を脇へそらし、肘をついて起きようとしたので、靴が叔母の足を擦った。

「あいつが怖がってよかったね」ベッツィはいった。「あたし、出てこられないかと思った」

「あの娘が怖がってたって！」モーゲンは激しい口調でいった。

ベッツィは神経質に辺りを見まわして、身震いした。「あたし、長くはいられない。出てこられないかと思ったもん。なにもかも混乱してて」またベルが鳴った。ベッツィの肩に愛しげに手をかけていたモーゲンは、自分が抱いているのがベティだと気づいてぎょっとして跳びのいた。「このことは忘れないからね」モーゲンはベティに近よらないようにしながら、静かにいった。「この私に手を出すなんて」モーゲンは手が届かないよう注意深くベティを迂回しながらドアへ向かった。

しかしベティの動きは素早かった。「殺してやる、もうこんなことができないように――あたしが

＊マザーグースの童謡の一節。

やめさせてやる」ベティはそう叫びながら叔母の横をさっと通過していった。モーゲンが追いつけないまま、彼女は玄関を走り抜け、ドアをさっと開いた。そして、そこにライト医師がいるのを見てたじろいだ。

「おはよう」ライト医師は礼儀正しくそういい、それからモーゲンにも「おはようございます、ミス・ジョーンズ」と声をかけた。

「おはようございます、ライト先生」モーゲンは少し喘ぎながら答えた。「ご親切に立ちよっていただいて」

「いや、まったくお気がねなく。普段は自分の診察室で患者さんに会うんですが、もちろん今回の場合は喜んで――ベティ？　どうかしたのかい？」

「彼女をどこに隠したの？」ベティはふたりを順に見つめながら詰問した。

「おかしなことをいうね」と医者は答えた。「どこに連れていくのかってことかね。つまり、きみの叔母さんのことだろう？」

「また来るのかと思ったから」ベティは息を切らせ、目を大きく見開いていた。

「たぶんないだろうね。つまり、きみのお母さんのことならね。コートを階段の手すりに掛けてもよろしいですか、ミス・ジョーンズ」

「もちろん、どうぞ」とモーゲン。「ちょうど姪とふたりで、あなたの話をしてたんです」

「好意的な話だったことを望みますな」医者はふたりに温和な笑顔を見せた。「さて、ベティは気持ちが動転しているのかね」

「がんばりすぎたんですよ」モーゲンが意地悪くいった。「シャドーボクシングでね」

「それは困った。なかに入って、座りなさい」そして医者は肩越しにつけ足した。「あなたの家で自由に振る舞うのを許していただけるのなら」

「もちろんです」とモーゲン。「まったくかまいません」

「さあ」といって、ライト医師はベティに先に立って進むよう仕種で示したが、ベティは彼を押しのけ、激しい勢いでドアのほうを向いた。「あなたとは話せない。あの人を止めなきゃならないってこと、わからないの？　そうしないと、あたしたちみんな、めちゃくちゃにされちゃう……あの人の誕生日なのよ」ベティは涙声で医者にいった。「誰も覚えてなかった」

「あの日もそうだったよ」とモーゲンがいった。「プレゼントを買ってたんだけど、あとから出してきて、ゴミ箱に捨てたよ」

「お母さんが帰ってくるの」思いがけないことに、ベティはそういいながらベッツィに変わって、モーゲンにおどけた顔をしてみせた。「結局戻ってこれたよ」彼女は満足げにいった。

「おはよう、ベッツィ」とライト医師。

「ついに来たんだね。おはよう、すばらしく賢い先生」

「ベッツィ」医者は差し迫った様子で訊ねた。「ベティがなにをしようとしてたか、教えてくれ。わかるかい？」

「あいつがしたかったのは」ベッツィがためらいがちにいった。「えっと……曲がった道を歩いて曲がった六ペンス硬貨を見つけた」*

彼らはまだ三人とも、モーゲン・ジョーンズの玄関広間に突っ立っていた。医者の背後ではナイ

＊マザーグースの童謡の一節。

ジェリアの先祖の像が満面の笑みを浮かべながら手を差し出して待っている。ベッツィはドアの近くの低いベンチに腰を下ろし、モーゲンを見上げた。「いえない」と、最後に彼女はいった。

「なぜだね、ベッツィ？」と医者は訊ねたが、ここでモーゲンが進みでて怒った声でいった。「ベッツィ、なぜいえないいんだい。あの娘はおまえのことを告げ口したのに」

「なにをいったの？」ベッツィはふたりのあいだに座って身をすくめ、縮こまった。「なにをいったの？」モーゲンのことを怖がっているようだった。「ただ出ていこうとしてただけだよ。なにも悪いことはしようとしてなかった。寂しかっただけ。幸せじゃなければ、出ていくものでしょう？」

モーゲンは悲しそうに微笑んだ。「私だってできることならそうしてるさ。だけど、ベッツィ、おまえはどこへも行けないよ。おまえが知らないことがひとつあってね。ベティが誰かを傷つけるつもりでドアに向かって走っていったとき、探していたのは……おまえのお母さんなんだよ」

ベッツィは思慮深い顔で首を振った。「あたしのお母さんじゃないよ」彼女は自信たっぷりだった。「あたしのお母さんは安全なところにいるもの」

「もうそうじゃないんだよ」モーゲン叔母がベッツィのそばにひざまずいたので、医者は脇へ一歩動いた。「ベッツィ、おまえのお母さんはもういないんだよ。エリザベス・ジョーンズ、私の姉、街でいちばんきれいな娘、エリザベス・リッチモンド。もういないんだ」

「エリザベス・リッチモンド？　電話帳には四人もいたよ」

「姉さんが死んだとき、私はそばにいたから」モーゲンは力なくいった。

「あたしのお母さんじゃないもの」

「ちょうどあそこの戸口に立ってたよ」モーゲンは執拗に続けた。「おまえだって、私と同じくらいはっきり覚えているだろう？　微笑んで、少し怯えながら。なぜって、ひどいことをしたってわかってたから。おまえが誕生日のお祝いをしようとずっとここで待っていたのに、二日間も行方不明で誰も居場所を知らなくて。そういう事態ははじめてじゃなくて、似たようなことは何度もあったけど、でも、あのときはおまえは待って、待って、待ちくたびれて、私はおまえに、我慢して待ってたらきっと帰ってくるって、ずっといいつづけて。覚えてるかい？　かわりに私の誕生日だって振りをしようって、私がいったことを？　だけどおまえはあそこに座って、窓から外を見ながら待って、待ちつづけて、そしたらついに彼女が帰ってくる物音がしたんだ」

「覚えてる」ベッツィはそわそわ身動きしながらいった。「帰ってきたのは、あいつのお母さんだよ」

「ちがう、そうじゃないよ」とモーゲン。「鍵を回す音がして、玄関のドアがバンと開いて、おまえが玄関を駆けぬけていって、あそこに彼女が立ってたんだ。微笑みながら怯えていた。それを見て、おまえが怒っているってはじめてわかったんだよ。なぜって、姉さんにはおまえの顔が見えたけど、私のいるところからは見えなかったから。彼女は怯えていて――そしてこういった」

「こういったんだよ」ベッツィの声は冷静だった。「あたし、お誕生会に遅れたかしらって」

「ちがう」とモーゲン。「こういったんだ。かわいいベッツィ、あたし、遅れたかし――」

「ちがうよ」ベッツィは立ち上がって医者の手を摑んだ。「ちがうよ。だって、あたしのお母さんはベッツィを愛してたし、あたしはお母さんの宝物で、だけどあの人があそこにいたときは、あたしはなかに引っこんで笑ってた。なぜってあたしはあの人の宝物じゃないし、あの人はかわいいベッツィっていわなかった……」ベッツィは必死な顔で医者のほうを見た。彼はモーゲンを見ながら首を振った。

「おまえは姉さんの宝物だった、大事な愛しい宝物だったんだよ」モーゲンは淡々と続けた。「姉さんについて好きだったのは、そのことだけだよ。おまえに歌いかけ、一緒に踊り、おまえはほかの人じゃ嫌がって誰にも近よらせなかった。姉さんがどこかへ行っていないときでも、私の歌じゃ、おまえはだめだった」

「じゃあ、あの人を揺さぶって、揺さぶって、揺さぶりつづけたのは誰？」ベッツィは医者の手を引っぱりながら問い詰めた。「走っていって、傷つけたのは誰？」

「ベティだよ」モーゲン叔母はお手上げだという身振りをして、医者に向かっていった。「私があの娘を二階へ連れていって、部屋に閉じ込めたんです。だけど、誤解しないでください。私は一瞬だって考えたことはありません。姪が……」モーゲンはここで息をついだ。「姪が姉を殺したただなんて。姉は丈夫な女性だったし、娘に揺さぶられたことが原因じゃなかったんです、ほんとうに。あとでハロルド・ライアンと話したけど、いずれ起こる運命だったから、誰のせいでもない、心配するな、そういってました。本人も理解できないような罪の意識で子供を悩ませちゃいけないって。誰の責任でもないって」

こうして何年ものあいだ誰も口にできなかったことを、モーゲンはこのままいつまでも話しつづけていたかもしれない。しかし、医者が彼女の肩に触れたので、彼の視線を追ってモーゲンはベッツィに目を落とした。ベッツィはそこに座って胸が張り裂けんばかりに泣いていた。まるで赤ん坊が泣くように。「ようやく、あなたのいうことを信じたようだ」

ベッツィが涙に濡れた目を上げたとき、そこにはベティがいて、澄んだ目を大きく見開いてぼんやりとモーゲンを見ていた。「彼女に話したのね」とベティはモーゲンにいった。「彼女に話して、あたしを責めたのね」

「あれはおまえがやったんだ」モーゲンは答えた。

「ちがうわ」とベティ。「あたしはずっと待っていて、窓から外を見ていて、もうすぐ帰ってくるって知ってて、そしたらあんたがあたしにいった。「誰か男と一緒なんだよ。男がいるときに、おまえのことなんて気にかけると思ってるのかい?」それから、こういった。姉さんはおまえを愛してない、お金のためだけだ、おまえといないとお金がもらえないからだって。そして、お金のことがなければ、出ていったきり戻ってこないだろうって。お父さんが生きてたときですら――」

「父親の話はおよし、このあばずれが」とモーゲン。

「気の毒なモーゲン」ベティがライト医師にいった。「あたしのお父さんもほしかったし、あたしのこともほしかったのに、結局手に入るのはお金だけ。ああ、お金があたしの手元にあったらいいのに」彼女はせつなげに続けた。

ふいにモーゲンは立ち上がり、玄関広間を横切った。彼女はふたりに背を向けて立ち、黒い像の顔を見上げ、差しのべられた木製の手に自分の手を預けるようにして、静かにこういった。「ライト先生、こんなことをずっとやってこられたなんて、なんだか信じられない。姉についてどう感じているか、隠そうとはしなかったし、姉の夫についてもそうでした。姪のこともいつも愛してました。エリザベスと私がふたりきりだったらいいのにと考えていて、その間ずっと、私たちは快適に平和に生きているものだと思いこんでいたから。いまみたいなことはなかったんです。姉がいなくなれば、悪いことも一緒に消えてなくなると思ってた。姪は母親を愛していたから、姪への影響が心配でした。おそらくお聞きになったでしょう、ライト先生」彼女は振り返らずに続けた。「ロビンという男のことを。あれは完全に母親の過ちでした。ふたりの近くにいつも子供をおいて、子供が知るべきではないことを見たり聞いたりさせるなんて。ほんとうに厄介な事態になるまで」

「ロビン」ベティはそういって笑った。

「たしかに」モーゲンは振り向いて、姪に疲れた笑みを見せた。「そうなのかもしれないね。あの種のことは、私のように外にいる人間から見ると、いっそうひどく思えるものだから。だけどね」彼女は少し声を高くした。「あの夜、おまえを引きとりにこいといって、ロビンが電話してきた相手は、私だった。母親が亡くなったときにおまえの面倒を見たのも私だ。それ以来ずっと、おまえにものの区別がわかるようになるまで、いつもいつも着替えさせたり、寝かしつけたり、食事の世話をしてきたのも私だ。そして、ライト先生がおまえを永久に病院に閉じ込める手助けをするのも、やっぱり私なんだよ。私が望むのはそういうことです」彼女は医者に向かっていった。

医者は近づいて、励ますようにモーゲンの腕に触れた。「そこまで絶望される必要はないですよ。結局のところ、ベティは健康な状態の姪御さんではないんですから。彼女のいうことは、大半は恨みからきています。もちろんあなただって、きっと許せるでしょう――」

「モーゲン！」ベティがいった。助けを呼ぶかのようなその声に、モーゲンと医者はぎょっとして振り向いた。ベティはそこに立って、恐怖に駆られてふたりを見ていた。両手を前でしっかり組んでいたが、みるみるうちに右手が自由になった。

「ベッツィを押さえろ！」医者が叫んだ。モーゲンは、ああ、ついに私も気が狂ってしまったと思いながら、ベティに駆けより、右腕を摑んで、抵抗する右手を引っ張ってなんとか押さえこんだ。

医者はベティに腕を巻きつけ、モーゲンに近よらないよう押さえつけ、モーゲンは必死でベティの右手にしがみつきながら、こう思った。この娘の力がこんなに強いなんて。私が押さえつけられないなんてことがあるだろうか？「このままだと、この娘を半分に引き裂いちまうよ」モーゲンがぜいぜい喘ぎながらいうと、「そうできればいいんだが」と医者が険しい顔で応じた。

そのとき、右手の抵抗がすっと弱まった。モーゲンが顔を上げると、医者の腕のなかでベッツィが脱力してにっと笑っていた。「モーゲン、そんなに引っ張らないでよ」ベッツィはおもしろそうにいった。「三人とも床にひっくり返ってしまう」ベッツィがしばらくとても静かだったので、ふたりは思わず腕の力を緩めた。と、突然、なんの前触れもなく彼女は自分の目を掻きむしりはじめた。モーゲンはすすり泣きながら、姪の手を引き離そうとした。「モーゲン、あんたを傷つけたくないんだ」とベッツィ。「だから放して」

「だめだよ」モーゲンは断固とした口調で答えた。

「お願い、モーゲン」ベッツィは声を高くして懇願した。「あんたにはなにもしなかったよ。それに、もうあたしにチャンスはないんだから……モーゲン、お願いだから放して」

「だめだよ」とモーゲン。医者はベッツィを腕でしっかり抱きながら、もう一方の腕を拘束している。ベッツィの頭ごしに医者のほうを見ると、彼は激しく首を振った。

「モーゲン」ベッツィは静かにいった。「あんたのために、あいつを追い払ってやる。あいつ、いなくなって、もう帰ってこないよ。なぜって、あたしももう帰ってこないから」

「さよなら」モーゲンは歯を食いしばっていった。

「モーゲン」ベッツィは絶望したようにそういうと、いなくなった。

ふたたびベティを押さえつけているのだろうと思って顔を上げると、そこにいたのはエリザベスだった。青ざめて力なく医者にもたれかかっている。エリザベスのだらりとした腕に必死でしがみついている自分が急に滑稽に思えてきて、モーゲンは身を起こし、手を離した。腕はエリザベスの脇に力なくたれた。医者も拘束を解き、手を離して立ち上がったものの、まだ警戒を緩めず近くに留まった。

「エリザベス」モーゲンは弱々しく呼びかけた。「気分はどうだい？」

「いいわ」エリザベスはよくわからないといったふうに、モーゲンから医者へ目を移し、またモーゲンを見た。「ごめんなさい」

「いや」医者は荒い息をしながら答えた。「きみが謝るべきことなんてほとんどないよ」

モーゲンは震える両手を後ろに隠した。するとエリザベスがいった。「みんなで出かけた鳥の巣探し」それからまじめな顔で続けた。「モーゲン叔母さん、あなたはいつもとても親切だった」

「ありがとう」モーゲンはもう驚く気力もなかった。

「それから、ライト先生、あなたもありがとう」

彼女の表情が少し揺らいだ。にっと笑う顔がふと現れたかと思うと、それも消えた。「お金が」と彼女はつぶやいた。「誰もあたしを好きじゃない」

「ベティはだめだ」医者がいった。「ベティでないよう祈る。モーゲン、きみの力でなんとかできないか？」

「エリザベス」とモーゲン。「エリザベス、戻っておいで」

「戻ったわ」とエリザベス。「叔母さん、あたし、どこへも行ってなかったのよ。けっしてどこへも」それから彼女は医者を見つめ、迷うことなくはっきりといった。「あたし、やりました。あたしはほんとうのあたしです、ロング先生、お金をもらうのはあたし、なにもしなかったのもあたし、あたしは木いちごの茂みに飛びこんだ、もう目を閉じます、あなたはあたしに会うこともない」

「まったくなんてこと」モーゲンがいった。彼女は向きを変え、玄関広間の反対側へ行って、黒い木像の肩に絶望したように頭をもたせた。すべてを見て、すべてを聞いたこの像に。私はまちがっていた、と彼女は思った、私は害を加えた、人のものを切望した。

「もうあたしに会うこともない」と姪がいった。

モーゲンはすばやく姪のもとに戻り、腕を回してしっかりと抱きしめた。「さあ、おまえ、モーゲンはここにいるよ」

ふたりは娘をモーゲンの居間へ運び、ソファーに横たわらせた。彼女は一度目を開き、ふたりともに向かって笑みを見せたあと、眠りに落ちた。

「さて、どうしよう」モーゲンはささやき声で訊ねた。医者は笑った。

「彼女が目覚めたら」彼は淡々と話した。「訊いてみればいい。その間、きみと私は、待つこととしよう」

「コーヒーを淹れるよ」とモーゲン。「たぶん目が覚めたらあの娘も飲みたがるから」向きを変え、医者に続いて部屋を出ながら、彼女はつまずき、自分が古びたガウンとくたびれたスリッパを身に着けていることに気づいた。医者はきっと気づいていないとは思ったが、玄関広間まで来ると彼女はばつが悪そうにこういった。「着替えてくるよ、失礼でなければ」

「モーゲン?」医者はいった。彼は黒いナイジェリアの像の顔を、嫌そうに眺めながら立っていた。

「はい？」

「この人物を追い払ってほしいんだ」と医者はいった。それから、振り向いて微笑んだ。「すまない、もっと巧みないい方をすべきだった。すっかり我を失ってたもんだから。だけど、この人物はどうも気に障るんだ。いつも、ただ観察しながら話を聞いていて、隙あらば人に摑みかかろうとしてるんだから」

「わかった」モーゲンは生気のない声で答えた。

「我々の罪のうちのほとんどは、彼と一緒に消えるかもしれない」医者はそういうと、ずうずうしくも手を伸ばし、モーゲンの肩をとんとんと叩いたのだった。

六　女相続人の命名

三ヶ月後、ようやく暖かさが戻り、雨降りの寒くて陰気な日々が永遠に去ったように思えはじめたころ、二年あまりのあいだライト医師が診てきた患者、すなわち二十五年あまりのあいだモーゲン叔母の姪であったその女性は、思いがけず歩道を駆け下りたい気分になった。これまではまじめにきびきび歩道を歩くのが自分にふさわしいとずっと思っていたのに、急に花を摘んだり、足下の草の感触を感じたりしたくなったのだ。彼女はライト医師の診療所から半ブロックほど手前で立ち止まり、周囲の景色に驚嘆しながらゆっくりと一回転した。診療所の窓辺に忠実に咲くゼラニウムまでが、すばらしく思えた。ほんとうに自分自身の目でなにかを眺めるのは、はじめてだった。あたしはひとりなんだ――これが、頭のなかで言語化した最初の言葉である。冷たい水のように、透きとおり、輝いていた。もう一度、彼女は自分にいった。あたしはひとりなんだ。

この通りは何度も往復していたから、ゼラニウムは見慣れた光景だった。まるで手探りで進むようにライト医師の手にしっかりと摑まり、モーゲン叔母をじっと見つめながら、さまよい、とまどい、よろめきつつ、彼女はゆっくりと記憶をとり戻していった。そうして思い出した内容は、くっきりと明瞭で、自分にほんとうに起こったことのごとく記憶に留まっていた。感情の輪郭、場所の外観、思慕の仕種、動作の型などが蘇ってきた。彼女は頭を上げ、じっとしたまま、遠くからかすかに聞こえてくる調べにうっとりと耳を傾けることができた（これは、と彼女は自分にいい聞かせた。ホテルにいたときね。あたしがホテルにいたときに聴いた音楽だわ）。遠ざかり消えていく医者の姿も目に浮かべることができた（もちろんそうだわ。あたしはバスに乗っていて、先生の姿が見えた気がしたのよ）。ときおりほかの映像と重なりあうようにして、テニスラケットやボクシンググラブや革磨き石鹸も見えた（これは当然、スポーツ用品店のウィンドウでしょうね。あのウィンドウをよく覗いていたから）。病院の部屋も隅々まですべて思い出すことができたし、ライト医師がモーゲン叔母さんに頼んで屋根裏にしまわせたナイジェリアの祖先の像だってそうだ。おまけに彼女は、さまざまな質問にも不自由なく答えることができた。「冷蔵庫に泥を入れたのは誰だい？」モーゲン叔母がそう訊ねたとき、彼女はただ正直に「あたしよ」と答えられた。

回想の作業は、最初は途切れがちで不確かだったものの、やがて強迫的になってきた。いまや診察室の入口を見ると、過去に自分がここに入ったときの数えきれない映像が同時に映しだされて見えた。モーゲン叔母の目には、疑惑と驚きと愛と怒りが折り重なっていたし、叔母の声には、はるか昔からの無数の言い回しがすべてこだましていた。医者の診察室は、まるで万華鏡のごとく過去の面談が集まって次々に移り変わっていくように思え、ここ一週間ほどは、なかで腰を下ろすと、自分がいま現実に座っているのか、それとも前回のことを思い出しているだけなのか、ほんとうにここに来たことがあるのか、いつもわからなくなった。もしくは、自分はたった一度だけ凝縮された形での訪問をして、それが記憶のなかで無限に増幅されているのではないだろうか。記憶は混濁し、混沌とした時間に筋道や一貫性を見出す必要に駆られて、彼女は困惑した。はてしなく反射をくり返す世界のなかで、途方に暮れていたのだ。そこではモーゲン叔母とライト医師だけが彼女のあとを追い、そのふたりを彼女が追っていた。自分の名を呼ぶモーゲン叔母のほうを振り向くと、十五年前の叔母が返事をすることもあった。声は明瞭なのだが、差し出された腕に手が届かなくて、そこには逃げこめない。ライト医師にしがみつくと、彼の手は彼女をしっかり摑んではくれたが、その声はどこか遠くの嘲りの頂から、とてつもない不条理の時間をぐるぐる旋回して降りてくるのだった。

七月のある午後、四時十五分前に、魔法が解けて彼女は目覚め、自分の精神の構成をめぐるうんざりするような瞑想から連れもどされた。最初にはっきりと意識したのは、あたしはひとりなんだ、ということだった。その直前に漫然と抱いていたのは、自分のこころの中身を完全に思い出すことができたという、挑むような感情である。そのつぎに、明確に言語化されて頭に浮かんだ考えを、彼女は思わず声に出していいそうになった。あたしには名前がない、と思ったのだ。あたしはここにいる、ひとりきりで、名前も持たず。

あらゆることが驚くほど明るく豊かに思えた。彼女がいるのは、現在という当たり前の時空だった。行動は一度きり、過去の反響は存在しない。思考は新たなもので、通りもいつも歩いている道とは異なるのだ。彼女はこれに気づいて純粋な喜びを感じ、医者の診療所を通過した。診療所より先の、普段は足を向けなかった部分の歩道は、より入念な作りになっていた。ひとつのセメントブロックと次のブロックとの継ぎ目がほとんどないため、見ていて不安になることもなかった。以前にも来たことがあるはずだが、正確にいつ、なんのために来たのか思い出そうとする必要はもうない——彼女ははっきりとそう悟った。回想の作業は終わったのだ。角を曲がって人通りの多い道へ入ると、彼女は歩調を緩め、そして立ち止まった。髪を切ってもいいと思える店の前に来たからだ。髪を切ろうなどとはまったく考えていなかったけれど、いったん思いつくとその考えはなかなか消えず、彼女は店に入って、青い服を着たきれいな女に微笑みかけた。客に話しかけようと、店員はいい香りのする薄暗い店内をこちらへ進んできた。

「髪を切りたいんです」

「もちろん」と若い女は答えた。まるで誰もが毎日髪を切るとでもいうふうに。ふたりは笑った。なにもかもが快適で、心地よかった。

彼女は青いエプロンを着けて座った。冷たい鋏が首筋に触れたので、思わず身震いした。「生まれてからずっと、髪を切ったことないんです」彼女がそういうと、若い女は「この暑さだから……とてもさっぱりするわよ」とつぶやいた。鏡のなかの自分がこちらを見つめていた。青い服を着た女は鋏を素早く動かして、髪を切っている。赤ん坊だったときにお母さんが柔らかいブラシでやさしく触れてくれた髪。砂浜で貝殻を集めたときにも伸ばしていた髪。階段を下りて、下りて、どんどん下りていったとき、顔の周りでカールしていた髪。モーゲン叔母さんが過ぎたことで泣いてもしょうがないといって、後ろで束ねてリボンを結んでくれた長い髪。ライト先生が怖いのかと訊いたとき、編んでまとめてもまだ伸びていた髪。ホテルの昼食で見知らぬ男に会ったときにも、ぼさぼさのまま伸びつづけていた髪。病院で看護婦が梳かしてくれた髪。二十五年間ずっと引っ張ったり、もつれたり、洗ったり、頭に巻きつけたりしてきた髪。床に落ちたその髪を、青い服を着た感じのいい若い女が足で押しのけ、鏡を後ろに掲げていった。「さて、これでどうかしら?」

「じゃあ、あたしは今日からはこんなふうになるのね」彼女は答えた。

「これだけの重さの髪がなくなったら、ずいぶん変わるわ」若い女は賛成するように頭を揺すった。

「あなたはもう違う女性なのよ」

通りをふたたび下りながら、彼女は楽しくなった。髪の重さで下に引っ張られることもないから、いつも頭を高く掲げるように気をつけなくちゃ。髪がなくなると一インチくらい背が伸びた気分になったし、頭のてっぺんが星に近づいた気がした。なによりもうれしかったのは、向きを変えて診療所の階段を上りはじめたとき、今度という今度はほんとうにここに来ているんだと実感できたことだった。なぜなら医者に会いにきて彼と診察室に座っている記憶の映像のなかに、髪を短くして頭を高く掲げた姿はひとつもなかったからだ。

ライト医師は不機嫌だった。彼女が入っていくと、少しだけ立ち上がり、頷いてみせたあと、むっつりと黙ったまま机に戻った。彼女が髪を切ったのは気づいているはずだ。彼女のことなら、いつだってなんでも気づくのだから。とうとう彼女が口を切り、「こんにちは、ライト先生」というと、彼はちらっと顔を上げ、頭のてっぺんに目をやって、またうつむいた。

「四時二十五分だ」ついに彼は口を開いた。「信じられないかもしれないが、未来がすべて意のままになる若者には、時間の観念があまりないってことくらい、私だって覚えているよ。残念ながら、長い年月による重圧を受けてきた我々としては――」

「髪を切らなくちゃいけなかったの」

「切らなくちゃいけなかったって? 叔母さんの許可は得たのかい? 思い違いでなければ、私の許可は得ていないようだが」

「今日はほんとうに気持ちのいい日だから」

「おかしなことをいうね」彼はそっけなく答えた。「気持ちのいい日だから、髪を切ってしまったっていうのかい？　ひょっとすると、穏やかな夏を願う生け贄ってことかい？　それとも、毛を刈った羊を捧げて、冬の突風を宥めたいのかい？」彼はため息をついて、机の上のインク壺をまっすぐにおきなおした。「きみには苛立っているんだ。今日はもうあまり時間がない。苛立っているし、もう時間も遅いし、きみの髪は以前のままのほうがよかった。健康状態はどうなのかね、つまり」

彼はまたちらっと頭を見た。「かぜを引きやすくなるってことは別にしても」

「気分は上々よ。それに、もしどうしてもとおっしゃるなら、七月の厳しい暑さが少し和らぐまで、帽子をかぶることにするから」

「からかっているのかい？　髪を刈りこんで、まるで禿げ頭じゃないか」

彼女は笑い、医者は驚いて彼女を見た。「幸せなの」と彼女はいい、それから口をつぐみ、言葉の余韻に耳を傾けた。はじめてその意味に気づいて自分でもびっくりしたのだ。「幸せなの」確かめるように、彼女はくり返した。

「もちろん異存はないよ。それに笑いたければ笑えばいい。叔母さんとはなにか問題があったかね？　喧嘩したとか、困ったこととか」

「いいえ」彼女は自信なさげに答えた。「だけど、叔母さん、以前より静かだわ」

「おそらく最近の経験が、動揺を与えたんだろう、叔母さんの気質のなかの……つまり……その穏やかな部分に。きみが不親切なことをしたからね」

「泥のこと?」彼女は顔をしかめて、どうやって説明しようかと思案した。「あれはかならずしも叔母さんを標的にしていたわけじゃなかったのよ。自分があれをしたことは思い出せるけど、叔母さんを傷つけようとか、そういうことではなくて、ただなにかが起こる必要があったから。なんらかの爆発が必要だったけれど、それは外から生じなくてはいけなかった。あたしにはそれを起こす力がなかったから」

「おそらくね」医者は自分で話すほうがずっと好きだったので、彼女の話に割って入った。「たしかに事態を山場に持っていくには、決定的な動きが必要だった。分裂した人格同士のせめぎあいは、力が拮抗したせいで静止状態に達していたからね。バランスを崩すため、どちらかに重りを投じる必要があったわけだ。激しい均衡に閉ざされた状態をなんとか打破するには、モーゲン叔母さんを争いに引きこまねばならなかった。いうなれば……」ここで彼はいったん言葉を止め、思案するように彼女を見上げた。「死闘だ」彼はそういうと、おもしろそうに頷いた。「キルケニーの二匹の猫だよ。二匹いたはずの猫が、とうとう一匹もいなくなりましたとさ*」

あたしにそんな振舞いができたのだろうか、と彼女は思った。ほんとうに、あたしがそんなことをしたのだろうか。この手で、この顔で、この足で歩き、この頭を使って(けれど指についた泥の感触はまだ消えていなかったし、自分の笑い声も耳に残っていた)、ほんとうにそんなことを考えたのだろうか? 彼女は着ている服を見下ろし、ニューヨークで頭に血が上って、この手でブラウスを引き裂いたこと、突如自分自身への深い愛情が湧き起こり、このスカートにアイロンをあてたことを、不思議とやさしい気持ちで思い出した。自分の顔を引っ掻いたこともあった。彼女は丸い

*二匹の猫がいがみあい、最後は互いを食べて二匹ともいなくなったという言い伝え。

爪と柔らかい指のついた手を眺め、右手を上げてそっと首にまわし、ゆっくりと念入りに指に力を加えてみた。医者が素早く鋭い口調で声をかけたので、彼女は（髪の短い）頭を振って笑った。「ふざけていただけよ」と彼女は説明した。「思い出すことはできるんだけど、なぜそうしたのかわからないの」

医者は彼女のほうは見ずにパイプに火をつけていた。「きみは、彼女たちがもういなくなったと思うのかい？」と彼はいった。これまでのところ、単刀直入に訊ねたことはなかったのだ。

「ええ。いなくなったわ」暗闇で歩きながら手を伸ばして固い物体を探る人のように、彼女は目をなかば閉じて奥深くを探ってみた。「一緒に解けてしまったわ。雪だるまみたいに」

彼は頷いた。パイプの火は好調だった。「きみが彼女たちを吸収してしまった、といってもいいね」

「食べつくしてしまったのね」彼女はいいなおして、またうれしそうにため息をついた。

「我々はまだ森の外へ出たわけではないよ、けっして。きみは自信をつけた、髪を切って、私とも気さくに話をしている、自分を〈幸せ〉だといった。だけどね、指摘しておくが、きみは四人の姉妹を食べおわったばかりなんだから」

「あたしをつかまえるのは無理よ。あたしはジンジャーブレッドマンだから」そして彼女は生意気に「ロング先生」といった。

彼は顔をしかめてみせた。「いっただろう、我々はまだ森の外へは出ていないんだ。いまは医者をこけにして楽しんでいてもけっこうだが、同時に健康状態が上々だとわかったわけだから、次回の面談から、厳しい徹底した治療と催眠療法を始めてもいいかもしれん。きみの病のあらゆる側面をじっくり根気よく精査すれば、きみがなぜだかわからないという、その原因も見極められるだろう。それまでは休まず——」

「罰っていうわけ？」彼女は訊ねた。「ただ、あたしが笑っただけで？」

「気をつけたまえ。また私の話を遮ったね。それに生意気な口のききようだ。きみの将来の幸福に関わる重大な懸念について説明しようとしているんだよ。我々はきみの過去を調べて、見つけなくては——」

「あたしの未来を？　だけどあたし——」

「ほら」と彼はいった。「また私の話を遮った。十分間で三回目だ。もう叔母さんのところへ帰ったほうがいい。今夜会うまでには、普段のちゃんとしたお行儀が戻っているよう願うね」

「もっとひどくなっているかも」彼女はくすくす笑いの発作がいまだに止まらない様子だ。「あたしは小さなおばあさんと小さなおじいさんから逃げてきた」

「なんだって？」

「あたしはジンジャーブレッドマン」

医者は首を振り、立ち上がって彼女をドアへと導いた。「正直なところ、陽気なきみを見るのはありがたいが、自分がばかにされるようなユーモアは気に入らないな。では、今日の夜にね」

「モーゲン叔母さんと一緒なら、いくらでもあなたの話を遮れるわね」

「その反対だ。モーゲン叔母さんと一緒のときは、叔母さんが口を挟むからね。すごい女性だが」と彼はいった。「おしゃべりが過ぎるな」

彼女は医者の診療所から笑いながら出てきた。頭がすっきりして、今日はほかの日とは違うのだと、はじめて意識していた。彼女はゆっくりと角まで歩いていった。そこでバスに乗るつもりだったのだ。あたしはひとりなんだ、あたしには名前がない、あたしは髪を切った、あたしはジンジャーブレッドマン。この完全な自由をすっかり失うことはもうないと思っていたが、できれば少しでも引き延ばしたかった。今日は木曜日だから七時まで開館している。それ以外には具体的な考えもないまま、彼女は通りを横切って、博物館行きのバスを待った。

もちろん、以前に毎日博物館へ行っていたことは覚えていたし、自分の書いた手紙やリストについては段落や頁をまるごと思い出せた。自分の職場の机がどんなふうだったかも完璧に記憶していたし、辞めたあとのある午後、ひとりで博物館を訪れたとき、一階より上へは行かなかったことも知っていた。あの日、目的も興味もないまま、入場できるほとんどの部屋をうろうろとさまよったものだ。自分がなにを求めていたかわかっていたとしたら、いま思い出せるはずである。だが、あの灰色の午後の記憶から蘇ってくるものといえば、一緒に部屋を歩く人びとからは隔絶された、強い孤独感だけだった。彼女はベンチに腰掛け、人びとが行き来するのを眺めていた――安定した世界を確固たる足どりで歩んでいく人びとを。あの日、あたしはどうして博物館へ行ったんだろう。バスのなかで前屈みになって自分のいる場所を確かめながら、彼女は考えた。ほかのバスのことや家出のことも、すべて覚えている。あたしは起きていて、そして同時に眠っていた。緑のシルクの服を着た女性と話していた。スーツケースをしっかりと握りしめていた。

バスはまもなく博物館の前で停まり、彼女はバスの高い踏み段を下りると、振り向いて、簡素な白い石の建物を見た。見た目は上々ね、と彼女は思った。あたしが辞めてから、変わっていない。自分の過去の場面を訪ねてきて、同時にあらゆる時代の過去をそこに見出すのは、なんて気持ちのいいことだろう。かつてはここに来て自分をあたしだと呼んでいたあの娘は、ことによると石器時代の文化の名残にすぎないのかもしれない。いや、氷河の堆積物だろうか？

博物館の入口のすぐ外に、ザキアス・オーウェン将軍の白い石像がある。博物館は彼を記念して建てられたものの、その名誉には釈然としない部分もあった。オーウェン将軍は以前と寸分違わぬ姿勢で座っていて、来ないあいだに足を組み直した気配すらなかった（もっとも、最後に同じ体勢に戻りさえすれば、途中で何度も足を組み直していた可能性もあるわけだが）。今日も白い石のテーブルに両肘をついて手の上に頭をのせている。そして、いつもどおり疲れて退屈そうな様子で、力なく白い石の本を読んでいた。ことによると、前に見たときから一頁や二頁はめくっていたのかもしれない。激しい戦いがおこなわれているときに、座って読書しているなんて、まともな将軍じゃないわ、と彼女は思った。知性による、野蛮な力の征服を象徴する人物だとされており、その剣は白い石の巨大なリボンで結ばれ、役立たずのまま足下におかれていた。

「こんにちは、将軍」ついに彼女はいった。「モーゲン叔母さんの持ち物なら、きっとライト先生が屋根裏にしまったでしょうね」そのとき周囲に人はいなかった——そうでなければ、声に出して話しかけたりは当然しなかっただろう——けれど、どうやら将軍は思いきって頁をめくる気はなさそうだ。根気よく本に目を落とし、おそらくちらっとだけ彼女を見たのだろう。「もう会わないかもしれないわね、将軍。だから、さようなら」

彼女が館内に入っていっても将軍は口を開かなかった。将軍に会いにきたのではなく、二階にある絵を見にきたのだと彼女は急に気づいた。その絵に個人的に惹きつけられたことなどこれまではなかったので、どうしてなのか不明だったが、博物館の玄関を入ったら、なぜか突然見たくなったのだ。どこにあるか、どこで曲がれば辿りつけるのか、幅広い石の手すりを持ちながら正面の広い階段をどちらへ上っていけばいいのか、ちゃんと覚えていた。そして、何度もそばを通ったというのに、一度もこの絵を見にこなかったと思うと、少し悲しくなった。とうとうきたんだ、と彼女は思った。あたしが自分で決めて行動するときが。

絵の前に立ったとき、最初はただこの絵がほしいなと感じた。それから、彼女はもっとじっくりと絵を眺め、なぜあたしはこんなにこの絵を求めたのだろうと思った。それと同時に、こう考えた——これからはずっと、あらゆる思考をじっくり検討して、その現実性を確かめ、欠点がないか、弱さや感傷の兆しがないか、元の状態へ戻るための誘いではないか、調べてみないといけない。黒いシルクを背景に、色鮮やかできれいな絵が映えている。まるで緑や青や深紅や黄色の小さな宝石が散りばめられたよう。インドの王子が幸せそうに瞑想にふけっている。背景には花弁の八枚ある花模様が明るい色彩で描かれ、王子は細かいモザイクの床の上で足をきっちり揃え、小さな手を体の前で広げていた。衣装のベルトや目の隅には、金色が彩色されている。背後では緑の草原が広がり、ずっと彼方に小さな木が整然と並んでいて、上方には山々が小さく精密に描かれていた。彼の足下にあるのは、オレンジの入った籠。彼女は立ったまま、王子を眺めた。黒いシルクとの対比で、小さな宝石のような色彩が澄んだ輝きを放っている。彼女は深い満足を覚えた。色とりどりの花を見たせいでまだちかちかしている目を逸らすと、博物館の天井の白い石に光が反射して、床も眩しくきらめいていた。

三階へと続く隠れた階段があるのを知っていたので、しばらくぶりではあったが、ためらうことなくその鉄の階段を上った。ここも変わっていない。彼女は迷わず向きを変えて廊下を進み、かつては毎日通っていた大きな事務室のドアまで来た。なかに入ると、すぐに左のいちばん奥の机を見た。一瞬、自分が去ったときのまま、机がそこにある気がした。書類は残していったとおりに広げられ、無礼な落書きで台無しにされた彼女の手紙がそこにあって、背中はまだ痛んでいる——そんな気がしたのだ。遅い時間だったので、事務室には誰もいなかった。机の上は片づけられて空っぽだ。最初、安全な戸口から離れたくなかったが、その理由は、入口のすぐ右で待ち構えているコート掛けに帽子とコートを掛けたくてたまらなかったからだ、と気づいた。もうそんなことはしないわ。彼女はそう思い、意を決して自分の机のほうへ進んでいった。

「誰か探しているんですか？」彼女は振り向いて、にっこりした。戸口に若い女が立っていた。もちろん来場者は三階に来てはならないから厳しい顔をしていたが、いっぽうでためらってもいた。彼女の管轄は三階に限られていたし、博物館への来場者がここまで侵入してくるのは、特殊なケースだったのだ。それに、三階に入ってきた人間は自由に追い払えるかもしれないが、彼女自身が帰宅するときには、展示室は通らず、隠れた鉄の階段経由で、地下の裏手にある従業員専用の通用口から外に出なければいけないのだから。女は手に一輪の花を持っていた。オーウェン将軍のボタン穴に飾るには小さすぎたし、宝石で飾られた王子の庭に咲くには盛りを過ぎていた。金属製で、手作業によって彫刻や成形を施したものらしく、おそらく高価な品なのだろう、注意深く握っていた。茎の部分が鋭く折れている。女はこちらをじっと見つめて辛抱強くそこに立ちながら、指先で固い花びらを撫でていた。

「こんなふうに入ってきてごめんなさい。昔ここで働いていたので、また覗いてみたくなって」

「そうなんですか？」女はこころを決めかねている様子だった。（じゃあ、三階へ通じる別の道があるってこと?)

「あれがあたしの机だったの。左のいちばん奥」

「あれはエミーの机です」女は身を護るかのように、花を体によせて握りしめた。

「そうなの?」ほかに話すべきことはなかった。自分の机はちゃんと見たし、花は折れている。エミーは今日は仕事を終えて帰宅した。これ以上、ここで探すべきものはない。彼女はいろいろなことを思い出しながら机に向かって頷き、ふとこういった。「少し前、あの壁に大きな穴があいていたの。建物全体を下まで貫通して」

「穴?」と女はいった。「壁に?」


モーゲン叔母は玄関にいた。外を覗きながら、指をとんとんと叩きあわせ、唇を噛んで、しかめ面をしながら。「ああ、なんてこったい。私は一生ずっとこうやって——いったんぜんたい、その頭はどうしたんだい?」

「先生のところへ行ってたの。髪を切ったのよ」

「先生には電話したよ。一時間も前に出たっていうじゃないか。いってたよ、おまえが——」モーゲンはここで言葉を止め、姪の背後でドアを閉めるという、いつもの儀式をまず済ませた。「先生とおまえで、つまらない口論でもしてたのかい?」後ろ手にドアをしっかり閉めると、まるで自分の不適切な言葉が医者に聞こえるとでもいうように、彼女は声を少し落とした。「おまえは頭が足りなかったそうだけど」

「そうよ。ほら見てよ」

「似合わないよ」モーゲンは少し考えてから答えた。「また伸ばさないと」

「無理よ。あたしはジンジャーブレッドマンだから」

「なんだって？」

「小さなおばあさんと小さなおじいさんから逃げてきたの」

「ときどき思うよ」モーゲン叔母は姪の後についてキッチンに入りながら、愛想よくいった。「私にほんとうに必要なのは、おばあさん用のいい施設だって。仲よくクローケー*をしているような場所だよ。みんなして亡くなった友人たちの髪で作ったブローチをつけているような」

「ライト先生は毎週日曜の夜に、叔母さんに会いにくるんですって」姪はキッチンテーブルの自分の席に、うれしそうに座った。

「週に一回、賛美歌を歌うためにね」モーゲンが答えた。「サワークリーム・キャベツを作ったよ。おまえが以前は好きだったからね。もっともお姫様の好みがこんなに変わりやすいんじゃ、わかったもんじゃない――」

「おばあさん用の施設では、料理はさせてもらえるのかしら？　叔母さん、世界一の料理人のひとりだから」

　キッチンの隅の柔らかい灯りに照らされた食卓は、きれいで暖かみがあった。茶色のテーブルクロスに新しい黄色の皿がのせられている。姪は黄色いカップの丸い縁に触れながら、どうしてもっと早く気づかなかったんだろうと思った。モーゲン叔母は細々とした日用品の設えをあれこれ変えていた。どうやらどぎつい挑むような色や、鋭く突きだす角度や、目障りな模様は、すべてやめに

＊木槌と木球を用いて芝生でおこなう競技。

する方針に転換したらしい。「モーゲン」と彼女はいった。「最近、角がとれてきたわね」

「ふん？」

「新しいお皿。それにテーブルクロス。玄関広間も」

腰を下ろしながら、モーゲンは「我らの命を主に捧げます」とお祈りを唱え、ロールパンを姪に渡した。「気づいてないと思ってたよ」彼女はため息をついて、自分のバター皿を熱意なく眺め、「こんな話はしたくないだろうけど」とようやく話しはじめた。「おまえか、もしくは先生がなにかいうのを待ってたんだよ。なにが起こってるのか、まるで知らないままここまできたんだから、もう少しくらいならまだ待てるだろうと思ってた。だけど」モーゲンは急に意を決したかのようにフォークをおいて、厳しい顔で姪を見た。「おばあさんがいる施設についてのあの冗談はなんだい。まるでこの家が空っぽみたいに思えるよ。夏の休暇に出かけるために、家は閉じられ、窓には板が打ちつけられて、みんな田舎へ行ってしまったみたいで。私だけとり残されて、ここに座りながら、不思議に思ってるんだ、みんないったいどこへ行ったんだろうってね。知ってたかい、おまえがほしがっていたあの緑のコートを私が買いにいったことを？　もう三週間もおまえのクローゼットに掛かっているよ」

「見もしなかった」姪はぼんやりと答えた。

「私のいってるのは、そういうことだよ」とモーゲン。「あのコートがほんとうにほしいんだと思ってたんだ。おまえがその話をするのを、ずっと待ってた。ところが、今度は出かけていって髪を切ってくるなんて」彼女は力なくそういって、皿を押しやった。

「あのひどいコート、あたしがほんとうにほしがってると思ったの？」

「ほんとうにほしかったのでないとすれば、あれを買うことで、誰が主導権を握っているか、私に示したかったんだろう。あるいは、たんに私をみじめな気持ちにさせたかったのかもしれない。もしかしたら、ほんとうなら私がしてやったり買ってやったりするべきだとおまえが思ってた、たくさんのものの埋め合わせのつもりだったのかもしれないね。とにかく、私は信じこむことにしたんだよ。おまえはほんとうに新しいコートがほしかったんだって」

「もう返品するには遅すぎるわね」

沈黙があり、それからモーゲン叔母はいった。「そうだね、返品には遅すぎる。あれを着て、ことによったら気に入った振りでもするんだね」彼女は注意深く言葉を続けた。「おばあさん用施設に住んでる気前のいい親戚からの贈り物だったとしたら、気を悪くさせないために着なくちゃいけないだろう？　なぜって、この種のことでは、みんな簡単に気分を害するから。おばあさんってものが自分の贈り物にどれだけ気難しいか、まるでわかってないようだね」唇をきっと閉じて、モーゲンはしばらく息を止め、それから黙って立ち上がると、自分の皿を流しに持っていった。「皿はおいておくよ」ほぼ普段どおりの声で彼女はいった。「予定より少し遅れているから。先生はもういつ到着してもおかしくないよ」

「戻ったらお皿洗いの手伝いをするわ」

「ありがとう」とモーゲン。「どうもありがとう」

黙ったまま、彼女はテーブルの皿を片づけ、流しにおいた。それから衝動に駆られたように振り向いて、テーブルに戻ってくると、姪の横に座った。「つまりね」彼女はそういって言葉を止め、両肘をテーブルについて煙草に火をつけ、苛々と灰皿をいじり、ばつが悪そうに手の甲で鼻を擦った。「ええい、どういえばいいんだか、わかりゃしない。私はずっと努力は続けてるけど――たぶん先生ならおまえからはっきりした答をもらえるのかもしれない。たぶん彼ならおまえに伝えることができるんだろう。私はといえば、思案したり、心配したり、とにかくすべてうまくいくよう祈ったりしてるだけだし、こんなふうにおまえに率直に話せばすべて台無しになるのかもしれないけど――自分が不器用でばかだってことはわかってるし、おまえと先生がしているややこしい分析にはまったく頭がついていけないけど、ここにきて突然、生まれてこのかた自分のいいたいことをいったり、要望を伝えたりするのに苦労したことのない私が、ここにきて突然だよ、長年一緒に暮らしてきたおまえに話もできなくなるなんて。私が知りたいのはこういうことだよ」彼女は言葉を止め、注意深く灰皿に煙草をおいて、手を組みあわせると、じっと姪の顔を見た。「いったい私はどこに収まるんだい」

　興味はあるがよくわからないというふうに姪が自分を見つめているのを見て、モーゲンはたじろぎ、情けなく掌を返してみせた。「わからないんだね。私はほんとうにちゃんと話してるかい？　口を動かして腕を揺さぶってるだけで、声が出ていないんじゃないかい？　ちゃんと聞こえてるかい？　私が話しても話さなくても、先生がおまえに会っても会わなくても、私たちが外出しても家にいても、食べても食べなくても、私が生きてても生きてなくても、幸せでも幸せでなくても、結局おまえはどうでもいいんじゃないかと思えてきたんでね。以前のおまえの好物をはりきって夕食に作ったとしても、それをいい忘れてたら、おまえは自分がなにを食べているのかすら気づいてないんだから」

「夕食はおいしかったわ、モーゲン叔母さん」

「おいしかったのは知ってるさ。私が作って、そりゃあ、もうべらぼうにおいしかったんだから。だけど、なんの料理なのか私がわざわざいわなければ、おまえは夕食のあいだずっとあそこに座って、ぼんやりフォークを動かして口に運びつづけただろうね。運のいい日なら、新しい皿を使っていることにたまたま気づいてくれるさ。もう一ヶ月も前から使ってる皿だけどね。これだけ長く一緒に暮らしたあとで、いくらなんでもこんな仕打ちはありえないって自分にいいつづけてるよ」ここでモーゲンは念入りに煙草を消した。「おまえのことを自分の子供みたいにずっと世話してきたからって、おまえの愛情を受ける権利があるとか、そんなことをいうような人間だとは私も思われたくないよ。他人の愛情に対する権利を主張するなんて、まったくもって愚かだと思うから。生まれてこのかた、愛に値することはたくさんしてきたけど、見返りは誰よりも少なかった。だけど、以前なら確信できただろうね」彼女は軽い口調を装い、少し微笑みながらいった。「以前なら、おまえが私をおばあさん用の施設にひとりで行かせたりはしないって、確信できただろうと思うよ」

彼女はこの間ずっと、モーゲン叔母の熱心で醜い大きな顔、作り笑い、まだ少し開いている口をじっと観察していた。そして思った——互いの顔をしげしげ見るものではない、絵とは違うんだから。叔母の目や、叔母の口や、叔母の髪や眉毛や顔の皺を見て、その表情が示すものが恐怖なのか、不安なのか、期待なのか、はっきり知る方法はなかった。一種の恍惚の表情だったのかもしれないし、まったく偽の表情でモーゲン叔母のじっさいの思考とは一致していないのかもしれない。明確に定義すべき要素があまりに多すぎた。宝石で飾られた王子は美しく、オーウェン将軍は疲れている。しかし、モーゲン叔母の顔は細部があまりにも多く、陰影のありすぎる肖像画だった。なるほど、だから絵のなかでは誤解を招く不必要な細部はすべて除外され、余分な線は削られ、画家の使える部分のみが残っているのだ。モーゲン叔母の顔の絵を描き、それに〈苦悩〉という題をつけたとしたら、鼻のほとんどは省略しなくてはならないだろう。そうしないと全体の構成が著しく損なわれるから。それに、濃すぎる眉もはしょったほうがいい。はっきりしない野蛮な苦痛の印象を与えるから。全体にあっさりした構図にして……。

「ずいぶん忍耐強くしているつもりだが」モーゲン叔母がいった。冷たい声だった。

「モーゲン叔母さん」と彼女はゆっくりいった。「今日、博物館でなにを考えてたか知ってる?」

「いいや」とモーゲン。「今日、博物館でなにを考えてたんだい?」

「もうすぐ死ぬ囚人は、どんな気持ちなんだろうって考えてたの。太陽や空や芝生や木々を見ても、それを見るのはもう最後だと思ったら、きっとすばらしい光景に見えるでしょうね。以前は気づかなかった色が溢れるようにあって、明るくて、美しくて、きっとすごく未練を感じるわ。そのあと、刑が執行猶予になったとしたら、どうなると思う? 翌朝目覚めたら、自分は死んでいない。そのとき、太陽や木々や空をまた見て、ごく当たり前のものだと思えるかしら? 毎日見てきた、いつもどおりの太陽や空や木々だと? それを諦めなくてよくなったからって、以前とひとつも変わってないと思えるかしら?」

「それで?」彼女が話をやめたので、モーゲン叔母は訊ねた。

「今日、博物館で、そういうことを考えてたの」

「いまも考えていたのかい?」モーゲン叔母は大儀そうに立ち上がった。「さしつかえなければ」

彼女はコーヒーカップをとりあげた。「また今度考えさせてもらうよ。自分のことで、これほど気を揉んでいないときに。私の安っぽい心配事がないときにね」叔母はそういって、新しいカップを流しにガシャンとおいた。

「彼女には、まだこれから学ぶべきことがたくさんあるんだから」医者はまるで自分がモーゲン叔母とふたりきりで歩いているような口ぶりで、宥めるようにいった。「これから長い道を辿りなおさなくちゃいけないんだ。あまり要求を押しつけないようにしないと」

「つららみたいに無情で冷血な娘なんだから」モーゲン叔母は容赦なく続けた。「おまえのことだよ」そういって彼女は肩越しに姪を見た。「これは私がつねに抱いている印象なんだが」と医者は続けた。「彼女は……どういえばいいかな……空っぽにされた容器なんだ、もしこんな無作法な比喩を許してくれるのならね。ねえ、モーゲン、彼女は城を持っていることはまちがいないけれど、あまりにも多くの砦が壊れてしまったんだよ。勝利を手に入れるために多くを失ったから」ここで彼は立ち止まった。ほかのふたりは知らずにしばらく歩きつづけたが、やがて気づいて、彼のほうを振り返った。医者は巻いた傘で雄弁な仕種をしてみせている。「散歩にぴったりの気持ちのいい夜だ。モーゲン、足を踏みならすのはやめたまえ。そうだな、こんなふうにいいかえてもいい。感情であったところのものの大部分が失われてしまった。事実は残っているし、記憶も明晰だが、それらに対する感情が停止状態なんだ。たとえば、あの厄介な時期に、彼女が入り交じった反応を示した相手を考えてみてくれ」彼は少し思案し、なにか話そうとしたが、また口をつぐんで考えこんだ。「ライアン先生はどうかね」ついに彼は満足げにそういった。「ライアン先生に対しては、彼女は時期によって異なる感情を抱いていたはずだ。ある影響下にあるときには激しく彼を嫌悪しただろうし、別の影響下にあるときには高く評価していたかもしれない。そこでだ、ライアン先生をあるときは崇拝し、あるときは嫌悪していた状況を、彼女が完璧に思い出したとしよう。いずれの感情も同じくらい強かったとすると、記憶が戻ったとき、どちらの感情が残ると予想されるだろう？」

「ライアンなんてどうでもいいよ」モーゲンは主張した。「二十数年ものあいだ、私は――」

「頼むよ、話を続けさせてくれ」医者はそういって傘を掲げてみせたが、ふたたびモーゲン叔母と歩調を合わせて歩きはじめた。「思い出してみたまえ。これまでに――モーゲン、このことについては、きみですらぜったいに反論はしないはずだよ――これまでにいろいろ探求を重ねてきたが、意見の衝突が生じない領域なんてひとつもなかった。こんな表現が許されるなら、ほとんど野戦状態だったといっていい。完全な真っ向からの対立だ」医者はリズミカルに歩きつづけた。「あらゆる点でね。それゆえ」ここで彼は、腕を上げてなにかいおうとしたモーゲン叔母を、今度も傘を掲げて制し、言葉を続けた。「感情というものは、いわば帳消しにされてしまった。あの戦いでは、なんの解決もなされず、どんな妥協にも到達せず、実現できそうな休戦の宣言もなかった。だから我々の責任はだね、モーゲン」彼はここで少し声を上げた。「我々の責任は、明らかに、この空っぽの光景を満たすことにあるんだ――たしか先ほどは空っぽの容器を満たすといったね――そして、我々自身の深い感情の蓄積でもって、あの娘の再建作業を手助けしてやるんだ。これは襟を正して引き受けるべき義務だよ。彼女の意見、彼女の識別力、彼女の思考は、すべて我々次第で決まる。我々には誰にも引けをとらない能力があるんだから、もっとも適切で理にかなった人格を造形し、新しい人間を丸ごと創造しなおすんだ。我々の経験に鑑みて、もっとも優れた、もっとも高尚な資質を選び、それを授けるんだ！」

モーゲンが無愛想に応じた。「あんたはママになればいい。私はパパになるから。私があの娘に授けるのは、すばやい――」

「いつも口論しているね」医者は悲しげにいった。「我々はひどく老夫婦めいてきたよ。邪悪な魔法使いは最後には竜と結婚して、末永く幸せに暮らしましたとさ」

モーゲン叔母は笑った。「あんたと、あんたの空っぽの容器ねえ」ここで彼女は急に機嫌を直した。「私にいわせりゃ、雨樽を覗きこんで叫んでるようなもんだ。さあ、おいで」彼女は姪の手を握っていった。「私たち、最初から全部やりなおすんだよ、友だちみたいに。髪型は気に入ったのかい?」彼女は姪の向こうにいる医者に訊ねた。

「女らしくないな」医者は答えた。「でも、似合わなくもない」

「たぶんそのうち慣れるだろうね」モーゲンはいった。彼女は向きを変え、玄関への狭い通路を先頭に立って進み、立ち止まって振り向いた。「忘れちゃいけないよ。後生だから、ヴァージルに歌ってくれなんて頼まないでおくれ」

「モーゲン!」アロウ夫人がうれしそうに玄関のドアを開けた。「まあ、ご一緒なのは、ライト先生よね。月が出ていないから、とても暗いわ。だけどもちろん、あなたたちが来るってわかっていたから。ほかの人のはずがないわよね。まあまあ、元気だった?」

「気持ちのいい夜だね、ほんとうに」ドアを背にして、アロウ氏がそういった。妻が客からコートを受けとり彼に渡すのを待ちかまえるように、腕を伸ばして立っている。そして大きく腕を広げて、三人分の薄いコートの上にライト医師の帽子と傘がちょこんと乗っているのを受けとったが、それだけで十分重そうにみえた。それらをみなどこにおくべきか急にわからなくなったのか、ぼんやりしてぐるぐる歩きまわっているので、アロウ夫人が彼をクローゼットへ連れていき、荷物を丸ごと底から注意深く持ちあげて、自分で引きとった。つぎにアロウ氏が医者の傘を傘立てにさし、帽子を釘に掛けてから、コートを一枚ずつ丁寧にハンガーに吊していった。

アロウ夫妻がこうしてコートを忙しく受け渡し、互いに心配そうな仕種をしてみせながら、ライト医師のコートの裾が床に着かないようにとか、モーゲン叔母のスカーフがアロウ夫妻のマフラーに紛れてしまわないようにとか、いちいち細かく気にしているあいだに、ルースとヴァージルを子供時代から知っていて長年この家に出入りする常連として、モーゲン叔母は先に立ってアロウ家の居間へと進み、姪と医者がそのあとに続いた。「さて」とモーゲン叔母はいった。自分は古くからの友人だが、ライト医師がここに来るのははじめてだったので、少しとまどっているようだ。「着いたよ」彼女は周りを見もせずに腰を下ろした。アロウ夫妻が所有するこの部屋では、家具の配置があちこち変わるはずがないと確信していたのだ。「さあ、おまえさんは私の横にお座り」彼女は唇を噛んだ。「以前、ヴァージルの歌についてロ走った、あの言葉をくり返したくなると困るから」そういうと、モーゲンは姪ににやっと笑ってみせた。

「たぶんこっちに座ったほうが居心地がいいんじゃないかね」と医者がいった。彼はソファーと椅子の中間に、迷ったように立っていた。隅に深い窪みがあることから察するに、ソファーは夫妻のどちらかの定位置のようだった。椅子のほっそりした輪郭は、いっけんほかの家具とは調和していないように思えたが、もっと批評的な目で再度検証してみると、長すぎる線や過剰な曲線にはたしかに爛熟した雰囲気があるから、きっとアロウ夫人のお気に入りにちがいない。

「ここでいい。この娘は大丈夫だよ」とモーゲン。

「よかったら、私の近くにおいで」とライト医師。

彼らは一瞬目を見張って互いの顔を見たが、そのときアロウ夫人が手を打ち合わせそうなほどはしゃいで、ふたりのあいだに入ってきた。「ようやく来てくれて、ほんとうにうれしいわ。モーゲン、何年ぶりでしょうね！　もちろん、先生も来てくださって」彼女はみなを称えながら、向きを変えた。「あなたは、髪を切ったのね」

「今日の午後に」

「とてもすてきだわ。それによく似合ってる。ねえ、ヴァージル？」

「じつにかわいいよ。座ってください、先生、さあ」

促されてこころを決めざるをえず、医者はできそこないの椅子のほうに座った。彼は作りの悪い椅子に、自分の均整のとれた体を苦労して合わせ、抑えきれず体を一度よじらせたあと、アロウ夫人に丁寧に話しかけた。少しでも黙っていることなどできない性分だったのだ。「すてきなお宅ですな。たいへん便利な場所ですし」

長い道のりを歩かせたことを詫びようと思っていたアロウ夫人は、不意を衝かれ、こう答えるしかなかった。「来てくださってうれしいです。モーゲンも」

「おまえさん、どこかに座れないのかい？」モーゲンが肩越しに振り向いていった。「落ち着かないよ、おまえがそうしてうろうろしていたら」

「気持ちのいい夜だから。お庭を見ていたの」

アロウ夫妻は、椅子の背とシダをおいた小テーブルとで、すべての窓を安全に封鎖することにしていたのだが、それを聞いて慌てて立ち上がると、部屋の両側から歩みよった。アロウ氏は椅子を一脚横へずらして窓への通路を作ろうとしたし、アロウ夫人はカーテンを開けてループで束ねようとしたのだ。「今年はバラがいつもほどは立派に咲いていないのよ」アロウ夫人が弁明するようにいった。アロウ氏はライラックも期待外れだったんだと指摘してから、「だけど、生け垣はすばらしく茂っているよ。あの裏にあるイボタノキだがね」といって、モーゲンのほうを振り向いた。「きみも驚くと思うよ。信じられないくらい出来がいいんだ」

「エドマンドがいるわ」アロウ夫人がやさしくいった。「裏の、バラの茂みの下に」

「しばらく外に出ていてもいいですか？　とても静かだから」

「まあ、うれしい」アロウ夫人はすっかり感じ入ってそう答えた。「いらっしゃい。裏口から連れていってあげる」彼女は安心しろというようにモーゲンに頷いてみせた。「ぜんぜん大丈夫。高い塀もあるから」ここで彼女は赤面し、いいなおした。「つまり、外からは誰も入ったりできないから」そして急いで部屋を出ていった。

「セーターを着なさいよ」とモーゲン。

「そのむき出しの頭になにか被らないと」とライト医師。

「庭の散策にぴったりの夜だ」とアロウ氏。「僕も庭でしばらく過ごすことがあるよ。ベンチやなんかでね」彼はライト医師の近くの、長椅子の端にまた腰掛け、男性らしい関心を示していった。「通りの照明に関するあの新しい案については、どう思います、先生？　僕は金の無駄遣いだと思いますがね。考えてみれば――」

　アロウ夫人が急いで部屋へ戻ってきて、モーゲンに近づいた。「とても楽しそうよ。十分暖かくしたし、安全で、静かで、それに、エドマンドにもとてもやさしかったわ。エドマンドはあの娘のこと、ほんとうに好きみたい」

「たいがいは、やりたいようにさせてやってるんだよ」モーゲンはまじめな顔で答えた。

「彼女、ずいぶん具合がよさそうにみえるわね」アロウ夫人が内緒話でもするようにいった。「モーゲン、ほんとうのことをいえば、前回あの娘を見たときは――もう一年近く前だったわよね、あなたたちふたりにレストランで会ったあの日は。彼女があんなふうに笑っていて――ええ、とにかく、あのときは、どうもよくないと思ったのよ。ぜんぜんあの娘らしくなくて。彼女はずっと……」アロウ夫人は気遣うように言葉を止め、ライト医師に向かってもの問いたげに眉を上げてみせた。

「神経熱だよ」モーゲン叔母はすんなり答えた。

アロウ夫人は振り向いて、率直な顔でライト医師を見た。「どうなんでしょうか。あのライアン先生は……もちろん、彼はあなたより若いけれど」

「私たちはライト先生を誰よりも信頼しているんだよ」モーゲンは、部屋じゅうにはっきりと聞こえるように少し声を上げていった。「全幅の信頼をよせているんだ」

「似てなくもないですね」ライト医師はアロウ氏に話していた。「生きた男をメイポールに串刺しにするという、よく知られた儀式と。犠牲者だけは不愉快でしょうな。もし彼自身が恍惚状態になっていなければの話だが。しかし、現代ではさすがにないでしょう……」

「ないでしょうな」アロウ氏は思いきって応じた。「町政担当者の制度が、たいがいの場所でああやって実施されているんですから」

アロウ夫人はモーゲンの手に自分の手を重ねた。「私はただ、あなたがずいぶん勇敢だったっていいたいの。ずいぶん勇敢だったわ。あんなふうにできる人はめったにいないわよ」彼女はそう締めくくると、強調するように頷いた。「どうだろう」モーゲンはそういって腰を浮かした。「あの娘のこと、キッチンの窓からちょっと見てくるよ」

「もちろんいいわよ」アロウ夫人は共感をこめてにっこりした。「大丈夫だってわかっているけどね。そんなに心配するもんじゃないわ」

「まだ庭にいるのか、確かめたいだけだよ」とモーゲン。

　アロウ夫人はモーゲンの背中に向かって微笑み、やさしくため息をつきながら首を振ると、男性陣のほうを向いた。「シェリーを召し上がる？」彼女は明るく訊ねた。

「ふむ？」アロウ氏はぼんやりと答えた。

「ライト先生、シェリーはいかが？」

「ありがとう、どうも。いっぽうで、私はこうした事柄については、せいぜいかじる程度しか知りませんがね、マンドレイク*が叫ぶというのは、根っこを引き抜かれたときだけではありませんか――」

「おまえさん、大丈夫かい？」モーゲン叔母はキッチンの窓から外を見ながら訊ねた。

「ええ、ありがとう、モーゲン叔母さん」

「なにをしてるんだい？」

「ベンチに座ってるの。バラがきれいよ」

「寒くないかい」

「ええ、ありがとう」

「じゃあ、なにか必要なときには呼ぶんだよ」

「――それに、この点については、モーゲンは私の説を支持してくれると思いますね。魔術というのは、じつは分別ある人間があえて奇妙なことをしているだけなんですよ」

「まったくだとも」モーゲンは腰を下ろしながらいった。「あの娘は大丈夫」彼女は医者に伝えた。「もちろんだ。モーゲン、過保護ってもんだよ。我々の子羊は柵から出たりはしないさ。とりわけ塀があんなに高いんだから。モーゲンのいわゆる〈現代〉アートへの関心については――」

「現代がらくた、僕ならそう呼びますな」アロウ氏は急に意気込んで応じた。「音楽にご興味がおありかわからないが、いつも僕はいってるんですよ。十歳の少年でも、もっとましな演奏ができるって」

「ヴァージル、あんたが話している相手は、私の絵を全部燃やしたがった男だよ」モーゲンはいった。「ついでにあんたも燃やしちまうっていってやったけどね」

「いや、ご免こうむりたいな」医者は淡々と答えた。「モーゲンの芸術的自己表現の豊饒さを保証するために、生け贄役を買って出るなんて」彼は居心地の悪い椅子の上で、うれしげに体をよじった。

「私はそれも悪くなかったと思うけどね」とモーゲン。

「思うに、生物というものは」とライト医師。「自分自身の存続のために、ほかの命を貪り食うことを求めるんです。生け贄の儀式、集団の儀式におけるラディカルな点、一歩進化した点というのは、その組織の形成にあるんですよ。つまり、犠牲者を共有する、というのは、とびきり実用的なことですから」

＊茄子科の有毒植物で別名マンドラゴラ。二又になった根が人体を連想させ、抜くと叫ぶという伝説がある。

「すごい儀式になるだろうね」とモーゲンはつぶやいた。「ヴィクター、あんたの姿が目に浮かぶようだよ」

「それに、これが最初ってわけじゃありませんよ」アロウ氏はまっこうから会話にとり組んできた。「たとえばキプリングやほかの偉大な音楽家たちのことを考えてみてください。誰の助けも借りなかったんだから」

「キプリング?」ライト医師はきょとんとして訊ねた。

「マンダレイですよ、僕が考えていたのは。たぶん、お聴きになったことがなければ、僕が――」

「すてきだね」モーゲンは意地悪く目をぎょろつかせて医者を見た。「ヴィクターはあんたの歌を聴けば喜ぶと思うよ」

「もちろん喜んで」と医者はいった。「私は人間の生け贄の慣習について話していたんです。今日では、概して嘆かわしいことだと思われているが、どうやら秘密結社にはじめて入会するには――」

「正確にいうと、彼女はどこが悪かったの?」アロウ夫人が盆を手にモーゲンに近づきながら、大きすぎる声で訊ねたので、部屋はしんとした。夫人はまごついて周りを見たが、大胆に続けた。「だって、彼女がすごく大変だった時期から知っているわけだし、ずいぶん気にかけてきたんだから、話してくれてもいいと思うわ」

「とても古くからのつきあいだしね」アロウ氏も加勢した。

「神経熱だよ」モーゲンはいった。

医者は、ひとつひとつの表現がアロウ夫妻の耳に入れるのにふさわしいか判断するかのように、ゆっくりと慎重に語った。「人間という生き物が環境に適合できないときには、自分の保護色を変えるか、もしくは住む世界の形状を変えなくてはなりません。魔法の道具もなく、たいして鋭くもない知性しか持ち合わせていなければ」ここまでいって、医者はためらった。おそらく危なっかしい自分の演説ぶりに一瞬驚嘆したのだろう。「そういうときは」と彼は揺るがぬ口調で続けた。「人間はつい呪いや迷信によって環境を制御したくなるものです。恣意的に選ばれ、たいがいは効果のないものであってもね。たとえば、一匹のガゼルが、自分は青色だとふいに気づいたとしましょう、ほかのガゼルはみんな――」

「神経熱っていった？」アロウ夫人はモーゲンにささやき、モーゲンは頷いた。

「僕の従兄弟は――」アロウ氏は低い声で話しだしたが、医者は顔をしかめてそれを制した。

「――最初は信じようとはしないでしょう。色そのものの知覚を拒否して、すっかり混乱状態に陥って――」

「あなたがさっきいってた、メイポールの上の男みたいにですな」アロウ氏は応じた。知的な理解を示すことで、先ほどの中断の罪をあがなえるよう望みながら。

「どっちにしても」とモーゲンは断固とした口調でいった。「我々のペットのガゼルはもうなかに入ったほうがいいね」彼女は立ち上がった。「呼んでくるよ」

ライト医師は機敏にアロウ氏のほうを振り返った。しかし、今回はアロウ氏が機先を制した。「ご親切にいってくださったので、楽譜をとってきますよ」

あとになって、温かい夏の夜に仲よく家へと向かいながら、彼女は片方の手をモーゲンの腕にかけ、もう片方を医者の腕にかけて、ふたりの間で足並みを揃えて歩いていた。「あんなにでたらめをいってさ」とモーゲンがいった。

「でたらめなんかじゃないよ」医者は気分を害して答えた。「首尾は上々だったと思うがね」

「はあ」とモーゲンが答えた。「それに、あんたのブリッジのやり方ときたら」

「ブリッジというのは、分裂していない知能の持ち主がするゲームだね、きみのように」そういって彼はモーゲンにお辞儀をした。姪があいだにいたので、できる範囲ではあったが。

「あたしが庭でなにを考えていたか、知ってる?」

「なんだい?」とモーゲン叔母がいい、「うん?」と医者がいった。

「花を見て、名前を考えていたの、まるであたしが名づけ親で、すべての花にそれぞれふさわしい名前をつけてあげないといけないみたいに。簡単に聞こえるけど、そうでもないのよ」

「たとえば?」とモーゲンはいった。

「それから、星も。星にもいくつか名前をつけたの」

「それで、きみの名前は?」と医者が訊ねた。

彼女は頷いてにっこりした。

「この娘には名前がないんだ」医者は彼女の向こうにいるモーゲンにいった。「知ってたかい?」

モーゲンは少し考えて、それから笑った。「そうかもしれない。でも気づいてなかったよ」彼女はまた笑って、姪の腕をぎゅっと握った。「新しい名前にするなら、今度はモーゲンはどうだい?」

「ヴィクトリアは?」医者が提案した。

「モーゲン・ヴィクトリア」モーゲンが気前よく修正した。

「ヴィクトリア・モーゲン」医者が応じた。

ふたりの腕を握りながら、彼女も笑った。「あたし、幸せなの」その日の午後と同じように、彼女はいった。「自分が誰だか知っているから」そして彼女は歩きつづけた。彼らと腕を組み、笑いながら。

訳者あとがき

北川依子

シャーリイ・ジャクスンの長篇第三作にあたる『鳥の巣』*The Bird's Nest* は、一九五四年に発表された。斬新な題材と巧みな物語構成が出版当初から高く評価され、ジャクスンの長篇作家としての飛躍をもたらした野心作である。

物語は博物館の土台が傾きだすところから始まる。主人公は二十三歳のエリザベス・リッチモンド。親もなく、友もなく、これといった特色もないヒロインが、ある日いつもどおり出勤すると、机のすぐ先にあったはずの壁がなくなり、「壁の奥の奥まで骨組みがむき出しになって」いるのに気づく。補修のため、建物を屋根から地下まで貫く穴が穿たれたのだ。不可解なことに、博物館の異変と連動するかのように、エリザベスの精神も変調を来たしはじめる。そして、机の上に彼女が見つけたのは、何者かが自分宛に書いた匿名の手紙だった……。

ここまで読めばすでに、ああ、ジャクスンの世界に入ったなと、読者は感じることだろう。当たり前だと思っていた日常の地盤がいつのまにか浸食され、足下が危なげにかしぎだす感覚――彼女の小説が喚起するのは、まさしくそういった不安感なのだ。もうひとつ、冒頭の描写を特徴づけているのは、人物と建物との奇妙な結合である。古代から現在にいたる人間の知恵の貯蔵庫たるべき博物館は、ここでは文明社会の象徴であると同時に、エリザベスの精神をも体現している。それゆえ壁に穿たれた穴から暗闇を覗きこむ行為は、みずからの無意識を覗きこむ行為でもある。しかし両者の歪みの不思議な一致があえて強調されていることが示すとおり、博物館はたんに主人公の精神の比喩として機能するだけにはとどまらない。ジャクスンの作品世界では、人と物との境界が不意に消失し横滑りしていくような瞬間があり、ここにもその一端が現れているように思えるのだ。

そもそも建物はジャクスンの小説には欠かすことのできない構成要素である。本書につづく後期の長篇三作は、いずれも周囲から孤立した屋敷を舞台とする物語だ。〈屋敷もの〉とでも呼びうる一連の作品のなかで建物は次第に存在感を増していき、やがて登場人物を圧倒するまでの能動性を帯びるにいたる。とりわけ『丘の屋敷』では屋敷そのものがいわば主役の座を奪い、ヒロインの主体をじわじわと蝕んで、最後には完全に呑み込んでしまう。自己の輪郭がぼやけて、そこに異物が侵入してくる恐怖を描くことに、ジャクスンはひときわ長けていた。『鳥の巣』の博物館はまだ舞台後方に控えているとはいえ、のちに前景にせり出してくる屋敷の表象の前触れを、ここに見てとることもできるだろう。

すでに名の通った作家であるが、簡単に経歴を紹介しておきたい。シャーリイ・ジャクスンは一九一六年、カリフォルニア州サンフランシスコに生まれた。因習を重んじる保守的な家庭で育ったものの、幼少時から強い個性をもつ型破りな子供であったという。三三年、一家はニューヨーク州ロチェスターへ移住する。ジャクスンは新しい環境になじめず、この頃から部屋に引きこもって、もっぱら詩作に没入するようになった。ロチェスター大学に入学するが、中途退学。三七年、親元を離れてシラキュース大学に編入学し、ここでのちに批評家となるスタンリー・エドガー・ハイマンと出会う。在学中は彼やその仲間とともにラディカルな文芸誌の刊行にも携わり、創作への意欲を高めていった。四〇年、卒業と同時にニューヨークへ移ると、すぐさまハイマンと結婚。翌年には短篇デビューを果たし、つづけて着実に短篇作品を発表して地歩を固めた。いっぽう四二年には長男が誕生し、その後さらに三人の子をもうける。四五年、ハイマンがベニントン大学での教職に就いたのを契機に、一家はヴァーモント州ノースベニントンへ移住。四八年に長篇処女作 *The Road Through the Wall* を上梓して一定の評価を得た。そして同年六月、《ニューヨーカー》誌に「くじ」が掲載され、これによりジャクスンはその名を世に知らしめることになった。二時間でひと息に書き上げたという短い作品ながら、結末に衝撃を受けた読者から、かつてない数の苦情や抗議の手紙が編集部に殺到し、話題をさらったことは周知のとおりである。以降、本書をはじめ、『丘の屋敷』や『ずっとお城で暮らしてる』などの傑作長篇を次々に発表して大きな反響を呼んだ。作家として最盛期を迎えたかに思えた六五年、ジャクスンは心不全により四十八歳の若さで他界した。二十五年という比較的短い執筆期間のなかで、六つの優れた長篇と、百を超える短篇、家族の日常を描く二冊のエッセイ、児童書四作を刊行している。また、『鳥の巣』は五七年に *Lizzie*（日本未公開）として、『丘の屋敷』は六三年に *The Haunting*（『たたり』）としてそれぞれ映画化され、九九年には後者のリメイク版（『ホーンティング』）も作られた。なかでもロバート・ワイズが監督した『たたり』は、いまやホラー映画の古典とされる名作である。これをきっかけとしてジャクスンの文学に出会った人も多いにちがいない。

おそらくジャクスンの作品と人生にもっとも大きな影響を与えたのは、母親ジェラルディンと夫ハイマンであろう。因習にとらわれたジェラルディンと異端児シャーリイとの葛藤は、幼少時から存在し、生涯絶えることはなかった。伝記によれば、ジェラルディンはシャーリイが「中絶に失敗してできた子供」だったのだと、あろうことか本人に打ち明けたという。自分を拒んだ母への恨みと、母に受け入れられたいという切望――表裏一体のこの強い感情はジャクスンを創作へと突き動かす原動力のひとつとなり、『鳥の巣』のみならず彼女の作品全体に色濃く表れている。作家ジャクスンの形成において、さらに重要な役割を演じたのは、彼女が本書を捧げた夫ハイマンである。彼はジャクスンの才能をおそらく誰よりも深く理解し、ジャクスンのほうでも夫の批評につねに絶対の信頼をおいていた。互いの原稿に逐一目を通して意見を交わしたというから、影響は双方向のものであったと思われる。加えて《ニューヨーカー》誌を拠点に幅広く活躍したハイマンのおかげで、ジャクスンはラルフ・エリソン、J・D・サリンジャー、バーナード・マラマッドをはじめ、同時代の作家や芸術家と親しく交流する機会にも恵まれた。だが、家庭内での関係はかならずしも平穏ではなかった。ハイマンは家事、子育て、自身の世話や送迎にいたるすべてをジャクスンに頼り、女癖も悪く、妻を専制的に威圧したという。精神的な脆さをもつ彼女にとって、夫は暴君であると同時に、安定の砦として不可欠な存在でもあったようで、緊密かつ複雑な結びつきが窺われる。

ジャクスンは思春期から情緒不安定で、年を重ねたのちもさまざまな問題を抱えていた。過食の傾向(体重は一時百キロに達したといわれる)、アルコール依存に加え、鎮痛剤や安定剤など、薬への依存もあった。もともと引きこもりがちな質であったが、四十代半ばからは広場恐怖とおぼしき症状に陥り、とりわけ『ずっとお城で暮らしてる』の執筆直後には、自宅から一歩も出られない時期がしばらく続いた。夫がユダヤ人の無神論者だったことも一因となったのだろう、ベニントンの閉鎖的な社会のなかで次第に孤立感を深めていったものと思われる。けれどもそうした脆さとは対照的に、彼女は四人の子供を育て、家事のいっさいをとり仕切る逞しい母の顔も持ち合わせていた。ときには十四を超える猫に犬も加わった大家族の豪快な暮らしぶりは、『野蛮人との生活』などのエッセイにおいて生き生きと描かれている。これらの軽妙なエッセイや、婦人雑誌に掲載される口当たりのいい短篇に親しむ読者は、同じ作者が「くじ」や『丘の屋敷』のような空恐ろしい小説を書くと知って驚愕したという。しかし、ジャクスン作品の示す落差、さらには彼女自身の内包する多面性こそが、この作家の最大の魅力となっているのではないか。こう考えてくると、ジャクスンが多重人格という病に惹きつけられたのも納得がいく。

多重人格障害、のちには解離性同一性障害と呼ばれるようになった疾患は、医学的にはまだ十分に解明されていない。とりわけ二十世紀後半のアメリカで大きな関心を集め、おもに映画や小説を介して広く浸透していった。多重人格と聞いてまず頭に浮かぶのは、*Sybil*（邦題『失われた私』）であろう。十六人に分裂した女性の実話として一九七三年に刊行され、トップセラーになった。さらに七〇年代後半にはビリー・ミリガン事件が耳目を集め、ダニエル・キイスが小説『五番目のサリー』（一九八〇）やノンフィクション『24人のビリー・ミリガン』（一九八一）を発表して話題を呼んだ。しかし、このブームより二十年も前に、やはり多重人格が注目された時期があり、その先駆けのひとつとなったのが本書である。映画 *Lizzie* が公開されたのが、本書刊行三年後の五七年四月。その五ヶ月後に、ふたりの精神科医の症例報告に基づく映画、*Three Faces of Eve*（『イブの三つの顔』）が公開され、主演のジョアン・ウッドワードがアカデミー賞を受賞して脚光を浴びた。また、マーガレット・ミラーの『狙った獣』(一九五五)、ロバート・ブロックの『サイコ』(一九五九)、リチャード・コンドンの『影なき狙撃者』(一九五九)など、この時期、多重人格ものの小説が立て続けに世に出された。本書はそうした流れの先駆となったわけである。ジャクスン自身の執筆のきっかけは、ハイマンと彼の同僚に、モートン・プリンスの『人格の解離』(一九〇五、邦題『失われた〈私〉をもとめて――症例ミス・ビーチャムの多重人格』)を紹介されたことだった。これは高名な精神科医による、ある多重人格症例の詳細な記録で、本書第二章ではその一節が直接引用されている。ジャクスンは一読してすぐさま虜になり、綿密な下調べをしたうえで小説の構想を練ったという。催眠療法の実施から蜘蛛を使ったベッツィのいたずらにいたるまで、数多くの着想をプリンスの著作から得たようだ。ただし、その狙いは、多重人格の病理や治療の過程をリアリスティックに描くことにはなかったのではないか。自分のうちに存在する他者との対面――これはジャクスンが生涯追いつづけた主題である。〈多重人格〉はこれまで捉えどころのないまま模索してきたテーマに形を与える、またとない枠組みを提供したものと思われる。

じっさい本書を病の克服の物語として読もうとしたなら、落胆するかもしれない。そもそもエリザベスの病は治癒したのだろうか。彼女はいったいどのような〈人格〉を形成したのだろう。『鳥の巣』の曖昧な結末については、出版当初からとまどいを表す書評が目立った。最終章「女相続人の命名」で語り手が主人公に言及するさい、最後まで一貫して名前は用いず、〈彼女〉という代名詞を当てていることに留意したい。じつはジャクスン自身、草稿段階でこんなメモを残していた――「最終的なエリザベスの人格は秘密だ、この物語はミステリーになるのだから」。結末はあえて開かれた形で残された、そう考えてよいだろう。ヴァージニア・ウルフの処女作『船出』（一九一五）を皮切りに、モダニズム以降、ことに女性版の教養小説においては、ヒロインが社会のなかに居場所を見つけられず、自己形成を達成せずに舞台から姿を消す作品が数多く書かれてきた。内面をいったん白紙に戻された主人公が、名前を失ったまま結末を迎えるジャクスンの小説は、そうした系譜を引きつつ、ポストモダンの主体のあり様《よう》をも予感させる作品だといえよう。

主人公は四人に分裂するものの、本書は登場人物の極端に少ない小説である。主要な人物は（ヒロインをひとりと数えれば）三人のみ。しかも物語の大半が閉ざされた室内での会話で構成される。加えて、ベス、ベッツィ、ベティは普段は〈中〉に閉じ込められ表には出られない存在だ。それゆえ重苦しい閉塞感が作品全体に漂っている。だからこそ、診察室での二者間の対話が延々続いたあと、第三章でベッツィの逃避行が始まるときには、その晴れやかな解放感がいちだんと際立つ。はじめて〈外〉に出て、目を開き、小さな町から大都会ニューヨークへとひとりで向かう大冒険。ホテルの窓からマンハッタンの街並みを眺めつつ、これから開けていく世界の無限の可能性にベッツィが胸をはずませる場面は、忘れがたい印象を残す。しかし、せっかく得た自由も長くは続かない。ベッツィが意気揚々と出かけた先に待ち受けていたのは、未来の展望ではなく、封じ込めていたはずの過去の記憶である。第三章の終盤には、舞台はふたたび鍵をかけた密室に戻り、またしても二者間の息詰まる対決が繰り広げられる。厳密にはそれは二者ですらない。ベッツィが対峙する相手はもうひとりの私、すなわち自分自身なのだから。物語のはじめにエリザベスが受けとる手紙についても然り。こうして強迫的に同じ場所へ立ち戻る展開は、ジャクスンの特色のひとつだといえよう。

『鳥の巣』という題名は、作中でベッツィが引用するなぞなぞ歌からとられた。日本の読者が物語を読むさいの助けになればと思い、原書にはないが、作品冒頭に掲載した。じつはこの歌は、ジョージ・バーナード・ショーの戯曲『ピグマリオン』(一九一三)第二幕、イライザがヒギンズ教授にはじめて自分の名を名乗る場面でも、引用されている(ベッツィによる引用と同じく、「イライザ、エリザベス、ベッツィにベス……」というふうに、名前は一部入れ替わっている)。ジャクスンが本作を構想し、ヒロインにエリザベスという名前をつけたとき、ひょっとするとショーのこの場面も頭のどこかにあったのではないか。というのも、これら二作品には通底するテーマがあるからだ。ショーの戯曲では、ヒギンズ教授は神話のピグマリオンのごとく、イライザを意のままに造形しようとするが、創造物であったはずの彼女は最後には彼のもとを去っていく。いっぽう『鳥の巣』は、分裂したエリザベスの人格を、ライト医師がふたたび一個の十全な人間に形成しなおそうとする物語である。ピグマリオンへの直接の言及はないとはいえ、人間による人間の創造というテーマが主要な位置を占めていることはまちがいない。これに関連して、ジャクスンの念頭にあったと思われるもうひとつの作品は、『フランケンシュタイン』(一八一八)である。ライト医師はみずからをフランケンシュタイン博士に喩え、また、自分を〈作者〉と見なすことにひときわ執着している。第四章の結びの場面でも明らかなとおり、不遜にも人間を創造しようとしたフランケンシュタインの悲劇は、この作品の基底に存在するのだ。さらにいえば、これは小説を書くという行為そのものとも無関係ではないだろう。三人称の語り手、ライト医師の手記、ベッツィの内的独白が交互に現れる本書の語りの構成は、〈作者〉になるということ、人物を創るという営みが孕む問題を、ジャクスンが強く意識していたことを映し出している。
最後に、ジャクスンのユーモアについて少しだけ触れておきたい。不気味、怖い、という印象が先行しがちな作家であるが、ジャクスンは上質なユーモアの持ち主でもあった。長篇のなかでは、本書はコミカルな要素がもっともふんだんに盛り込まれた作品だ。四人のエリザベスが順ぐりに風呂に入って同じ首や足をごしごし擦る場面、ベッツィが知恵を絞ってライト医師に次々いたずらを仕掛ける場面などは、腹の底から笑える軽妙なコメディーに仕上がっている。とはいえ、やはりこの作家の醍醐味は、笑ったあとでふと怖くなる、そんなユーモアにあるのではないか。たとえばその自己欺瞞が容赦なく揶揄されているライト医師の独白。もしくはモーゲン叔母とライト医師との毒に満ちたやりとり。ジャクスンの面目躍如たる黒いユーモアを、存分に楽しめることだろう。

存命中は批評家の評価も高く、抜群の知名度を誇って、スティーヴン・キングを筆頭とする後続の作家たちにも多大な影響を与えた。しかし、「くじ」や『丘の屋敷』、『ずっとお城で暮らしてる』といった作品があまりに鮮烈な印象を残し、また、卓抜したホラー作家というラベルが逆に読み手の視野を狭めてきたのだろうか、作家ジャクスンの全体像については、一九六五年に他界したのち、なかなか評価の進まない時期が続いた。だが、ここ二十年ほどで包括的な研究書も次々に出版され、ようやく見直しの気運が高まってきたようだ。今年はちょうどジャクスン生誕百周年にあたり、多方面で再評価の動きが見られる。九月にはルース・フランクリンによる新たな伝記（*Shirley Jackson: A Rather Haunted Life*）が世に出され、また、孫のマイルズ・ハイマンがグラフィック版『くじ』を発表して話題を呼んだ。『ずっとお城で暮らしてる』の映画化の計画も進行中だと聞く。いっぽう日本においても、ジャクスンは少しずつ邦訳され、一部の読者から熱狂的な支持を得てきたのだが、ここ数年で急速に紹介が進み、多岐にわたる作品を日本語で楽しめるようになった。ことに今年は、『日時計』につづいて、秋には*Hangsaman*のふたつの訳書がほぼ同時に刊行。節目となる年に、ジャクスンの出色の長篇をここにもう一作紹介することができ、今後国内でも読者がさらに増えることにつながれば、うれしいかぎりである。

本書の訳出にあたっては、ペンギン・クラシックス版（二〇一四）を底本とした。エリザベスの四人目の人格は原書ではBessであるが、二人目のBethとカタカナ表記での区別が困難だったため、拙訳では「ベティ」としたことをお断りしておきたい。また、先述のプリンスの著作の引用については児玉憲典訳を、第五章での『マクベス』の引用については福田恆存訳を、それぞれ参照させていただいた。あとがきで紹介した伝記情報は、ジュディ・オッペンハイマーの評伝（*Private Demons: The Life of Shirley Jackson*, 1988）およびフランクリンの新著に依拠している。

本書が完成するまでの過程で、多くの方にお世話になった。なかでも翻訳の機会を与えてくださった横山茂雄先生と若島正先生、細かな質問にひとつずつ丁寧に答えてくださった同僚の木山ロリンダ氏、丹念に訳稿を読んでたくさんの貴重な助言をくださった編集部の樽本周馬氏に、こころからお礼申し上げたい。

＊

シャーリイ・ジャクスン著作リスト

＊長篇小説

1　*The Road Through the Wall*（1948）

2　*Hangsaman*（1951）『絞首人』佐々田雅子訳　文遊社　二〇一六年／『処刑人』市田泉訳　創元推理文庫　二〇一六年

3　*The Bird's Nest*（1954）本書

4　*The Sundial*（1958）『日時計』渡辺庸子訳　文遊社　二〇一六年

5　*The Haunting of Hill House*（1959）『山荘綺談』小倉多加志訳　ハヤカワ文庫NV　一九七二年／『丘の屋敷』（『たたり』より改題）渡辺庸子訳　創元推理文庫　一九九九年

6　*We Have Always Lived in the Castle*（1962）『ずっとお城で暮らしてる』山下義之訳　学研ホラーノベルズ　一九九四年／市田泉訳　創元推理文庫　二〇〇七年

＊選集

1　*The Lottery or, The Adventures of James Harris*（1949）『くじ』深町眞理子訳　早川書房・異色作家短篇集17　一九六四年／ハヤカワミステリ文庫　二〇一六年（短篇集）

2　*The Magic of Shirley Jackson*（1966）（長篇、短篇、エッセイ）

3　*Come Along with Me*（1968）『こちらへいらっしゃい』深町眞理子訳　早川書房　一九七三年（未完の長篇、短篇、講義原稿）

4　*Just an Ordinary Day*（1996）『なんでもない一日』市田泉訳　創元推理文庫　二〇一五年（邦

訳は短篇、エッセイ五十四篇のなかから三十篇を収録）
5　*Shirley Jackson: Novels and Stories*（2010）（ジョイス・キャロル・オーツ編集の The Library of America の選集。長篇、短篇、講義原稿）
6　*Let Me Tell You*（2015）（短篇、エッセイ、講義原稿等）

＊エッセイ
1　*Life Among the Savages*（1953）『野蛮人との生活――スラップスティック式育児法』深町眞理子訳　ハヤカワ文庫ＮＶ　一九七四年
2　*Raising Demons*（1957）（『悪魔は育ち盛り』深町眞理子訳　早川書房《ミステリマガジン》に部分掲載）

＊児童書
1　*The Witchcraft of Salem Village*（1956）
2　*The Bad Children: A Musical in One Act for Bad Children*（1959）
3　*9 Magic Wishes*（1963）
4　*Famous Sally*（1966）

著者　シャーリイ・ジャクスン　Shirley Jackson
1916年カリフォルニア州サンフランシスコ生まれ。ロチェスター大学中退後、シラキュース大学に編入学。卒業後、41年に短篇デビューを果たし、48年には処女長篇*The Road Through The Wall*を刊行。同年ニューヨーカー誌掲載の短篇「くじ」が大きな反響を呼び、その名を世に知らしめた。以降『丘の屋敷』『ずっとお城で暮らしてる』をはじめとする斬新な長篇傑作を次々に発表して、高い評価を得た。短篇集に『くじ』『なんでもない一日』、エッセイに『野蛮人との生活』などがある。65年死去。

訳者　北川依子（きたがわ　よりこ）
1967年生まれ。東京工業大学リベラルアーツ研究教育院教授。専門はイギリス小説。訳書にパトリック・ハミルトン『孤独の部屋』（新人物往来社）、ウィルキー・コリンズ傑作選 第1巻『バジル』（臨川書店）〔共訳〕がある。

DALKEY ARCHIVE

責任編集

若島正＋横山茂雄

鳥《とり》の巣《す》

2016年11月25日初版第1刷発行

著者　シャーリイ・ジャクスン

訳者　北川依子

装幀　山田英春

写真　ヴェロニカ・エベール

発行者　佐藤今朝夫

発行所　株式会社国書刊行会

〒174-0056　東京都板橋区志村1-13-15

電話03-5970-7421　ファックス03-5970-7427

http://www.kokusho.co.jp

印刷製本所　中央精版印刷株式会社

ISBN 978-4-336-06059-4

DALKEY ARCHIVE

責任編集
若島正＋横山茂雄

ドーキー・アーカイヴ

全10巻

虚構の男 L.P.Davies *The Artificial Man*
L・P・デイヴィス　矢口誠訳

人形つくり Sarban *The Doll Maker*
サーバン　館野浩美訳

鳥の巣 Shirley Jackson *The Bird's Nest*
シャーリイ・ジャクスン　北川依子訳

アフター・クロード Iris Owens *After Claude*
アイリス・オーウェンズ　渡辺佐智江訳

さらば、シェヘラザード Donald E. Westlake *Adios, Scheherazade*
ドナルド・E・ウェストレイク　矢口誠訳

イワシの缶詰の謎 Stefan Themerson *The Mystery of the Sardine*
ステファン・テメルソン　大久保譲訳

救出の試み Robert Aickman *The Attempted Rescue*
ロバート・エイクマン　今本渉訳

ライオンの場所 Charles Williams *The Place of the Lion*
チャールズ・ウィリアムズ　横山茂雄訳

煙をあげる脚 John Metcalf *Selected Stories*
ジョン・メトカーフ　横山茂雄他訳

誰がスティーヴィ・クライを造ったのか？
Michael Bishop *Who Made Stevie Crye?*
マイクル・ビショップ　小野田和子訳